他仰望追逐的小月亮

如今终于回眸眷顾

倩冷却温柔的光

终于落上了他的心尖

"蓄意已久"

拂十页 著

天津出版传媒集团

天津人民出版社

图书在版编目（CIP）数据

"蓄意"已久 / 拂十页著. —— 天津：天津人民出
版社, 2024.4

ISBN 978-7-201-20033-0

Ⅰ.①蓄… Ⅱ.①拂… Ⅲ.①长篇小说－中国－当代
Ⅳ.①I247.5

中国国家版本馆CIP数据核字(2024)第035746号

"蓄意"已久
XUYI YI JIU

出　　版　天津人民出版社
出 版 人　刘锦泉
地　　址　天津市和平区西康路 35 号康岳大厦
邮政编码　300051
邮购电话　（022）23332469
电子信箱　reader@tjrmcbs.com

责任编辑　谢仁林
特约编辑　徐雨妃　刘　彤
装帧设计　柒　咩

制版印刷　三河市兴博印务有限公司
经　　销　新华书店
开　　本　880毫米×1230毫米　1/32
印　　张　10
字　　数　307千字
版次印次　2024 年 4 月第 1 版　2024 年 4 月第 1 次印刷
定　　价　49.80元

目录
Contents

第1章 竟是昔日竹马

开学后九月的第二个星期四，是华城大学一年一度的"社团招新日"。每个社团都会在校本部知行广场摆上个摊位，使尽九牛二虎之力进行招新：摄影社展出了获奖摄影作品，诗社开展了飞花令活动……

各社团都想招揽到新鲜血液，令自己的社团发展壮大，安月澄所在的动漫社也不例外。

"橙子，累不累？要不我找人替你会儿？"

安月澄摇摇头，看着探过头来的卫依，温声回答："我还好，快到收摊的时间，接下来也不会有什么人来报名了。"

卫依从身后抱住她，语气亲昵地说："辛苦我们的橙子姐姐了，有你在，来报名的纷至沓来，你不愧是咱们华城大学的冷艳校花。"

安月澄生了张标致的脸，丹凤眼狭长，浅色的瞳仁笼着冰雪，很少泛起波澜。殷红唇色与冷白的肌肤相衬，显得气场强大。她每天晨练，身材是好得不用多说，性感迷人，被校内论坛上的男同胞们誉为"冷艳美人"。而且，她还有一个更文雅的称誉——"孤高皎洁的月亮"。

"你少来。"安月澄推推她胳膊。

卫依注意到远处走来的人，忍不住惊呼一声："橙子，咱们动漫社要发达了！"

"什么？"安月澄被她没来由的话搞得一头雾水。

卫依拿胳膊肘轻撞下她，抬抬下巴，示意她往那边看。

"就那个，上周新当选的学生会主席，商学院金融系的系草——齐灿。

你应该知道的吧？最近他很火。"

直液笔在纸上重重画下一个点，齐灿……她怎么可能不知道。

安、齐两家是世交，她与齐灿，也算是世人眼中的青梅竹马、两小无猜。自小相伴，感情也就水到渠成。齐灿打小就喜欢黏着她，一口一个姐姐地叫着。

但，故事并不总是圆满。

上大学后，齐灿与她很少联系，再也不似从前。渐行渐远成为陌路人，是他们最终的结局。

"许是少年时期的好感来得快，去得也快吧。"她想。

"学姐，我想报名动漫社。"熟悉的嗓音自头顶落下，带着清新温柔的青草香。没想到这么久过去了，他还是喜欢这个味道。

这是一款小众香水，齐灿喜欢了很多年。

他们就读的高中纪律森严，他每次偷喷香水几乎都会被抓到，但总是屡教不改。齐灿父母忙于工作，总是联系不上，他的班主任知道他们两家相熟，常让她带话。那时候，她和齐灿的关系还很好……

安月澄微微有些失神。

"学姐？"

安月澄回过神来，映入眼帘的是齐灿那双含着细碎笑意的眼眸。他的眼睛像阳光下熠熠生辉的黑曜石，缱绻温情似鱼钩，明晃晃地勾人。

"给，这是报名表。"

她轻抿唇角，扫过最上方被她划了一笔的报名表，从底下抽了一张新的推到齐灿面前。

齐灿指指安月澄手里的直液笔，眉眼微弯，一副乖顺听话的模样。"学姐，笔借我用一下可以吗？"

"当然可以。"安月澄向他的方向伸出手掌，他去接，温凉的指腹不经意地划过掌心，带起细细密密的触电感。她耳垂有些发烫，心里只恨自己不争气。

可他完全像个没事人，把以前的事情忘得干干净净，现如今还能坦坦荡荡地叫一声"学姐"。

安月澄愤愤地咬了咬后槽牙，发觉小丑只有她自己！

"学姐，辛苦了。"齐灿很快填好报名表，连带着笔一起推向安月澄，"可以问问学姐，什么时候能知道申请结果吗？"他笑得两颊的小酒窝都浮现出来，那双好看的桃花眼微微眯起来，眼角眉梢都蕴藏着浅浅的温柔。

阳光璀璨，又帅又甜——正如他的名字一样。

"报名表要统一审核，如果通过，我们会给你发……"安月澄公事公办的话说到一半，肩膀被锤了一拳。

卫依灵动活泼的声音响起："不用不用，我是副社长，现在就给学弟你通过！"

说着，她抄起桌上的笔，唰唰两下在审核人的位置签下了"卫依"二字，并且在审核意见处勾上了同意的选项。

"学弟有什么疑问都可以问这位安学姐，不要客气！"卫依突然闪现后，又到旁边去发传单招新了。

找她？找她是什么情况？

在心底把卫依暗骂一百遍后，安月澄长出一口气，勉强对齐灿挤出笑容，说道："学弟，没有什么事情，你可以先回去了。"

齐灿目光落在她身侧的空位上，俯下身子，两手分别撑在桌面和椅背上，几乎将安月澄整个人圈进了怀里。

"学姐，我已经加入了动漫社，有责任帮咱们动漫社招新，不如我和你一起吧？"

安月澄下意识地想拒绝，可还没开口，只见齐灿旋身落座，单手托腮，笑意盈盈地看她。"需要我干什么？"

算了，白来的苦力，不用白不用。

安月澄抬眸，面前尽是蜂拥而至的少男少女，俨然是被齐某人招惹来的。她默默偏头看向齐灿，干净整洁的白衬衫，袖子挽至三分之一处，小臂的肌肉线条很漂亮，看上去结实有力。再配上那张阳光的姣好面庞，他确实是女生会喜欢的存在。

好像，一直以来都是如此。

"给，"她别开眼，从桌斗里掏出笔和一沓报名表，"辛苦齐学弟了。"

"齐学弟……还真是生疏呢。"齐灿舌尖顶了顶上腭，眼底笑意褪尽，眸色黑沉沉的。

"学姐客气了，帮姐姐你的忙，是应该的。"齐灿歪了下头，眼睛轻眨，活脱儿的美颜暴击。

安月澄呼吸一滞，耳旁响起了此起彼伏的尖叫声，被击中心灵的人，显然不止她一个。

"啊啊啊，齐灿也太可爱了吧！"

"他看起来真的是那种好乖好软的小青年。"

"你们觉不觉得，冷艳美人和阳光青年很配啊？"路人的声音不大不小，刚刚好能让安月澄他们听见。

此言一出，四下寂静。

"姐姐，有人说我们很般配呢。"齐灿微微凑近她，睫毛细长浓密，像把小刷子刮过安月澄心尖，痒痒的。

安月澄握笔的手指用了几分力，心里泛起一阵苦涩，齐灿把自己当成什么了？或许对于他们而言，保持距离，维持学姐学弟的关系，是最合适的状态。

"抱歉啊，齐学弟，我不爱姐弟恋。"她弯着唇角轻笑，眉眼间风轻云淡，嗓音清清冷冷。

他的姐姐……还真是一如既往的绝情。

"我啊？我当然不喜欢年纪比我小的弟弟啦。"昔日少女打电话时娇俏的嗓音犹在耳畔。

他喉结滚动，带出一声极轻的笑："那是他们的姐弟恋不够甜，若是姐姐和我，一定是甜的。"他嗓音压得很低，只有安月澄能听见。

热度腾地蹿上脸颊，她将视线重新聚焦在排队的同学身上，平淡陈述道："齐灿，你话太多，影响招新了。"

"姐姐教训的是。"齐灿喜欢听她叫自己名字，平淡无奇的两个字，从她唇齿间溢出来时，格外好听。

排队的同学们自觉分成两队。不过，姑娘们大多是慕名而来，都排在齐灿面前那一队。

临近六点，社团招新即将结束，安月澄的工作也已经收尾，百无聊赖地转着笔，余光不加遮掩，落在一旁的齐灿身上。

日暮西山，昏黄的阳光打在齐灿脸上，更显得眉眼温和。他耐心细致地指点报名的女生，对面的小姑娘则笑得羞怯，眼角眉梢都透着明晃晃的恋慕。

年轻少男少女的身上，总是青春气息满溢。

安月澄盯着瞧了两秒，慢吞吞垂下眼眸，与他们相比，自己这个大四的学姐略显"年迈"。所以，齐灿与她……或许确实是不搭的。

"姐姐。"倏地，他的声音像珠玉轻落心间，惊起波澜。

"嗯？"安月澄转笔的动作顿住，半掀起眼皮看他。

齐灿温声开口："姐姐要是无聊，可以同我聊天。"

工作之余，还不忘抽时间敷衍她。真是太"专一"了！

"不用了。"她不疾不徐地收回目光，径自打开"蔻蔻阅读"，点开了书架置顶的那本《竹马他的小月亮》——甜暖文"大神"星月灿的最新力作。

"拥住小月亮的那一刻，是前所未有的满足感。"

安月澄清冷的面容透出几分温软，唇角不自主弯出浅浅弧度，俨然是入戏很深的模样。

齐灿唇角紧绷，她确实是不在意的。自己曾在她生活中留下的痕迹，像被风抚平，消失得干干净净，无影无踪。

六点半，摊位前的同学总算是散尽了。

安月澄边收拾东西，边打量着对面路边的三五个女孩儿。为首的女孩儿妆容淡雅干净，栗色长发微卷，典型的清纯校花，好像是文学院大二的学生，在学院大会上发过言，她有印象。

女孩儿眼神飘飘忽忽地看向齐灿，脸颊微微泛红，指尖捏着衣角，想要上前，又望而却步。

"没有人拒绝得了瞳瞳的，去试试嘛。"她身旁的女孩儿撺掇着她。

"齐，齐同学！像你这样的男生，会喜欢什么样的女孩子呀？"她最终还是站在了齐灿面前。

"我喜欢安学姐这样的。"安月澄后背忽地撞上齐灿结实的胸膛，他的手掌扣住她的肩膀，贴得很近。

"抱歉啊，我喜欢姐弟恋。"他微微低着头，说话时温热的呼吸从安月澄耳边扫过，像一个轻柔无声的吻。

丁瞳眼眶立刻红了，转身跑开时还瞪了安月澄一眼。

人在家中坐，锅从天上来（指无缘无故就做了背锅侠，由"倒霉到家"一词演变而来）。安月澄张了张嘴，刚想反驳，肩上的温热便骤然离去，他没给她说话的机会。

"谢谢学姐配合。"

她轻轻"嗯"了声，说不出心里的感觉。少年总归是会长大的，年少时的那些情愫，也会自然而然地被淡忘。这件事，在齐灿疏远她的时候，她不是早就知道了么？

"橙子橙子，庆祝招新圆满成功，咱们去吃巷子烤肉吧？"卫依活泼跳脱的声音打断了安月澄的思绪。

"学姐也想去吃巷子烤肉？"齐灿接过话茬儿，那双桃花眼波光流转，潋滟好看，"不如我请两位学姐吧？"

卫依摆摆手："那怎么好意思？"

"日后在动漫社还需要学姐多多照顾，请学姐吃顿烤肉是应该的嘛，对吧？"他眼神牢牢锁在安月澄的身上，像在等待她的回应。

安月澄轻呵了一声，气得牙根直痒痒。

"对。"她在卫依震惊的目光中点点头。划清界限第一步，把齐灿当成普通路人。

巷子烤肉，顾名思义，是一家藏在街巷里的烤肉店，开业十余年，是华城大学每一届学生的心头好。

华城大学的晚课在六点半开始，眼下这会儿已经七点，有不少空位。齐灿领头在靠窗的桌子坐下，将菜单递给安月澄。"学姐喜欢吃什么，随便点。"

"牛舌、秘制五花肉、香辣牛肉粒、黑椒鸡胸肉、鱿鱼圈、雪花牛肉……"她低声碎碎念，在菜单上一一画勾。

卫依看她的目光有些异样："橙子，咱们吃得了这么多吗？"

"我饭量大，可以。"她面不改色地把菜单递回给齐灿。

他将她的话听在耳中："姐姐要不要再来份肥牛石锅拌饭？他们家的辣酱特别香，你一定会喜欢。"

安月澄喜辣，这是齐灿记在心里的事情。"不用了。"她默了默，道高一尺魔高一丈，齐灿真是将顺坡下驴发挥到了极致。

安排好点单后，齐灿起身走向小料台。

不多久，他端来两碟小料，放在安月澄、卫依二人面前。"学姐，不知道你爱吃什么小料，就随便调了些，你看看还喜欢吗？"

小料碟里，是最寻常的辣椒粉、孜然粉、芝麻粒和花生碎。但偏偏，好巧不巧，是安月澄最喜欢的搭配。

安月澄捏着筷子的手指骤然用力，指背上的青筋都隐约可见，这太讽刺了。

晃神的工夫，便对上了他含笑的目光，黑白分明的双目中透着如玉般温润的光，像春日清浅的湖水被微风吹皱。齐灿似乎不再是她一眼就能读懂的那个少年了。

"以前倒是很喜欢的，"安月澄极轻地笑了下，语速轻缓，"但现在不喜欢了。"

齐灿呼吸一滞，喉咙有些发涩，艰难开口："为什么？"

"喜欢哪能维持长久，人心，总是会变的，不是吗？"她抬眼定定地看着齐灿，可尾音都在轻颤。

"或许不是呢？"他勾着薄红的唇，语调散漫地反问。

安月澄轻挑眉梢，也不知道他哪里来的自信说出这种话。就好像之前疏远冷淡自己的不是他一样。可真是演得一手好戏。

"你说得对。"她懒得与齐灿争辩，过去的事情不必多说，说了也无济于事。既成的事实，还有什么改变的可能性吗？

齐灿一拳头打在了棉花上，也不气馁，将烤好的五花肉放进她的盘子里，说道："姐姐吃肉。"

一顿饭下来，齐灿自己没吃几口，全把肉张罗给了安月澄她们。

"橙子，我们不用等等他吗？"卫依指了指站在角落里打电话的齐灿。

齐灿身形挺拔，暖黄的灯光将他的影子拉得很长。他站在黑暗与亮光的交界处，额前的碎发垂落，将他的眉眼笼罩在阴影里。安月澄看不清他的表情。

"不等，"她收回目光，神情寡淡，"他应该有别的事情吧。"

卫依点点头，察觉出安月澄情绪的不对劲，小声问她："橙子，我看你兴致不太高，是因为白天的时候有人说闲话吗？"白天卫依忙着招揽新成员，没怎么注意到她和齐灿之间发生的事情。

"没有，"安月澄吐出一口浊气，"闲话听得多了，也就不在意了。"

但排除掉那些说闲话的同学外……还有谁？齐灿？她随口一问："那难不成是因为齐灿？"

身侧人顿时沉默下来，卫依心头一惊，心想："还真是因为齐灿？可橙子和齐灿，压根就是八竿子打不着的关系，怎么能是因为齐灿？"

"橙子，你和齐灿……认识？"

安月澄唇瓣嚅动了几下，刚想出声，面前便被阴影笼罩。

"小姑娘，你长得可真漂亮。"男人说话时酒气很重，呛得安月澄忍不住后退了好几步。她拽了拽卫依的手，示意不要搭理此人，尽快离开。

"想走？"男人看出她们的意图，一把推在安月澄的肩膀上，"我让你走了吗？"

"橙子……"卫依瑟瑟发抖地抱住她的胳膊，"我们该怎么办啊？"

周围偶有路过的人，但都惧于他肥壮的体形，没人敢上前帮助他们。

安月澄冷静地把手机举高警告："你再乱来，我就报警了。"

"啪！"手机骤然被打落，她白净的手背也变得通红。

"还想报警？胆子倒是挺肥。"男人啧啧出声，色眯眯盯着她看，肥厚的手掌向她伸来。

下一秒，冷白修长的手指扣住了男人的手腕。男人挣扎了几下，动弹不得，怒骂出声："哪个瞎了眼的，敢坏我的好事？"

齐灿极轻地嗤笑一声："是我。"

话音落下，他就势一个过肩摔，肥壮的身体撞地，安月澄都隐约觉得脚下的地面在震动。

安月澄稍稍松了口气，腿脚有些发软，还好有齐灿。不然的话，自己会是什么结局……？

她们连忙报了警，警察来得很快，一行人都被带到了警局，并且分别录了口供。

经过调查取证，肇事者得到了应有的处罚。安月澄和齐灿并肩出了休息室，与卫依会合，走出警局。

夜色黑得浓郁，一番折腾下来，已经晚上十一点多，过了华城大学宿舍的关门时间。

"要去宾馆吗？"齐灿眉梢轻挑。

卫依和安月澄目光齐刷刷扫向他，满眼震惊。他五指成拳抵唇轻咳了声，言简意赅地补充说了"宿舍门禁"四个字。

"不用了，我带卫依回家休息。"

安月澄父亲是华城大学的教授，在家属区是有房子的，不过他们不常住而已。

说着，安月澄点开打车软件，熟练输入目的地，然而下一秒——骨节分明的手指按住了她，手机荧光的映射下，他冷白的肤色近乎半透明。

"你做什么？"安月澄嗓音恢复先前的平淡无波，冷静的眸子一晃不晃地盯着齐灿。

齐灿指尖一转，关掉她的手机屏幕。"夜深了，两个女孩子坐网约车不安全，我送姐姐。"他声音顿住，语调微软，跟羽毛似的刮过心尖，"好不好？"

姿态放得很低，很像过去跟在她身后的那个小男生。

"好。"待安月澄回过神来时，她已经一口答应下来。

"我只是担心再发生什么不好的事情，绝对不是被齐灿打动心软了。"安月澄内心十分笃定。

深夜的网约车不算好打，等了好一阵子才来。齐灿把后座让给安月澄她们，自己坐在副驾。

"橙子。"卫依轻声喊她，指了指手机，示意她看消息。

"你和齐灿……很熟？"

岂止是熟悉。安月澄下意识抬眸望向齐灿，看到他额前的碎发落在眉骨，眸底藏着些情绪，眼神漫不经心落在窗外。路边昏黄灯光的晕染下，他棱角分明的侧脸线条似乎也变得柔软了几分。

"曾经的青梅竹马。"在卫依担忧而又诚挚的目光下，她没有隐瞒。

卫依没再回消息，只是无声地攥住她的手。

路上车不多，很快他们便到了华城大学家属区。

"齐学弟早些回去休息吧，时间不早了。"安月澄让卫依先进门，自己回身和他说话。

他脊背弯曲，侧身半倚着墙面，神情有些无奈。"姐姐你还真是狠心绝情啊。"

安月澄愣神几秒，好像确实是这样。齐灿为救她受伤，伤口没处理，而且宿舍有门禁，他也没有地方住。最起码，自己是应该给他医药费和住宿费的。

"那我给你拿点儿钱？"

齐灿气笑了，凉凉地开口说："我缺不缺钱，姐姐你还不知道？"

自然是不缺的。齐家背后是国内著名的齐和集团，齐灿作为齐家独子，从小到大，最不缺的就是钱。

安月澄的目光不经意扫过他脸颊上的淤青，更心虚了。"那你进来，我给你处理下伤口。"她径直转身进屋去拿医药箱，给齐灿留了门。

屋内装修老旧，墙面的白漆微微泛黄，显然是很久没重新粉刷过。不过家具物件却都一尘不染，摆放得十分整齐。

齐灿没有逾矩，安分地坐在沙发上，眼神直勾勾盯着安月澄的脊背。

"坐好，低一点儿，别动。"安月澄将医药箱放在茶几上，取药酒出来，浸润棉签，轻轻擦涂在淤青处。

齐灿睫毛颤了颤，喉间溢出一声闷哼，安月澄听到，手骤然顿住，语气放得很轻，是他许久未见的温柔："弄疼你了？"

"没有，"他声音闷闷的，"不疼的。"

话虽这样说，可他眉头紧蹙，眉眼间透着几分隐忍，显然不是不疼的样子。类似的场景……这不是第一次了。

"你本可以不受伤的。"

闻言，齐灿心头突地一跳，难道他故意失手的事情被发现了？这可是他"蓄意"已久的表现机会呀！

安月澄抿着唇角，收回手，将棉签扔进垃圾桶："很多人都没出手，你也可以只要打个报警电话就——"

修长冷白的手指扣住她的手腕，齐灿眼底蕴含着摄人的攻击性，扑面而来，几乎要将她吞噬。他手上用力不小，攥得安月澄有些疼，她垂下眼帘，心知自己说错了话。

"你知不知道你在说什么？"他嗓音很冷。

她现在在齐灿面前得了便宜还卖乖，不过是仗着曾经的旧情罢了。只是，她还是在意他的"不告而别"。

长久的沉默之后，齐灿忽地松开手，神情松散地靠着沙发背："你记得吗？"

"什么？"安月澄茫然偏头看他。

"以前我和别人打架的时候，都是你来接我，给我处理伤口。"他指尖轻按眉心，似在怀念。

齐灿的父母常年在外，对他的关照少之又少。他时常在安月澄家小住，出了什么事情，也大都由安月澄来处理。感情就这样，于点滴之间积累。

安月澄极轻地笑了下，点头附和："你小时候可是个不省心的弟弟。"

"是啊，那时候你就像我的监护人一样。"齐灿舔舔牙尖，散漫玩味。

安月澄一噎，忍不住咬牙切齿地在心底默念了几遍"监护人"一词，气得牙根直痒痒。

齐灿他可真敢说。曾经的青梅竹马，合着对他来说，就是个监护人与被监护人的关系？

"伤处理好了，你可以走了。"她收起医药箱，干脆利落转身去卧室，没再看齐灿。

"卫依，这件睡裙是前阵子新买的，还没穿过，你将就着穿。"安月澄递给卫依睡裙，自己也拿上睡裙，"你在主卧洗漱吧，我去外面浴室。"

"哎！"卫依干脆利落应了声，在安月澄转身欲走时，又喊住她，"橙子。"

安月澄回头看她："怎么了？"

"齐灿走了吗？"她小声问。

"早晚得走，"安月澄还记恨着他刚才说自己是监护人的事，语气恨恨的，"你回头锁好门，我睡次卧。"

从主卧出来的时候，她目光一扫，刚好停在齐灿的身上。

他呼吸平稳轻缓，双眸紧闭，细长浓密的睫毛落在下眼睑，打出一片淡淡的阴影。睡着的齐灿，眉眼间少了几分锋利感，看起来温顺乖巧。不知怎的，安月澄的心忽地就一软，她拿来薄被轻轻盖在齐灿身上："算了，就允你一晚上。"

她对齐灿，总是有着很低的底线。

随后，安月澄转身回了房间，洗了热水澡，忙碌一天的疲惫身躯放松下来，紧张的情绪似是也和缓许多。

"嘭嘭嘭"，敲门声乍起，玻璃门上映出一道人影。

安月澄挤上牙膏刷牙，顺手开了门，果不其然，齐灿安安静静地站在门边，眉眼懒倦。见她开门，瞬间抬眼看向她，目光粘在她肩头。

安月澄穿的是件吊带睡裙，双肩圆润，线条好看，是典型的美人肩。

他眸色晦暗，转瞬敛去，又盈满了笑意。

"怎么还不走？"她嘴不饶人。

齐灿迈步进浴室，似有若无地低笑，说："姐姐，你不是说要允我一晚上的吗？怎么还反悔呢？"

安月澄丹凤眼骤然瞪大，脱口而出："你在装睡！"

"我也没有说我睡了，"齐灿喉间溢出一声抑制不住的笑，"闭目养神，你应当听说过的吧？"

安月澄被狠狠气到，他是没说自己睡了，可睡觉了的人谁会说自己睡了啊？齐灿，得寸进尺第一人。

她磨了磨后槽牙，方才对他的那一丝心疼消失得无影无踪。

"那你睡沙发。"她吐出泡沫，漱好口，仔细擦干唇边的水渍，"别有什么坏心思，知——"安月澄的声音戛然而止。

他纤细的手指落在她右肩，很轻很轻地按了下，温凉的触感让安月澄的身躯忍不住战栗。

"他推你的时候，疼不疼？"他嗓音低哑，尾音似还轻颤着。

安月澄的目光透过镜面，朦朦胧胧地看见了齐灿，他那双漂亮的桃花眼沾染了水雾，眼角泛着一圈淡淡的红，无端地勾人。那一瞬间，她的心似乎被开水烫了一下。

"不疼，我哪有那么娇弱？"她移开眼，不再看镜中的齐灿。

"哪里都娇弱。"他垂下头颅，虔诚而又真挚地在她肩头留下一吻，"时间不早了，姐姐晚安。"

语毕，他便转身离开了浴室，背影瞧着十分仓促。留下安月澄在原地，疑惑不解。她还没来得及为齐灿感动，就被他"翻脸不认人"的样子弄得心口一凉。

"就会演戏！"她齿缝间闷闷地挤出四个字。

齐灿躺回沙发上，薄被半搭，鼻尖处溢着淡淡皂香。脚步声响起，他忍不住侧眸看去，安月澄目不斜视地进了次卧，半个眼神都没施舍给他。齐灿抚了抚眉心，唇角弯了弯，她还是从前的模样呢。

次日，安月澄自然醒来的时候，已经是上午八点了。

沙发上的薄被叠得整整齐齐，拖鞋也被好好放回门口鞋架，齐灿应当是已经走了。

她按了按太阳穴，昨天毫不意外地失眠了，现在头还疼着。

安月澄竖起三指，心中默念："从此，和齐灿狠狠划清界限！自己要是再心软，自己喜欢的情侣就会分开，结局糟糕。"

她转身走向厨房，目光不经意地扫过餐桌，然后骤然顿住。

餐桌上赫然放着两份早餐，猪肉小笼包配咸豆腐脑，是当地人最爱的经典早餐搭配。也是安月澄最喜欢的。安月澄走近，拿起贴在桌上的蓝色便签。字迹潇洒，笔锋凌厉，力透纸背，由此她几乎可以窥见齐灿傲娇的神情。

"谢谢姐姐的收留，给你买了早餐，你应该还喜欢吧？"末尾，齐灿还画了一个圆圆的笑脸。

说不清道不明的情绪在心底蔓开，安月澄捏了捏指尖，小心将便签折好。

"橙子，你起得这么早，都买好早餐啦？"卫依的声音突然在背后响起，安月澄的动作不由得一顿，仓促将便签装进外衣兜里。

早上天气凉，安月澄在吊带裙外面加了件薄外套。

"不是，齐灿买的。"安月澄如实回答。

卫依两三步蹿到她面前，目光灼灼地盯着她："橙子，你昨天还信誓旦旦地说他早晚得走。"最后半句话，卫依一字一顿，听得安月澄直心虚。

"我从卧室出来的时候，他已经睡着了。毕竟他是我们的救命恩人嘛，我没好意思喊醒他。"

有理有据，可信度高达百分百。至少安月澄是这么认为的。

"好吧，橙子你心里有数就成。"卫依拍拍她肩膀，并不过多询问、干预。

每个人都有属于自己的小秘密，尊重隐私，是维护闺蜜间友谊的关键。

周五下午三点的那门课，是他们大四唯一的课程。前脚步入教室的大门，后脚同学的目光便投射而来，或复杂，或隐晦，或是不加掩饰的嫉恨。

与安月澄较为相熟的几个女生围了上来，"安安，你和商学院的齐灿学弟在谈恋爱吗？""安安，听说昨天齐学弟还为你拒绝了丁瞳学妹呢。""橙子，你可藏得真够深的！什么时候认识的齐灿啊，也不和我们说一声。"

声音杂乱无章地入耳，安月澄的脑子停滞运转了几秒，如今这个时代的消息传播速度……还真是快啊。

她回过神，慢声慢调地开口："我和齐灿不熟，他只是玩真心话大冒险输了而已，大家都误会了。"

"我就说嘛，你要真谈恋爱怎么可能没有半点儿风声呢。"

"就是就是，那群人就会乱嚼舌根！"

"安安，你没生气吧？"

她们的关怀不似作假，但全然忘记，在此之前，她们也是听信谣言的一员。

安月澄笑笑，将话题带过，然后在第三排中间的位置落座了。第三排到黑板和投影屏的距离刚刚好，不必抬头仰视，也看得十分清晰。

"橙子，齐灿真是真心话大冒险输了吗？"卫依也被她的话唬了过去。

安月澄波澜不惊地拧开水杯，喝了口枸杞红枣水。"假的。"

"那你还那么淡定？"卫依瞳孔猛地一缩，抓着她胳膊追问，"他们要是去找齐灿求证怎么办？"

"他们不会去的。"她掀了掀眼皮，将教材摊开在面前，细细读着。这堂课是对日后实习的指导课，非常重要，她没有闲心去考虑别的事情。

卫依败下阵来，没再打扰她。

实习指导课上，老师明确了实习工作安排的关键时间点，特别是需要在十月底前落实实习岗位，展开实习。同时，闲暇时间也要尽快联系指导毕业论文的导师，进行毕业论文的筹备。除此之外，他们戏剧与影视学专业的学生，在毕业前还需要分组拍摄原创毕业短剧。生活不可谓不充实。

"此时我真的好后悔前三年没有好好学习。"卫依欲哭无泪，"要是像你一样保研了，我就不用担心这么多事情了。"

安月澄拍拍她手背，眉眼间流露出几分怜悯："世界上没有后悔药卖，我精神上支持你。"

"这周我不回家了，我要在宿舍苦读。"卫依苦着脸，"橙子你回吗？"

"要回的。"安月澄点点头，冷艳的脸上罕见地含着些许温情，嗓音软下来，"你又不是不知道，我爸妈天天念叨我。"

卫依摊摊手："好吧，看来我只能一个人孤独寂寞地困在宿舍了。"

回到宿舍，安月澄简单收拾了下需要带回家的衣物，拉着行李箱下楼时，兜里的手机却忽地响起。

"来电显示：爸爸"

"喂，爸。"

"澄澄，你下课了吧？"安雍临年近五十，声音依旧温和年轻。

"是啊，估摸着四五十分钟后就到家了。"

"今天爸爸下班早，在校门口等你，咱们一块回去。"

她步子顿住，脚尖在地上轻轻划拉着："爸，我们不是说好了，不在学校见面的吗？"

安雍临是华城大学文学院的教授，安月澄怕旁人多思多想，因此他们之间的父女关系，一直是隐瞒着的。

"你爹有那么见不得人吗？"安雍临小声嘀咕两句，义正词严地说，"我在校外接你，不算在学校见面。"

安月澄哭笑不得，她爸爸有时候的小执拗实在过分可爱，也让人无奈。"知道啦，那你停远一点儿，我马上就到。"她没再拒绝安雍临。

出校门，往东走了一百来米，安月澄才看见安雍临的那辆白色奥迪。坐进副驾时，她听见父亲得意扬扬地邀功："这回停得够远吧？"

"谢谢爸爸，确实够远。"安月澄系好安全带，向父亲汇报最近的安排，"我们要找毕业论文导师和实习工作了。"

安雍临点点头，学院内部早先发过通知，他是知道的。

"那你想好找谁做导师了吗？"他有意无意咳嗽两声，眉梢扬起，潜台词不言而喻。

"我已经和罗老师联系过了，打算基于之前的科研项目进一步研究。"安月澄笑眯眯地打断她爸爸的美好幻想。

安雍临蔫了，嘴角顿时垮下来，满脸都写着"我不高兴"四个大字。

"爸，为了避嫌，理解一下。"

"嗯。"安雍临没再揪着这个话题，转而说起，"对了，你知不知道齐灿闹出什么事情了？"

安月澄长睫一颤，猛地抬眼看向安雍临："爸，你说什么？"

"齐灿啊，"安雍临有些奇怪她过度的反应，狐疑地看她一眼，"他爸给我打了电话，说希望我帮他管教管教齐灿。"

"叮咚，叮咚。"手机消息提示音适时响起。

"分享#震惊！校学生会主席齐灿校外恶意寻衅滋事，打架斗殴！#华城大学学生论坛"

"橙子橙子！齐灿因为昨天那件事被挂上论坛了！"

安月澄指尖禁不住一抖，轻触屏幕，点开了卫依分享给她的帖子。

"集万千光环于一身的校学生会主席齐灿，昨夜竟在巷子烤肉的胡同里与人大打出手！下手狠厉，毫不留情，招招致命！是道德的沦丧？还是人性的扭曲？此人与齐灿何仇何怨，竟招此横祸……"

在长篇大论的小作文下，论坛里的楼主贴出了几张略显模糊的照片，是因为手机变焦放大而导致了模糊。

第一张照片：青年将壮汉死死摁在地面，扬拳直击壮汉脸部。

第二张照片：青年的动作被警察制住。

第三张照片：青年跟随警察坐进了警车。

三张照片里，除了齐灿、壮汉和警察，其他人都被做了模糊化的马赛克处理，其中，自然也包括安月澄和卫依这两个当事人。发帖人显然是针对齐灿的。

安月澄唇角紧闭，难道是齐灿得罪了什么人吗？

"澄澄，想什么呢？那么出神。"她迟迟没答话，安雍临有些不放心。

她恍然回过神来，对上父亲担忧的目光，端起令他安心的笑容："我没事，齐灿的事情……齐叔叔可能误会他了。"

"昨天我们吃完烤肉遇见有人恶意搭讪，是齐灿出手反击，保护了我们。"

安雍临恍然大悟："原来是这样，那回头我给你齐叔叔去个电话解释下。"

安月澄的目光再度落回手机上，登录了华城大学的学生论坛，纤细的手指在屏幕上快速轻点。

"匿名主题帖发布成功"

她长出一口气，呼吸频率逐渐放缓，拢起的眉心徐徐舒展。

安家地处海城区与平门区交界的近郊，是一处占地六百余平方米的院子。绕过雕纹的影壁墙，浓郁的饭菜香飘入鼻腔，母亲阮校龄已经做好了晚饭。

安月澄随手把行李箱丢在走廊，三两步冲进餐厅，满满一桌子好菜！有她最爱吃的糖醋里脊、葱爆羊肉，也有父母爱吃的白灼菜心，还有——可乐鸡翅和小炒肉，是齐灿喜欢吃的家常菜。

安月澄的心紧张了两下："妈妈，今天怎么做了这么多菜？咱们吃得完吗？"

阮校龄将盛好的米饭递给她，说："有什么吃不完的？齐灿那孩子年轻，还在长身体呢。"

果然。方才爸爸说到要管教齐灿的时候，她就应该想到的。她颓然坐在椅子上，捏着筷子刚想要去夹糖醋里脊来抚平自己受伤的内心。

"啪！"她妈妈毫不留情地一巴掌拍在她手背上，横眉道："人还没来齐就动筷子，上大学上得礼貌都不懂了？而且你洗手了吗？"

安月澄噤声，乖乖转身去洗手间洗手。绵密的泡沫搓开，凉水落在手背上，冲得干干净净。

"灿灿来啦？来就来，还带什么礼物啊，你这孩子，真是的……"阮校龄又在客气了。

"灿灿……"安月澄将这个称呼反复咀嚼了两遍，那双凤眸愈来愈亮。

"很久没来拜访叔叔阿姨，带礼物是应当的。"齐灿嗓音温和，说话讨喜，俨然是个乖巧懂事的大学生。

"饿了吧？快洗手吃饭。"

沙沙的脚步声渐近，安月澄将手上的水珠擦干，缓步迈出洗手间，正迎上走来的齐灿。

"灿灿来啦？"她弯着眼眉，学阮校龄的语气，亲昵宠溺。

齐灿脚下步子骤然顿住，桃花眼里浮现一抹错愕。见此，安月澄轻挑眉梢："快点儿洗手吃饭哦。"丢下这句话，她潇洒越过齐灿，回到餐桌前落座。站在原地的齐灿轻轻扶额，唇角忍不住上翘，眼角眉梢蓄起温和笑意。

安家的餐桌是长条桌，安雍临照旧挨着阮校龄坐，夫妻俩结婚多年，恩爱和睦如初。安月澄自然就只能挨着齐灿坐。

"齐灿啊，我听澄澄说了，昨天你见义勇为救了她，我们家得好好谢谢你。"安雍临给他盛了一勺小炒肉。

齐灿微微偏头，漫不经心地向安月澄递了一眼："安叔叔客气了，月澄姐姐以前没少照顾我，这是应该的。"

"澄澄，你向齐灿道过谢了吗？"

"谢谢灿灿。"安月澄隐隐期待地看向齐灿，可他没再露出方才愕然的表情，好遗憾。

"齐灿现在是大孩子了，和小时候完全不一样了呢。"阮校龄笑着打趣他。

饭后，阮校龄婉拒了齐灿想要帮忙刷碗的请求，拽上安雍临去收拾了。

安月澄打开电视，随手换台，卫视的黄金八点档正在播一部古装偶像剧——《岚月传》。

安月澄眼眸唰地亮了，《岚月传》是由星月灿的《青梅姑娘与竹马公子》改编的IP（IP，即Intellectual Property，直译为知识产权，更多指适合二次或多次改编开发的影视文学、游戏动漫等）剧。

《青梅姑娘与竹马公子》是星月灿的第一本书，一书封神，并获IP改编。

星月灿"大神"的书名素来随性，甚至有点儿奇葩，但不妨碍剧情好看。

齐灿歪头，视线飘过去。

她眉眼弯弯，许是因为太激动了，眼尾晕上一圈淡淡的绯红，是难得一见的可爱。

"你很喜欢这部剧吗？"

安月澄没有看他："还不知道有没有乱改，如果没有的话，我应该会喜欢。"

"原著粉（网络小说或其他文学作品的粉丝，他们只忠实于自己理解的原著的内容，相比一般观众，他们对故事情节、逻辑有着更高的要求）？"他咬字轻慢，透着些许慵懒散漫。

"对。"安月澄聚精会神地盯着电视，在脑海中将剧中剧情与原文对比，越对比越觉得兴奋。

"太绝了，几乎分毫不差。选角也都非常完美。"

此时，身侧忽地传来一声气声，像是在笑。安月澄幽幽地看过去："齐灿，你笑什么？"

"没有笑。"齐灿摇摇头，收敛了微翘的唇角。

她轻呵一声，真当她没看见他明目张胆的动作啊？

"你很喜欢星月灿吗？"他又问。

提及喜欢的作者，安月澄似乎很有耐心，语调轻快起来。"当然了，她是我最喜欢的作者。没有哪个作者的文字能比星月灿更打动人心，没有哪个作者笔下的爱情能比星月灿的更温暖美好。"

星月灿，是安月澄心中永远的神。

夜渐深，安月澄在"蔻蔻视频"恶补了自己错过的前面几集《岚月传》，看得十分上头，睡意顿时全无。不过大脑精神归大脑精神，并不妨碍她眼皮子疯狂打架，直犯迷糊。

卧室里的水壶空了，她迷迷瞪瞪下楼，直奔厨房。

月色朦胧，浅淡的月光从窗外透进，厨房里的黑影难以忽视。隐约见那人身形清瘦挺拔，笔直的站姿宛若疏朗月明。但……安月澄咽了口唾沫，他们家附近的安保什么时候这么拉垮了？都能让小贼偷溜进家门了。

她横向挪半步，顺势抄起门边的扫帚，刻意放轻脚步，准备将小贼一举拿下。一步，两步……

靠近了。她稍稍屏住了呼吸。

"嗯？"那人骤然转过身来，喉间低低沉沉地溢出单字音节。音量不大，但对神经紧绷的安月澄伤害很大。

她脚步踉跄，眼见着就要和大地亲密接触，修长的手臂在她腰间轻轻一揽。不等她反应，就已然撞进一个温热的胸膛。

"姐姐，你胆子还是这么小啊。"笑声带得齐灿胸腔都在隐隐震动，安月澄耳边是扑通扑通的心跳声。

安月澄一时分不清心跳声属于谁，又为什么这般剧烈。

"齐灿！"安月澄恼羞成怒。

双目已然适应了黑暗，借着隐隐约约的月光，他的模样也愈发清晰：乌黑发尾柔顺，半遮眉心，淡红色的唇瓣被水润湿，很漂亮，不经意间勾走人的三魂七魄。

"嗯，我在呢。"齐灿垂下头颅，双眸微敛，静静地注视着她。

他如此坦然，倒让安月澄一时语塞。

"你在厨房里不开灯，很容易吓到我爸妈的，他们岁数大了，不禁吓。"她绝口不提自己。

"姐姐不也没开灯吗？"他又凑近了些许，轻声反问，彼此间的距离近到几乎可以交换呼吸的温度。

热度立刻漫上脸颊，安月澄有些庆幸没开灯，否则她此时的模样都要落入齐灿眼底。

"我在我家，不想开就不开。"她挣开齐灿的手掌，转身倒了杯水。温凉的白开水滑入喉咙，混沌的意识清醒了些许。

"嗯，姐姐说得对。"他流畅地答道。

安月澄抿了抿唇角，后知后觉地发现方才的话不太顺耳。

齐灿自小常住她家，齐家父母很少有时间来关照齐灿。以前，幼儿园小学的那些同学，没少笑话齐灿，说他是没爹疼没娘爱、寄人篱下的孩子。受此影响，他还曾离家出走。不过这件事除了安月澄之外，没人知道。

她胸口有些发闷，侧目看向齐灿，皎洁微凉的月光斜斜打在他脸颊上，将线条流畅的轮廓衬得愈发温润。他没有半点儿异样，还是先前眉目含笑的模样，像是没察觉她话中的歧义。

"没有说你不是我家人的意思，我家就是你家，过去是，现在也是。"她还是解释了一句。

安月澄有正当的理由——她这是在维系安、齐两家的友好关系。

"嗯，我家也是你家。"他蓦地低笑出声，性感惹眼的喉结滚动起来。

安月澄的视线在上面粘了几秒，慢吞吞移开，权当没听出他的弦外之音。"时间不早了，我回去睡觉了。"

由于昨夜熬到很晚的缘故，次日安月澄一觉睡到九点才起来，还是被"夺命连环call"（call，打电话。指某人连续接到了别人打给她的电话）吵醒的。

"未接来电：卫依"

醒来的时候，手速慢了些，没接到卫依打来的第九个来电。安月澄起身将枕头立在床头，半倚着，指尖轻滑，回拨电话。铃响一声，电话便被接通了。

"橙子，论坛的帖子是你发的吗？"

安月澄"嗯"了声，声音很淡："对，他对我施以援手，我替他澄清恶意抹黑，这是理所应当的。"

卫依语气沉沉："帖子爆了，齐灿的清白倒是有了。但……"

"有什么不好的事情发生吗？"安月澄轻蹙眉梢，她都说得那么清楚了，难道还是有人揪着齐灿不放吗？

"也不算，"卫依犹犹豫豫地开口，"只是有人开始探究你的身份，说话不怎么好听。"

安月澄不太在意，说她坏话的人从来不少。"随他们去吧。"

"嘭嘭嘭"，敲门声乍起。

"橙子，有人在敲门。"卫依提醒她。

"谁呀？"她趿拉着拖鞋去开门。

"是我，灿灿。"齐灿含笑的声音从门缝里滑进来，"灿灿"二字更是被他念出了一种百转千回的味道。

安月澄面部肌肉一僵，心想："怎么能有人这么脸皮厚的……？自己说出这么黏黏糊糊又腻腻歪歪的称呼。"

"好家伙！"手机里传来一句震惊的感叹。

"嘟嘟嘟——"紧接着，通话被挂断了。

她按按眉心，真是跳进黄河也洗不清了。

门把手咔嗒转开。

安月澄身着长款白色T恤，领口松松垮垮，乌黑的长发垂落，半露出线条精致的锁骨。一夜过去，她脸上没有半点儿油感，依旧白皙干净，不过眼底的淡淡乌青也就愈发明显。

"有事？"她语调清冷，但偏偏由于才睡醒的缘故，尾音显得低低哑哑。

齐灿轻靠着门框，歪头看她："叔叔、阿姨出门了。"

没有营养的话……安月澄抬手作势要关门，齐灿前倾着身子，抵住门扉，漫不经心地说："你该吃早餐了，小心胃疼。"

安月澄自小肠胃不好，没少因为急性肠胃炎跑进医院。

"洗漱完就来，你先去。"安月澄转身进了浴室。

洗漱完毕，又简单护肤后，她才顺着楼梯下楼。

远远望过去，能够看见餐桌上摆着的几个碟子，装着炸肉排鸡蛋三明治、黑胡椒烤肠，还有剥好的柚子。三明治里的牛排煎得微焦，蛋黄没有流心，番茄酱抹得很均匀；黑胡椒烤肠表皮焦脆，烤得裂开一道口子，沁着油，肉香十足；柚子被剥得干干净净，没有一点儿表皮残留，连细小的籽都被择了出去。

安月澄落座，神色显露着几分复杂。这顿早餐的每一个细节，都刚刚戳中她的喜好。比如她从不吃生，牛排甚至都喜欢全熟；比如她喜欢烤到爆皮的烤肠；比如她不喜欢剥皮吐籽。

齐灿都还记得。

心脏莫名得像被一根细线轻轻拉了下，颤抖着，每一次呼吸，似乎都带动心口泛起疼痛。逝去的回忆突然开始攻击她。

"你的厨艺没有退步。"安月澄垂下长睫，轻咬了口三明治，毫无波澜地评价了一句。

"日日练习，为博美人一笑。只可惜，美人不领情。"齐灿单手托腮，咬字好听，还透着股慵懒劲儿。

安月澄觑他一眼，毫不留情地给他发刀子，说："美人不想对你笑。"

"那美人想对何人笑？"他不依不饶地追问。

"除了你的所有人？"美人神情松散，眼尾微翘，不经意地勾人。

齐灿煞有介事地点点头："那我要再努力一些了。"

"叮咚。"

"橙子橙子，你看动漫社群聊天！"

是卫依发的消息，她绝口不提方才意外听到的声音。

"社长：群里有没有人有齐灿的微信啊？他还没加群。"

"路人甲：问问商学院的学弟、学妹？同专业应该有好友吧？"

"路人乙：@商学院蔺澜兰@经管燕清柒@……"

"经管燕清柒：齐灿是我同班同学，我可以拉他进群@社长。"

最新的聊天记录到此戛然而止。

安月澄没看出来什么特别的地方。

"看完了，啥也没看出来。"她回复说。

"嘿嘿，倒也没啥，你觉得齐灿他会受邀加群吗？"卫依言语间透着八卦的气息。

她徐徐抬头，看向对面的齐灿，烤肠的油润了殷红的唇瓣，像盛放的红玫瑰。见她看来，齐灿还抬眼弯着唇角对她笑了笑。

安月澄收回目光。"八成不会吧，他不喜欢热闹。"

消息发出去的下一秒，动漫社的群聊天在屏幕上方弹出来。

"'经管燕清柒'邀请'山间明月'加入了群聊。"

打脸（指被当面证明错误，使其丢脸）来得不要太快。

她深吸一口气，面不改色地撤回了刚才那条消息，改口："管他呢。"

"橙子，我看见了……掩耳盗铃没有用。"

骂人的字在安月澄唇齿间打了一个转儿，在良好教养的驱使下，又咽了回去："看破不说破，我们还是好朋友。"

这一会儿工夫，动漫社群聊的消息就已经上百条。安月澄皱了下眉，点开了群聊。

"社长：@山间明月齐灿同学，改一下备注噢。"

"路人甲：真是'活'的齐灿？"

"路人乙：经管的燕学妹厉害啊，还真把齐灿给拉进来了。"

"路人丙：人家是同学嘛，比较熟悉很正常的啊。"

一番吹捧之后，燕清柒才宛若姗姗来迟般回复了消息。

"经管燕清柒：大家太客气了，我和齐灿就是普通同学关系，不太熟的。"

卫依也发来消息。

"打扰了，我突然觉得你那不算掩耳盗铃了，感觉这妹子的味儿更浓啊。"

"未知全貌，不予置评。而且，也与我无关。"安月澄并不在意。

然而，出乎意料的是，正主齐灿在群里紧跟了一句。

"齐灿：确实不熟，没怎么说过话。"

群里乍然一片寂静，好半晌都没人再出来冒泡。

安月澄没忍住，喉间溢出一声哼笑，他可真是会说话。

"姐姐笑了。"耳畔倏地响起齐灿的声音，十分笃定。

对上他那双漾着水光的眸子时，安月澄呼吸都不由得一滞："嗯，我高兴。"她随手将手机息屏，隔绝了齐灿似有若无的视线。

齐灿勾着薄红的唇，直白又招摇："刚才姐姐说不想对我笑。"他平铺直叙，重复安月澄口中的话，分明不带有半点儿攻击性，但她却听出了一种侵略感。

安月澄沉默了两秒，否认说："我也不是对着你笑的。"她指腹轻轻点了点手机屏幕，端起客气疏离的笑，"我是对着手机在笑。"

话虽这样说，安月澄心里也知道，瞒不过齐灿。他前脚刚在群里回了消息，后脚自己就没憋住笑，她的辩解无异于此地无银三百两。但这不妨碍安月澄想怼他两句。总归嘴上不能饶了他。

"嗯。"齐灿唇齿间挤出闷闷的单字音节，"但你依旧偏向我，不是吗？"

安月澄的动作一顿，轻嗤说："真不知道你从哪里得出的这种无稽之谈。"

"论坛。"他将手机推向安月澄，饶有兴趣地发问："不知道姐姐是什么时候学会标题党那一套的？"

"澄清！齐灿打架斗殴并不属实，其背后的真相竟然是——！"

绯红色染上耳垂，安月澄飞快地将手机又推回去，辩驳说："这不是我发的，你没有证据不要乱说话。"

"证据吗？在姐姐手机里。"他语调散漫，"不如看看？"

"那就是没有证据。"安月澄面不改色地否决掉他的提议，"你不能从我的私人物品中举证。"

齐灿有些遗憾地摊手："好吧，但我知道是你。"

她站起身收拾碗筷，不打算再接齐灿的话。迈步走向厨房的时候，一句话被风裹挟着灌入耳中："我很高兴，姐姐。"

回到房间，安月澄将笔记本放在腿上，将之前科研项目的数据和研究分析成果翻出来复习。毕业论文的选题不能与科研课题完全一致，她需要寻找另外更细致的、值得挖掘的方向。

"叮叮当当……"是陌生来电。

"喂，您好。"她单手接通电话，目光依旧聚焦在屏幕上的文档。

"请问是安女士吗？您的外卖到了。"

安月澄有些茫然，反问："我的？"

"是的，安月澄安女士，手机号是186××××1109。"外卖员快速念出订单信息，"您点了一份龙虾宗的小龙虾盖饭。"

她很清楚，她没有点外卖。自己刚才一直在学习，哪来的时间点外卖呢？但名字和手机号都没错……

"好的，辛苦您先放在门口吧。"

挂断电话，安月澄下楼，小心翼翼地靠近大门，通过猫眼确认门外没人后，才将外卖拿进房间里。拆开包装，就是一份热乎乎的小龙虾盖饭，看上去没有丝毫问题。但，它本身就是个问题。

安月澄盘腿坐在沙发上，陷入沉思，细细排查完脑海中可能的人选，最后就只剩下——不知道什么时候出了门的齐灿。

许是为了印证她的猜测，她的手机弹出了一条微信好友申请：山间明月申请添加您为好友。

是的，安月澄不是齐灿"好友"。在齐灿疏远她后没几个月，她就悄无声息地把他的微信删了个干干净净。只留了个手机号没拉黑，为的是两家见面彼此通知的时候不会联系不上。

她指尖轻点下了同意按钮。

"您已和山间明月成为好友，快来发送第一条消息吧！"

"给姐姐你点了小龙虾盖饭，晚上我不回来了，记得想我。"

厚脸皮。还有脸让自己想他？

安月澄冷呵一声，噼里啪啦一通打字。

"那祝你玩得开心，别玩出事就行——来自你姐的忠告。"

发完消息，她果断点开详情页添加备注——"齐家弟弟"。

弟弟！他就是个弟弟！双重意义上的弟弟！

她猛挖一勺小龙虾盖饭塞进了嘴里，小龙虾口感软弹微辣，紧皱的眉毛顿时舒展开来。

勉强算个"尊"姐的弟弟吧。

"社长：@全体成员，动漫社拟定于明天举办迎新团建活动，要来的接龙报名。"

动漫社群聊继上午的沉寂后，总算迎来了往日的热闹。

社团迎新团建，通常都是结交朋友的好时机，大部分人都不会错过。毕竟，多交几个朋友，总不会有坏处。自然，其中不乏想发展恋爱关系的，但这也是正当渠道之一。

"橙子！迎新团建你要不要去呀？"卫侬发来了信息，末尾还附上了个可怜兮兮的表情包。

看见熟悉的表情，安月澄一阵头大。根据她对卫侬的了解，一旦发这个表情，就必然是有什么事情要求她了。

"没打算去。"她想了会儿，中规中矩地回复说。

"橙子橙子，社长说我身为副社长必须出席……"

"那我帮你劝劝社长？"安月澄有意逗她。

"社长的性子……你又不是不知道，八头牛都拉不回来的！我好孤独，我不想一个人孤零零地去迎新团建。"卫依惨绝人寰般跟她描述。

"几点？在哪儿？"

"还没定，定了给你发消息嘿嘿，爱你！"

安月澄无奈地笑了笑，回复了一个抱抱的表情包。下一刻，便看到了来自齐灿的新消息——

"迎新团建，你会去吗？"

安月澄抿抿唇角。去是肯定要去的，她不能把卫依一个人扔在那儿。不过，告不告诉齐灿……那就是另外一回事了。毕竟社团内部的迎新团建，总是免不了什么游戏环节，其中他们社长最钟爱的……就是真心话大冒险。她不想那些已经被埋葬的旧事，因为一个小游戏再被翻出来。尤其不能在齐灿面前被翻出来。

"我不去。"安月澄敲字说。

下一秒。

动漫社群聊：

"齐灿：#接龙

……展开……

9.21级经管齐灿"

安月澄舌尖轻顶了顶腮帮，一声轻嗤随风而出。

有的男生，表面上看着殷勤听话，实际上，转头就去迎新团建和学姐、学妹亲近。男生的嘴，骗人的鬼。安月澄心里想到。

"橙子，齐灿去的话，你还去吗？"

很显然，卫依也看到了齐灿在群里的接龙。

"去，当然要去，干吗不去？显得我怕了他似的。"

安月澄磨了磨后槽牙，不去才露怯呢。他指不定要脑补出什么"姐姐爱我爱得好惨"之类的奇怪东西。

点开群聊，她紧随其后。

"安月澄：#接龙

……展开……

10.19级文学院安月澄"

齐灿和安月澄这两个名字紧挨在一起，群里人很难不联想到招新现场他们的暧昧互动。

接龙断掉了，没人出来说话。私底下大约都在猜测他们之间的爱恨情仇。

"副社卫侬：#接龙

……展开……

11.19级文学院卫侬"

卫侬适时出来，才打破尴尬氛围，重新热闹起来。

短短半天内，动漫社群聊经历了两次死寂，光荣打破创社至今的尴尬纪录。

后续安月澄没再关注，周日的时间挪作休闲娱乐，就须得在今天把学习的进度赶上来。她将资料一一整理总结，几个精细的论文方向基本定下来，只需要再和导师具体商议就好了。

直到晚上，卫侬才将定好的地址和时间发给安月澄。

动漫社迎新团建定在周日中午十一点，聚吧轰趴馆（海城区苏禾镇店）。周末的轰趴馆价格不便宜，规模大的自然更贵些，因此，动漫社选择了地址较为偏远的苏禾镇店，能节省一大笔活动经费。

转天十点半，安月澄才出门前往轰趴馆。因为她家便在苏禾镇，距离不远，步行十几分钟就能到。

门口的女生迈步进来时，房间内的人都不由得闻声看过去。

她敞穿着复古港风轻薄格子衫，内搭黑色吊带抹胸背心，下身是件高腰破洞毛边牛仔短裤，笔直修长的双腿在光线的晕染下白得发光。

无论男生女生，眼中都不约而同地划过一抹惊艳。

"橙子，这里！"卫侬一眼看见了安月澄，招着手示意她过来。

长条桌上，摆放着榴梿、可可布朗尼等不同口味的比萨，还有珍珠奶茶、青柠百香果果茶、咖啡等各式各样的饮品，以及炸鸡、凤尾虾等小吃。

安月澄在高脚椅坐下，长腿微曲踩住横杠，调侃说："这次朱社也太舍得了，怎么说服组织部部长的啊？"

"花出去的早晚还会挣回来的，新人嘛，代表着社团的希望。"卫依拿了杯青柠百香果果茶递给她，"喏，你爱喝的。"

安月澄没跟她客气，接过就喝。同时，目光在场地内兜了一圈，没看见齐灿。

"怎么感觉老成员都没什么人来？"

"迎新团建嘛，重在迎新，各部门都只有部长来了。"卫依笑嘻嘻地撞她胳膊，"除了你。"

"那我走？"安月澄眉梢轻扬。

安月澄是剧本文案部前任部长，前不久才卸任的。现部长是她一手提拔起来的直系学妹。

卫依双手合十求饶，话说到一半不自然地停顿："别别别，你走了，我可没法儿……混了。"

"月澄，你来了？"身后有人低低沉沉地唤她名字。

安月澄回眸，社长朱源装束简单，条纹衫配卡其裤，眉眼温润，似带春风，是公认的宽和有礼之人。

"朱社。"她颔首示意。

"这次招新辛苦你了，本来不该麻烦你的。"朱源顺势在她身侧坐下，微微偏头看她，眼神中有着一种平和的喜悦。

她摇摇头，说话很客气："应当的，这也是我的职责。"

"橙子，我再去和组织部确认一下活动情况，等会儿就过来。"卫依向她摆摆手，三步两步跑开了。

朱源无奈笑笑，有意无意地问："你毕业论文和实习工作的进度怎么样了，有没有需要帮忙的？"

"导师联系好了，实习工作在找，时间还挺富裕的。"她抿了口果茶，说话时距离感分明。

她在和异性的来往上，素来很有分寸。

"好吧，我还说想给你介绍我熟悉的公司呢。"

齐灿刚一进门，眼神便锁定了安月澄的身影，自然……也锁定到了朱源。在与朱源说话的时候，安月澄眼眸含笑，姿态放松，俨然是与那人十分熟悉。另外，他们身上的格子衫与条纹衫，不知是无意撞上……还是有意为之。总之，刺眼得很。

车钥匙在指根转着圈，齐灿慢悠悠地走至安月澄身旁，手肘抵在桌上，半俯下身子说："学姐不是说不参加迎新团建的吗？"他尾音拖得绵长，像钩子似的，不经意地勾人。

安月澄抬眸，对上他漆黑的眸子，没读出半点儿情绪。她才不信齐灿没看见自己的接龙，不过是有意憋到见面再来打趣她罢了。

"我又想参加了。"她风轻云淡，"听说有好看的学弟。"

齐灿眸色一暗，转瞬轻笑出声，说："那学姐觉得，我与那所谓的好看学弟相比，孰美？"

他笑起来的时候，像盛放的玫瑰，娇艳而热烈。

"月澄别同小学弟开玩笑了，他要当真了。"朱源拍拍安月澄肩膀，语重心长地劝说。

齐灿舌尖轻顶了顶上腭，漂亮温柔的桃花眼微眯，隐隐透着几分戾气。

"月澄？"他一字一顿，咬字清晰干脆，"月澄姐姐？"

每个字攻击性都很强。安月澄仿佛清晰地听见了齐灿这句话背后的潜台词：他叫你月澄？这么亲密？什么关系？

不过，自己哪有义务同他解释呢？安月澄心安理得。

"那齐学弟不如问，你与我，孰美？"她撩了撩眼皮，学着方才齐灿的语气，散漫玩味，简直如同一个模子刻出来似的。

"那自然是姐姐更美，美在我心尖上。"他声线优越，清亮温柔，听在耳中，蛊人心神，加上深邃的目光，更是透过她的皮囊，直击内心。

"油嘴滑舌！越学越坏了。"安月澄在心底默默地把标签贴在他身上。

"我比不得齐学弟，连招新都能被当成猴子似的围观。"她自觉是讽刺齐灿，却不知在旁人听来，像是气到吃醋、忍不住阴阳怪气的小姑娘。

朱源凝眸看着二人你一言我一语，良久，他也没寻着机会能插上半句话。他们之间像是形成了一种无形的气场，外人无从干涉，将他们彼此之外的所有人，排除在外。

朱源垂落身侧的手掌不由自主地紧攥，手背青筋突出。他原以为，他们缘分不浅——同在动漫社，他的研究生导师安教授又是月澄的父亲。但，突然出现的齐灿打破了这种平衡。

"十一点了，要准备开始迎新团建了。"他语调依旧温和，不紧不慢地打断了安月澄和齐灿的对话。

"那我去找卫依。"安月澄起身，望了望周围，寻着卫依的方向走去。

齐灿挺直腰背，似笑非笑地看向朱源，用阴戾的眼神紧盯朱源，丝毫不掩饰自己的敌意。

朱源微翘的唇角也压了下来，情绪不复方才的平和，说："她不喜欢弟弟。"

一刀子剜在旧日的伤疤上，齐灿眉心微澜，嗓音冷然："喜不喜欢，她说了算，你说了不算。"

说话间，社员们已经在卫依和骨干的招呼下，向长条桌靠拢。

朱源又端起和煦的笑容："大家随意坐，吃喝都随意，咱们动漫社秉承的理念就是自由、快乐。"

"朱社威武。"有人带头起哄。

朱源余光轻扫了下齐灿，不显山不露水地挑了挑眉梢。但齐灿已经寻了个角落坐下，对他的挑衅视若无睹，淡薄的眉眼无波无澜，像是蔑视。

朱源有些恼羞成怒，他会让齐灿看清他与安月澄之间的距离。

"咱们今天的迎新团建，迎新为主，团建为辅，主要还是大家凑在一起图个乐。"他声音洒脱。

"图乐子的话，朱社不会又翻出来珍爱的真心话大冒险吧？"唱见部部长肆意调侃。

朱源摇摇头："咱们今天玩点儿新的，以各部门为单位分队，进行小游戏的比拼，队长就是现任部长。"

他侃侃而谈，将规则用幻灯片投影展示出来，并细致讲解。

"无聊。"安月澄坐在角落里，没忍住和卫依吐槽一句，"我能不参加吗？"

卫依摸摸鼻尖，说："要参加的嘛，剧本文案部本来就没几个人。"

新的一页幻灯片上，是不同部门的成员及队长。

组织部、COS（英文cosplay的缩写,意思是角色扮演)部和唱见部人比较多，每个部门都有五个人；声优部稍少，有四个人；而美工部和剧本文案部就相对较惨，只有三个人。其中，安月澄所在的剧本文案部，是前任部长+现任部长+齐灿。

安月澄有些头疼，下意识抬眸望向对面的角落里，不巧正对上齐灿的眼神。她读懂了他的眼神：姐姐，合作愉快。

合作是不可能合作的。不打他已经是她的仁慈了。

"鉴于剧本文案部人太少了，我加入——"朱源的话没说完，便被一个慵懒闲散的声音打断。

"社长，人家美工部也只有三个人呢？可别偏心我们剧本文案部啊。"

齐灿此言一出，便有人附和："是啊是啊，社长怎么偏心呢？"

"废话，橙子姐在剧本文案部啊！"

大家的目光在齐灿、朱源和安月澄之间徘徊，试图从中觅得一丝八卦。

安月澄轻咬了下吸管，被这么多人注视，也不见丝毫惊慌："那我替朱社当裁判吧。"

朱源："……"

齐灿："……"

全场："……"

安月澄提出了一个他们都没想到的方案。还真是独辟蹊径。

"橙子姐说得有理，正好卫副社也在，你们俩当裁判一准公正公平！"和她们相熟的女生果断站出来救场，使现场免于像微信群那样陷入死寂。

不得不说，动漫社今年的情形实在是有点儿命途多舛。

"既然月澄这么说了，那我只好恭敬不如从命了。"朱源勾着唇角，向安月澄微笑示意。

以前，安月澄一直以为朱源为人处世进退有度，情商极高，会让和他交流做事的人十分舒服。但此时，她没来由地有些不适，好像她的决定是强加在朱源身上一样。

"第一个游戏，你画我猜。"安月澄接过朱源手中的活动安排书，"各部门出两人，一人画，一人猜，猜对最多者获胜。"

各部门都商议起出战人选，热热闹闹的，除了剧本文案部。

现任部长是个小姑娘，性子柔，夹在朱源和齐灿中间急得脸颊通红。百般无助下，她可怜巴巴地将求助的目光投向安月澄。

安月澄叹了口气，缓步走过去，就听见小姑娘细声细气地问她："橙子学姐，咱们部门让谁出战好呀？"

齐灿跷着二郎腿坐在椅上，上半身微微后仰，靠着椅背，略显颓唐，整个人身上都写着"我不想动"四个字。

朱源与齐灿形成鲜明反差，语调温柔，随性自然："怎么安排，我都可以。"

安月澄轻呵一声："齐学弟和朱社出战吧。"

闻言，齐灿骤然坐直身子，不可置信地看向她："我不——"

"自然可以。"朱源温声答应。

"月澄姐姐，我——"齐灿的嗓音戛然而止，因为他口中呼唤的那人，头也不回地走了，压根儿没有半点儿打算听他说话的意思。

齐灿惨遭人生滑铁卢。

不多久，各部门就已确定好出战人选。

朱源所在的剧本文案部率先出战，社长领头做表率，意在激励后续的部门努力拼出好成绩。

"两位谁画谁猜？"词板倒扣在手上，安月澄不疾不徐地出声发问。

齐灿单手插在裤兜，眼眸半眯："我画技还不错，我来负责画吧。"

安月澄唇角不自然地抽搐两下，据她对齐灿过去十几年人生的了解，画画好这件事……跟齐灿压根儿是八竿子打不着的，堪称灵魂画手级别的存在。

她欲言又止。不过也说不定，这三年多齐灿苦练绘画，产生质的飞跃，摇身一变成为画画达人也并非不可能。

犹豫这会儿工夫，朱源和齐灿已经各自落座，卫依也打开手机计时，只待安月澄给出词板。

"那开始吧。"

安月澄翻开最上方的词板：青花瓷。

齐灿扫眼词板，迅速地在白板上画下两个椭圆，大的包住小的，弧线随画笔移动而延伸。

"大功告成！"他亮出白板。

对面朱源脸上胸有成竹的笑容顿时僵住。

这是个什么东西？重新定义了"画技还不错"？不错在哪儿了？

"呃……"朱源有些不确定，"花瓶？"

安月澄摇摇头："错。"

"瓷瓶？"总归得是个类似于瓶子的东西，朱源认为。

"不准确。"

朱源盯着齐灿，试图从他的微表情中，读出几分与答案相关的信息。

然而——齐灿抱着白板，敛着眼皮，只似笑非笑地看着朱源。

"他一准是想看自己出丑。"朱源咬紧了牙，恨得不行，可偏偏又实在猜不出。

"到底是什么啊？"

"说实话画得有点儿抽象，我也猜不出来。"底下的"吃瓜"（在网络环境中，用来表示一种不关己事、不发表意见仅围观的状态）同学也纷纷猜测起来。

"下一个吧，我猜不出来。"朱源认输。

安月澄翻开新的词板：搁浅。

"不难。"齐灿转了转手里的马克笔，飞速画下一个月亮，再画一竖加三角。接着画了两条波浪线，在波浪线之下，又点上了代表沙砾的圆点。

画作展出，场内人齐刷刷松了口气，这太明显了，谁都猜得出来。

"帆船。"朱源笃定道。

"不是。"安月澄摇摇头。

"难道是动词？开船？"

安月澄："也不是。"

朱源："……"

"啧"齐灿舌尖轻顶了下上腭，漫不经心地敲击着白板，手指白皙修长，骨节分明，指甲剪成了很漂亮的半圆形。

安月澄堪堪移开目光："卫依，还有多长时间？"

"三分钟。"卫依准确报时。

"下一个。"朱源认栽了，他实在是看不懂齐灿的画。

三分钟时间一晃而过，后面齐灿拿到几个简单易画的词语，最后剧本文案部总计答对三个词。只能说，勉强胜在齐灿画得快。

末了，有人憋不住好奇心，问："橙子姐姐，前两个词语到底是啥啊？我们都快好奇死了。"

"第一个是青花瓷，第二个是搁浅。"说话时，安月澄眼角染上一抹笑意，显然是在笑齐灿的画技。

"没有花的青花瓷，齐灿画得也太素了。"

"第二个哪里看得出来是搁浅啊，只能看出沙滩、海水和帆船嘛！"一会儿工夫，场下人已经熟悉起来，打趣起哄说。

紧接着，安月澄又连续进行了其他几个部门的"你画我猜"。但，剧本文案部毫不意外地垫底。

下一个小游戏是卫依来主持控场，安月澄闲下来翻出手机"摸鱼"（指偷懒，不务正业）。

微信图标上赫然标红"99+"。动漫社群聊的消息占了大部分，基本上都是对于方才游戏情况的调侃，以及场外社员的八卦、好奇。

除此之外，就是齐灿和朱源的消息。

"齐灿：姐姐主持还是一如既往地气场强大，和高中元旦晚会时一模一样。"

"齐灿：这件衣服很衬你，漂亮极了。"

最新消息发自半分钟前："姐姐你看看我呀？"

安月澄眉毛轻动，慢悠悠抬眼，对上齐灿澄澈明亮的眸子，勾人得很。

她指尖快速点了点屏幕："你的意思是从高中到现在，我的主持水平没有进步？还有，我看了你，然后呢？"

视线范围内的齐灿，藏在角落里，双手食指骨节弯曲，指尖相触，中指伸直，比出一个心形，持续了好几秒。

"不好看。"安月澄回复。

他不依不饶："是我不好看，还是心形不好看？"

齐灿自然是好看的，从眉骨到下颌，怎么看都是好看的，是可以让人脸红心跳的模样。

"都？"她唇角微翘。消息发出去后，安月澄仔细打量着齐灿，果不其然，他眉毛皱成一团，眼皮耷拉着，蔫了。

她笑了下，收回目光，再低头看见最新消息："那要不我去约个H国的整容项目？听说他们这方面的技术很厉害，什么初恋脸、清冷脸……都能整。"

安月澄茫然地眨眨眼，齐灿他真是……毫无下限啊。

还没等她回复，齐灿的消息又弹了过来。

"姐姐喜欢哪种？"

喜欢哪一种？安月澄垂着眼眸很认真地思考了十几秒，她把这几种脸和自己记忆里的人脸简单对应，似乎也没有特别喜欢的类型。

"喜欢没整过的，天然美人。"

"比如姐姐自己？"

安月澄哑然失笑，抬头看齐灿时，他正以手托着下巴，笑意盈盈地看着自己，满目皆是星河。

"我没你那么自恋。"她认认真真地敲字，然后才去看了朱源的消息。

"抱歉啊月澄，没能给剧本文案部争光，反倒拖了后腿。"朱源看似认真深刻地在道歉。

"我不应该擅作主张，要替你们出战的。"

安月澄不咸不淡："没有关系，只是一个游戏。"

紧接着，又陆续展开了几个小游戏，最后胜出的是COS部，他们收获了精心准备的小礼品。最后，还余下些许时间给社员们各自交流。

迎新团建结束，安月澄又陪着卫依简单收拾完道具，才并肩走出轰趴馆。

齐灿半倚着一辆银灰色大众，身形颀长，手指晃动间，车钥匙在指根兜着圈，十足的散漫悠闲。

瞧见安月澄的那刻，他双眸微亮，迎上前来："我送你们回学校吧？"不仅丝毫没有半点儿避嫌的打算，甚至还恨不得将安月澄与齐灿两个名字永远捆绑在一起。齐灿的私心，明晃晃摆在台面上。

"齐灿学弟不会真喜欢我们橙子姐姐吧？"

身后其他部门的人也陆续走出来，其中不乏和安月澄关系还不错的，忍不住出声打趣。

"橙子姐姐可是我们社团的宝藏，不是属于哪一个人的，而是整个动漫社的。"

齐灿不置可否，一言未发地看着安月澄，等待着她的答案。

"谢了，齐学弟。"安月澄一手拉开车门，一手将还没回过神的卫依塞了进去，"免费便车，不坐白不坐。"末了，她还摇下车窗，半靠着同车外的社员说话，"齐学弟是真心善。"

动漫社众人："他那是心善吗？"

齐灿似有若无地轻笑了下，顺势偏身靠过去，嗓音又低又软："那可否请橙子姐姐，多垂怜我一点儿？"

车内的姑娘盯着他瞧了两秒，呵呵一笑，摇上了车窗。

他捏捏耳垂，眸色柔软，是不加掩饰的宠溺，直白又招摇。

车外众人："好像是真的……？我们不应该在这里，而应该在车底。"

朱源走在最后，出门的时候，正好将二人的互动看在眼里。或许安月澄不知道，但朱源认识她三年多，却看得清清楚楚，明明白白。

她性子素来清冷，待人也总是客气疏离的，唯有少数和她亲近的人才能见到她柔软亲和，甚至带有一点儿小任性的那一面。

朱源无缘见到，而齐灿有幸。

名为嫉妒的种子在朱源心底生根发芽，肆意生长，转眼间就成了一棵参天大树。

"辛苦学弟先送我回趟家，我的行李还没收拾。"

纵然大四只有一门课，安月澄还是习惯住在宿舍，一来路途遥远，二来在宿舍更容易静下心来学习。

很快抵达安家，卫依不想和齐灿独处，便陪着安月澄一起。而且，她也有话想问安月澄。

"橙子，齐灿对你似乎很殷勤很上心啊，你心里是怎么打算的？"

安月澄收拾衣物的动作一顿，摇摇头，没答话。

哪里有什么打算？她素来拿齐灿没办法。又顾及着安、齐两家的关系，总归是要留几分薄面的。

"那我换句话问，橙子你觉得你喜欢齐灿吗？或者说，有没有一点点好感？"卫依像是非得到个答案不成。

安月澄垂下眼眸，纤细修长的睫毛轻颤，像薄薄蝶翼扇动。

"不喜欢吧。"她吐出一口浊气，"之前吃烤肉时我说的话，是真心的。年少时的好感……哪能维持得长久呢？"

卫依静默。

"那齐灿呢？"这句话在她唇边打了个转儿，没问出来。

"你大学不谈一段恋爱太可惜了，要不要我帮你物色一个？朱社那样的怎么样？"卫依半开玩笑地说。

"恋爱不恋爱的，对我本身生活没什么影响。"安月澄将行李箱拉链拉好，拖着箱子往外走，"朱社，为人谦和有礼，是个不错的选择。"

齐灿颀长的身影立在门外，停了几秒，旋即阔步走出安家大门。凉风裹挟着水滴砸在脸上，润湿了眉梢。

下雨了，一场秋雨一场寒，天气要转凉了。

齐灿没听到安月澄的后半句话。

"不过朱社更像是长辈，那种知心大哥哥，我是没什么想法的。"安月澄笑了笑，"你要是喜欢可以试试？"

卫依故作恼怒地轻打她胳膊："橙子！话可不能乱说，让我家那个醋坛子听见又得和我闹了。"

坐进车里的时候，安月澄被空调的冷气冻得一哆嗦，下意识抬头看向驾驶座。齐灿侧脸线条流畅，面部肌肉紧绷着，眼神放空似的飘在挡风玻璃上，随着雨刷器的摆动而动。

气压很低，透着股说不清道不明的压抑感。安月澄微微凝眉，不动声色地将身上的格子衫拢了拢。

　　齐灿扶着方向盘的手指用力攥紧，几秒后，还是伸手将空调温度调高了。

　　"路上还要些时间，可以睡会儿。"他嗓音清冷，不带有丝毫温度，"你昨天不是失眠了吗？"

　　"卫依你睡会儿吧。"安月澄抿抿唇角，侧头看向窗外。

　　卫依不知道是不是她的错觉，她好像夹在中间难做人了。有点儿后悔，这个车她不应该上。

　　"好，那我睡会儿。"卫依往后一仰，合眼装睡。

　　车内陷入长久的静寂，唯有汽车发动机的轰鸣声，和隐隐约约敲打着车窗的雨声。

第2章　姐姐只会和我在一起

"叮咚"，是短信的声音，来自安月澄的手机。

"你今天的吊带短裤很性感，很适合你。腰细腿长，俯下身子时一定更漂亮，我真想看你这株高岭之花低头哭着求饶。

"乖孩子，记住，别去勾搭别人，你只能是属于我一个人的。否则你会知道后果的。"

后视镜里，安月澄的脸色微微发白，一股凉意从尾椎骨直冲天灵盖，手心冷汗涔涔。

发件人是一个陌生号码。她指尖顿在空中，迟迟没有将"加入黑名单"的按钮按下。

毋庸置疑，这个人今天见过她，那么嫌犯范围可以极大限度地缩小至动漫社内部成员。但，有人尾随她也不无可能。

安月澄拧开方才从家里拿的冰镇饮料，连喝几口，恐慌的情绪淡了些许。

"要报警吗？"她暗自忖度。

但，答案自然是否定的。这种言语上的性骚扰，往往被轻拿轻放，被认为是不痛不痒的存在。她还不能打草惊蛇。

她关掉了手机屏幕，合上眼睑，按在屏幕上的指尖仍在隐隐轻颤着。

舒缓悠长的钢琴曲在车内骤然响起。安月澄睁开眼，正好看见齐灿收回选择歌曲的手，肤色很白，骨骼细长，在车载屏幕的荧光晕染下，像抹上了亮光。

车徐徐在校门口的路边停下，安月澄推推卫依："卫依，醒醒，我们到学校了。"

"啊？"卫依迷迷糊糊地揉了揉眼睛，想她自己竟然真的睡着了？该不会错过了什么劲爆消息吧？

"伞。"齐灿打开安月澄那侧车门，往前递了递手中的那把黑色大伞。

安月澄仰头看着他，没接过来，说："你车上应该只有一把伞吧？给了我们，你怎么办？"

"我开车，没关系的。"齐灿不由分说将伞柄硬塞进她手里，转身去后备厢拎她的行李箱。

"等会儿，还下着雨呢。"安月澄小跑两步，微微举高雨伞，将齐灿笼罩在伞下。

她还是慢了些。他额前的碎发被雨水打湿，软趴趴的，水珠顺着脸颊滑落，沿着冷白干净的颈线，隐没于胸膛。

齐灿将行李箱放在地上，垂眸看向她。那双漆黑的眸子湿漉漉的，有意无意地轻眨，细而长的睫毛宛若一把小刷子，刮在安月澄的心尖尖上。乖巧而又柔软。

"我身体好，不会感冒的。"他说。

安月澄唇角紧绷着，冷然开口道："我也不会。"说着，她便欲松开手中的伞。

下一秒，温热的触感覆上手背，他拢着她的手指，说："我等会要开车去别的地方，不回宿舍。"

"姐姐不必担心我。"齐灿那冷了一路的脸色终是多云转晴，附着在眉眼间的冰霜转瞬融化。

安月澄不轻不重地剜了他一眼，语气淡得像白开水："没担心你，别自作多情。"她挣开齐灿的手，抬脚想往卫依那边车门走去，又硬生生停在原地。

"你回车里去。"她抬抬下巴。

"嗯，都听姐姐的。"齐灿唇角微翘，声音里带着浓浓的笑意。

安月澄把齐灿送回驾驶位，才拉着箱子接上卫依，进了学校。

华城大学的宿舍是四人间，上床下桌，安月澄睡靠窗的位置。她进屋将黑伞撑开晾在了阳台，身后忽地传来声音，说："橙子，你换了新伞？"

说话的是章杉茹，读汉语言文学专业，之前的室友办了退宿，她才被调过来的。

安月澄和她关系一般，原因是她时常阴阳怪气，总拐弯抹角地说一些和安月澄有关的胡话。不过安月澄都当成了耳旁风，她懒得应付章杉茹那些弯弯绕绕的小心思，就权当这人不存在。

"不是，别人的伞。"她回答简洁。

章杉茹扒着床边，眼睛滴溜溜转："哎，那论坛上有同学传的那个你和齐灿的事，是真的不？"

"假的。"

安月澄将行李箱的衣物挂进衣柜，打开电脑，开始编辑简历。虽说规定是十月底前落实实习，可也得早点儿投简历先找找看。

"喊"章杉茹撇撇嘴，不大信："我都在论坛看见你和齐灿的照片了，凑在一起可亲密呢。"

安月澄敲击键盘的动作微微一顿，眸底情绪翻涌，冷然开口说："事实就是如此，你不信我也没办法。"

"真是的，橙子有必要骗你？"卫依素来看不惯章杉茹，这会儿借着由头嘴上更是不饶人，"你喜欢的又不是齐灿。"

章杉茹的脸色不大好看，但还是追着问："朱社也去迎新团建了吧？"

她也是动漫社的成员，但并非骨干，便没去凑热闹。

"去了。"卫依凑到安月澄身边看她写简历，"有心思自己去追，没事少胡说。"

章杉茹默默地躺回床上去，不出声了。

"橙子，回头你也帮帮我呗？"卫依嘿嘿笑着，"攻略、技巧没少看，但我写出来的还是很拉垮。"

安月澄轻轻"嗯"了声，说："你回头把你原始版本的简历发我，我给你改。"电脑荧光映在她眼中，平静无波。

"好嘞，谢谢橙子姐姐。"卫依小跑两步，回去开电脑了。

写简历说难不难，说简单也不简单。华城大学的讲座课程很多，每年也都有专门请知名的人力资源专家来授课。安月澄有幸听过几节，因此小有心得。另外，实习公司她早些时候便在观望，最后决定海投业内知名公司。大企业的实习经历能让简历变得更漂亮，所以很重要。

但简历不能群发，安月澄便按照之前记录的名单挨个发送邮件。

"祈囍娱乐"，看到这四个字，安月澄握着鼠标的手指不自然地绷直。

齐和集团涉及的领域很广，祈囍娱乐便是齐和集团下最知名的娱乐文化公司，同时在业内也是数一数二的存在。

安月澄有些犹豫，不知该不该投，单论公司而言，她肯定秒投。但偏偏是齐家的产业。不过齐叔叔他们平日繁忙，倒不会注意到她这么个实习小员工吧。嗯，投它！

安月澄素来有早睡早起的习惯，一早起来洗漱过后便去晨跑。

昨天下了雨，微风拂过面颊时，裹挟着清新的泥土芬芳。她将挽起的卫衣袖子往下拉了拉，庆幸今天没穿短袖，不然可能会冻死。

简单做了热身运动，连跑十圈，她一边缓着呼吸，一边在单杠上压腿。

倏地，视野里多了一条腿，安月澄循着长腿看过去，对上朱源温和的双眸，她颔首示意："朱社也来晨跑？"

"对啊。"朱源擦了擦额头上的汗珠，"只是远比不上月澄你，我才跑四圈就筋疲力尽了，许是年纪大，身体也不行了。"

"我身体好。"莫名地，齐灿昨天的话在安月澄脑海中回放了一遍。

安月澄唇角微微向上翘，客气地说："要依朱社这般说，我也和大一大二的学弟、学妹们没法比。"

说者无意，听者有心。朱源不由自主地捏紧手中的纸巾。"昨天你和齐灿……"

"顺路而已。"安月澄皱皱眉，语气有些冷淡，显然是对朱源的过分窥探而感到不满。

朱源隐下眼底的嫉妒，转移话题说："我微信朋友圈最近有几个公司在招实习生，转正概率很大，要不要转发给你？"

"不用了，朱社。"她的腔调依旧无波无澜，疏离至极，"我已经投了几家公司，在等回复。"

安月澄不想欠人情，而且……不知道是不是她的错觉，从昨天开始，朱源就有些怪怪的。

朱源黯然说："好吧，我身为你的学长，一直也没能帮上你什么忙，实在太遗憾了。"

更怪了。这种气氛让安月澄很不自在。她忍不住偏头多看朱源一眼，青年眸子黝黑，浮着些许惭愧自责，像真的很在意这件事。

"朱社，"她斟酌着用词，"我自己能办的事情，不需要旁人来帮。这是我个人的习惯问题，你不需要这样。"她敛眉微笑的模样分明温柔至极，可说出口的话，却无比残忍，像一把锋利的匕首，毫不留情地捅进朱源心口。

安月澄把他们之间的界限划分得很清楚，朱源于她而言，只是外人。

朱源呼吸有些急促，艰难开口："月澄你说得对，是我……逾越了。"

安月澄放下腿，原地轻蹦了两下，说："朱社继续加油，我还要给室友带早饭，先去食堂了。"语毕，她快速转身，沿着路走向操场出口。

她身形纤瘦，体态姣好，长款的卫衣随着胯骨的移动而轻晃，鸦黑长发束起，发尾微卷，自然垂下，很漂亮。

朱源眼珠子一动不动地盯着她的背影，目光炙热，呼吸也越发急促，他缓缓举起了手机……

安月澄自己吃了紫米粥和小笼包，又从食堂打包了肉夹馍和豆浆，带给卫依。

"谢谢我的宝藏橙子姐姐！"卫依抱抱她，一边插吸管，一边问她，"你晨跑遇见朱社啦？"

从安月澄离开操场到现在，不过十几分钟而已。卫依都已经知道她碰见朱源的事情了。这还能不是朱源本人说的吗？

"碰见了。"安月澄垂下眼眸，随手点开微信，一眼锁定"齐家弟弟"。原因无他，只是这个备注在一众真名实姓中，过分突兀了。

经管专业在大二时候的课程应该很多，周一大概率是满课的。今天齐灿没给她发消息，倒也不意外。

"他说……"卫依嚼着肉夹馍，含混不清地说，"让我替他向你道个歉，是他不会说话了。"

安月澄心头泛起厌倦，语气忍不住有些冷："本来就没什么可道歉的。"

卫依噤声，小心翼翼地看了看她，一时没敢搭话。

"让朱社给你道歉，真够本事呀。"对面的章杉茹不知道什么时候醒的，半撑着身子探头看她。阴阳怪气到了极点，让人忍不住想骂人。

"那我本事确实不小。"安月澄半掀起眼皮，凉凉嘲讽，"你想让他给你道歉还得不到，是不是？不过他的道歉，我也不稀罕要，只有你会把这当成宝吧？"

安月澄一般不怼人，因为浪费时间，还很麻烦。但这不代表她不会怼人。

章杉茹瞪大了眼睛，完全没想到她会说出这样一番话。

在她的印象里，安月澄一直是清清冷冷、客气疏离的模样，几乎没有为什么事情动过怒，更别说怼人了。也正是因此，她才敢肆无忌惮地阴阳怪气。

"你，你怎么能——"她张着嘴，半天说不出一句话。

卫依一开始也有些震惊，但很快反应过来："有什么不能的？许你天天阴阳怪气，不许我们橙子回你一句了？别在这儿装得像株纯洁无害的白莲花似的，先拿镜子照照你自己的嘴脸吧。"

比起安月澄委婉的讽刺，卫依说话则是又狠又直接，压根儿不给章杉茹留半点儿面子，句句打脸，字字戳心。

章杉茹就是欺软怕硬的性子，这会儿被怼得一声不敢吭。

安月澄偏头，那把黑伞已经被晾干，整整齐齐地收好放在桌上。伞，要还给齐灿的吧？

她点开齐灿的微信，编辑消息："在上课？回头有时间把伞还给你。"

消息才发出去没过十秒，齐灿一个语音通话就打了过来。安月澄回头看了眼章杉茹，起身去了阳台，随手将阳台门关好，才接通电话。

"我请假了，在家，没去上课。"响在耳畔的嗓音沙哑低沉，像刮过草地的风，没了平日的清亮温柔。

她倚着窗台，没忍住笑出声来，打趣说："昨天说身体好的人是谁来着？"

齐灿沉默两秒，一本正经地说："是我的另外一个人格，不是我。"

"双重人格？那我帮你挂个六院的号？"安月澄神情松散，望着窗外的目光都柔和了几分，方才有些烦躁厌倦的情绪也淡化了许多。

"还是三院吧。"齐灿轻咳几声，声音很轻，"去开点儿药。"

六院，是有名的精神专科医院，而三院则是三甲综合医院。

安月澄手指轻敲着玻璃窗，不紧不慢地询问："那也行，用我带你过去么？弟弟。"

"倒也不——"齐灿声音逐渐减弱，话还没说完，便再无声息。

"齐灿？"安月澄心里一紧，陡然不安起来。

电话那边没有回应，侧耳细细听，隐约能听见轻而浅的呼吸声。

"灿灿？你还醒着吗？"纤细手指无意识地用力抠住了窗沿，指甲都有些发白。

依旧没有回应。

可能性有两种：其一是感冒过于疲倦，秒睡了；其二就是……感冒发烧的程度比想象中严重，晕过去了。结合方才齐灿所说的去开药……他大概率是没吃药的。

安月澄唇角紧绷，挂断语音通话，火速打给安雍临。

"澄澄，给爸爸打电话有什么事情吗？"八百年不给他打一次电话的闺女竟然主动联系他，安雍临很高兴。

"爸，齐灿现在住哪儿，你知道吗？"安月澄直接切入主题，没有半句废话。

安雍临沉默两秒，说："我知道你齐叔叔给他留的房子在哪儿——"

"在哪儿？"安月澄迫不及待地打断他。

他很少见到女儿这么急切的模样，却有些无奈："但齐灿肯定不会住在那儿。"

安月澄反复做了两次深呼吸，心里的念头越发坚定："那他的课程表，你有吗？"

"有，我转发给你。是齐灿出什么事情了吗？"

"可能发烧晕过去了，也可能是在睡觉。"安月澄转身收拾背包，声音有些低，隐约能听出几分担忧，"他到底是我弟弟，这时候照应一些是应该的。"

前两年怎么没见她多照顾齐灿一些呢？不仅没照顾，连见面时说话的次数都屈指可数。

安雍临不知道其中隐情，便也没多说话。

安月澄很快收到齐灿的课表。

现在八点三十五分，从宿舍到第二教学楼差不多三分钟时间，正好可以赶上课间。

她麻利地背上包，顺手拎上雨伞，心急火燎地出了宿舍。全然没有半点儿平时的从容淡定。

见证全过程的卫依目瞪口呆，"照应弟弟……"这理由，鬼才会信吧？

八点四十分，第二教学楼，阶梯教室309。

台上的老教授总算结束上一个知识点的讲解，一声"下课休息吧"，解开了学生们的封印。叽叽喳喳的声音顿时充斥整个教室，直到——

"你好，请问哪位同学是齐灿的室友？"

来人嗓音清清冷冷，语速轻缓，像温凉珠玉不轻不重地坠落，砸在听者的心间。音量分明不大，但在无数细碎的声音中，显得格外突兀，教室里的学生都不由得侧目看去。

安月澄身着雾霾蓝纯色卫衣，领口有些松垮，线条精致好看的锁骨隐约可见。许是来时路上走得急促，乌黑的碎发散落在两鬓，发尾微翘，更衬得她肤色白皙，脸型小巧。

此时，她正微微俯下身子，温和地询问坐在门边的女生。

"嚯！这不是冷艳校花吗？"

"你们听见了没有？她来找齐灿室友哎！"

"难不成论坛传的绯闻都是真的？"

"不过齐灿今天不是请假了吗？"

那女生眨眨眼睛，指向靠窗最后排，说："那个高个子，看起来憨憨的，就是齐灿室友，何霄。"

安月澄没理会底下此起彼伏的议论声，道了声"谢谢"后，径直走向何霄所在的位置。

何霄眼睁睁看着她一步一步走来，最后停在桌前，轻声开口问："何霄同学你好，请问你知道齐灿住在哪儿吗？"

她说话语气很轻很温柔，但无形的气场还是震得何霄愣了两秒。

"学姐你问这个……我不太方便告诉你吧？"

安月澄脸上客气疏离的笑容淡了淡，将微信上的通话记录展示给他，接着陈述说："和他通话的时候突然没声音了，我担心他是晕倒了。"

何霄心里又一震，感觉搜寻到了八卦的气息。

他和齐灿室友两年，从来没见过齐灿和哪个小姑娘走得近，拒绝表白时毫不留情，唯独——眼前此人，是齐灿主动去"勾搭"的。

"颐悦家园东区九号楼一单元十二层。"何霄压低嗓音，生怕旁人听见，"他不在学校的时候，一般都在这儿，如果不在的话，我也不知道了。"

总算得到了靠谱的可能性，安月澄稍稍松了口气："谢谢，打扰你了。"

说完，她便又如来时那样，安静地离开了教室，将她所掀起的风波留在身后，全然没有半点儿在意。

安月澄甫一离开，何霄附近便围上一圈人。

"何霄，校花和你说什么了？"

"我好像听见校花问齐灿家的住址啊？"

"真的假的啊？冷艳校花这是要送上门去——"

"没想到啊，表面清冷高傲的人私下里竟然是这样的！"

"齐灿真是的，连地址也不给人家，太不懂得怜香惜玉了吧？"

"嘿，说不定是倒贴呢？"

何霄还没来得及回答，一群人就已经叽里呱啦地说起自己的揣测，并没有任何证据。他们根本不在乎真相，只是想借此机会将高高在上的人踩在脚下而已。

离开第二教学楼后，安月澄先去了趟校医院，开感冒发烧的药，又去文科楼找安雍临借车钥匙。

大一那年寒假她便考下了驾驶证，虽不常开，车技却很棒。究其原因，是他们合家出游时，父母总要黏黏糊糊在后排，她只能悲惨沦为司机。

从华城大学到颐悦家园，路程长达三十五千米，安月澄一路压着限速值飙过去，用时三十分钟。

颐悦家园是有名的高档小区，安保到位，门禁森严。

安月澄站在小区大门口，后知后觉地意识到一件事——她没有门禁卡。她盯着不远处的门禁瞧了两秒，琢磨着有没有人和她模样相似，能让她刷脸蒙混过关。

于是，在旁边保安的眼里——一位身材高挑、气质清新优雅的女士，站在门禁外三米，皱着眉头凝视着门禁系统。很怪。就在保安打算起身询问的时候，她往前走了两步，对准摄像头。

"人脸识别通过，欢迎回家。"系统语音突然播报，摄像头旁的电子屏幕上，也展示出了她的录入人像和方才的识别镜头。

屏幕上，少女眉眼间还透着些许青涩，唇角微微抿着笑，高马尾、齐刘海。是她高中时的照片，俨然一个三好学生的模样。这无疑是齐灿录入到系统中的。

安月澄的心脏倏地像被一只大手握住，肆意揉捏，连呼吸都变得有些困难。

她晃了下神，在门将要关闭的时候，闪身进入小区。

该拿齐灿……怎么办才好？

循着道路两侧的指路牌，安月澄很快找到东区九号楼一单元，如同进小区门那样，照旧通过了人脸验证。不得不说，还是挺智能的，她换了发型竟然还能识别出来。

按下十二层的按钮，电梯屏幕上的数字跳动，明明灭灭映在眼里。

"十二层到了。"系统语音提示她。

迈出电梯，映入眼帘的是紧闭的大门和一个数字密码锁。安月澄咬了咬后槽牙，第一次无比记恨这所谓的"顶级安全"。

摸出手机，她果断一个电话打给齐灿。她不想猜密码。

"嘟——嘟——"

经过漫长的等待，眼看着通话即将被默认挂断的时候，暗哑的嗓音总算响起，听到鼻音浓重的一声"喂"。

"开门。"安月澄言简意赅。

电话那头的齐灿愣了半晌，疑惑地重复说："开门？"

平时聪明的脑瓜子像被感冒给侵蚀得……又呆又傻。但莫名有几分憨得可爱的错觉。

"我在门外，不知道密码。"说着，她伸手按下门铃，叮咚叮咚的声音随之响起。

"听见了吧？"她又问。

齐灿喉间溢出一个闷闷的"嗯"字，说："听见了，我这就来。"

拖鞋在木地板上摩擦的踢踢踏踏声响着，愈来愈近。

"咔嗒。"大门打开。

齐灿穿着灰蓝色真丝睡衣，最上方两枚扣子没有扣上，精瘦的身体若隐若现。许是发烧体温偏高的缘故，原本冷白的肤色染上一层薄薄的绯红，甚至还沁着几滴汗珠。

他微微垂着眼眸看向安月澄，声音又轻又软："姐姐怎么找到这里来的？"

"问了你室友。"安月澄抬抬下巴，"你打算让我一直站在门口？"

齐灿眼皮耷拉着，眼眶泛着一圈淡淡的红，说："抱歉啊姐姐，今早打电话的时候睡着了，让你担心了。"

"倒也不担心，看在齐叔叔的分上而已。"

安月澄抬眸打量室内：简约风的装潢，色调偏灰，到了齐灿几乎都要与背景相融的地步。

他走在前面，微微佝偻着脊背，连声咳嗽，步子都有些飘浮不实，仿佛下一秒就会摔倒。安月澄不放心地抬了抬手。

像是为了迎合她的猜测一般，齐灿脚下被地毯绊得一个趔趄，亏得她及时扶住他的胳膊，才免于他与地面亲密接触。不过，滚烫的热度透过真丝面料，传递到指尖，她不由得皱起眉。

"你测过体温了没？"

"没。"齐灿摇摇头。他没了平时的闹腾劲儿，声调懒懒的，说话也有气无力似的。

"你虚了？"安月澄反手扣住他的手腕，把他往卧室里带，语气淡淡。

闻言，齐灿骤然睁大了那双漂亮的桃花眼，雾气蒙蒙的，干净无辜。

"我肾很好。"

"谁关心你的肾？"安月澄眼风扫他一眼，将他摁回床上，"体温计在哪儿？"

齐灿靠着枕头，眼眸轻眨，不确定地开口说："客厅柜子里吧。"

"嗯。"安月澄将袋子随手扔在床头柜，转身出门，很快便找到体温计，还顺手倒了杯温水。

安月澄迎着光仔细看了看体温计刻度，连甩数下，水银柱降下来，她才让齐灿夹在腋下。然后，她随手拉了把椅子坐在床边，沉默着，一言不发。

"姐姐认识我室友？"齐灿歪头看她，嗓音依旧哑得不成样子。

安月澄将温水递给他，脸色平淡，说："喝水，不认识。"又恢复成前两天的模样了，仿佛今早的温柔、亲近只是齐灿烧出的幻觉。

齐灿骨骼细长的手指捧着杯子，依言慢吞吞地喝水。"那姐姐你是怎么找到他的？"

安月澄耳尖冒上一抹浅红，唇角紧抿。让齐灿知道自己跑了趟经管教室，他肯定又要像得了表扬的金毛似的，得意扬扬地翘起尾巴。并且，她也知道，自己贸然跑去经管教室的决定，是有些草率了。不过……两家至交，她年长齐灿两岁，既然知道了他可能晕倒，就没理由不管。

按照这个逻辑，没啥毛病。

手机上的倒计时适时归零，给了她转移话题的理由。

"体温计，我看看度数。"

齐灿乖乖将体温计递给她。

"三十九度一。"安月澄轻呵一声，似笑非笑地打量着齐灿，"所谓的身体好，就这？"

"嗯……"齐灿垂头沉思，半开玩笑说，"或许是物极必反？"

安月澄拆开药品包装，将一板药丢在他怀里。"一次一粒，自己抠，我没洗手。"

齐灿捏住铝板，指甲在边缘往下按了按，没按动。半晌后，他抬头望向安月澄，说："要不你去洗洗手？"

安月澄磨磨后槽牙，小火苗噌噌往上冒。她合理怀疑，齐灿在卖惨，但没有证据。

"你等着。"齿缝间挤出三个字，她转身疾步走进洗手间。

几十秒后，她又冷着脸走回来，一把从齐灿手里夺回药，麻利地抠出一颗，啪的一下拍在齐灿掌心里。

安月澄唇角勾起，语调凉凉地说："能吃了吗？"

齐灿低低笑了下，没再得寸进尺，就着温水吃了药，然后便凝眸直直看向她。

他的目光存在感过分强烈，盯得安月澄呼吸都有些紊乱，就像是被他的目光剥去了外衣似的。不知道过了多久，她脊背都挺直得发酸时，齐灿忽地出声说："姐姐，我有些饿了。"

一杯水下肚，他的声音已经没有之前那么沙哑，有些发软，尾音上翘着，黏黏糊糊的，这让安月澄情不自禁地联想到小猫。

确实很像。

"我给你点。"安月澄摸出手机，熟练点开外卖软件。

温热的触感忽地覆上手腕，她沿着纤细修长的手指看过去，对上那双干净澄澈的眸子，问："有什么问题吗？"

"外卖油大。"齐灿小声提示。

安月澄舌尖在腮旁转了个圈，气笑了。

"齐灿，我是你姐，不是你妈。"

他不答话，不动眼珠地望着她，看得人心都软了。

安月澄想骂人，不过不是骂齐灿，而是骂自己。她完全招架不住齐灿无辜可怜的眼神，也太没有骨气了。这要是谈起恋爱来，自己不得是个恋爱脑？

呸呸呸，自己在想什么？

安月澄咬咬牙，到底是没忍住，明面骂他道："齐灿你就是个弟弟！超级厚脸皮的弟弟！"话音落下，她径直出门，头也没回。

齐灿轻手轻脚地下床，从门口探头往外望，远远瞧见她在冰箱里翻腾。她素来是嘴硬心软的，自己总能利用这一点得到她的照顾。

看起来有的时候得寸进尺一些，反倒能得到出乎意料的好效果。

"灿哥，我这事儿办得怎么样？"

齐灿半倚着房门，狭长的眼眸微眯，眼角眉梢都含着丝丝缕缕的笑意，他指尖轻动，说："还可以。"

"不过灿哥……咱们经管的同学大都觉得你和嫂子是在谈恋爱。"

他眉梢轻扬："那不挺好？"

"但是有人说话不大好听，说什么倒贴送上门之类的……"

齐灿脸色肉眼可见地黑下来，情绪上涌，喉间溢出几声闷闷的咳嗽，问："记了名字没？"

"记了记了！李淳倩、王渤南……"

"知道了。"

"嗡嗡——"客厅桌面上的手机忽地振动起来。

厨房的女生埋头忙活着，显然是没听见的。

齐灿迈步走过去，打算将手机给她送过去，视线无意间扫过屏幕，而后骤然顿住。

"今天的你也很勾人……"

锁屏页面显示的短信字数有限，只能看到一部分，言辞已经如此露骨，齐灿几乎可以猜到后面是个什么样子。

屏幕重新归于一片黑暗，他手指无意识地攥紧手机，本就昏昏沉沉，这下头痛感更加强烈了。

齐灿吐出一口浊气，按了下开屏键，不动声色记下了号码，将手机原封不动地放回去。

齐灿家里很"穷"，虽然冰箱里杂七杂八东西不少，但不是过期的，就是已经临期的。厨房柜橱里还有两袋一千克的大米和面粉，几桶泡面，以及一些常用调味料。除此之外，就什么都没有了。一点儿也不像是何霄口中所说的"不在学校，就在此处常住"。

没办法，只能先将就着煮点儿白粥给他了。

安月澄在家里经常帮母亲打下手，厨艺说不上厉害，但至少不难吃。而且煮白粥这件事，毫无技术含量。另外，在白粥临出锅前，她还稍稍加了些白糖，口感会更好一些，不至于寡淡无味。

"齐灿，起来喝粥。"此话一出，安月澄站在厨房门口陷入了沉思，总感觉……自己这个样子真的很像什么唠叨操心的老母亲啊。

瞧见齐灿从卧室拐出来，她转身去盛了粥，放在餐桌上。

"你感觉好些了没？"安月澄伸出手背碰碰他额头，似乎还是有些烫，不过温度明显降下来不少了。

"不太好。"齐灿慢吞吞抿了口粥，声音轻飘飘的，听着就很虚的感觉。

她眉梢拧起，难道是她刚煮完粥，手上温度高，感知有偏差？

"你等着，我去拿体温计，如果体温持续不降，还是得上医院，别拖严重了。"

安月澄语速很快，动作也很快，径直起身就往卧室去，俨然像是忘了齐灿方才的得寸进尺。

还没迈出去两步，手腕便被扣住，一股强大的拉力截停了她。回过头时，不期然间对上齐灿灼灼的目光。她微微歪了下头，眼神透着疑惑：你做什么？

"测测体温。"齐灿很轻地一笑，骤然起身，抵住安月澄的额头。

安月澄凤眸睁大，眼底充满惊异，完全没料到齐灿会有这样一番动作。

他精致好看的脸近在咫尺，黑发被汗珠润湿，耷拉在额角，桃花眸潋滟含情，看得人心尖酥麻。房间安静到只有他们彼此的呼吸声，连带着温度都相互交织缠绕。

安月澄轻眨了下眼眸，猛地后退两步，说："这样不准，而且……你会把感冒传染给我的。"她极力维持声线的平稳，可尾音还是不由自主地轻颤。

"嗯，也对。"齐灿从善如流，又安分坐下开始喝粥。

他的体温确实变低了，看精神状态也比之前好很多。年轻力壮的小伙子，身体确实是恢复得快。

被他这么一打岔，安月澄不打算去拿体温计了，顺势坐在齐灿身侧，打开手机。

"今天的你也很勾人，不要靠近任何男人，你很快就会跪着向我求饶。"

这是一条彩信。文字末尾还附上了一张照片，雾霾蓝卫衣搭配侧条纹运动裤——她今天的穿着。照片背景被截掉了，无法判断是在何处拍摄的。但……从那人的角度出发，让他截掉背景的原因是什么？

她呼吸沉了沉，难道会是熟人吗？

一旁的齐灿不动声色地以余光观察着她，将短信的内容尽收眼底，他指尖轻轻摩挲着瓷勺，淡色的瞳仁泛深。

安月澄将手机屏幕扣在桌面上，合上眼眸，细细琢磨着，还有没有什么自己漏掉的线索。

齐灿很快喝完一碗白粥，收拾碗筷起身去了厨房。回来的时候，他眉眼间的倦怠淡了许多，眼眸也变亮了。

"我看你好得差不多了。"安月澄起身，又打量他两眼，满意地点点头，"后续自力更生应该问题不大，我先撤了，还有事情要办。"

齐灿没反驳，脸上表情也很淡，看不出什么情绪，像是恨不得她赶紧走似的。

这就是男生的变脸速度吗？

安月澄盯着他瞧了两秒，一旋身，坐在了沙发上。她不走了。

绝不能遂了齐灿的意，哪有姐姐被弟弟牵着鼻子走的？

安月澄又一次点开"蔻蔻阅读"。《竹马他的小月亮》昨天没更新，不过不妨碍她重温前面的剧情。

之所以现在重温，是有原因的。这本小说的男女主是姐弟恋，且女主清冷飒爽，将弟弟拿捏得死死的。她觉得她需要学习一下，然后拿捏齐灿指日可待。

齐灿眼底划过一抹得逞的笑意，双手撑着沙发靠背半俯下身子，从背后凑近安月澄，问："姐姐，我记得这本小说，是姐弟恋吧？"温热的呼吸扫过耳郭，带起细细密密的酥麻感，像落下一个无声而又轻柔的吻。

安月澄背部肌肉有些僵硬，虽然说星月灿很火，但齐灿一个男的，竟然这么了解《竹马他的小月亮》这本书，还是让她觉得匪夷所思。

还不等她构思出借口，他便已经悠悠开口说："我记得，姐姐似乎前几天还说不爱姐弟恋来着？"

她垂下眸子，又看了两眼文中的描述：

"少年笑得温柔，回首向她伸出手：'姐姐，可不可以看着我，让你的目光永远为我驻足停留？我想……让你的眼里只有我。'"

别人家的弟弟为什么那么乖巧？而她眼前的这个……简直恶劣到了极点！

"姐姐，可不可以看着我，让你的目光永远为我驻足停留？我想……让你的眼里只有我。"

耳畔的嗓音缱绻温柔，若有若无的懒倦，轻声慢调，尾音透着淡淡沙哑，勾得人心尖直颤，仿佛小说中的少年穿书而出。

安月澄愣神的工夫，她颈间忽地多了一个毛茸茸的脑袋，不轻不重地蹭着，微软的发梢扎得她有些痒。

"姐姐原来喜欢这样的吗？"齐灿丝毫不掩饰声音里的笑意，"那我学学，能不能讨你喜欢？"

安月澄伸出"恶魔"的手掌，狠狠揉了两把他的头发，直到发梢都翘出"呆毛"的形状，才面无表情地松手。

"脸，我喜欢天然的。人，自然也是如此。"她指腹抵住齐灿的额头，将他往后推了推。

她盯着齐灿看了两秒，印象中的那个少年，是这般模样？不知怎么的，脑海中的那个人影似是模糊了，唯有眼前的，是最鲜活生动的。

安月澄在齐灿家待到下午，便以需要还车的理由开溜了。

还车是真的，但不想和齐灿共处一室，更是真的。

把钥匙送还到安雍临手里，回到寝室，只有卫依一个人在复习考研资料。章杉茹没在，不知道去了什么地方。另外一个室友则是常年不住宿舍。

"橙子宝贝，你可回来了。"卫依瞧见她进来，立马放下手中的复习资料，三步并作两步冲过来。

安月澄随手将包丢在桌上，整个人半仰着坐在椅子上，合着眼眸，闷声问："出什么事情了吗？"

"你怎么这么没精打采的？"卫依拉了把椅子和她并排坐着，"你去经管教室了？"

她睁眼看向卫依，有些茫然地问："你怎么知道的？"

卫依按按额角，将手机屏幕举到她面前，"还能怎么知道的？论坛帖子呗，这里消息最灵通了。"

"震惊！冷艳校花安月澄怒闯经管课堂，竟为追问齐灿住址，上门倒贴！"

帖子标题将噱头拉满，有几分某浏览器的味道。

帖子主楼说得头头是道：

"据前排知情人士报料，安月澄于今天早上八点四十分抵达第二教学楼309阶梯教室。进门直奔齐灿室友，问出齐灿现住址后径直离去，疑似姐弟恋情实锤！但仍然存疑的是，男女朋友关系竟不知对方住址，这是合理的吗？"

学校论坛可实名，也可匿名披上"马甲"。

有的回复是匿名，言辞之间丝毫不掩饰自己的恶意。安月澄眼角微抽，淡淡评价说："扭曲事实的水平挺高。"

她摸出手机，登录实名账号。

"安月澄：谢邀，齐灿他只是我弟弟。"

卫依不解："橙子，你不针对他们胡说八道的内容做一下澄清吗？"

真正关心事实的人，不会仅仅因为一家之言，就肆意对安月澄宣泄恶意与不满。

"澄清什么？"安月澄纤细的指尖划拉着屏幕，将一条条评论看在眼里，"他们只愿意相信他们想相信的，至于事实如何，你觉得他们真的关心吗？更何况，即便澄清，他们也会抓住新的小尾巴。比如我为什么和齐灿通话？又比如对齐灿那么关心是不是对他有意思之类的。"

她句句在理、通透，却又让人忍不住有些心疼。

卫依叹了口气："橙子你真不在意这些吗？我……很担心你。"

"不在——"安月澄的声音戛然而止。

帖子中，出现了除她之外的另一个实名账号——齐灿，回复的楼层紧跟在她后面，时间差不过二十秒。

"齐灿：虽然月澄姐姐不爱姐弟恋，但并不妨碍她和我谈一场姐弟恋吧？"

帖子中的当事人，竟然在前排"吃瓜"？

安月澄磨了磨牙，瞧齐灿的样子，恨不得真想让他们的恋情实锤似的。她垂下眼眸，轻按键盘，缓缓打出一个问号。

两个当事人一前一后在帖子中回应，瞬间在"吃瓜"同学里掀起轩然大波。

"所以你们俩到底什么关系啊？"

"一方说是弟弟，一方说是姐弟恋，哪个才是真的？"

"我是管不了那么多的，口是心非的清冷美人和狂打直球的阳光男生！这不好吗？我都想让他们赶紧在一起！"

"麻烦死了。"安月澄没忍住嘟囔一句，"齐灿就是个大麻烦，要是他没有搬回本部就好了。"

卫依悄悄打量着她，有意无意地试探："橙子，你说这话是真心的吗？其实我觉得你还挺关心他的。"

"当然了，在我看来，齐灿就是邻家竹马弟弟嘛，和亲弟弟也没有什么分别的。"她眉梢蹙起，语气自然，听不出分毫心虚。

话说到一半，她顿了顿，又举出自认为更有力的证据："当时在警局，警察都把我当作齐灿监护人的。"

重点不是人家警察把不把你当成监护人啊！

卫依无奈叹了口气，认认真真地看着安月澄，说："橙子，不论如何，我希望你能从心，也能开心。"

安月澄有一瞬间的怔愣，笑意很快在眼底化开。"嗯，我会的，你也是。"

"嗡嗡"，手里的手机忽地一振，最上方的消息栏弹出消息。

"与别的男人传绯闻，你还真是不把我放在眼里啊。不过你以为齐灿是什么好人吗？他私底下那些肮脏事，都瞒着你的，你以为他是真喜欢你吗？乖乖，我这里才是你避风的港湾。"

消息来得太突然，被卫依完完整整看在眼里。

"橙子，这是……"她唇瓣嚅动，半晌没说出来话。

这个人还真是沉不住气，白天才发过消息，眼下瞧见她和齐灿的绯闻帖子便又跑出来了。

"一个突然冒出来的。"安月澄冷哼一声，点开信息，彩信中的照片映入眼帘：从下向上的视角拍摄，一双白皙好看的长腿明晃晃的，格裙底下的白色打底裤清晰可见。

"他也太下流了吧！"卫依没忍住直接开骂。

安月澄眸色微沉，那条格裙，她已经有阵子没穿了，照片，不是最近拍的。

她吐出一口浊气，心里一阵后怕，在此之前，她从未防范过。也就是说，如果那人有心动手做什么，她说不定已经中招了。

"不知道。"她摇摇头，没再隐瞒，"团建那天他第一次给我发消息，八成是熟人。"

一边说着，她一边指尖快速轻点，第一次回复了他的消息。

"你又算是个什么东西？"

安月澄几乎可以想象得出来，那头的人看见短信得气成个什么样子。但，气死活该。谁让他说齐灿有肮脏事？齐灿虽然有点儿烦人，但心性纯良，生在豪门，也没有沾上半点儿恶劣。

"熟人？难道是动漫社的？"卫侬挠着脑袋，想不出来哪个熟人会做这样的事。

安月澄侧目看向她，漆黑的眸子深不见底，那个名字在唇齿间打了个转儿，最后还是咽了回去。

卫侬为人热情，性子活泼，作为动漫社的副社长，几乎能和社团上下所有人打成一片。但是，她心里藏不住事，让她知道，基本相当于全世界都知道了。

"我心里也没底儿呢，还要再观望下。"安月澄随手将手机扔到床上，"去洗澡不？今天打算早点儿睡，齐灿可闹腾死我了。"

卫侬探究的目光逐渐变质，苦口婆心道："橙子，虽说我让你从心，你也不能直接快进到这种地步啊！"

看着骤然贴近的卫侬，安月澄下意识往后退了半步，待听到她说的话时，没忍住笑出声。

"我和齐灿没那回事，你都脑补了些什么啊？"她指腹戳戳卫侬脑门，"说了是弟弟，就只是弟弟。"

卫侬摊摊手，"好吧。"

她想看看安月澄什么时候会自食其言。

晨光初绽，朦朦胧胧穿入窗纱，落入房间内。

安月澄难得破例，没有起早晨练，依旧在床上躺平，盯着纯白的天花板出神。她还是有点儿困，不想起床。

不久，窸窸窣窣的声音从对面章杉茹的床铺传来，安月澄掀起眼皮瞄了眼，又慢悠悠收回了目光。

昨天许是把她怼狠了，不然按照她那好挑事的性子，早就揪着她和齐灿绯闻的事情一通阴阳怪气了。

"安！月！澄！"咬牙切齿的声音忽地响起。

一听这语气就不是好事，要不还是装没听见？她今天有点儿懒得应付章杉茹。

"你装什么呢？这个点还没起床，你当我是傻瓜吗？"章杉茹翻身爬下床，用力地晃起安月澄床的梯子，活像是疯了。

安月澄余光瞄了一眼她，看她睡衣都没来得及整理，松松垮垮的，头发岔了毛，正仰头用通红的双眼狠狠地盯着自己，仿佛面前是她的杀父仇人一样。

"醒了是醒了，懒得理你而已。"安月澄坐直身子，半靠着墙壁垂眸看她，眸色很淡。

"你明知道我喜欢朱社，你还要勾搭他！"章杉茹目眦尽裂，丝毫不掩饰对她的恨意。

安月澄脑子有一瞬间的停滞，她？勾搭朱源？章杉茹脑子出问题了吧？

"你没事吧？我和他不熟，别在我这里发疯。"她嗓音冷然，眉梢微微拧起，显然是不太愉快的心情。

章杉茹一步踩在梯子二层，把手机高高举过头顶。

"你自己看，这是什么？"

安月澄顺势望过去，看见了上面的照片，是九张图片组成的九宫格。由于是缩略图的缘故，并不能将照片中的细节看得清清楚楚。但主角确实是她和朱源，姿态都很亲密。比如肩并肩，头也紧挨着说话；再比如她坐着，朱源手撑桌子，弯着腰凑近和她说话……

不过，她粗略一看，便知道大部分都是借位拍摄的。看似亲密，但实际上她和朱源之间的距离，绝对在安全距离之外。

"借位拍摄。"安月澄收回目光，轻嗤，"这你也信？"

不得不说，章杉茹这番指责与谩骂，属实是天降一口"大锅"给她背上了。

"我——"章杉茹噎住。

安月澄轻喷一声，有些不耐烦，最近章杉茹针对她的次数大约是以前的几倍了，她想：要不回头还是搬出去住吧，眼不见心不烦，省事得多。

"再重申一遍，我对他没兴趣，你要喜欢就去追，别整天八卦到我头上。"安月澄似笑非笑地看她，"我的耐心是有限的。"

看在同宿舍的分上，她不想把事情闹大。不过章杉茹要是再做出什么过分的事情，她也不是会一味隐忍的受气包。

章杉茹脚下一晃，差点儿从梯子上栽下去。

安月澄的目光冷淡疏离，不动眼珠地盯着她，透着些若有若无的攻击性。

章杉茹之所以讨厌安月澄，就是因为安月澄这份清冷高傲、藐视一切的模样，仿佛他们都是微小的蝼蚁。

章杉茹到底是消停了，兴许也是认识到自己的言行越界了。不过时不时看过来的目光，还是写满了恨意与嫉妒。对此，安月澄置若罔闻。得空拿起手机，她才发现，照片中的另一个当事人，大早上就发来了消息。

"月澄，真的很抱歉连累了你，没想到会有人拍下这种照片，你还好吗？

"不知道是什么人有意捉弄我们。月澄，不如我们约个时间、地点，商议一下后续的解决方案吧？"

朱源的言辞之间透着满满的无辜。但是，他真的无辜吗？至少安月澄不这么认为。

"朱社也是受害者，哪里需要向我道歉呢？等会儿午饭时间，在学校对面的伍鹿咖啡见吧。"

朱源很快回复："好，十一点可以吗？"

"可以。"

安月澄唇角勾起一抹讽刺的弧度，她也想瞧瞧，朱源打算在她面前如何表演。

同时，一早出门办事的卫依也发来了问候。

"橙子你现在怎么样？章杉茹没在你面前耍赖吧？"

"被我怼回去了，你不用担心我，我会解决的。"

微信界面上依旧飘着七八个小红点，来自熟悉或陌生的同学，有关心的，也有八卦好奇的。

她快速敲字，一一客气回复，最后才看向"齐家弟弟"。

"帖子下面的回复太气人了，借位拍摄得那么明显，竟然都看不出来。"

"那些流言蜚语，姐姐不要理会。要是心情不好的话，我请你出来吃饭怎么样？"齐灿语气欢脱轻松，他从不会给安月澄过多的压力或是不安，倒真有几分别人家的乖巧弟弟那种感觉。

安月澄倚着墙面，眉眼间附着的霜雪霎时融化，点点笑意从眼底浮起。

"吃饭？也行，十一点伍鹿咖啡，来吗？"

"只吃甜品的话，怕是喂不饱姐姐吧？"齐灿秒回，俨然是真打算和她相约吃饭。

她眉梢轻扬，指尖在屏幕上一阵快速轻点。"你不上课？我不想成为影响小孩儿学习的坏人。"末尾，她还附上了一个黄豆笑脸。

颐悦家园里，徐徐微风从窗外灌入，齐灿乌黑发梢翘起，轻拂额间。那双激滟的桃花眸静静注视着手机屏幕，伴着消息送达的叮咚响声，他喉间溢出一声很轻很低的笑。

"影响小孩儿学习的坏人"，她还真想得出来。

"我不小，学习很好，你也不坏。"

他切到学校企业微信后台的教务系统，将大一的成绩单导出，转发给安月澄。末了，他手指轻划屏幕，深邃的目光再度落在了"伍鹿咖啡"四字上。

十一点这个时间，学生们大多还在上课，咖啡厅里没有什么人。安月澄卡着点走进门时，靠窗的朱源就已站起身，对她招手说："月澄，这里。"

她在朱源对面的位置坐下，嗓音客气疏离："朱社，久等了。"

"本就是我牵连了你，等一会儿又有什么关系？我给你点了杯美式咖啡，先喝一口吧。"朱源把咖啡杯往她的方向推了推。

白色的骨瓷杯内盛放着深棕色的咖啡，热气蒸腾，徐徐飘散，香气也钻进鼻腔。

安月澄不疾不徐地看他一眼，婉拒说："还是先说事情吧。"

咖啡杯是敞口的，早在她来之前便被端上桌。没人能保证朱源不会恶向胆边生，在咖啡中动什么手脚。

"月澄，你有什么打算吗？"朱源有些尴尬地笑笑，把问题率先抛给她，然后温和地盯着她看，似是很期待她的答案。

但实际上，这个问题没有丝毫的含金量，答案也显而易见。

"澄清吧。"安月澄语气无波无澜,"让其他同学误解总归不是什么好事情,我也不想耽误朱社你。"她话说得很漂亮,但朱源不爱听。

"月澄,"他语气含了几分无奈,"你可以和我不这么生疏的。"

安月澄抬眸看他,不咸不淡地反问:"我有吗?"

他们本来就不算多熟,止于正常的人际交往与社团合作而已。

朱源端起咖啡喝了口,认真而诚挚地开口道:"安教授是我导师,咱们又同在动漫社。月澄,有没有可能,这件事我们可以顺水推舟?"

安月澄满脑袋疑问,他是怎么好意思说出这种话的。

她抿了抿唇角,忍住想要戳破他伪装的冲动。"朱社,我们只是普通朋友关系而已,这事情,顺水推舟不得。"

"月澄,其实我一直很——"

朱源的话没说完,便被一嗓悠然又轻慢的嗤笑打断。

"顺水推舟?堂堂动漫社社长竟明目张胆地撬人墙角,有点儿过分了吧?"齐灿声线优越,咬字干净清晰,还慢声慢调的,透着几分戏谑。

齐灿颀长挺拔的身影从欧式隔断墙后绕出,下颌微抬,居高临下地盯着朱源,丝毫不掩饰自己对他的敌意。此时此刻的齐灿,身上带着一股难以言说的气质,既散漫,又隐隐透着股阴戾。

朱源一时怔住,气势顿时被齐灿盖过一头。

"齐灿?"安月澄也稍稍有些愕然,旋即起身,想要迈步,又硬生生顿在原地。

"嗯,姐姐想我了吗?"齐灿看向她的时候,眸色乍软,褪去了身上所有的尖刺。

安月澄收回目光,有意调侃他:"不想。学习好的小孩子,你怎么有闲工夫跑过来偷听?"

齐灿垂眸笑笑,走上前,胳膊轻搭在她肩膀,说:"姐姐忘了,是你约我来这里的。"

她轻咳两声,没否认。她确实有意约齐灿前来,表面上开玩笑的邀请,实则是她的暗示。因为安月澄对朱源的信任值几乎降为零,也是为防着狗急跳墙。

"月澄。"朱源沉沉出声唤她的名字，一双温润的眼眸泛着赤红，垂在身侧的手指无意识地扣紧。

他顿了顿，又生涩地开口问："你与齐灿……真的在谈恋爱吗？"

"即便现在没在谈，日后也会谈。"齐灿似笑非笑地看着他，说话间透着十分的笃定，明晃晃地宣示主权说，"姐姐只会和我在一起。"

"月澄，我不听他说的话，你解释给我听，好不好？"朱源似乞求又似挣扎地看向安月澄，唇瓣都在微微颤抖着，是从未在外人面前展露过的模样。

朱源表情痛苦，瞧上去分外可怜。寻常人见了定然要心疼地关怀一番，可安月澄的心丝毫不为所动。她知道他温和皮囊下藏着丑恶的灵魂，那些恶心的话语就像缠魂魔咒似的。安月澄每看他一眼，都觉得反胃。

"朱社，不论我与齐灿是什么关系，我和你都没有可能。"她语气冷淡下来，狭长微翘的眼尾透着丝丝嘲弄之意，"朱社，好自为之，给彼此留些体面。"安月澄深深看他一眼，径直转身向咖啡厅外走去。

她的最后一句话，已经是在暗示朱源短信的事情。至于朱源能不能听出她的言外之意，那就是朱源的事情了。

"月——"朱源往前迈了两步，想要去追，一只骨骼细长、肤色冷白的手倏地拦在他身前。

他止住脚步，恶狠狠地盯着齐灿，口不择言地说："齐灿，你以为你是什么人？"

齐灿单手插兜，脊背微微弯曲，姿态散漫轻佻，言辞却又偏偏锐利至极："你呢？你又是什么？死缠烂打的人？"

齐灿比他高，微曲着身子时正好对上他的眼睛，那双潋滟好看的桃花眸微眯，写满不屑与蔑视。其中强烈的攻击性，盯得朱源忍不住后退半步。

"安教授是我的导师，我们彼此知根知底，最是合适不过。"朱源挺直腰板，气势却依旧矮了一头，"我若向安教授表明心意，他一定会支持我的。"

幼稚，又可笑。

齐灿轻侧眸光，他的姐姐已经走出门外数十米了，再不追的话就来不及了。

"那你试试。"齐灿唇角轻撩了下，嘲讽意味拉满。话音落下，齐灿也转身出门。

在朱源的视线内，齐灿几步疾跑便追上了安月澄，二人并肩向前走，挨得很近。比他和安月澄那些借位拍摄出来的照片，还要近。

朱源的呼吸急促起来，浓郁的恨意在心中发酵。他垂眸，目光落在那杯一口未喝的咖啡上。

安月澄刻意控制着脚下的步伐，心中慢吞吞地默数着："一、二、三……"果不其然，才数到十几的时候，一阵风从身后席卷而来，浅淡的青草香飘至鼻尖，齐灿的嗓音也随之而至。

"姐姐怎么也不等我？我好歹帮你挡了朵烂桃花呢。"齐灿倾着身子凑到她面前，眉眼弯弯。

安月澄顿住脚步，歪头看他，学着他从前的语气，说："亲手解决情敌的滋味爽不爽？"

他眼底划过一抹愕然，转瞬化作深深笑意："还不错，我很喜欢。不过要是没有情敌，那就更好了。"

"今天谢了。"安月澄随口向他道谢。抬眸时对面正好变了绿灯，她迈步便要过马路时，胳膊忽然被抓住，力道不轻，却又不会捏得她皮肉泛疼。她回眸，无声地看向齐灿：你做什么？

"口头感谢差点儿意思。"齐灿朝不远处的M记炸鸡汉堡抬抬下巴，"最起码，也得请我吃一顿M记吧？"

齐灿虽为齐家独子，消费从不过分奢侈，吃穿更是不挑，人均三四十元的M记炸鸡汉堡，更是从小吃到大。

安月澄只觉好笑，他哪里是真想让自己请他吃饭，不过是借此机会赖着罢了。就像小时候，他总会找出各种花里胡哨的借口让自己陪着他玩一样。

眼下的他，又似是有了从前的模样。

"可以，正巧我也要去吃午饭。"安月澄转身，领先一步走向M记。

饭点的M记几乎满座，有华城大学的大学生，也有隔壁华城大学附属中学的中学生。

安月澄找到角落里的二人座，将餐盘放在桌面上，她点的是鸡腿堡套餐，加钱把可乐换成了黑糖珍珠奶茶。她不喜欢碳酸饮料。齐灿点的是一份双层牛排堡套餐，加了鸡块和鱿鱼圈两样小食，以及红豆派。

安月澄轻咬着吸管，指尖快速敲击着屏幕，编辑澄清谣言的帖子。

她出身文学院，对公关文案这部分，也算是小有了解。

"感谢各位同学的关注，关于我与朱源的关系，在此简要做个澄清。我们二人仅是普通朋友，止于正常的人际交往和社团活动。照片是有人恶意借位拍摄。请同学们，有些事情，看看就可以了。"

"姐姐忙什么呢？半个眼神都不给我？"齐灿托腮盯着她，语气轻飘飘的，含着几分调侃。他现在倒是也不装什么关系不熟的学弟了，一口一个姐姐叫着，挺像《竹马他的小月亮》这本书里的男主。

安月澄敲下发布的按钮，慢悠悠地抬起头说："姐姐忙着澄清，没工夫看你。"

齐灿用叉子扎了个鱿鱼圈递至她唇边，垂在眉骨的黑发柔顺，眼眸干净澄澈，问："那姐姐要不要我帮帮你？"

"澄清这种事情，你要怎么帮？"她没吃鱿鱼圈，咬了口汉堡，又垂下眼眸看帖子的具体情况。

可以匿名的论坛，大家都不加掩饰自己的言语，以前将安月澄奉为孤高皎洁的月亮的那群人，也毫不留情地落井下石。

安月澄抿着唇角，睫毛随着一起一伏的胸腔而颤动，她选择性回复了"光你这么澄清，也没半点儿证据啊，我们凭啥信你啊？"这条留言。

"从未见过让受害者举证的。"

她关上手机塞进包里，才注意到对面齐灿灼灼的目光，炙热而滚烫。

"不论什么法子，都很难改变某些被一叶障目的同学。"她回应齐灿的话，"所以，随他们去吧，不想理会。"

"别动。"齐灿探出指尖，温凉的指腹暧昧地轻蹭着安月澄的唇角，将白色的沙拉酱拭去，又慢条斯理地捏了张纸巾，细细擦着手指。

冷白的手指骨节分明，手背上浅青色的血管清晰可见，性感至极，明晃晃的勾人。

他的皮相和骨相都生得极美，仿佛为上天钟情、眷顾。安月澄看他两秒，有意无意地别开目光，隐去眼底恍然而过的惊艳。

"谢谢。"她故作镇定地道谢，耳尖却不自觉地发烫。

他低低地笑了下："姐姐何须跟我这么客气？"

"快些吃，你下午要上课的吧？"安月澄转移话题说，"虽然你成绩很好，但想要保研的话，还是要再努力一些，稳住前面的位子才行。"她显然是忘记了，即便齐灿不努力，他也可以回去继承家产的。

齐灿眉眼间绽放出一抹璀璨的笑意："所以这是文学院绩点第一的优秀学姐，在线劝学？"

"只是19级戏剧与影视学专业绩点第一的学姐。"安月澄很认真地纠正他的说辞。

她虽然绩点排名靠前，但还没有优秀到在整个文学院都排名第一的地步。

"好。"他轻拂眉心，嗓音柔软没棱角，"我一定努力追逐上姐姐的脚步，到那时，你可愿回眸眷顾我吗？"

闻言，安月澄吃汉堡的动作稍稍一顿。可需要回眸眷顾的……从来都不是他啊。

"情同姐弟，不好吗？"她静静看着齐灿，声音如秋冬还未结冰的山泉，含着几分凉意，却又不至于冻到骨子里。以两家的关系，做一辈子的姐弟，都是可以的。可哪里真能做姐弟呢？

"不好。"齐灿松散地向后一靠，轻侧着头看她，"姐姐，我是你身边人，从前是，现在是，未来也会是。"他的口吻十分笃定，不容拒绝，对这件事有什么执念似的。

安月澄几乎要被他骗了。心弦无声绷紧，胸腔的每一次起伏，都带着心脏一寸一寸地抽痛。她垂着眼眸，纤长浓密的睫毛遮蔽下来，将她的心事隐藏得严严实实。"随你怎么想吧，我的心意是不会改变的。"

齐灿只是笑，片刻后，很轻很低地唤她的名字："安月澄。"

安月澄抬眸看齐灿，他没再说话。

一顿饭在沉默中走向尾声，回学校的时候，安月澄以避免绯闻的理由先行一步。齐灿没有强求，目光远望，无声注视着她的背影。

今天风大，温度偏低，她外套穿了一件焦糖色的风衣，是很暖的色调，让人下意识联想到饴糖在锅底融化、变色，泛出甜香。但焦糖不只是甜，还有着不容忽视的苦涩。齐灿只品尝到了其中的苦涩。

他缓慢呼出一口浊气，指尖在手机通讯录上轻滑几下，拨出电话。

"哟，这不是大忙人齐少爷嘛，怎么有空给我打电话啊？"听筒里的声音十分熟稔地打趣他。

齐灿视线里的身影已经消失不见，他随意靠在墙边。"尚初臣，有个小忙需要你帮一下。"

对面那人来了精神："什么忙能劳你大驾亲自给我打电话啊，说来听听？心情好就答应你。"

"嗯？"他语调微扬，尾音藏着几分威胁的意味。

"啧，瞧瞧你，开个玩笑都不行。"尚初臣笑嘻嘻，"你说你说，忙是要帮的，但你回头得请我吃饭啊，哥儿几个都多久没见你了？"

齐灿眸色沉了沉，舌尖轻顶了顶上腭，凉凉开口："华城大学论坛，扒下他们匿名的那层皮。"

"哎呀，玩这么大的吗？是哪个不长眼的招惹我们齐大少爷了？不过你之前不是一直都不在意那些杂七杂八的流言蜚语的吗？"

齐灿轻敲两下手机后壳，不紧不慢地反问："难不成你不想帮？"

"齐灿，你这是不信任我。"尚初臣气急败坏，"但这需要时间！"

通话"啪"地被挂断。

齐灿极轻地笑了声，一叶障目的人确实是无法改变，但可以把他们的言行公之于众。让整个华城大学的学生都知道，有的人是多么浅薄。

安月澄回到宿舍，第一时间打开电脑，修改之前卫依发给她的简历。这两天乱七八糟的事情太多，她还没来得及改，还是要尽早改好发给她。简历要趁早投，留出足够的富裕时间才行。至于论坛的风波，暂且被她抛在脑后了。

幽幽蓝光映在女生眼中，噼里啪啦的键盘敲击声持续不断。

卫依心急火燎地进门时，看到的就是这样一幅景象。她随手将包丢在桌上，问："橙子，你没看论坛？"

"之前看了。"安月澄抬眸看向蹿过来的卫依，又指指电脑屏幕，"你的简历改得差不多了，你看看？"

卫依看都没看，连连夸赞："改得太棒了，我对橙子你的水平百分百信任。"

她一屁股坐到安月澄身边，话题又回到论坛帖子身上："你知道发你和朱社借位暧昧照片的人是谁吗？"

"不知道啊。"安月澄操纵着鼠标，麻利地保存，然后将修改好的简历发送至卫依微信。

"知人知面不知心！是朱社的室友，也是咱们动漫社的成员，尤广亮！"卫依气得直拍桌子。

尤广亮，安月澄隐约有几分印象，之前社团活动的时候，他总是在朱源身旁帮忙打下手，身形瘦小，不爱说话，给人唯唯诺诺、胆小怕事的感觉。

"卫依，你从哪儿听说的？"她敛眸，猜测是朱源担心东窗事发，将黑锅扣在了尤广亮的头上。

"哦对，你还不知道吧？"卫依展示出论坛界面，"学校论坛好像出漏洞了，匿名的'马甲'全都掉了！"

安月澄凤眸微微瞪大，盯着细细瞧了两眼。的确如此，那些在她帖子下大放厥词的人，都暴露出了真实面目。

"要我说，这就是活该！真以为匿名干的事就不会被发现吗？互联网是有记忆的！"卫依昂着脑袋，对"键盘侠"一通怒批。

安月澄眨眨眼，说："这回倒是认清楚不少人。"说到此处，她声音乍然一顿，有意无意地暗示，"事实证明，不要完全相信任何人，即使那个人表面十分和善友好。"

暗中所指的，自然就是朱源。她甚至有种说不上的预感——照片的事情，可能是由朱源自导自演的。但没有任何证据指向，她不能乱说。

卫依附和着点头，抱住她的腰："对对对，凡事要多一个心眼。整个华城大学，能让我百分百信任的当然只有橙子宝贝啦。"

"你啊你。"她哑然失笑，点点卫依的鼻尖，嗓音温柔宠溺，"简历都发你了，还不赶紧去投？'吃瓜'可吃不来一个实习岗位。"

卫依嘿嘿一笑，小跑回自己位置，对着她比心。"这就去努力，爱你！"

安月澄浅淡的眸子徐徐下移，落回至手机屏幕上，华城大学的论坛已经炸了。

"离谱！咱们学校的论坛竟然还能出漏洞？"

"我都惊了，还好我从来没有半句不当言论，不然这不是让人扒个底儿掉？"

"一下害怕住了，我看到和安月澄有关的那几个帖子里，有他们文学院的同学……知人知面不知心，她估计也没想到吧？"

一个个帖子都在讨论匿名掉"马甲"的事情，讨论安月澄的倒是少了许多，因为，也没有哪个人真的能实名中伤她。

不过有爱八卦的"吃瓜"同学，将帖子里骂她的人的身份信息都一一截图，新开了个帖子汇总。美其名曰：避雷。末了，还"艾特"了安月澄本人，纯粹看热闹不嫌事大。

安月澄细细将帖子从头看到尾，内心波澜不惊。

在无数热议中，论坛官方终于发布了维护通知。

"我们高度关注今日匿名功能失效的相关问题，论坛拟于今晚零点关闭，进行维护，维护期间无法登录，预计维护结束时间为次日9：00，如遇特殊情况将会顺延。"

官方回应一出，论坛的讨论更加火热了。

"哇，这该不会是黑客导致的吧？"

"哈哈哈，说不定是哪个正义感十足的黑客，实在看不下去论坛乱象了，出手相助呢。"

安月澄单手托着下巴，点进微信界面。

那些在论坛上骂过她的同学，有几个主动来道歉，言说自己是被谣言蒙蔽了双眼，希望安月澄能够原谅他们。她没有回复。于安月澄而言，社交关系并不是不可或缺的东西，甚至是可有可无的，所以何必勉强自己去原谅一些在背后捅刀的人呢？

嗯……没有什么价值和意义。

目光掠过一个个红点，最后在"齐家弟弟"的聊天框长久顿住。

中午并不愉快的交谈结束后，齐灿便没再发来消息，换作平时，他一准要叽叽喳喳地来说论坛漏洞的事情。他大概会说：这是天降正义在拯救她。

安月澄指尖无意识地挠了挠下巴，这次，齐灿应当是知难而退了吧？毕竟浪费这么多时间和精力在她身上，却得不到半点儿回应，是件挺挫败的事情。有这个工夫，去找别的小姑娘，大约早就甜甜蜜蜜了。

被认为是知难而退的齐灿，此时正合眸仰靠着后座，修长的双腿搭在前排座椅上，整个人的气质松散懒倦。

"齐大少爷，我这都亲自跑来找你了，你还不给我讲讲？"

身着绿色帽衫的年轻人正兴致勃勃地盯着他，一双细长的柳叶眼炯炯有神，写满好奇心与八卦。齐灿没说话，伸手从夹层拿了张报纸盖在脸上，俨然一副与世隔绝、拒绝回答的样子。

尚初臣哼哼两声，一把掀掉报纸，说："你张张嘴，透露一点儿？"

在他灼灼的目光下，齐灿张开嘴，露出了洁白干净的牙齿。

尚初臣说："你干吗？"

"你不是让我张张嘴？"齐灿掀起眼皮，睨他一眼。

尚初臣以同样姿势瘫在了他旁边，说："论坛掉'马甲'的事真不是我干的，可能是系统出错了。你这么用心，是不是就是为了那个姓安的？"

齐灿轻侧着头，黑漆漆的眸子深不见底，一字一顿地重复"姓安的"三个字。

尚初臣顿觉浑身的汗毛都立了起来，他咽了口唾沫，仓促改口："安，安姐姐？"

嗬，齐灿的眸色更冷了。

"占有欲强得像魔鬼，也不知道人家姑娘受不受得了他。"尚初臣在心底暗自嘟囔。

"你未来女朋友。"尚初臣终于选中一个合适的称呼。

齐灿慢吞吞收回目光，喉间溢出一声不轻不重的"嗯"，尾音还似有若无的上翘，含着丝丝缕缕的笑意。

一提起安月澄，他就像狮子变小猫，瞬间变得温和柔顺了。

尚初臣咂舌，这是被蛊了心神啊。"不过，你现在不惦记你可望而不可即的心尖'白月光'了？"

尚初臣此人，人是个好人，专业能力也优异突出，但就是太八卦了，好奇心丝毫不亚于三岁小孩儿，见到这个问"这个是什么"，见到那个问"那个是什么"。

齐灿并不吝啬于告诉他实情，说："说不定，'白月光'就是她呢？"

尚初臣瞪圆眼睛，不大敢相信地说："你说真的？"

齐灿轻舔了下牙尖，似笑非笑地看他，半开玩笑似的说："你猜？"

"假的吧。"尚初臣才不信，齐灿老是把真的说成假的，假的说成真的，"你要真能这么快搞定'白月光'，也就不至于念念不忘这么多年了。"

他摊摊手："不过也好，有了新欢，至少不会痛苦难过，依靠酒麻痹自己了。"

"随你怎么想，问完了吗？问完了我要回学校去了。"齐灿长腿一收，结结实实踩在脚垫上，指尖搭在身侧车门，俨然准备开溜。

尚初臣盯他两秒，若有所思地摸摸下巴："真这么努力啊？有必要吗？"

齐灿开车门的动作顿住，歪歪头，嗓音软下来："有必要，姐姐她还希望我稳住保研名额呢，走。"

尚初臣扒着窗户，目送齐灿走进华城大学，有点儿怀疑人生。

他们家有一整个齐和集团等着他继承，他至于去拼保研名额？这是为了追妻，已经不择手段了啊。

转天安月澄起来的时候，论坛的维护提前结束，又恢复成原先的匿名状态了，但和她相关的那几个帖子就此沉了下去，没人再回复，大家都不再想经历一场。

朱源发来了消息，替自己的室友尤广亮向她道歉，言辞诚恳。

安月澄浅浅扫了眼，没细看，手指轻动，敲下"无所谓"三个字发过去。过会儿又点开动漫社群聊，设置了消息免打扰。她不想再和朱源有什么牵扯了。

所幸，朱源也没再回复，像是彻底老实下来。

第3章 关系复杂

安月澄沉下心继续筹备毕业论文的内容，他们的组会定在周四下午，到时需要汇报这一周的研究进展。之前因为要处理齐灿和朱源的事情，进度耽搁了不少，她得加紧赶回来。

人一旦专注在某件事情上，就会感觉时间过得极快。

筹备告一段落，安月澄双手交叉向前抻了抻筋骨，屏幕右下角的时间已经转到十一点半了。她回过身，目光一扫，没瞧见卫依的身影，大约是去图书馆学习，或是外出办事了。

安月澄合上笔记本，揣上校园卡，小步溜达着走去食堂。

上午最后一节课的下课时间是十二点，现在还早，食堂里的人不多，她排在黄焖鸡米饭的窗口，不多久便端着饭在角落里坐下。

食堂三层的黄焖鸡米饭是外包出去的，汤汁浸润米饭，口感香嫩不黏腻，很有街边小店的风味，安月澄还算喜欢。

腾出空来看手机，她才无意发现辅导员上午发来的消息。

"月澄，下周A国传媒大学的交流团队会过来咱们学校，院系这边是想推荐你作为文学院优秀学生代表，参与到交流学习中去，你看你方便吗？

"当然了，你不用过分担心，具体的交涉有学生会代表负责，也有其他院系的学生在。

"院系优先考虑你，一方面是因为这个交流学习的机会很难得，你各方面一直都很优秀，老师们希望你有更多提升。另外一方面，不瞒你说，是因为你没有考研的负担，时间、精力都很充足。"

辅导员的话说得很在理，让人没有理由拒绝。

"好的，老师，我这边没有任何问题。"她垂着眼眸，指尖快速点击着屏幕。

"那我这边就把你拉进群聊，相关的事宜都会在群里通知的。"

辅导员的速度很快，安月澄前脚刚收到消息，后脚就已经被拉进微信群聊。这种正经的群聊，默认都是要将备注改为院系加名字的。

她熟练地点进详情页，目光在触及某个名字和头像的时候骤然顿住。

安月澄想：齐家弟弟，我怎么忘了，他是现任学生会主席，这种事肯定免不了要参与的。她轻咬了下勺子，目光掠过，麻利改好备注，反手把手机用力扣在桌面上。再一抬眼时，好巧不巧正对上齐灿含笑的目光。

齐灿敞穿着件灰色条纹衬衫，内搭焦糖色印花T恤，干净简单，别有一番气质，很难让人不心动。

"姐姐不高兴？"他捏着羊肉串签子末端，递到安月澄唇边，"吃根羊肉串高兴一下？"

羊肉串是刚烤好的，油滴顺着签子，染上他白净的手指，半圆形的指甲都泛起油光。可他却丝毫不在意，一双漂亮的桃花眼透亮，静静凝视着她。

这一刻，安月澄听见胸腔内因为齐灿而发出的心脏剧烈跳动的声音。她伸手去接，齐灿的另一只手摁住了她，理所当然地说："有油，我拿着你吃。"

她抿了下唇角，察觉到周围路人侧眼看来的目光，任由着齐灿折腾。这下，绯闻肯定越传越离谱了。

"今天不太想吃羊肉。"她编出个蹩脚的理由，用勺子盛了口黄焖鸡米饭，慢吞吞地吃着。

"还在为论坛的事情而不高兴？"齐灿一边问，一边收回手，用筷子将签子上的羊肉捋下来，放进她碗里。他看得出来，安月澄不是不想吃，只是单纯想避免和他的绯闻罢了。

安月澄盯着羊肉块看了三秒，睫毛颤了颤，说："没有，事情都解决了，没什么不高兴的。"

她确实没有不高兴，只是觉得，和齐灿的关系很让她发愁而已。她只想和齐灿保持恰当距离。

但现实偏偏总不遂人意。

"下周的交流，我提前拿到了流程，要不要发你？"齐灿捏着纸巾，仔细擦拭着手指。冷白的手指骨骼细长，腕骨瘦削突出，很是漂亮。

可她好像才进群，面前人什么时候看的手机？她怎么不知道？

"你知道我会当文学院的学生代表？"安月澄黑白分明的眸子注视着他，藏着几分探究。

齐灿弯着唇角笑笑，一副纯良无害的样子说："姐姐那么优秀，一准会来参加交流。我猜到的。"

安月澄还是觉着不大对劲。她细细打量着齐灿，他姿态放松，眉眼舒展，看上去没有一丝一毫的紧张，像是说的实话。

"姐姐这么看着我，是又勉强喜欢我这张还算天然的脸了？"

一张俊脸骤然在眼前放大，纤长浓密的睫毛根根分明，鼻梁高挺，红唇微翘出一个温柔的弧度。是个不可多得的美人。常言说"美人在骨不在皮"，可齐灿美在骨相，更美在这副皮囊。

齐灿温热的气息打在安月澄脸上，是薄荷味的，他来时的路上大约含了薄荷糖。安月澄觉得，自己好像有点儿醉薄荷了。

安月澄眨眨眼，食指和中指并在一起，戳在齐灿额头上，说："靠边，影响我吃饭了。"

齐灿任由她把自己推到一旁，瞧着她盛了一大勺浸满汤汁的米饭塞进嘴里，腮帮鼓鼓的，与平日里清冷淡漠的模样大相径庭。

"姐姐还真是不想同我说话啊。"齐灿敛眸，尾音拖得绵长。那股子可怜委屈的劲儿，任谁听了都要沉醉。

安月澄心里也沉沦了，但并不妨碍她做出一副清心寡欲、无欲无求的样子。"是不想，那你能不和我说话吗？"她慢吞吞咽下嘴里的饭，微微勾着唇角对齐灿笑。是很假、很客气的笑。

"自然不能，不和姐姐说话，这世界上就缺少了极致的快乐。"齐灿慢条斯理地将另外几串上的肉捋下来，放进安月澄碗里。

极致的快乐？是指逗她玩的快乐吗？安月澄默默夹住一块羊肉，放入口中，牙齿一下一下用力嚼，活像是在泄愤。

齐灿这个人，欠打。

今年的秋天，冷空气来得比往年要更早些。才九月下旬，天气预报的日最高气温就只有二十四摄氏度了，别说还有阵风六七级的加持，体感温度就更低了。

冷风争先恐后地从领口钻进去，安月澄禁不住打了个寒战，又拢了拢西装外套，目光往远处望去，依旧没瞧见他们等待的人。

距离原定的九点，已经过去半小时，A国传媒大学的交流团队迟迟不见踪影。现在是早高峰，堵起车来总是很恼人，从国际机场过来，要走环路，八成是堵住了。

"都在这儿冻了半个多小时了，早知道要等这么久，就换件厚外套了。"有男生搓着手心，直哈热气。

"冻得我完全没心思看材料，我怕回头脑袋都转不过来弯了。"

"堵车、迟到也能理解，但是为什么我们不能先回教室等着啊。"

他们已经在凛冽的寒风中杵在停车场旁很久了，谁也不是铁打的，难免会有怨言。

安月澄手里的材料已经翻到最末页，她目光细细扫过最后几行字，将文件夹合上。材料内容她已经相当熟悉了，即便是做不到百分之百不出错，也能达到百分之九十以上。

她的注意力不由自主地跑偏，恰巧落在站在最前边的齐灿身上。

应校方要求，负责接待交流的学生代表，都需要正装出席。齐灿身为现任学生会主席，也不例外。他穿上定制的黑西装，衬得身材越发挺拔修长，矜贵帅气，单手捏着文件夹，肤色很白，精致瘦削的腕骨突出，名贵的银白腕表在日光照射下泛着光泽。他一条腿微微屈着，脚尖点地，姿态有些许懒散，过分漂亮的眉眼清清冷冷，但潋滟的薄唇却微翘着，若有若无地流露出几分笑意。

站在他身旁的女生是学习部的部长，也是安月澄之前见过的直系学妹——表白惨遭拒绝的丁瞳。她栗色的长发高高束起，盘成可爱的丸子头，白净的小脸化了温柔系的淡妆，一双杏眸脉脉含情，像株清纯又娇弱的白玉兰花，惹人怜爱。

"齐同学，对于学习交流这部分的内容，你还有什么问题吗？"丁瞳细声细气地询问。

"没有。"齐灿的眼神始终落在手中的材料上，一眼没看丁瞳，像是处于沉浸式学习中。但实际上，安月澄看得出来，他心思压根儿没在文件上。

"齐同学，你和安学姐……是真的吗？"丁瞳的声音突然压得很低，几乎轻不可闻，视线却不由得向安月澄所在的方向一偏。

齐灿轻侧眸光，很浅很淡地看她一眼，用波澜不惊的语调说："丁部长，你认为在这样正式、严肃的场合，聊这些有的没的，是合适的吗？"

女生干净漂亮的脸颊顿时泛起红色，她垂着眼眸，闷声道歉："齐同学，对不起，是我唐突了。"

齐灿合上文件夹，歪头瞧着安月澄的方向，无声动了动唇瓣："姐姐，满意吗？"

偷瞄被抓了个正着，安月澄也不羞不恼，指了指校门口。只见大门口的停车臂抬起，蓝色的大巴车徐徐驶入，拐了个弯，稳稳当当停在车位上。由校方接引人员带着，A国传媒大学的学生代表走下车，为首的女生金发碧眼，波浪似的长发像瀑布般倾泻而下。但是，开口时却是纯正的中文。

"嗨，齐灿，好久不见。"

安月澄站在人群之中，有些愕然地看过去。

齐灿很是积极主动地迎了上去，语气熟稔地说："薇思姐，没想到你竟然是A国传媒大学的学生代表，怎么来之前也没提前说一声？"

"还不是为了给你个惊喜。"白薇思笑意盈盈地拍着他肩膀，"有没有惊喜到？"

"说不定是惊吓呢。"齐灿声音含笑，眉眼微弯，心情很好。

二人俨然关系不错的样子。安月澄垂在身侧的手指不自主地攥在一起，齐灿他……很"好"，非常"好"。真是男生心，海底针，谁信谁迷糊，谁信谁受骗，谁信谁吃亏。安月澄亲测。

双方教师已经简单交流接洽完毕，空间更多的还是要留给两校的学生。

齐灿作为学生会主席，又是白薇思的熟人，顺理成章地担任介绍的工作。"这是文学院优秀学生代表，戏剧与影视学专业，安月澄。"她晃神的工夫，齐灿和白薇思已经走到她跟前。

"你好，我是白薇思，A国传媒大学编导系博士生。"白薇思伸出手掌，微笑着看向安月澄。

"安月澄这个名字……"她声音微微一顿，意味深长，"我早有耳闻。"

早有耳闻？听着怎么那么像放狠话呢？

安月澄余光不着痕迹地扫了眼一旁的齐灿，心里暗骂："就惯会招惹人！"随后，她端起一抹温和的笑，转看白薇思，握住她的手。

"幸会，我不及白学姐阅历丰富，还请多多指教。"

她的言行似是出乎了白薇思的预料。白薇思一怔，这才正眼细细打量她，肤色极白，五官生得精致，丹凤眼狭长勾人，红而薄的双唇翘起，乌黑的长发普普通通地扎成高马尾，却也英姿飒爽。而且，黑色小西装又将她的身条衬得笔直板正，清冷雅致，透出几分别样的贵气。放在娱乐圈里，这也是一顶一的美人胚子，甚至丝毫不输新生代。

白薇思忽然有点儿理解，齐灿当初为什么因为这个姑娘要死要活的了。

"客气了，安同学。"她收回手。

齐灿徐徐迈开步子，又向白薇思介绍其他几个院系的学生代表，轻缓散漫，情绪不显山不露水。

安月澄眼见齐灿目不斜视地从自己身前路过，心里有些发堵。然而下一秒，他温热的指腹似是不经意地点了点她的手背。她愕然抬眸，看见齐灿转头轻轻地冲着她眨了下眼睛，眼底无声漾出别样的情绪。

　

双方学生代表简单相互介绍后，便由齐灿领头，带着他们简单在校内转一转，对华城大学有个初步的了解，也方便接下来十天的生活。末了，他们来到早先预约好的阶梯教室，开始双方学生代表的自由交流活动时间，这样暖和得多，也相对方便。

"嘿，你好，安……"一个金发青年走到安月澄边上，话说到一半却骤然顿住，不太好意思地摸摸脑袋，"对不起啊，我忘记你的名字了。"

他是典型的白种人，金发碧眼，眉目深邃，眼窝深深，鼻梁高挺，淡粉色的唇瓣很薄。中文说得不是很流利，甚至有些磕磕绊绊，轻重音也把控得不是很好，口音很明显。

安月澄向他颔首示意，为了让他记下来，语速放得很慢："安月澄，你呢？"

"卡尔。"卡尔腼腆地笑笑，双眸炯炯有神，"我很喜欢中国文化，你是文学院的学生，可以跟我讲讲吗？"

"当然可以。"安月澄将先前的不适暂且搁置。在文化交流面前，私人的事情都该放一放。而且，她不喜欢过多的私人情绪被带到正常的交流学习中。

于是，安月澄从最广为人知的四大名著说起："我国的四大名著，你有听说过吗？《红楼梦》……"

女生眉眼平和温柔，说起话来慢声慢调，在这种活动中，她通常会展现出相对平易近人的一面，而不同于平日生活中的冷淡疏离。

齐灿眸色晦暗，舌尖在腮旁画了个圈，喉间溢出一声哼笑，很冷。他的姐姐，无论到哪里，都是最耀眼、最光彩夺目的存在，这种光华吸引人们静静注视，甚至心生向往。

可他不愿意旁人看他的姐姐。

齐灿抬脚，迈步就要向安月澄的方向走去。倏地，一股拉力从身后传来。

白薇思毫不留情地揪住他的西装后领，高高在上地说："干吗去？"

"啧"齐灿半倚着座椅，回身看她，说："表姐，不至于管我这么多吧？"

"我问你干吗去？"白薇思美目瞪他，不肯撒手。

齐灿摊摊手，不紧不慢地开口说："扫清障碍。"

白薇思顺着他的目光看向安月澄，暖色的日光斜斜地打在女生侧脸上，更衬得下颔线流畅精致，白得透亮的肌肤跟玉似的，细腻好看。最终，她收回目光，如实评价说："人很漂亮，但跟你不合适，你还是趁早打消心思的好。"

"我的世界里没有什么不合适的。"齐灿极轻地笑了下，姿态懒散，嗓音却百分百笃定，"我会把一切不合适，都变成合适。"

"以前的事情我可以不提，"白薇思松开手，声音淡下来，"但齐家的独子，娶一个寻常职工家庭的女儿，你以为姨母、姨父会同意？"

齐灿漆黑的眸子紧盯着白薇思，似深潭般，窥不透其中藏着的情绪。白薇思也大胆回视着他，目光相撞，不知多少火花。

她生在白家，自小也是高傲骄矜的，又和齐灿多有往来，自是丝毫不惧他。

半晌后，齐灿率先出声："随你怎么想，与我无关。"撂下这句话后，他径直走至安月澄那一排座椅，从没人的那侧走近，毫不避嫌地在她身侧落座。而后便单手托腮，一双潋滟的桃花眸一眨不眨地看着安月澄，倒像是认真在听她讲四大名著似的。

"《西游记》则主要讲的是……"安月澄抿住唇角，声音停下来。

卡尔关切地看向她："安同学，你怎么了？是不舒服吗？或者要喝点儿水吗？"

"没有，只是突然多了个旁听者，不大习惯。"安月澄眸光浅扫了一眼齐灿，没搭理他，"我们继续说。"

安月澄和卡尔的交流一直持续到中午，齐灿自然也就在旁"监听"至中午。只不过是脸上的笑容愈来愈淡，眼神肉眼可见地变得锋利冷漠罢了。

这时，白薇思给A国传媒大学的学生发放临时饭卡，安排大家去食堂就餐。

"卡尔，你要去食堂吗？不知道你适不适应得了我们学校食堂。"安月澄客客气气地问他，颇有几分尽地主之谊的意思。除此之外，卡尔也确实算合她眼缘，特别在方才的交流中，她充分感受到了卡尔对中国文化的热忱。

卡尔猛地点点头，竖起大拇指："我最喜欢你们国家川市的担担面，辣辣的，特别香！"

"食堂也有，虽说不上多正宗，但味道也还不错，我带你去尝尝。"她收拾了摊在桌面上的文件，站起身来。

"谢谢你，安同学，你真是个好人。"卡尔腼腆羞涩地笑了，瞧上去有几分憨气，真诚而热烈，"不过……"他迟疑片刻，看向仍在座位上的齐灿，"这位同学，不和我们一起去吗？"

安月澄的脚在空中一顿，慢而轻地落地，侧目看向齐灿，眼眸波澜不惊，疏离开口道："齐学弟，要一起吗？"变脸速度堪称一绝，前脚还在对不熟的异性微笑客气，后脚再看齐灿时就冷淡疏离。

齐灿面上依旧勾着唇角，似有若无地笑："自然要一起，正巧，我也想吃担担面了。"

话音才落。

"齐灿。"身材纤细高挑的女生踩着皮靴，噔噔噔地走上前，胳膊肘搭上齐灿的肩膀，"去吃饭？介意再多带一个我吗？"

卡尔琉璃般的眸子一亮，无意识搓搓手掌，满怀期待地看向安月澄，摆明了是希望她答应下来的。

安月澄偏头，目光不经意从白薇思的手臂掠过，如蜻蜓点水般，"当然可以，一起吧。"

四个人两两并排，一前一后地往食堂的方向走去。在此之前，安月澄是没有想到，一个正儿八经的两校交流学习，还能整出这样精彩的篇章来。很热闹，但她对热闹倒也不算排斥，只要不影响她原本的学习生活节奏就可以。

齐灿盯着前面二人的脊背，眸色渐深，眉心不自觉拢起，太刺眼了，他看不惯。

"齐灿，你们经管的课堂是什么样子的？"白薇思勾住他手臂，"下午带我去看看？"

齐灿唇瓣轻张，拒绝的言辞在齿间打了个转儿，临时改变主意说："薇思姐喜欢的话，当然可以，不过经管的课程，姐姐你怕是听不懂吧？"

"姐姐"二字，他特地咬得很轻很慢，意味深长。不知是否有几分意在暗指安月澄。

紧接着，安月澄又听见白薇思笑着说"听不懂，那你就讲给我听呗"。

安月澄脚下步子一顿，胸膛起伏时，牵动心脏产生一丝丝疼痛。这些天来，她确实一直摇摆不定，大约也有无数个瞬间，是被齐灿打动到了的。如今想来，他不见得惦念以前，只是与人相处毫无边界感而已。

寒风似刃，割在脸上，也割在心里。

"行，不过我可不包教包会。"齐灿喉间溢出低低的笑，声线优越好听，丝毫不掩饰对白薇思的纵容。

安月澄深吸一口气，后牙紧紧咬合，心里连骂齐灿数句："齐灿是'小狗'！自己再心软，自己也是'小狗'！"

担担面的窗口在食堂三层，安月澄一行人刚从楼梯间转出来，便引起食堂内同学们的纷纷注目。

俊男美女的组合总是吸引眼球。更别提他们这四人组合，一人是纯正的A国人长相，一人是混血，剩下的两个，也都是华城大学的风云人物，公认的颜值天花板。而且，这两位风云人物还在传绯闻。

"两份担担面。"安月澄一边和食堂阿姨说话，一边偏头问卡尔，"你有忌口吗？"

卡尔连连摆手，说："没有的，纯正的味道我很喜欢！"

安月澄接过阿姨递来的号牌，和卡尔站在一旁的等候区，余光有意无意地看向齐灿和白薇思的方向。

"薇思姐，我记得你不喜欢吃辣，食堂的红烧牛肉面，还有鸡丝拌面都很好吃，你要吃哪个？"齐灿半垂着眼眸凝视着白薇思，语气软得一塌糊涂，像含着水似的。

白薇思是混血，个子很高，将近一米八，只比他矮不到半个头，两人站在一起，很搭很养眼。

"都想尝尝。"

"那都点一份，我们分着吃。"齐灿很好说话，转头便和食堂阿姨点单，"一份红烧牛肉面，一份鸡丝拌面，都不加辣。"

安月澄敛眸，打开手机转移注意力，细细阅读《竹马他的小月亮》今天凌晨更新的最新章节。

星月灿文笔很好，故事情节也生动有趣，从不落俗套。文字塑造出的情境，让人不由得代入沉浸进去。直到章节末尾，弹出"作者还在连夜码字呢"的提示，安月澄才恍然回到现实。

最新章节写女主和男主之间产生了误会，开始冷战，说话也是句句带刺。

"星月灿，说好的不刀不虐呢？冷战要不得！"她实在忍不住，便在评论区留言。

冷战是坏文明，不仅不会解决问题，还会任由矛盾和误会肆意生长、扩大，最后发展至不可挽回的地步——这是安月澄长年看言情小说看出来的经验，也是观察她父母能和睦相处、恩爱如初多年得出的经验。

"你特别关注的作者星月灿发布新的评论啦！"

星月灿素来神秘，每次都只是安静更新，多余的半个字都不写。评论区的评论更是一概不看、不回复，将高冷贯彻到底。

安月澄不由得愣了半晌，指尖轻动，点了进去。

"星月灿回复一颗橙子：没虐心，正常的感情发展而已，你不喜欢冷战？"

没有"大神"的高傲，反倒格外得平易近人，回复时像是在和一个多年的老朋友随意交谈。她视线在那行字上黏了好几秒，才反应过来，星月灿是真的在回复她！还问她的喜好！这让人很难不激动。那可是星月灿啊，她的心尖"白月光"！

安月澄双眸清亮，指尖微颤着敲字。

"确实不喜欢，但是——"她摇摇头，不行，这样直说不喜欢的话，星月灿会不会觉得她是在否定这本书啊？绝对不可以，像星月灿这样的宝藏是要捧在心尖上疼爱的。

她轻咬着下唇，反复斟酌着用词："我认为，在现实中，冷战很容易扩大矛盾。不过在小说里，冷战是为了推动感情线发展而存在的，谈不上什么喜欢不喜欢。"

安月澄将自己的话又反复读了两遍，才按下发布键。

"十八号的两份担担面。"此时，食堂阿姨的吆喝声响起。

她忙将手机揣进兜里，和卡尔各自端上面，转身正要去寻找座位时，齐灿散漫的声音随风而至。

"安学姐，麻烦你帮我们占个座。"非常的不客气。

安月澄不理解，让前暧昧对象帮他和现暧昧对象占座，他怎么好意思的？脸皮之厚，旷古未有。

"知道了。"她随口应了声，和卡尔寻到角落里的位子，然后把手上的文件夹放在隔壁桌上。

安月澄是坐在卡尔对面的，并没有并排而坐，主要原因是避嫌，保持安全距离。

"安同学，冒昧问你，你知道齐同学和薇思的关系吗？"卡尔有些别扭地握着筷子，笨拙地挑起一根面条，咬上一口，没忍住还是问出了声。

他称呼白薇思为薇思，关系似乎不一般，大概他是白薇思的追求者或是暗恋者。

安月澄眉梢一扬："不知道，看起来是熟人。"

"好吧。"青年眉毛耷拉下来，有点儿发蔫，慢吞吞地吃着面条，心思指不定跑到哪里去了。

卡尔没有说话的心思，安月澄便也不出声了。手机摆在桌面上，她一边挑根面条轻嚼着，一边点开"蔻蔻阅读"，看到星月灿再度回复了她的评论。

"你说得挺对的，像是很有感悟。不知道方不方便问问，你在现实中有和谁冷战过吗？"

很客气，但也很突兀。寻常的作者与读者的关系，交流通常很少涉及现实，偶有提及，也是建立在相处时间长且彼此熟悉的基础上。

安月澄忍不住咬了下筷子，有点儿纠结，想和星月灿拉近距离是真的，但又怕唐突了。不过网上都披着"马甲"，应该也没有关系的吧？

"没有和谁冷战过。"她敲着字回复。

"啪啪"，纤细修长的手指弯起，不轻不重地在她桌前敲了两下。下一秒，一碗红烧牛肉面放在了桌上，她的文件夹也被拿了回来。

"安学姐，我们四个人坐一张桌子就好了，没必要再多占一张，等会儿午饭高峰，人很多的。"

齐灿顺势坐在安月澄的身旁，安月澄一偏头，便撞进他那双充盈着笑意的勾人眼眸之中。

她盯着齐灿两秒，徐徐点头。"那倒是，是我考虑得不周到了，齐学弟不愧是齐学弟，事事周全。"

安月澄关掉手机，目不斜视地吃起担担面，权当身边空无一人。"或许，和齐灿最好的相处方式就是尽可能地无视。"她想。

齐灿舌尖轻顶了下上腭，眼神渐黑，情绪辨不分明。他向后一靠，身形松散慵懒，指尖轻滑开手机解锁，目光触及屏幕时，喉结轻滚，溢出一声轻笑。

"没有冷战过"，确实是没有。直接在私下里给他下了"死亡"宣判书，滋味远比冷战来得更深刻，是更深入骨髓的痛。

"薇思姐，来，尝尝牛肉。"齐灿特地拿了双公筷，夹上牛肉和面条，放在白薇思的餐盘里。

要说一开始齐灿和她亲近，白薇思还没察觉出什么的话，现在心里已经跟明镜似的。哪是真关心她这个表姐啊，分明是借着她的由头想让心尖尖上的人吃醋罢了。白薇思勾了下唇角，想利用自己，她非得让齐灿知道什么叫作人心险恶才行。

"谢谢宝贝。"她软着嗓音，嫩得能掐出水来。

其他三人："……"

"咯咯咯咯……"卡尔被面条呛得一阵咳嗽，连喝了两口汤才缓过来。但人是缓过来了，精气神肉眼可见地更差了，一副黯然神伤的样子。

安月澄面上倒是不动声色，实际上却不由得攥紧了手里的筷子，指背上的青筋都隐约凸起。

上周还在投喂她羊肉串，这周就去投喂别的异性牛肉面了。"没有心的家伙。"她又在心底里暗骂起齐灿。

至于当事人齐灿，他眼睛一眨不眨地盯着白薇思。倘若目光有形，他这一定是刀子的形状，然后毫不留情地将白薇思"千刀万剐"了。

情绪上涌，他余光瞄了眼安月澄。他的姐姐沉迷吃面，压根儿没注意到他这边的惊天发展，难道是真不在意他与别人有没有暧昧，有没有过界的言行举止？看来她是从未放在心上了，一如既往。

钝痛在齐灿的心底发酵，分明并不尖锐，却沉重到他呼吸都变得艰难起来。

"薇思姐跟我何须客气？咱们什么关系？"齐灿弯着眼眉，语气轻飘飘的。

"确实。"白薇思哈哈一笑。

一顿饭，四人各怀心思地吃完。

白薇思由于要跟着齐灿去听经管的课程，他们二人先一步离开。安月澄和卡尔站在食堂门口，双双沉默目送。

"安同学，你难过吗？"卡尔抬手抱住脑袋，双眸无助地看向她，唇角垮着，眼看着有要哭出来的趋势。他这么一个动作，附近从食堂出来的同学都纷纷侧目，看安月澄的眼神，充满质疑，好像在问："你对他做了什么？"

安月澄抬手按按眉心，有些头疼。她没想到，卡尔竟然这么脆弱。

"嗯……我，还好？"素来从容淡定的她此时说起话来也不太流畅，"卡尔，你先冷静一下，要不我们先到一旁去坐会儿，慢慢说，好吗？"

卡尔吸了吸鼻子，眼眶红红地看着她，轻声说："好。"

安月澄带着他，找了个人不多的角落后，在长椅上坐下。"你是喜欢白薇思吗？"她单刀直入。

卡尔没想到她这么直接，愣了半晌，才垂着脑袋闷闷回答："薇思她很好，没人会不喜欢她。"

他一米九往上的个子，做出这般模样的时候，反差感十足，瞅着倒也是怪可怜的。安月澄轻舔了下牙尖，头更疼了，她明明只是过来交流学习的，为什么现在……摊上了情感疏导这种艰巨任务？

"那，你有向她表达过心意吗？"她顿了顿，"我的意思是，总要去试试，说不定她也喜欢你呢？"

卡尔绷住唇角，碧色的眸子蒙上一层雾气。"没有，现在也晚了，她已经和齐同学……"

话没说完，泪珠就已经吧嗒吧嗒地落了下来。

安月澄咽了口唾沫，大脑停止思考。"现在也不是完全确定，或许，或许还只是在暧昧期，你还有机会。"

"真的吗？"卡尔止住眼泪，可怜巴巴地抬头望着她，看得人说不出否定的答案。

"真的。"安月澄用力点点头，语气十分笃定。

卡尔抱住自己的背包，眼眸渐亮。"安同学你说得对，我不能还没努力，就轻言放弃。"他噌地站起身来，"我要去找薇思。"

卡尔像个想一出是一出的孩子。不过能怀有这样的赤诚之心，实在难得。

"好，经管专业的教室在第二教学楼，你现在去的话应该还没上课，来得及。"安月澄垂眸看了眼表，嘱咐他说。

卡尔伸长手臂，突然袭击，轻轻给了她一个拥抱。"谢谢你，安同学。希望你也能开心。"

"那回头有事再联系。"她扬扬手机。

他们之前已经互相添加了微信，方便随时联系。

"好的。"卡尔将包往背后一甩，阔步向前，直奔着第二教学楼的方向去了。

安月澄稍稍松了口气，又回味起他最初的那句——"安同学，你难过吗？"

这个问题在脑子中反复思考了好几遍，安月澄依旧不能确定答案。若说不难过，就应当丝毫不在意齐灿的言行才对；可若说难过，她也不觉得自己有多伤心。只是有些遗憾，遗憾以前她一直看着的少年，变成如今的模样。

莫名的，疲惫感涌起，安月澄抚了抚眉心，目光远眺。今天的天气不是很好，云彩黑压压地盖在头顶，平白让人心情都变得低落起来。

不需要再陪着卡尔，安月澄索性回了宿舍。这会儿只有卫依一个人在宿舍。平时宿舍没人在的时候，她就不去图书馆复习，因为抢位置太费劲。

"橙子，A国传媒大学的学生怎么样？有没有帅哥美女？"卫依做完手里那道题，回过身来问她。

安月澄随手把文件夹一丢，将西装外套挂好，半倚着柜子看她，说：

"有，还算好交流吧。"

"我以为你要忙到很晚才回来呢。"她转了转手里的笔，瞧出安月澄兴致不高，便说，"你是不是累了，要不要先睡一觉？"

睡觉倒是不必，主要还是心累。安月澄动了动唇瓣，到底没提卡尔的事情。这毕竟是人家的隐私和秘密，被她这么随意的提及，实在过于缺乏尊重了。

"还好，主要是早上冻得人有些难受。"她端起保温杯喝了口水，吞咽时感觉嗓子隐隐作痛。她果断从抽屉里翻出润喉片含着，清凉的味道在唇齿间蔓延，一直润到喉咙里去，舒坦很多。

"现在还早，正好午睡一下。"卫依抬抬下巴，建议说，"受凉了要还过度劳累的话，很容易感冒的。"她碎碎念的模样，再搭上那双关切、温柔的眸子，像极了关爱孩子的母亲。

安月澄眸色一暖。"好，那你加油复习。"

手机铃声乍然响起，安月澄迷迷糊糊地伸手，滑动接通键，放在耳边。

"喂，哪位？"她说话时带着浓重的鼻音，很是沙哑。

"连你爹的号码都没存吗？"安雍临"震怒"，他感受到了敷衍与不重视。

安月澄"啊！"了一声，将手机拿到面前，果真看见屏幕上写着"爸爸"二字。

她低低咳嗽两声，认真给他解释，说："爸，我刚才在睡觉，没看来电显示。"

安雍临"哼哼"两声，没揪着不放。"听你的声音，是感冒了？吃没吃药？"

"可能有点儿，今天早上去接待A国传媒大学同学的时候受风了。"安月澄坐直身子，慢吞吞下床，找了感冒药出来，"睡前还没什么感觉的，我现在就去吃药。"

安雍临知道两校交流学习的事情。"最近天气转凉，你里面应该多加些衣服，不要为了追求漂亮穿那么少。身子骨是你自己的，知道吗？"他声音顿了一下，又得意扬扬起来，"再说了，我闺女穿什么都漂亮。"

"爸你是不是还要再加一句'是随你的基因'？"安月澄没忍住笑出声来，情绪一激动，喉咙便又发痒，咳嗽起来。

"那可不，女儿像爸，大家都这么说。"安雍临私底下丝毫没有半点儿教授的架子，甚至还有几分搞笑。任谁也不能把生活中的他，和讲台上那个温和却又严肃、讲学认真的教授联系在一起。

安月澄喝口水，缓了缓呼吸，说："所以爸你今天打电话过来，就是和我闲聊的？"

"哎哟。"经她一提，安雍临才想起正事，"差点儿忘了，你齐叔叔打电话来，说今年小聚打算定在三号晚上，你没有别的安排吧？"

每年十月初，他们两家都是要聚会见面的，这已经成了他们的习惯。至于具体聚会的日子，一般都是两家协调着来的。

"没有，我什么时间都可以的。"她近来还算空闲，投出去的简历没有消息，论文进度也照常推进。

安雍临说："那行，对了，你想着跟齐灿说一声。"

说起齐灿，安月澄眸色发暗，语气不自觉带了些懒倦，嗓音软绵绵的，像在撒娇："怎么是我和他说啊……"

"你齐叔叔他们和齐灿什么情况，你又不是不知道。"安雍临叹了口气，"自然是发了十几条消息，打了七八个电话，半点儿回应没收到了。"

齐灿和家里的关系极差。可能是因为父母常年忙于工作，对他从不关照，也可能还有其他不为人知的原因。总之，齐灿和安家父母的关系，甚至都比和他爸妈好得多。这是安月澄自小就知道的事情。

"好，那我回头告诉他。"她答应下来。

"澄澄，你要是没什么事情，要不回家里来住吧，家里养病总归比在宿舍好得多。"安雍临想起一出是一出地说。

安月澄失笑。"爸，你和妈天天上班，我在家和在宿舍没什么区别，而且文学院推了我做学生代表，我总不能甩手不管吧。"

安雍临想想也是，没再勉强。"那好吧，你注意休息，好好吃药。有什么需要的随时和爸爸联系。"

和父亲互道再见后，安月澄挂了电话，抠出一片感冒药放进嘴里，就着水咽下去。现在，脑袋还是昏昏沉沉的，困意占据上风。她揉了揉脑袋，又躺回床上睡觉了。

此时，21级经管专业的学生也正好下课。

齐灿向后仰仰身子，伸了个懒腰，戏谑地看向白薇思。"怎么样，听不懂吧？"

"没听。"白薇思面不改色，余光瞄了眼斜后方身形高大挺拔的青年，看他趴在桌子上，面向她，目光直愣愣的。

齐灿点开微信，反复下滑刷新着，始终没收到心尖人的消息，心情不大舒爽，连带着语气都不耐烦起来。"那你非要来听做什么？"

白薇思呵呵一笑，勾着的唇角讽刺意味十足，说："许你利用我气人家小姑娘，就不许我顺势而为了？"

齐灿舌尖轻顶了下上腭，一句骂人的话在唇齿间徘徊片刻，又咽了回去。姐姐不喜欢他骂人。

"啧"白薇思摊摊手，颇为惋惜。"可惜啊，人家小姑娘心里压根儿没有你，哪里在意你和不和别的异性亲密接触呢？"

他深吸一口气，没什么耐心地拿起文件夹，黑沉沉的眸子锁住白薇思："白薇思，小心祸从口出。"说完，他径直起身，往教室后门的方向走去。

"齐灿，你去哪儿？"白薇思皱了皱眉。

"不劳你操心了。"齐灿头也没回，甩甩手里的文件夹当是挥手再见，身影很快消失了。

白薇思轻啧一声，齐灿和她的关系素来还算不错，在齐家和白家里，她算是唯一还能在齐灿面前说上两句话的。结果这会儿只是这么稍微一刺激，他就跟炸了毛的小猫似的。她难以想象，等以后姨父、姨母提出反对意见的时候，等姨父、姨母想让齐灿商业联姻的时候……齐灿会闹成什么样子。不过，那倒也不是她该操心的事情了。

白薇思简单收拾了下东西，沿着楼道慢悠悠地往下走，她虽然算是A国传媒大学学生团体的负责人，不过该"摸鱼"的时候也会"摸鱼"。而且真有什么事情，微信群里也都会联系她的。

"嗒嗒嗒"，身后的脚步声如影随形，尽管刻意放轻，在寂静的楼道里也仍然突兀。

白薇思顿住脚步，回过身，正将慌乱地想要藏起来的卡尔逮个正着。高大的青年手足无措，见她看过来，紧张地搓搓手心，一双清澈透亮的碧眸直直地看向她，干净而又纯粹。

"薇思。"他低声轻唤白薇思的名字。

白薇思迈步走至他身前，指尖抵住他的肩头，微微昂着脑袋，说："跟着我做什么？尾随可不是什么值得提倡的事情。"

他们之间的距离很近，呼吸都纠结缠绕在一起，卡尔只觉得被她触碰的肩头，像被火烧灼一般滚烫。热度漫上脸颊，卡尔几乎不敢看她。

"薇思，我，我……那个齐同学对你不好，不，不要和他在一起，好不好？"卡尔的中文本就说得不流利，这会儿在紧张情绪的作用下，更是吞吞吐吐、结结巴巴。

"他不好啊……"白薇思声音拖得绵长，不掩饰对他的揶揄，似蛊似惑，"那谁对我好，是你吗？"

卡尔白皙的脸颊爆红。"薇思，我，我可以对你好的。"

肩头的热度骤然消失，他有些意外地抬头看向白薇思，却见方才还微笑着调侃他的女孩儿，现在脸色很淡，看不出悲喜。卡尔心里没来由地生出一阵空落落，好像失去了什么似的。

"我是和你开玩笑的。"白薇思扫他一眼，无波澜地说，"卡尔，我们好歹也做了几年朋友，我是什么样的人，你应该清楚。"

一桶凉水泼在卡尔头上，寒凉渗入皮肤，随之又侵入五脏六腑。他攥着拳头，一声不吭。

"卡尔，不要对我抱有期待。"白薇思再度勾着唇角笑笑，却温度尽失。

女孩儿的背影一步步消失在视野里，卡尔站在原地，一动不动。

他想起刚才安月澄劝他的话：你还有机会，总要去试试，说不定她也喜欢你呢？

没有机会，在白薇思面前，卡尔从没拥有过机会，也压根儿不配得到她的眷恋。

次日，安月澄醒来的时候，清晰地察觉到了自己额头滚烫的温度。意识也混沌极了，有些厘不清想要做什么，又该做什么。她盯着天花板看了半晌，终于拿起手机，点开置顶的微信群聊，私聊两校交流学习的负责人老师。

"老师，打扰您了，我今天突然发烧，可以请一天假吗？"

她等了几分钟，没有收到回复。安月澄慢吞吞爬下床，翻了翻抽屉，只剩下感冒药和止咳药了。嗯，消炎药和退烧药都吃没了，之前忘记补货了。

她换上件加厚的打底衫，又从衣柜里揪出压箱底的羊羔绒外套。然后扣上帽子，再戴上口罩，保暖措施很完美，保准不会再受凉。不过，唯一的缺点就是……走在路上容易引人注目。

近期天气虽然凉，但显然还没冷到穿羊绒外套的地步，路人纷纷侧目看向裹得严严实实的安月澄，几分探究，几分好奇。安月澄不动声色地把口罩往上拉了拉，只要她不被认出来，就不会丢人。

宿舍距离校医院不算近，骑车倒是快，但容易受风，她索性就慢悠悠地溜达着过去。同时穿得多，也不会觉得冷。

到校医院挂号，量体温，高烧三十八度七，又查血常规，白细胞显著升高。医生开了退烧药和消炎药给她。

等待拿药的工夫，手机终于传来声响。

"收到，安同学你安心养病，我再和你们辅导员沟通一下，看看能不能临时请别的同学过来帮忙。"

请了别的同学，她基本就无缘后续的交流学习了。但感冒发烧实在来得太不凑巧，她也是没办法。

安月澄客客气气地谢过负责人老师，取药回到宿舍。到了宿舍，遵医嘱服了药后，又躺回床上去了。还没躺五分钟，寝室的门便被用力推开，一道身影风风火火跑进来。

是章杉茹。她睨了眼床上的安月澄，乐呵呵地开口："安月澄，你知道吗？我——"

"不知道，也不想知道。"安月澄轻飘飘打断她的发言，将棉被又裹得紧了些。感冒发烧，好累，不想吵架，也不想应付她。

"喊"章杉茹从衣柜里取出西装，晃了两下。"我要去和A国传媒大学的学生交流学习了，你就歇着吧，这么好的机会都不珍惜。"

章杉茹在汉语言文学专业算是名列前茅，辅导员联系她让她去进行交流学习，安月澄没感到意外。但她能用这件事在自己面前趾高气扬地炫耀，却是安月澄没想到的。

"那你不应该谢谢我把机会送给你？"安月澄半撑起身子，似笑非笑地看着章杉茹。她沙哑的嗓音有些低沉，像冬日从草地刮过的风。

"懒得和你斗嘴，我要赶紧去阶梯教室了。"章杉茹狠狠瞪她一眼，拎上衣服到卫生间换上，便离开了宿舍。说什么懒得和她斗嘴，不过是觉得她说得很对，没法反驳罢了。

安月澄没忍住笑出声，又躺回床上歇着了。

在阶梯教室，华城大学和A国传媒大学的学生分别坐在两侧，台上的教师侃侃而谈。

欢迎会暨宣讲会被校方定在今天，昨天相当于只是开胃小菜，让学生们自由交流，并且感受一下华城大学的校园风光。

齐灿作为华城大学的带队人，半侧着身子坐在第一排，单手托着下巴，目光止不住地往后飘。

姐姐今天没来，是昨天的事情惹她烦心了吗？

他点开微信置顶的聊天，他们的聊天记录还停留在前两天。

"吱呀"，门被推动的声响在整间阶梯教室里显得有几分突兀。同学们不由得看向大门的方向，连台上教师也撇了一瞬。

齐灿随着看过去，来人穿着正式，面容年轻，倒也像是来参加交流的华城大学学生。他不认识，除姐姐之外的人，都不值得关注。

他垂下眼眸，自顾自地轻敲屏幕。"姐姐在忙什么？"他没有直接问安月澄为什么没来，而是更委婉地试探。

他修长白皙的手指有一下没一下地点着屏幕，眼看着屏幕左上角的时间一分一秒地过去。连台上的领导都结束了讲话，安排他们可以按部就班地进行交流学习了。安月澄也没回复他的消息，真是狠心绝情。

齐灿吐出一口浊气，正准备起身的时候，一道身影站在了他的斜前方，也就是跟他隔了一个座位坐着的丁瞳面前。

"丁学妹，我是文学院新的学生代表，章杉茹。老师让我来和你了解一下流程。"

文学院，新的学生代表？那旧的学生代表哪里去了？齐灿漂亮的桃花眼微微眯起，轻轻侧头，看向丁瞳和章杉茹的方向。

"好的，章学姐，你看这份资料就可以。"丁瞳翻出手里的资料递给她时，不经意间与齐灿的目光相撞，脸颊唰地就红了。她唇瓣嚅动了两下，还未询问，便听见齐灿清亮好听的声音。

"之前文学院的代表——安月澄呢？"他很少喊安月澄的全名，此时提起，声音都不自然地一顿。

章杉茹闻声看过来，一眼认出齐灿，半开玩笑地问："齐学弟不是和安月澄十分相熟吗？怎么连她为什么没来都不知道？"

她素来欺软怕硬。齐灿身为学生会主席，又容貌姣好，拥有庞大的粉丝群体，是她得罪不起的人。

"你觉得呢？"齐灿凉凉反问，眼皮半耷，依旧挡不住眼底摄人的光芒。

齐杉茹愣了好几秒，十分认真地回答："她生病了，和辅导员请了假，现在在宿舍躺着。"

齐灿骤然坐直身子，将桌上的手机揣进兜里，从另一侧径直出门。

从章杉茹说完话，到他这一套动作完成，前后不过十秒钟时间，他就已经消失在了阶梯教室。

丁瞳盯着大门的方向，不自觉抿紧唇角，看向章杉茹的目光也透着几分不悦。

"章学姐，你尽快熟悉一下材料，咱们马上就要分批开始了。"

"哦，好。"章杉茹应声，坐回椅子上阅览材料了。

另一边，在A国传媒大学学生所处的座位上，手写笔在白薇思指间灵活转动，她眉心微蹙，齐灿在校内比她想象中还要轻狂一些。

校领导是知道齐灿身份的，对他的言行多是睁一只眼闭一只眼，不闹出大问题都任由他去了。即便是作为交流活动的学生会负责人，当场开溜，也没有人提出异议。

白薇思点开通讯录，纠结着该不该将事情告诉给齐灿父母。

说实在话，她对安月澄没什么好感，但也并不讨厌。不过……宁拆一座庙，不毁一桩婚。这种坏事还是留着姨父、姨母来做吧。

"薇思，"有些低沉的声音从身后传来，"安同学似乎没来，我可以跟着你吗？"

卡尔生性腼腆内向，之前敢鼓起勇气和安月澄搭话，已是十分罕见。过了一天，大家基本都有搭伙一起交流同行的人，他也不敢贸然上前"插足"谁。

"可我们不是同专业啊。"白薇思摊摊手，语气自然，像是完全忘记昨天他们之间的那个小插曲。

卡尔摇摇头，固执地开口说："这不重要，我就喜欢跟你在一起。"

安月澄一觉醒来，已然接近中午。吃过退烧药后，体温明显降了下来，精神头也比之前好多了。但要痊愈，估摸着还要拖几天。想起昨天安雍临的嘱托，她摸来手机，准备给齐灿发消息，通知假期两家聚餐的事情。

甫一点进微信，安月澄就被那鲜红的数字吓到了。

"姐姐生病了？"

"吃药了吗？去过医院了吗？是不是因为昨天受了风？"

"姐姐中午想吃点儿什么，我带你去吃？还是给你送到宿舍？"

"宿舍养病多不舒服，我送你回家吧。"

诸如此类的消息堆满了她与齐灿的聊天窗口，以关心为主，表达思念和担忧为辅。

安月澄滑到最下方，最新一条消息发自十分钟前。

"我在楼下等你，醒了就低头看看我。"

她骤然捏紧手机，唇齿间辗转溢出一声叹息。"明明和白薇思那样要好、亲密，干吗还来找自己呢？难道是因为他喜欢'钓鱼'（指一个人吊着另一个人，拒绝她却又不放过她）？可为了'钓鱼'，浪费这么多时间和精力，不觉得累吗？"安月澄无法理解。

但她还是下床走到阳台上，倚着窗台边，往楼下看去。隐隐约约可以看见一道深灰色的身影，他脊背没有挺直，长腿半曲着抵在墙角，有些慵懒松散地靠着墙。

天还半阴着，偶有阳光穿破云层，打在他身上，勾勒了他线条流畅的侧脸。许是离得远了，看他都带了几分朦胧柔和的美感。

"你怎么不去和你的薇思姐一起上课学习？"

打出这段文字后，安月澄盯着屏幕陷入长久的沉思。"好像，有点儿不太合适，像在吃醋。不行。"她果断删掉了对话框里的文字，垂着脑袋又想了一会儿。

"感冒发烧小毛病，不像你之前那么虚，还能电话打到一半睡着。昨天确实受风了。在宿舍很好，回家也是一个人。没什么想吃的，你别在楼下等着，我不下楼。"

安月澄没发觉，她下意识地回答了齐灿的每一个问题。

不是所有人都会回应你的每一句碎碎念和疑问，而安月澄，无疑是不愿意敷衍齐灿的，而且很认真，也很有耐心。

发完消息，她悄悄偏头看向楼下。

齐灿从兜里掏出手机，细细地看了几眼，然后抬起头，目光反复游荡在上百个窗户之间，似是在寻找她宿舍的位置。半晌，齐灿毫无所获地垂下头。

"我开了车，送你回家休息，安叔叔他们不在家，还有我，你想吃什么和我说。"

"两校交流那边，文学院已经派出了别的学生代表，你应该也不用担心了。过两天就是'十一'放假，完全可以当连成一个长假了。"

"姐姐你简单收拾一下，我去开车，很快回来。"

安月澄看完消息再抬头望向窗外的时候，齐灿对着宿舍楼摆了摆手，也不管她能不能看见。有过路人忍不住看他，大约在想：好好的年轻人，怎么脑子不好使。

齐灿的身影很快消失。安月澄倚着窗台，眉眼都不由自主地弯起来，有时候觉得齐灿挺憨的，说不出来的可爱，平白逗人开心。

"我还是不太想回去。"她没轻易松口。

"那我可要厚着脸皮把车停在宿舍楼下不走了，或者，我直接打电话给安叔叔？"

安月澄舌尖轻扫了下上腭，被镇住了，不知道齐灿怎么长成这副厚脸皮模样的。"到了打我电话。"

简单收拾了几件衣服塞进行李箱，安月澄又将昨天校医院开的药带上，齐灿的电话打进来了。

安月澄没接，拉着箱子就下了楼。一出宿舍大门，齐灿颀长的身影便闯入眼眸，肩宽腰细，近似倒三角的身材，紧身的白衬衫勾勒出轮廓，性感勾人。他半倚着车门，纤细的指尖轻轻摩挲着腕表，冷白的手腕在日光的照射下泛着如玉般的光泽。

他的目光始终锁定在宿舍楼门口的方向。好在华城大学的宿舍浴室都是在楼层内的，不然齐灿一准要被当成偷窥小女生的坏人。

安月澄拉着行李箱走坡道，齐灿大步迎过来，一手接过行李箱，一手托住她的胳膊。"方才姐姐没接电话，我还以为你出什么问题了。"

"反正都要见面了，就不太想接电话。"她神色恹恹地，声音很轻，"再说，真出什么问题，你还能闯进女生宿舍不成？"

齐灿替她拉开副驾车门，"先坐下歇会儿。"

她盯着副驾瞧了两秒，其实不太愿意坐副驾，离齐灿太近了。但她坐后排也肯定是不合适的，这样显然是把齐灿当成司机了。

"不喜欢副驾？"见她迟迟没动，齐灿很轻地笑了下，语气带了几分调侃，"可是姐姐，你生病吃了感冒药，我实在不敢让你坐主驾啊。"

闻言，安月澄唇角不自觉微翘，说："你说得对，那我勉为其难坐副驾吧。"

她在副驾落座，齐灿转身将箱子放进后备厢，回到主驾。指尖拧动钥匙，发动机的轰鸣声在车内乍然响起，安月澄看见齐灿的唇瓣似乎动了动，却没听见他具体说了什么。

"你刚才说什么？"等发动机声音变小时，她出声问道。

齐灿微微侧眸，眸底漾出干净明亮的光。"姐姐你猜？"

安月澄波澜不惊。"不猜，没那么多好奇心。"

话音刚落，齐灿的身躯倏地靠过来，周遭浅淡清新的青草香将她笼罩，醒脑而又好闻。她纤长的睫毛忍不住轻颤两下，不动声色地往后缩了缩，问："你离我这么近干吗？"

白皙修长的手指伸到她面前，几乎触碰到她的面颊，安月澄的呼吸频率有一瞬间的错乱。紧接着，那只手越过了她，抓住安全带扯了过来，然后系上。"姐姐忘记系安全带，上路不安全，我只好帮帮你了。"说话的时候，他收回身子，扳动换挡杆，踩住油门，车辆缓速向前。

齐灿说这话时很正经，但尾音又似藏着几分笑，上扬微翘，安月澄还是怀疑他是故意的。

"你可以和我说，我自己系。"安月澄认认真真地说。

"嗯，下次一定。"齐灿点点头，顺手开了暖风，调了个适宜的温度，又换了首慢节奏的舒缓音乐。等下次的时候，他也一定会说"下次一定"。她才不信。

安月澄偏头看向窗外，意识又混沌起来，眼皮打着架，她终是没抵住睡意，歪着脑袋睡着了。齐灿轻侧眸光，默默开出快车道，松了松油门，减慢车速。

车停下的时候，安月澄还睡着，呼吸均匀，鼻息微微有些重，却也不像寻常人感冒那样会打呼噜，而是文雅、安静。

齐灿没去拿行李箱，小心打开副驾的车门，一手轻托在她膝后，一手拢住她肩膀，稍稍一用力，便将安月澄腾空抱起。齐灿缓缓往后退，上半身即将退到车外的时候，安月澄噌地一下抬起脑袋，发出的"咚"一声，让二人都愣住了。

她头撞上车门框，脑袋一时都有些发蒙，生理性泪花蒙上了双眼。

"齐灿！"她才睡醒，咬牙喊他名字时尾音软糯，娇娇的，像豆沙馅的糯米团子，很甜。

“我的错。”齐灿连连认错，没敢反驳，“是我没考虑到你可能受惊，突然醒来，才让你撞到了头。”说得好像很诚恳，但细细一听，又莫名有股子阴阳怪气的味儿。安月澄水汪汪的凤眸盯着他，透出几分怨念，“你还阴阳怪气我。”

齐灿抱着她，稳步往家门的方向走去，呼吸频率平稳。“哪有啊，姐姐，我哪里舍得说你。”

“你可以叫我起来，我自己走回家。”她揪住齐灿的衬衫领口，秀气的眉毛微微蹙起。

齐灿轻轻一点头，表示理解：“明白了，下次一定。”

眼前的一幕似曾相识，他们之间，好像不久前还发生了同样的对话。

“又是下次一定。”安月澄幽幽开口，一巴掌不轻不重地呼在齐灿下颌，“我信了你的邪。”

她生病的时候，有时会有一些没来的小脾气，是很少见的任性模样，也很可爱。

齐灿唇畔弯出一抹弧度，清亮好听的声音分外温柔：“感谢姐姐的信任。”

安月澄被他的厚脸皮震惊住，即便前阵子已经对他脸皮厚的程度有了一个初步的认知。

说话的工夫，齐灿已经走至大门前，向她开口：“姐姐，帮我拿下钥匙，在兜里。”

安月澄沉默了。齐灿常住安家，自然是有家门钥匙的。她计较的不是这个，而是……她居然被齐灿抱了一路，直到家门口！她还在齐灿的怀里和他聊天！这绝对百分百影响了她想在齐灿心中维持的“清冷淡漠”“清心寡欲”“对他毫无兴趣”的“人设”。

“放我下来，我装了钥匙，在——”尽管内心崩坏，可她面上依旧维持镇静，话说到一半，戛然而止，她目光在周围扫了一圈，没瞧见她的行李箱。

“我行李箱呢？钥匙在箱子里。”

齐灿将她往怀里拢了拢，语气不容拒绝：“行李箱还没拿出来，你生着病，还是尽快回屋暖和一些的好。"

"兜里，你帮我拿一下嘛。"他又重复一遍，声音乍然放软，甜在人心上。他好像有什么执念似的，非得让安月澄帮他掏钥匙。

安月澄动摇了片刻，坚决拒绝："你可以把我放下再拿。"毕竟掏兜这种事情……免不了肢体的相碰，放在言情小说里，那是妥妥要拉满暧昧氛围的。她阅览言情小说无数，深有体会。

齐灿没再为难她，这样反复拉扯可能要花费不少时间，外面温度低，受风会加重她的病情。

他小心让安月澄双脚落地后，一手虚虚地拢在她的腰间，一手掏出钥匙开门。

似有若无的热度缭绕在后腰，不经意间的触碰带起轻微的痒感。安月澄的耳尖有点儿发烫。她心虚地瞥了眼齐灿，他没注意到她的异样。毕竟，发烧体温高，肤色偏红，太正常不过了。

"来，换鞋。"齐灿挺拔的身躯弯下，单腿支撑，半蹲着将一双蓝白色的条纹拖鞋放在她脚旁，用骨节分明的手指捏住鞋带，轻轻松松地解开。接着，掌心托在脚后跟处，他微微抬起头颅，柔顺的黑发半遮在眉心，潋滟明媚的桃花眸轻弯，丝丝缕缕的温情流露出来，任何事物都难掩其荣光之盛，盅在人心尖上。

安月澄盯着他看了几秒，依言抬起脚。

齐灿的动作很轻柔，也很细致，仿佛在对待什么宝贝似的。

"如果让别人瞧见，你齐少爷的形象怕是要受损。"她鬼使神差地开口。

"嗯？"齐灿尾音上扬，自己也换了鞋，跟在她身边往里走，"我从来也不是什么齐少爷。"他从来不以齐家独子的名号自居，更从不宣扬"齐和集团继承人"的身份。因为于齐灿而言，那些只是负担。如果可以选择的话，他宁可做一个普通人，舍弃那些与齐家相伴而存在的富有与名望。

"对了。"安月澄忽地想起被她忘在脑后的事情，正好转移话题，"我爸说，两家小聚定在三号晚上，齐叔叔给你发消息你没回。"

闻言，齐灿脚下步子稍稍一顿，双手搭在她肩上，将她按坐在沙发上。

"我看到他消息了，只是懒得搭理他而已。不过，还是谢谢姐姐告诉我。"他勾着唇角笑，莫名有了几分顽劣的味道。

不算太意外，安月澄点点头，说："你知道就好。"

"中午想吃点儿什么？"齐灿松开西装外套的扣子，脱下西装后随手丢在沙发上。

今天天气阴，屋里开着灯，灯光照在白衬衫上，微微有些透，隐约可以看见冷白的肤色。安月澄气血上涌，脑袋"嗡嗡"了几下，有一点儿被诱惑到。这种绝色，谁看谁沉迷。

她仓促别开眼，在心底默念清心咒。"随便吃什么都行，我不挑。"

"那姐姐先去睡一觉？"齐灿慢条斯理地将袖子挽至手肘下方，露出线条精致、流畅的小臂。那肌肉，实在是紧实漂亮。

安月澄摸出手机，说："不睡了，这两天睡了很多，再睡要变成猪了。"

齐灿轻嗯一声，转身进厨房。没多久，他又端着一杯化开的蜂蜜水放在茶几上。"多喝水，我先去忙。"

他嗓音稍顿，含了几分笑意，说："姐姐若是想我了，喊我就行。"

"不想，不喊，没兴趣。"安月澄面上波澜不惊，视线却左偏右偏，始终不肯落在他身上。蛊人的妖精不能多看，否则可能被人卖了还要替人家数钱。

齐灿半俯下身子，灼灼的目光落在她的头顶，半晌不说话，盯得安月澄心里直发虚。难不成是她刚才一瞬间的见色起意，被齐灿发现了？她唇瓣嚅动，正要开口时，温热的触感覆在她头顶，浅淡温柔的声音送入耳中："还疼不疼？"

安月澄用了好几秒才反应过来，他是在问先前磕到车门框的事情。

猛撞上去的时候确实很疼，但缓过来就觉得也没什么感觉。

"还行。"她沉思片刻，半开玩笑说："难道你要给我医药费和精神损失费？"

齐灿指腹插入她发间，浅浅捋了几下，说："那我怕是赔不起。"

安月澄微愣，下一秒听见他好听的声音在耳边响起，说："毕竟姐姐你——可是我的无价之宝啊。"

偌大的真皮沙发上，女生身着加绒黑色打底衣，半仰着靠在沙发背上，面朝天花板，一脸的生无可恋。安月澄在面壁思过，她又险些向美色低头。齐灿不知道是不是去进修了什么"撩女孩子的一千种方法""给男生的一百条建议，从此读懂少女心"之类的奇奇怪怪的东西。

问题很严肃，这违背了她的初心。于是，她果断将齐灿疏远自己、和其他异性亲密暧昧的情节回味了一遍，同时心里默念：珍爱生命，远离齐灿。

而抛却杂念的最佳方式，是转移注意力。安月澄掏出手机，登录微博，准备去看实时热搜榜单。捕捉时事热点，对他们的专业来说还算重要。尤其临近毕业短剧的筹备，她身为编剧，肯定是要选择贴近现实的题材，同时还关注热点问题的。然而，消息界面的"99+"评论点赞却让她一怔。

她很少发微博，自然没有什么粉丝，知道她微博账号的人更是少之又少。不论怎么说，都不该有这么多的新消息提示才对。恐怕不是什么好事。

"果然，能有校花名头的人，不会是什么简单人物。表面清高，实则"养鱼"（指养备胎）无数。齐灿、朱源，还有现在这个A国的……说不定还有多少个藏在暗处，是我们不知道的呢！"

"最搞笑的是，她竟然当着齐灿的面勾搭A国那男生，我真的笑死了。"

"和A国男生亲密接触的安月澄，和旁边对待A国女生客气疏离的齐灿，简直形成了鲜明对比，有没有！？"

有私信来骂的，也有在她评论区骂的。对于骂声，其实她并不在意，甚至有点儿司空见惯。但不能忍的是——这群"键盘侠"，竟然在她前不久庆祝星月灿发新书的微博下，辱骂星月灿，纯粹的祸及无辜。

安月澄愤愤地咬了下后槽牙，果断编辑一条新微博。

"听风就是雨，捕风捉影的'键盘侠'，你们整天不用学习的对吧？绩点排名第一了？保研名额拿到了？齐灿、朱源以及你们现在说的卡尔，都和我没关系，不熟，谢谢。星月灿是很优秀的甜文作家，请你们尊重她，不要随意散发或传播恶意。另外，有这个闲工夫希望你们好好学习，起码当个第一，随便保研试试哈。"

发完微博，她觉得不痛快，还充值了会员，把这条微博给置顶了！做完这一切，安月澄才满意地点点头，唇角弯出一抹璀璨的笑。

"在笑什么？这么开心？"齐灿悠然散漫的声音从不远处飘来。

她下意识地抬头看过去，松了口气。

齐灿在白衬衫外套了件粉色围裙，胸前印着白色小熊的图案，怪可爱的。

"惩奸除恶，自然开心。"安月澄起身凑到餐桌旁，看到碗里是煮得十分黏稠的红枣薏米粥，边上是一碟胡萝卜、芹菜为主的凉拌清爽小菜。齐灿又端来水果拼盘和一碗鸡蛋羹，非常的营养均衡，对病号也十分友善。安月澄没跟他客气，坐下就舀了一勺粥开喝，她要化气愤为食欲，而且她确实有些饿了。

"惩了什么奸，除了什么恶，姐姐说来听听？"齐灿用湿巾细细擦干净手指，在她对面坐下来。

她咬着根胡萝卜条在嘴里，抬眼看向齐灿。"说起来，归根结底，食堂四人行……好像是齐灿招惹出来的。"安月澄默默在心底的小本本上给他记上一笔。

"只是劝'键盘侠'学习而已。"

"19级戏剧与影视学专业绩点第一的学姐，在线劝学，那他们一定得听吧。"齐灿根据之前安月澄纠正他的，有意无意地调侃。

安月澄风轻云淡地说："'键盘侠'如果能劝动，应该也不会当'键盘侠'了。"

"姐姐说得有理。"齐灿将鸡蛋羹往她面前推了推，"鸡蛋羹凉了会有腥味，先吃这个。"

"嗯。"她慢吞吞吃起鸡蛋羹。

而对面的齐灿则打开手机，径直点进华城大学论坛。版面干干净净：有社团讨论，有考研资料交流，有同好交友……八卦讨论自然也有，但都点到为止，瞧不见半点儿出格的言论，显然同学们都是被那次的匿名公开给弄怕了。

没有和安月澄有关的过分评论，也没有安月澄所说的劝学。齐灿轻蹙了下眉，又细细浏览了华城大学贴吧和学生组织的表白墙等，都没有。那就只剩下微博了。他驾轻就熟地打开特别关注列表，点进列表中那个唯一关注的账号。

置顶微博赫然映入眼帘："听风就是雨，捕风捉影的'键盘侠'……"

"呵"极轻的声音从喉间溢出，还带着点儿笑。他的姐姐可真会啊。在学习上打击"键盘侠"，还说得轻飘飘的，那群人大概得气个半死吧。还有星月灿……

"你又在笑什么呢？"安月澄已经吃完一小碗鸡蛋羹，这会儿用勺子有一下没一下地搅和着粥，开始不正经吃了，跟个三四岁的小孩子似的。

"笑……"齐灿刻意将尾音拖得绵长，一双黑泠泠的眸子静静注视着她，"你安姐，在线劝学。"

"喀"她呛了下，义正词严地说："你别偷窥我微博。"

齐灿修长白皙的手指托住侧脸，反问："姐姐的微博是公开的，我是正大光明地看，怎么能说是偷窥呢？"

安月澄觉得应该设置个粉丝可见，但反击"键盘侠"的劝学微博，就达不到最初目的了。"随便你。"她愤愤地抿了口粥，选择忽视齐灿。只要不理齐灿，就不会有幺蛾子。

"姐姐那么维护星月灿，我都要吃醋了。"齐灿语速轻慢，透着些懒散，"姐姐真那么喜欢他啊？"

安月澄放下勺子，凤眸亮晶晶的。"当然，星月灿是世界上最好最优秀的，我永远爱她！"

少年唇角笑意更深，问："姐姐为什么这么喜欢他？"

"为什么？"她歪头，认认真真地想了一会儿，"可能是因为她的文字深入人心，描写得真实又唯美，故事核心总戳在人心尖上。"她又顿了顿，"总之就是很厉害，很值得喜欢。你要是实在不信，不妨去看看她的小说，非常棒，你也会爱上她的。"

齐灿附和着点点头："姐姐说得对，回头我就去看他写的小说，顺便学学，你爱的小说男主的模样。"

安月澄沉默，幽幽地盯他几秒："你这样就好。"

齐灿歪歪头，桃花眸轻眨。"是你喜欢的模样？"

"是我绝对不会喜欢的模样。"她斩钉截铁地说。

外面的天阴下来，乌云笼在近处，冷风卷着树叶飞得特别高。是要下雨了。

趁着齐灿收拾碗筷的工夫，安月澄溜回房间，咔嗒一下落了锁。她解释不出行为的合理性，毕竟齐灿既不是凶猛的野兽，也不是心怀鬼胎的坏人。究其原因，大约是怕自己招架不住他的美色诱惑吧。

生病期间难以集中注意力，所以她也不去赶论文的进度，索性继续翻着微博——吃自己的"瓜"。

相关的帖子已经逐渐发酵，传进了华城大学超话社区。

又有人发出了一张照片，并写道："有图有证明，安月澄放学坐进一辆白色奥迪，疑似与车内驾驶人有暧昧动作！"照片拍得有些模糊，但车牌号没打码，隐约能看清楚末尾两位数字是"3"和"6"。这是她爸爸安雍临的那辆奥迪车。

安月澄属实有点儿无奈，恶意造谣她和她爹的绯闻——这是人能干出来的事情？真就是键盘在手，天下我有。胡编乱造，说啥是啥，管它真假！

她手指向下划拉两下，最新的一条评论浮上来。

"话说，你们知道这个车牌号是谁的吗？文学院安雍临教授的，这让人很难不怀疑……"

这条评论的点赞数一路激增，引发的讨论也逐渐扩大。越看，安月澄的脑袋越疼。确实有一点儿被这群"键盘侠"烦到。但更让她不舒坦的是，需要澄清她和安雍临的关系，也就意味着，她原本想要避嫌的目的，是达不成了。而且，保研之类的材料说不定要重新审核。很麻烦。

安月澄向后一仰，整个人陷进柔软的被子里，反手一扯，蒙住了脑袋。

要澄清的话，还是得和安雍临本人提前确认一下。

手机忽地一振。

"橙子，我看你微博了，你现在还好吗？用不用告诉他们，你和安教授是父女关系啊？胡说八道到这分上。"

卫依总是冲在"吃瓜"第一线，立刻发来了问候。

"回头我得和我爸说一声，问题不大，你不用担心。"安月澄指尖快速敲字，熟练地安抚卫依的情绪。

毕竟最近琐事很多。以前也有，但大概只有和齐灿搭上关系后的十分之一。

"那就行。还有，你爱的那个甜文作家，好像开微博了？"

安月澄黑湛湛的凤眸不由得瞪大，火速切回微博，在搜索页面打上"星月灿"三个字。

出现在首位的微博用户是"星月灿本灿"，个人简介是"'蔻蔻阅读'星月灿"，简洁明了，没有半个多余的字，很有星月灿的风格。虽然还没有通过微博官方认证，但安月澄冥冥之中觉得，这肯定就是本人。

点进星月灿微博主页，她最新一条的微博撞入眼眸。

"星月灿本灿：开微博的原因很简单，无意间在同城热搜看到有人恶意辱骂我的读者。对我的小说和我本人有意见的话，可以随时私信或者评论我，没必要去骂人家一个小姑娘//@一颗橙子：听风就是雨……"

无意间看见有人辱骂她的读者？星月灿转发了她的微博？浑身上下的血液猛地一下子聚到头顶，安月澄噌地在床上跳起来。

"星月灿！"她忍不住低声念叨，白净的小脸通红，"她竟然是在维护我。这是星月灿的粉丝回馈吗？简直是无与伦比的顶级福利。不知道是不是那次在'蔻蔻阅读'评论区的交流，自己给她留下了深刻印象。"安月澄抿着唇角笑得很开心，戳进星月灿本灿的私信界面，认认真真地敲字。

"星月灿，很感谢你对我的维护，这浑水您本可以不蹚进来的。而且归根结底，是我牵连了您，还要跟您说声对不起！"

而且，星月灿竟然和她同城。不知道未来会不会有机会，和她在生活中见面。她真的很好奇写出那样文字的会是个什么样的人啊。

"没关系，可以和我不用这么客气的。我也是看不惯那些人拿着个键盘，便恶意揣度、诽谤他人。"

星月灿的回复很温柔，也很客气，更透着几分大义凛然。安月澄几乎可以想象得出她的模样，一定是个知性优雅的大姐姐。

"不管怎么说，还是很感谢您。加油！"

星月灿秒回："我们一起加油。"

她抬手摸了摸脸颊，热乎乎的。不过她也说不清楚是发烧引起的体温高，还是因为她过分激动了。方才因"键盘侠"胡乱造谣而略显糟糕的心情，似乎也有明显的好转。

同时，二楼的另外一间卧室里——齐灿冷白的指尖轻触着屏幕上的文字，浅红的薄唇微微翘着，潋滟的桃花眸溢满笑意，徐徐流淌，泄出无限光华。"我的姐姐，怎么能这么可爱呢？"

齐灿重新回到微博华城大学超话社区，每次下滑刷新，都能看见新的帖子，和越来越多的点赞、评论。

"键盘侠"，大概是这个世界上最令人讨厌的物种了吧。他正在思考怎么解决更合适，尚初臣就送上门了。

"你的新欢怎么能惹出这么多是非啊，齐大少爷？世界上的好姑娘那么多，你要不考虑换一个？"

不过，尚初臣是典型的"好了伤疤忘了疼"，开口就是一句"你的新欢"，甚至还想劝他换人。

"？"齐灿缓缓打出一个问号。

"尚初臣讨好地拍了拍你"

"？"他又打了一个问号。

对面的尚初臣立刻尿了。"对方撤回了一条消息"

"我看到同城热搜了，简单扫了下，不像自然热度，应该是背后有人操控。另外，你还记得之前你托我查的那个手机号吗？你猜是谁？"

他还在卖关子。齐灿轻呵一声，纤长的手指轻动，说："废话。不猜，你说不说？"

前者是回复尚初臣对话题热度的评价，后者自然就是回复后半句。言辞简短，但在尚初臣看来，非常犀利，直击人心。

于是尚初臣又尿了："说说说，是你们华城大学的一个研究生，文学院的。而且还是前阵子华城大学论坛风波的主角——朱源。"

齐灿眸色渐深，唇齿间溢出一声轻嗤，凉凉的。"还真是他。表面装作温和有礼的绅士，实则恶心至极。这种人怎么配站在姐姐身边的？"

"证据发我一份。"

"你想要什么证据？手机号是朱源的证据吗？拿去给你心尖人看倒是行，但她也不一定信啊，毕竟手机也可能借给别人用，或是帮别人注册的。"

齐灿皱了皱眉。"她眼神很好，不用你质疑。我要朱源手机里的东西。"

对面的尚初臣沉默好几分钟才回复。

"你确定要他的手机吗？这种人手机里的内容……看了会长针眼的吧。"

齐灿盯着这句话看了半晌，眼底的戾气越发浓郁。"必须要拿到。"

"？"这回是尚初臣弄不明白他的用意了。

"他很可能偷拍了姐姐。"

"这有点儿棘手。不过，朱源不是说发暧昧照片的是尤广亮吗？我就从尤广亮查起。"

"初臣哥，这件事辛苦你了。"

初臣哥？初臣哥！尚初臣在看到这条消息的时候简直惊掉大牙。他连掐胳膊十数下，总算确定，这确实不是梦，而是现实。堂堂齐家独子，齐和集团的唯一继承人，以往一口一个"尚初臣"的齐灿，现在叫他"初臣哥"！

尚初臣有点儿飘。但飘完落地后，又不由得感叹道："齐灿对那姑娘，是真上心啊。"

安雍临下班回到家时，一眼就瞧见了沙发上坐着的他闺女，一边脱了外套，一边走过去说："澄澄，你怎么回来了？之前不还说宿舍和家里没区别吗？是不是想爸爸了？"一串话说完，他笑眯眯地看着她，期待着得到一个肯定的答复。

"因为有人非想让我回来。"安月澄头也没回，随手指了指二楼的方向。安雍临顺着她手指的方向看去，齐灿身形颀长，半倚着栏杆，见他看过来还摆摆手。"安叔叔。"

安月澄心想："他竟然在，失策了……"

"还是你齐灿弟弟好啊，知道心疼人。在家养病不是身体好得更快些吗？"安雍临揉了揉她脑袋，语重心长地劝说。

"爸。"她幽幽开口，"但是你没发现，工作日齐灿是应该上课的吗？"

安雍临陷入沉默，又徐徐抬头看向齐灿，唇瓣一动，刚要开口，齐灿就已经溜达着走过来，打断了他还没开始的长篇大论。"安叔叔，我们学生会要接待A国传媒大学交流团队，但我是请了假的。"

"那你不用负责接待吗？"安雍临语气平和地发出灵魂质问。

"这不是突然听说月澄姐姐不舒服吗，就请了个假，明天我就会到位接待的。"在安家父母面前，齐灿总是乖巧听话的。

安雍临拍拍他的肩膀，很是欣慰地说："好好好，我们家澄澄多亏你照顾了。"

两人的交流，安月澄愣是半晌没寻着机会插嘴。

"爸，我有事要跟你说。"眼见着对话告一段落，她火速抓住安雍临的胳膊，拉着他在沙发上坐下，生怕他们再就此延展出更多的话题。

安雍临"咦"了一声，细细瞅了她两眼，确实是他闺女没错。毕竟，自打她上中学后，就已经很少有什么事情会求助于他这个父亲了。

安月澄很独立，也很聪明，从来都让他们很放心。只是有时候，安雍临也会想要被依赖一下，不然显得他这个爸爸，也太没存在感了！

"澄澄你说，是有什么事情需要爸爸帮忙吗？"

安月澄摇摇头，口齿清晰地简单说道："没什么事情，就上次你接我回家，被人拍到了。然后……"

"然后？"安雍临有些困惑地盯着她。

"然后他们怀疑我们有暧昧关系。"她一边说着，一边打量着安雍临的表情。肉眼可见的，安雍临的脸色黑下来，反复做了几次深呼吸，还是没控制住音量："这是诽谤！"

"爸，消消气，消消气，不是什么大事，我跟你说也不是为了让你生气的。"安月澄忙抬手抚了抚他的后背，帮他顺气。

安雍临不说话，以往温和常笑的脸绷得紧紧的，严肃认真，瞅着比在讲台上的时候还可怕几分。

"还是得澄清，主要是和爸你说一声，让你有个思想准备，毕竟事情爆出去，免不了会有人查查我的成绩单，再询问一下你之类的。"

安月澄倒不慌，她身正不怕影子斜，校方怎么查也查不出问题的。

"知道了，那群人，真是讨厌极了。你也千万别往心里去，要想开点儿，不然也是自己难受。"

她刚要应声，便听见一旁的齐灿慢悠悠地开口："安叔叔放心，有我在，保管月澄姐姐每天都是开开心心的。"末了，齐灿还弯着眼眸看向安月澄，"姐姐你说，对吧？"

开心有，但不多，更多的时候是在怒骂齐灿"养鱼"无数。

"对对对。"安雍临率先发表赞同言论，"打小时候起，澄澄就只喜欢和你一起玩。"

她亲爱的父亲，仿佛是齐灿的天然后盾，几乎每一句附和，都正合齐灿心意。

安月澄静默两秒，叹了口气。

"今天你妈妈学校要开会，说会晚点儿回来，今天我来做饭。"安雍临搓搓手掌，跃跃欲试。

他想进厨房很久了，但阮校龄从不让他进，说是怕他炸了厨房。他自认为，这简直是开玩笑！以他的厨艺水平，区区做几个小菜还不是轻轻松松地拿下？炸厨房是肯定不可能的。然而——

"别！"安月澄和齐灿不约而同地齐齐出声。

他们语气之急促，音量之高亢，让安雍临愣了好几秒。"你们这么激动做什么？我不会炸厨房的。"

实在不怪他们反应强烈，因为安雍临和厨房之间的故事，确实过分惨烈，距离炸厨房，大概也就只有一步之遥。安月澄一点儿也不想回忆。

"爸，你上一天班了，多累啊，饭还是我来做吧。"她非常坚决。

安雍临略显迟疑地说："可是，澄澄你的病还没好啊……"

"没关系，安叔叔。"齐灿配合安月澄打出一套组合拳，言辞诚恳，

"我来做,月澄姐姐随便帮我打打下手就行。"

"那好吧。"安雍临败下阵来,虽然孩子们很懂事,知道帮他分担家务了,但他还是很想进厨房啊,好遗憾,可能他这辈子与厨房没有缘分吧。

"那爸,我们就先忙去了,你歇会儿看看电视啥的哈!"生怕安雍临临时反悔,安月澄抬起手,一把扣住齐灿的手腕,拽着他一路小跑,跑进了厨房。

她正要松手时,齐灿手腕一翻,反手将手指插入她指间,紧紧握住。

"姐姐。"他轻声唤道。

齐灿肌肤细腻柔软,骨骼细长,甚至到了去做手模都出类拔萃的地步。上天赐予了他完美的皮相与骨相,但同样,也赐予了他切面无数的心脏吧,组成汪洋大海,每一个切面都可以爱一个人。

"有事?你是对晚饭做什么有想法了?"安月澄抬眸,波澜不惊地望着他,好像十指相扣这样的暧昧姿态,对她没有产生一丝一毫的影响似的。

齐灿眼角眉梢都含着浅而淡的笑,说:"我们还像以前一样有默契。"

以前……安月澄晃了一下神,那么多年的相处不是假的,他们几乎是最了解彼此的人。

"那是自然,姐姐与弟弟血脉相连,心连心,有些默契很正常。"她依旧坚持她给他们这段关系下的定义为——"姐弟"。

齐灿骤然贴近,头颅微微垂下,安月澄乍然便陷入那双澄澈干净的眸子里。浓郁的温情化作丝丝缕缕的细线,紧紧将她缠绕成一个茧,用丝线牵引着,拖进只有他的世界里。五官像被完全封闭,却感受得到从面颊轻拂而过的温热气息,以及,来自旷野草原的青草香,清新,又温柔。

"我与姐姐,只有心连心。"齐灿嗓音压得很低,像情人间的私语,"以后我们的孩子,才会是血脉相连。"

热度腾地烧上脸颊,安月澄愤愤地咬了咬后槽牙,冷声骂他道:"做你的春秋大梦去吧。"

瞧见她的小动作,齐灿声音中的笑意越发浓郁。"姐姐会陪我做梦吗?"

"同床异梦。"她板着脸,不轻不重地甩开齐灿的手,到冰箱里去拿菜，齐灿紧跟在后面。

"那姐姐是打算和我同床了？"他没给安月澄留时间打断，又接着说，"那是我搬去姐姐的卧室，还是姐姐搬过来？我这应该算是入赘吧？这样的话，未来孩子姓安好不好？"

确实是在做春秋大梦了，非常"听"安月澄的话。

"你要是不打算做饭就出去，别在这儿添乱。"安月澄轻呵一声，取了西红柿、鸡蛋和土豆出来，她准备做西红柿炒鸡蛋和酸辣土豆丝。家里吃饭，没有太多的讲究，两三个菜，够吃就行。

一抹冷白忽地从眼前晃过，下一秒，手里空空如也。

齐灿站在洗手池边，再自然不过地清洗蔬菜，语气略带几分幽怨说道："姐姐方才还要与我同床，这会儿就嫌我麻烦了。"

"我素来薄情寡义。"她敲开鸡蛋，捏着两根筷子，手腕摆动，将蛋液打匀。

安月澄对自己的评价，基本上就是外人对她的评价——薄情寡义、冷淡无情。这样的标签贴在她身上大约也有十年了。她记不起最初是因为什么被贴上的，许是因为她不喜多言，许是因为她模样清冷，又偏偏不爱笑。

"姐姐若是无情，世上便无有情人了。"齐灿垂着眼眸，熟练地削皮，操刀将土豆切成细丝。

安月澄盯他几秒，又别开眼，语气生硬地说："反正，对你无情。"

做饭的进程不算太顺利，中间夹杂着太多拌嘴，不过准确来说，更像是安月澄单方面的冷漠攻击。

阮校龄接近八点才回来，一家子热热闹闹地吃了饭。饭后，安月澄借了要准备论文的名头，溜回了卧室。当然，准备论文是假，发微博澄清是真。她索性就在那条置顶微博的基础上，加了澄清的内容。

"稍微做个澄清，关于你们非常好奇、八卦的——我安月澄与华城大学文学院安雍临教授的关系。在我们都姓'安'的这种前提下，你们不猜是亲戚关系，反而怀疑我和安教授有暧昧关系，挺有趣的。让人挺好奇你们思维方式是什么样子。总之，关系很简单，安雍临教授是我爸，我是他闺女，亲生的。那天被拍到的照片是我爸接我回家。这样的解释你们满意吗？还是说，需要我和安教授录个澄清视频给你们？"

安月澄很少时候会表现出这么强的攻击性，这回是真的有些动怒了。捕风捉影到她和她爸的身上，说实话，很恶心。

她的微博一经发出，便受到"吃瓜"同学的关注，评论、点赞量激增。

"回应澄清竟然真的来了！确实啊，安月澄、安雍临搞不好真是一家子！"

"啊？那我之前不是骂错人了？对不起对不起！我不该听信谣言。"

但也有人不撞南墙不回头。

"她说安教授是她爸，那我还说安教授是我爸呢？"

"就是说啊，连点儿证据都没有，不是纯忽悠人呢吗？"

安月澄抬手按按额角，所以说，果然是永远不该对"键盘侠"怀抱什么希望。随他们去吧。

第4章　无限黑暗中的唯一救赎

　　养病的日子总是过得格外舒坦，一觉睡到自然醒，不过时针才指到八。安月澄的生物钟素来如此，想偷懒都难。

　　体温没再飙高，大约是稳定下来了。之后只要每天按时吃药，应该很快就会好。

　　楼下安安静静的。这个时间，安雍临和阮校龄都已经去上班了。齐灿也不在，八成是履行他向安雍临所说的"明天就会到位接待"了。

　　阮校龄在餐桌上给她留了便签："粥在锅里温着，早上买的小笼包在厨房，凉了就热一下，有什么事情随时联系我和你爸。或者你乐意找灿灿也行。"

　　什么叫她"乐意找灿灿也行"。她爸妈到底对她和齐灿关系的亲密程度，有多大的误解啊。

　　安月澄随手把包子在微波炉里热了下，一边吃一边打开手机。消息接连弹出。

　　"齐家弟弟：出门了，想我随时打我电话，我秒到。"

　　秒到，他以为他是机器猫呢？说大话脸都不带红的。

　　"卫依：有些人真是不见棺材不落泪啊。"

　　卫依脾气直，有时候气性上来，能怒怼十八条街，战斗力是很强的。与此同时，生气伤身也是难免的。于是，安月澄开始进行一番劝慰："还是不要想那群奇葩了，影响自己的情绪和生活实在没必要。"

　　"安教授：澄澄，龄龄给你留了早饭，记得吃，我今天课少，会早点儿回家。"

"阮老师：澄澄，好好吃饭。"

他们家是非常热衷于叠字的。

安月澄敲着屏幕，乖乖巧巧地应答。视线上移，落在了最新的一条消息上，秀眉不自觉地蹙起。

"朱源：月澄，听说你病了？我今天没事，买了水果和补品，去看看你。"

她觉得她之前已经把话说得够清楚了，朱源是听不懂话吗？而且到现在还在她面前装好人，属实好笑，也过于阴魂不散了。亏她以为朱源前阵子消停是改邪归正了。

她忍不住轻嗤一声，径直起身，确认将大门反锁无误后，才放心回来继续吃饭。

同时，尚初臣在学校里找到了尤广亮。尤广亮当即否认了发照片之事，还提到他曾见过朱源的手机里有安月澄的照片。尚初臣随即向尤广亮打听朱源的行踪，尤广亮说朱源今天一早出门看生病的同学去了。

尚初臣听了，心里一惊，他曾听齐灿说过，安月澄这几天病了。他马上掏出手机，打电话给齐灿。

"叮咚，叮咚"，门铃声接连不断地响起，宛若催命魔铃一般。

这个时候来敲门的……安月澄联想到朱源那条短信，一阵头疼。她轻手轻脚地扒着猫眼看出去：朱源穿着咖色风衣，手上拎着水果和牛奶，白净清秀的面庞挂着和煦的微笑，依旧是从前的斯文模样。

谁能把这样一个优秀、文雅的人，跟那个偷拍还发骚扰短信的人联系在一起？

"月澄，我是来看你的，你打开门好不好？"他像是透过猫眼窥见了站在门后的安月澄，温声开口。

他的声音分明放得很轻，也很柔和，但听在安月澄的耳中，却无端地让人毛骨悚然，一身鸡皮疙瘩都冒了出来。安月澄下意识攥紧手指，站在门后没敢动弹。这样或许可以伪装出她不在家的假象。

"月澄，我们之间是有一些误会的。"朱源笑得露出牙齿，从猫眼里看着阴恻恻的，"我也想和你好好聊一聊，你开开门，我们不是朋友吗？你怎么能将朋友拒之门外呢？"

安月澄指尖止不住地轻颤，她从兜里摸出手机，下意识地点进熟悉的聊天界面。手指还未按在键盘上，门外的声音再度传来——

"月澄，你不在家吗？"朱源的脸倏地贴近猫眼。

她的心脏仿佛都有一瞬间骤停。指尖快速轻点，编辑消息，点击发送。下一秒——

"既然月澄不在家，那我就把东西放进去再走就好了。"朱源退了两步，脸上的笑容越发瘆人，"安教授喜欢把钥匙放在哪里来着？"他在门口徘徊几步，目光四处打转，最后落在门口的那盆金钱树上。"我记得是盆栽里，对吧？"他俯下身去，从金钱树背面的土壤里，摸出了一把钥匙。

安月澄呼吸一滞，抬脚就想往屋里冲，但又怕惊扰了门外的朱源，硬生生压住性子，放轻脚步，往厨房的方向走去。

门外的动静不大，但在神经紧绷的安月澄听来，却无比清晰。她很快从刀架上抽出一把厨房多用刀攥在手里，钥匙已经插入锁孔，转动的声音从门口传来。

来不及回楼上藏起来了，安月澄深吸一口气，三步并作两步，跑到沙发边上，顺手将多用刀塞进沙发缝里，以便防卫时能及时抽出。

同时，她快速打开了手机的录音功能。

此时，大门也已经被推开，朱源的身影出现在眼前。

他很快就发现了安月澄，快步走上前来，依旧笑得很温和，说："月澄，原来你在家，我按门铃许久，都没见你来开门。"

"所以你就可以自己用钥匙打开门吗？"安月澄抿着唇角，尽可能维持声线的平稳。

朱源脸上浮现懊恼的神色，歉疚似的开口说："抱歉啊月澄，我只是想把东西放进来而已，早知道我就提前给你打个电话了。"

他顿了顿，随手把水果、牛奶放在一旁，挨着安月澄坐下来。"你不会怪罪我吧？月澄。"

朱源几乎是紧挨着她坐的，躯体的热度都仿佛通过空气，染上安月澄的肌肤。她头皮有些发麻，不动声色地往边上挪了挪，垂落在身侧的手，轻触到刀柄。

"朱社，这不是我怪不怪你的问题，而是法律允不允许的问题。"她在用法律提示朱源，希望他能保持理智，不要做出什么过分的举动。

朱源笑容变淡，语气苦涩却又真挚诚恳："月澄，从你大一入社的时候，我就喜欢你了，到现在也有三年了。"

安月澄安安静静地看着他，没说话，漂亮的凤眸波澜不惊，没有泄露出半点儿情绪。

"月澄，上次在咖啡厅，我是认真的。"他语调温柔深情，"齐灿并非良人，他能和A国传媒大学学生代表亲密、暧昧，也能和其他女生不清不楚。"一通诋毁齐灿后，他又有意无意地捧自己："月澄，但我不会，我是真心实意爱你的，我们天造地设，最合适不过了。"

安月澄长睫随着胸腔的起伏而颤动，她反复做了几次深呼吸，才忍下拆穿朱源的冲动。眼下的情形，拆穿他只会让自己更加危险。

"朱社，很抱歉，我们真的不合适，也没有可能。"她斟酌着用词，十分委婉，"你值得更好的。"

朱源翘着的唇角完全压下，表面平和掩盖下的情绪逐渐显露，他情不自禁地抓住安月澄的胳膊。"安月澄，你非要和齐灿绑在一起，不肯跟我？"他手上的力道非常大，疼痛感蔓延，如果掀开衣服看，一准已经被捏红了。

"我和齐灿没关系。朱源，你松手！"安月澄冷声呵斥他，一只手已经轻轻握住刀柄。

"月澄，我是不是说过，你应该乖乖的，不要和别的男人接近，否则后果，你承担不起的。"朱源身躯半倾向安月澄，几乎将她整个人困在这一方小天地里。

安月澄握实了多用刀，昂头看着他，目光如炬。"朱源，你以为我不知道短信是你发的吗？现在回头还来得及。"

闻言，朱源一怔，旋即大笑说："既然你知道是我，你应该也渴望很久了吧？"

他的手掌按住安月澄的肩头，说："你也会喜欢那种快乐的，来，我的乖宝贝。"朱源的另外一只手已经探向安月澄的睡衣下摆，头颅也骤然低下，贴近她殷红的唇瓣。他心心念念的人，很快就要完完全全地属于他。

"扑哧"，刀具入肉的声音。

一把厨房多用刀刺进他的右肩，血液很快便染红了他内搭的那件白衬衫。

脏话不断从朱源口中飙出，他眸色泛红，眼神跟刀子似的剜在安月澄身上。"你竟然敢拿刀捅我。"他左手猛地扼住安月澄的喉咙，受伤的右手也挣扎着去解她的衣服。

"谁给你的勇气，嗯？今天我不弄死你，我就不姓朱！"

窒息感，无处不在的窒息感。

安月澄胸腔内的氧气愈来愈少，四肢的力量逐渐丧失，连大脑的意识似乎都混沌起来。她努力抬手，试图去掰开朱源的手，试图让更多的空气进入肺中，可起到的作用却微乎其微。自己会死在这里吗？还有谁会来救自己呢？齐灿吗？他有看到自己发给他的信息吗？

不知道是不是幻觉，朦朦胧胧之间，安月澄隐约看见门外有一道挺拔的身影冲进来。那身影单手抄起一旁的椅子，扬手砸向朱源。

"哪个不长眼的——"被打搅了好事，朱源异常恼怒，松开手，回身开口就骂。

然而话没说完，结实的一拳便迎面而来，狠狠打在他面颊上。朱源的脑袋偏了偏，尝到了腥甜的味道，同时也看清了面前背光而立的齐灿。齐灿那双过分漂亮的桃花眼透着暴戾的情绪，眸色黑得阴郁，像是暴风雨到来之前笼罩着的乌云。不过对视瞬息，朱源便被压住了气势。

"你胆子还真是大，我的姐姐，你也敢动？"

齐灿的音色没了平日的清亮，低沉而又冰冷，几乎让朱源有种被毒蛇缠绕又浑身动弹不得的窒息感。

朱源捂了捂肩头，心知这事情要是被捅出去，自己就完了。所以，不如干脆一不做二不休……

"嘭！"

事实上，他还未来得及有半点儿动作，齐灿已然上手，麻利地一个过肩摔。如雨点般密集的拳头砸下来，朱源几乎没有半点儿反抗的机会，只能一手捂着肩头，一手护住脑袋。

接连不断的惨叫声从耳边传来，安月澄模糊的意识也徐徐回拢。只见齐灿的脊背高大而又宽阔。在她所没有注意的地方，以前跟在她身后的少年，已然换了模样。

此时此刻，她接近空白的大脑里，无意识地浮现出一句话——胜似阳光的他，是无限黑暗中的唯一救赎。

齐灿真如他所说，想他，他就会很快到达。

"齐灿。"她唇瓣颤抖着，含含糊糊地喊出他的名字，声音有些哑，像鲜艳的娇花被风霜摧残到枯萎。

在安月澄的视线盲区，齐灿想要拔出多用刀的手骤然顿住，力道渐松。为了这种人，违法犯罪进监狱，不值得。而且，他若不在，他的姐姐怎么办？

齐灿起身，把自己的工装外套披在安月澄肩上，动作轻柔地将她拢进怀里。"姐姐，我在。"

"谢谢你过来。"安月澄合着眼眸，无处安放的手指下意识揪住他的衣襟。熟悉的青草香萦绕在鼻尖，是能够让她安心的味道。

泪水顺着她的脸颊滑落，隐没于颈间，她哭得无声无息，强烈的压抑感在沉默中被无限放大。如果齐灿没来，自己会是什么模样？安月澄几乎不敢想。

"是我来晚了，如果我再快一点儿，他就不会碰到姐姐一分一毫，怪我，我今天就不应该出去。"齐灿微微低头，唇瓣轻吻在她的头顶，自责与愧疚在心中满溢，甚至要将他吞没、侵蚀。

安月澄摇摇头，双手滑落在他腰间，很轻很轻地环住，没再说话。

尚初臣报警后，警察很快就到了，鉴于案件的严重程度，直接由苏禾镇派出所转交给了海城区公安局。救护车紧随其后抵达，一部分警察留在现场进行取证，另外一部分则陪同去往医院就医。

朱源肩部出血严重，外伤无数，上了救护车医生便展开了急救。警察顾及安月澄的精神状态，让她和齐灿乘坐警车，避免与嫌犯朱源同车，造成更大的心理伤害。

抵达医院，朱源被送去手术。安月澄拍了片子做了检查，都没有什么大碍，只有些许外伤，但依旧被齐灿强制要求住院。

单人病房很安静，没有半点儿嘈杂喧闹，安月澄抱着膝盖，目光飘到窗外。天气预报说有大风，但天空湛蓝，日光也很好，能看见一片片薄薄的云彩，还没被风吹散。她乌黑的长发有些凌乱地披散肩后，喉咙处的皮肤泛红，甚至有点儿青紫，往日干净剔透的凤眸平静无波。只是，莫名地透着些空洞。

齐灿和警察推开门进来。"姐姐，"他无端有些心慌，领先一步走上前，坐在床边，"你还好吗？"

安月澄眨了眨眼，乌黑浓密的长睫上下扇动，她微微偏头看向站在门口的警察，问："是要询问当时的具体情况吗？"

"你现在方便吗？如果不行的话，等你缓缓也行的。"警察知道问题的特殊性，并不急着问询。更何况，嫌疑人现在也还没从抢救室出来呢。

"方便的，我没关系。"她声线清冷平稳，眉眼间看不出悲伤或是难过之类的情绪，仿佛先前的一切，未曾留下半点儿痕迹似的。

警察纠结几秒后，拉了把椅子在安月澄不远处坐下来："可以请你描述一下案发过程吗？"

"他来的时候大概是上午九点多，一直在外面敲门，想方设法让我开门。"她垂着眼眸，"此前他曾给我发过骚扰短信……"说到此处，安月澄抬眸看了一圈，在床头看见了她的手机，调出短信界面给警察看。

"我爸爸有把钥匙藏在门口花盆里的习惯，他是我爸爸的研究生，所以很了解我爸。"安月澄的尾音逐渐有些轻颤，"他找到了钥匙，我很害怕，就去厨房拿了把多用刀，藏在沙发缝里。然后他就进来了，先是和我说话，跟我表白，我拒绝了他。后来，他恼羞成怒……"说到这里，安月澄的声音骤然顿住，苍白的唇瓣嚅动着，嗓子里像堵了一团棉花，半晌说不出话来。

倏地，温热的触感覆上手背，她抬眼时，正与齐灿黑白分明的漂亮眼眸对上。他明明没有说话，可眼神中传递出的情绪明明白白、清清楚楚，仿佛生来带着股稳定人心的气场。

安月澄飘飘忽忽的心一下子落了地。"他对我意图不轨，我正当防卫，用多用刀刺进了他的右肩。"她顿了顿，又强调说，"我特地没有捅左边，怕捅死他。"

警察沉默了一下，属实没想到在那种情境下，她还有心思考虑后续问题。

"后来他掐住我的脖子……我意识模糊的时候，齐灿回来打倒了他……"她又用三两句话把事情概述完毕。除了偶尔的情绪波动外，逻辑几乎全程在线，旁听者几乎都能透过她的言语，想象出当时的景象。

齐灿薄唇绷紧，眼底的戾气若隐若现，他早该防备朱源这个祸害的。

警察收起纸、笔，站起身说："感谢你的配合，之后等嫌疑人清醒后再对他进行审问，后面可能还需要你到局里确认证词。"

"没问题的，谢谢你。"安月澄唇角微微上扬，向他致意。这是今天以来，她露出的第一个笑容。

"那你好好休息。"警察离开时贴心地带上了门。

安月澄目光下落，触及齐灿放在身侧的另一只手，骨骼细长的手指抓紧床单，指背浅青色的血管清晰可见。

"齐灿。"她低低唤他的名字。

齐灿坐正了些，挨她近了点儿，却又不过分近，怕惊扰了她。"姐姐，是饿了吗？还是想喝水？"他说话小心翼翼地，语气很轻，与往日大不相同。

"没有。"她只是有种不真实感。

安月澄盯着他看了几秒，抬了抬手，然后在齐灿疑惑的目光中，捏住他的脸颊。白白净净，柔软细腻，还和小时候手感一样好。

"怎么了？"齐灿将掌心覆在她手背上，认认真真地看着她，很有耐心。

"有感觉吗？"安月澄问他。

齐灿愣了愣，缓缓点头说："有。"

"没事了。"安月澄抽回手来，拿起手机，看到了微信上最新一条的消息："齐家弟弟：我很快到，等我，保护好自己。"

当时朱源已经快进门，她便没看到齐灿的这条消息。现在看到时，说不清心里是什么滋味。曾经的少年，愈来愈璀璨，愈来愈强大，已经可以为她遮风挡雨了啊。

齐灿目光不经意划过，唇角笑容有一瞬间的凝固，"齐家弟弟"，这备注……真让人难受。

"卫依：橙子，看！我家老孙送我的小猫咪，可不可爱？看到这么软萌的崽崽，那些不好的情绪有没有消失呀？"末尾，还附上了几张小猫的照片。那小猫是一只美短，瞧大小也就两个月，眼眸黝黑漂亮，小表情乖软可爱，看得安月澄心里一软。她以前从来没考虑过养宠物。她父母间是加不进一个宠物了，她又经常不在家，没时间照看的。

"齐灿，我们养一只猫吧。"鬼使神差地，她出声提议。

她用的主语是"我们"。

齐灿极轻地笑出声，爽快应下："好啊，姐姐喜欢什么品种？要弟弟还是妹妹？"

英短蓝白、英短银渐层，还有金渐层她都很喜欢，美短也很不错，布偶也很漂亮、很黏人，但肠胃不是很好，她怕养不活。

安月澄往后靠着枕头，轻侧着头，好一会儿才说："英短银渐层吧，很漂亮，弟弟、妹妹无所谓。"

"行。"齐灿点点头。

话题结束，病房里一时陷入寂静之中。齐灿黑冷冷的眸子下移，视线黏在她泛红的颈间。他的目光过于灼烫，温度仿佛都附着到安月澄的肌肤上了。她抿了抿唇角了，不自然地抬手挡在脖子前。

"很难看吗？"

"姐姐永远是最漂亮的。"齐灿温凉的指腹捏在她腕间，随后慢慢挪开，又似怜惜般地轻触她脖子上的瘀痕。

不知是不是错觉，安月澄好像从他身上感受到了一种类似于悲伤难过的情绪。"齐灿在难过什么呢？"她唇瓣嚅动，没来得及开口。

"姐姐，那个人……"齐灿的唇边掀起一抹弧度，似笑非笑，"你希望他有什么样的下场？"说起朱源，他的嗓音不自觉夹带着冷意，让安月澄联想到有些小说里的"天凉了，让他们破产吧"。只不过他这个问题问得，像是无论安月澄想要朱源受到什么样的惩罚，他都能办到一样。

"被法律制裁，会是他最合适的结局。"安月澄始终相信，法律会制裁坏人。

她顿了顿，握住齐灿的手，说："你不要动什么歪心思，那些不好的事情，不要做。"

安月澄是听说过他们圈子里那些事情的，有的真和豪门小说里一般。而齐灿，从不是，也不该是沾染上那些事情的人。他生来光芒璀璨，就该站在阳光普照的地方，受人景仰。而不该被尘土沾染，坠入黑暗。

"姐姐想什么呢？"齐灿眉眼舒展，如玫瑰般殷红的唇瓣忽而翘起，"我哪里是那种不遵纪守法的人啊，我还要做姐姐心里的乖孩子呢。"

这股热烈、真挚的情感触动了安月澄，她笑齐灿，说："是是是，你是最乖的孩子。"

"那最乖的孩子可以得到一个抱抱吗？"齐灿倏地张开手臂，眉眼弯弯地看向她，还真带着几分孩子气。

"或许可以？"安月澄笑起来，那双凤眸终于又恢复了平日里的灵动与光芒。

齐灿双手将她圈进怀里，半弯着脊背，下巴抵在她的肩膀上，这是他想要了很久的拥抱，现在终于得偿所愿。此刻，他们共享彼此的温度。

安月澄微微合上双目，耳边忽地掠过一阵风，温热的气息如同一个无形的吻，她听见齐灿说："姐姐，我会一直在的。"

"咔嗒"，门把手转动的声音忽地响起，安月澄还没来得及从齐灿怀里退出来，熟悉的声音已经从门口传来。

"澄澄，你怎么样了？有没有受伤？"随之，安雍临拎着一大包东西蹿到了病床前，然后在看到二人时，骤然顿住，紧随其后的阮校龄也硬生生地刹住了脚。安雍临回头与阮校龄对视一眼，都从彼此眼中读出了疑惑与探究，还有，一丝丝八卦。

"安叔叔，阮阿姨。"被当场抓包，齐灿也没有半点儿不自然，轻轻松开手，坐直身子，熟稔地同他们打招呼。

"今天多亏了齐灿你啊。"安雍临将东西放下，拉了椅子和阮校龄坐下，"要不是你，澄澄就遭人毒手了。我真是没想到，朱源竟然会做出这样的事情！"安雍临痛心疾首。

朱源在本科期间就跟着他做项目，到现在也好几年了。他素来是个温和有礼的年轻人，生活中尊敬师长，关照师弟、师妹；学习上绩点拔尖，在核心期刊上发表过多篇一作论文……如果没有这件事，他未来可能会顺利攻读博士，前途无量。

"呵呵"，阮校龄冷冷瞥他一眼，"要不是你把钥匙放在盆栽里，能有今天这事儿吗？"

安雍临噤声，讨好似的拉了拉她的袖子。"龄龄，我错了，是我识人不清，我保证下次不会了。"

"下次不把钥匙放盆栽里了？还是下次保证看人更准了？"阮校龄凉凉开口。

"都是！"安雍临斩钉截铁，"下次我一定会把钥匙藏个谁都发现不了的地方。"

阮校龄睨了他一眼，安雍临五指成拳抵唇轻咳了声，即刻改口说："随身携带，不藏了。"

"爸，知人知面不知心，这事情也不怪你。"安月澄眉眼弯了弯，适时出声劝慰。

安雍临目光落在安月澄的脖子上，眼眶微微发红，他怎么能不怪自己呢？要是他真的害澄澄出了事情，他就算是死也不会原谅自己的。

"澄澄，"情绪上涌，他哽咽着开口，"爸爸我……"

"啪！"他话还没说完，手背就重重挨了一下。安雍临的情绪卡在了半截，他疑惑地偏头看向"始作俑者"阮校龄，毫不意外地收到了一记白眼。

"孩子心情好不容易好点儿，你非得来来回回地提，没完没了的，怎么这么招人嫌？"阮校龄素来毒舌，说起话来不饶人。

"对对对，我闭嘴。"安雍临是个典型的妻管严，在家里，自然是阮校龄说了算。安月澄忍不住笑了，她父亲与母亲举案齐眉、和谐融洽，这样的感情，怎么能让人不羡慕呢？

她下意识地看向齐灿，毫不意外地再度对上他潋滟的桃花眸——眼尾微翘，流露出些许温情，似暖融融的日光。

"姐姐，我出去一趟。"齐灿拿起手机，安月澄看见来电显示——"尚初臣"。今天她是听到过这个名字的，似乎就是那个帮忙报警的青年。

"嗯，你去吧。"安月澄朝他点点头。

齐灿轻挑眉梢，在安家父母看不到的地方，无声地动了动唇瓣，在说："姐姐，记得想我。"

安月澄哑然失笑，对着他连连扬手，示意他赶紧先去忙。

走出病房的那一刻，齐灿脸上的笑意顿时淡下来，冷白的指尖滑动接通键，说："怎么样？"

"命大没死，刀伤在右肩，没有伤及要害，只是失血过多而已。"尚初臣轻啧两声，有些意外，"我倒是没想到，你居然也没下死手。"

齐灿顿住脚步，嗓音冷淡地说："我们都要做遵纪守法的好公民。被法律制裁，会是朱源最合适的结局。"

安月澄在单人病房住了几天，脖子上的瘀痕基本淡去了。只是，在齐灿的强烈要求下，又做了个全面的体检才出院。她不在家的这段时间，安家大门换了更安全的防盗锁，不知道是安家父母的意思，还是齐灿的意思。或许是双方一拍即合也说不定。

安月澄经过这一遭，原本有好转迹象的感冒，又有加重的趋势。所以，她索性便没硬挺着去学校，选择在家继续准备毕业论文。自然，她也有别的考量：朱源的事情还没有完结，要是走漏了风声的话……她不想应对那些没营养、没意义的追问。

"嗡嗡——"陌生号码。

"喂，你好，你找哪位？"安月澄接通电话，客客气气的。

"请问你是华城大学文学院的安月澄同学吗？我是祈囍娱乐的人力资

源经理，我们收到了你的简历，对你很感兴趣，请问你有意愿来参加面试吗？"

各大公司看简历的速度都不尽相同，其中还有很多公司是会直接将本科学历排除在外的。所以自打投简历到现在，这是她接到的第一份面试通知，而且还来自业内专业能力突出的祈囍娱乐。

"当然有的，请问面试是在什么时间？"她按捺住心里的激动，沉声询问。

"马上就是'十一'长假了，定在节前有些紧张。不如节后吧，十号上午九点，你方便吗？"对方待人似乎颇为亲和。

安月澄随手在桌上的纸上记下时间，说："好的，我没有问题。"

"地点是海城区创新产业园区，祈囍娱乐公司大楼，八层817会议室。"

"好的，谢谢你。"

挂掉电话，安月澄忍不住攥了攥拳头给自己打气，祈囍娱乐的面试，她一定得通过才行。

打开电脑，她噼里啪啦地敲击着键盘："祈囍娱乐实习编剧面试考核流程。"

时间一点一滴地过去，安月澄记下了多个要点，并且进行了详细准备。最后，打断她进程的是手机铃声。

"来电显示：齐灿。"

"姐姐，求救，帮我开下门，我忘记带钥匙了。"刚一接通电话，安月澄便听见齐灿卖惨。

先前几天齐灿推了学校里的所有事情，连请了好几天假，几乎寸步不离地跟在她身边。唯独今天，他似乎是出门要办什么事情，出门前还不忘连连嘱咐她不要随意给外人开门，乖乖在家，就像她是个三岁小孩儿一样。

安月澄放下手里的资料，一边起身下楼，一边问他："不是换了密码、钥匙双锁的，你连密码也不记得了？"

电话那头短暂地沉默了一下，像是被问住了。"突然忘记了。"他昧着良心说话。

"是吗？"安月澄极轻地笑了下，"那你就在门口待着吧，等到什么时候想起密码，再进来。"说话的工夫，她已经走至门旁，在门侧新安装的视频监控仪中，齐灿顾长的身影一览无余。

听到她说的话，屏幕里的齐灿微微蹙起了眉，目光不着痕迹地扫了眼监控死角，很是懊恼似的。"姐姐，这几天降温了，我只穿了件薄外套，会感冒的。"他语气软了软。

安月澄成心逗他："我记得之前某人还说自己身体好来着？"

视线范围内，齐灿拨了拨额间的头发，眼皮耷拉着，有些懒倦。

手机里传来的声音也低了下来："那我只能蹲在门口等安叔叔和阮阿姨回来了。"

"咔嗒"，门锁转动的声音响起。

大门被拉开，女孩儿穿着浅色珊瑚绒睡衣站在面前，眉眼弯弯地看向他，语气有几分调侃："不是说要蹲在门口吗？怎么还站着呢？"

"因为算准了姐姐不会真舍得我在门外冻着。"齐灿将一旁的航空箱搬到她面前，"这是答应你的，姐姐喜不喜欢？"

安月澄看向航空箱，最先对上的是一双漂亮的眼睛，湖蓝色的瞳仁，晕着一圈黑色的眼线，眼尾似翘非翘，可爱到人心尖上。毛尖是烟色的，呈现出闪烁的银色特征，是只颜值拉满的银渐层小猫咪。见安月澄看来，小猫软绵绵地"喵"了一声。

"看来崽崽很喜欢姐姐呢。"齐灿勾住她的手臂，带她进屋，"姐姐想好它的名字了吗？"

他们在沙发上坐下，齐灿轻手轻脚地将小猫抱在怀里，托住它的下巴。安月澄抬起手臂，想要接过来，但怕吓到小猫，又缩了回来。

"是男孩子还是女孩子？"她问。

齐灿白皙的指尖轻挠着，几乎隐没于它的毛发里。"和姐姐一样。"

他才不会送一个公猫咪去夺走姐姐对他的喜欢。

"叫星星，怎么样？"安月澄单手托腮，浓密乌黑的长睫轻眨，像把小刷子，刮在齐灿的心尖尖上。

"姐姐喜欢就好。"齐灿看出她的蠢蠢欲动，将星星抱起，举到她面前，"要不要抱一抱？"

星星看向她的眼睛亮晶晶的，像春日里的湖水被风吹皱，看得人心都直发软。安月澄小心翼翼地接过，拢进怀里，星星又"喵喵"几声，挺直身子，软乎乎的脚垫拍在她胸口。

"星星这么喜欢姐姐吗？"她微微低下头，鼻子几乎与星星浅粉色的可爱小鼻头相碰。星星歪了下头，爪子勾住她的衣领，叼起她的衣裳来。

齐灿舌尖轻顶了顶上腭，眸色晦暗不明，他有点儿后悔抱来这只猫了，他在姐姐这里都没有这种待遇。

"姐姐，"他抬手按住星星的爪子，盯着安月澄近在咫尺的眉眼，呼吸沉了沉，"要从小培养良好习惯，不能让它习惯抓人。"

说着，他径直将星星抱回自己怀里，大手不轻不重地按在猫咪脊背上。星星大约也感受到了他的"冷漠凶残"，巴巴地望着安月澄，希望她能救自己逃脱苦海。

安月澄拧眉沉思片刻，齐灿说得有道理，猫咪若是过于娇纵任性的话，以后很难管教，会很让人头疼的。她自认为不是个很会训宠物的人，所以，还是从根源上杜绝这种可能性。

"你说得对。"安月澄抬手点点它的鼻尖，笑得宠溺，"星星要乖乖的哦。"

齐灿订购的猫爬架和宠物窝等在当天下午便陆续送来，他们把二楼的空闲房间装饰成了星星的卧室。不过，他们完全忘记将这件事情告诉安雍临和阮校龄了。于是——

"谁在二楼客房摆了这么多东西？老安你——啊啊啊！哪里来的猫？"

闻声，安雍临、安月澄和齐灿三人火速赶来。

星星站在猫爬架顶端，微微弓着背，两眼盯着阮校龄，而阮校龄则站在猫爬架三米外一动不动。

"妈，我忘了告诉你，是我和齐灿养的猫。"安月澄走至她身边，抱住她胳膊，尾音带了些撒娇成分，"你应该不会不同意吧？"

阮校龄做了两次深呼吸，艰难开口说："不同意倒不至于，但是，也不太能接受得了。"

"澄澄，你妈妈她一直有点儿怕猫，只不过通常不会表现出来而已。"安雍临扶额，他也没想到家里会突然冒出来一只猫啊。

"没事，我只要不进这间房就可以了。"阮校龄摆了摆手，后退两步，做出妥协。

在她看来，这是安月澄少有的"需求"。毕竟从小到大，安月澄一直都是一个过分乖巧懂事的孩子，从不会缠着他们要东西。

安月澄抿着唇角，没说话，只转身拽了拽齐灿的衣袖。"齐灿，你来一下。"毋庸置疑，是要谈谈星星的事情。齐灿反手牵住她，任由她拉着自己往前走。

十几秒后，他骤然顿住脚步。"姐姐，这不太合适吧？"他松散地靠住门框，有意无意地往房间里望了望。

安月澄满脑袋疑问，干净澄澈的凤眼盯着他看了半晌。"什么不合适？"

"孤男寡女，共处一室，我怕姐姐对我图谋不轨啊。"齐灿语调上扬，有些散漫。

齐灿身着蓝白家居服，最上方的扣子松着，线条精致的锁骨暴露在外，白炽灯的照射下，冷白的肌肤泛起如玉般的光泽。视线上移，那双潋滟的桃花眸低垂着，眼尾微微上翘，偶然泄出的温柔似钩子，牢牢勾住安月澄的心尖尖。图谋不轨，是有点儿，"亿"点点而已。但她还没到"辣手摧花"的地步。

"要想图谋不轨，我早就干了，比如在你生病那会儿乘虚而入。何必等到现在？"安月澄说完，发觉这话属实有点儿轻浮。就像女生质疑男生和他的女性朋友时，男生说的"我和她都认识这么多年了，要想有什么早有了，还轮得到你"。

安月澄追悔莫及。她抬手摸了摸有些发烫的耳垂，径直转身进了房间，丢下轻飘飘的一句话："爱来不来。"

"自然爱来。"笑意几乎从齐灿的眼角溢出来，他紧跟上安月澄，慢悠悠地开口，"我恨不得天天跟着姐姐呢。"

安月澄脊背有一瞬间的僵硬，在沙发上坐下，随即整个人陷进懒人沙发里，说："我们不可以。"

"难不成姐姐真把我当作亲弟弟？"齐灿挨着她坐下，身形松散，说话时微微侧着身子，吐息裹挟着淡淡的柚子清香。

安月澄盯着他姣好的容颜看了几秒，面无表情。"不然我要和一个广撒网的人谈恋爱吗？"

齐灿沉默了，他什么时候给了姐姐这样一种印象？他果断发出质疑，说："我哪有？"

他不能任由自己的形象被抹上污点。

安月澄轻呵一声，凉凉开口说："招新现场表白的小姑娘，A国传媒大学混血的漂亮精英姐姐……数不胜数。"

齐灿倏地弯了眼眉，倾身再度凑近她，清亮温柔的嗓音似蛊似惑："所以姐姐，原来是吃醋了呀？"

安月澄食指与中指并拢，按在齐灿额头上，不轻不重地把他推远了些。"没有。"她矢口否认，"身为你姐，我有监督你不长成歪脖子树的义务。"

不过安月澄不得不承认，她为齐灿倾心，可能是因为朱源的事情，也可能是因为她的每一句话都被齐灿放在心上，还可能是他不遗余力地用尽所有技巧也要让她开心。但他们真的能有结果吗？安月澄心里没底。

"姐姐，我和丁瞳没关系，招新那天我还拒绝了她呢，你忘了？"齐灿抬手握住她的手指，敛眸注视着她。

很有理，她记得。但白薇思的事情，齐灿总不能反驳吧。

"这不重要。"安月澄往后一靠，没忍住打了个哈欠，眉眼间有几分困倦，"重点是，星星怎么办？"她不希望母亲过于迁就她，而且归根结底，这件事是她没有考虑周全。如果可以的话，她希望找到一个两全之策。

"我们养了它，就该对它负责。"她又认认真真地开口，眉头紧锁，似乎真的非常担忧此事。

"不一定非要养在苏禾镇这边的家里。"齐灿指腹轻轻擦过她的眉心，将紧皱的眉梢抚平，透着几分怜惜。

安月澄轻眨了眨眼，对啊，只要不让母亲碰到星星，问题就解决了。

是她一时着急，脑子糊涂，陷入误区了。

"那把星星放在你家里吗？可是颐悦家园是不是有些太远了，而且你现在大二每天都要上课，恐怕没时间照顾它的。"她第一时间想到齐灿在颐悦家园的那处房产，但很快又自己否定了自己。

齐灿眼底划过一抹愕然，转瞬化作浓浓的笑意，他没想到，这会是姐姐放在首位的选择，这是不是说明，他这么长时间的"谋划"成功地拉近了他们之间的距离。毋庸置疑，这对他是有利的。他有了正当理由，可以时常见到安月澄。

"虽然我也很想让星星住在我们家里，但姐姐说得对，确实太远了。"他刻意咬重了"我们家里"四个字的读音，含着几分揶揄。

安月澄即刻出声反驳说："谁跟你是我们？"

他玫瑰般明艳好看的唇瓣忽地翘起，说："姐姐莫不是忘了，你家便是我家，我家就是你家。"

安月澄大脑停止运转两秒，很快从记忆中捕捉到那个片段。确实有这么回事。

"所以星星住哪儿？"继续跟着齐灿的思路走，只会被他带得越来越跑偏，安月澄果断转移话题。

齐灿说："华城大学家属区那套房子，更合适一些。不过不知道姐姐之后的实习单位在哪儿，离华城大学近不近？"

如果面试顺利，能够入职祈禧囍娱乐，那么就不算远，路程半个多小时。

"那就这样，明天我们去趟华城大学家属区。"安月澄一锤定音，用的是"我们"。

次日，安月澄起了个大早，和齐灿一起把星星的宠物用品放进后备厢，安月澄心疼星星，便没把它放在航空箱里，而是抱在怀里的。她坐在副驾抱着星星，齐灿负责开车，俨然一副一家三口出游的模样。

齐灿余光瞄了眼副驾，女孩儿垂着脑袋和星星贴贴，纤细修长的手指拨弄着它的毛发，目光毫无保留地落在小猫身上，他连一丝一毫的注意力都没有被分到。可以说，他亲手给自己创造出了一个情敌。

"姐姐，"齐灿倏地出声，试图让安月澄分心看看他，"为什么叫它星星？"

安月澄埋在星星毛发里的脑袋一抬，凤眼微弯，流露出不加掩饰的倾慕与爱戴，说："你猜猜看？"

"眼睛像星星一样明亮璀璨？"齐灿随口猜测。

她想了一会儿，点点头说："这是一个原因，星星的眼睛很漂亮，像蓝宝石，晶莹剔透。"

前方正好变了红灯，齐灿踩住刹车，侧目看向她，问："那姐姐觉得，我的眼睛漂亮吗？"

齐灿的桃花眸明媚无比，似漾着一汪来自高山的冰雪融水，清澈干净，透着润玉般温柔的光。如果说星星的眼睛是蓝宝石，那齐灿的眼眸便是日照下泛着光泽的黑曜石，怎么会不好看呢？而且，没人能对着齐灿这张脸说出"不好看"三个字。

"很漂亮。"她难得诚心诚意地夸赞。

"嘀嘀"，直到听到身后的鸣笛声，齐灿才恍然发觉，信号灯已经变成了绿色，他这才松开刹车，踩下油门。

他又试探着问："那姐姐喜欢吗？"

"喜欢啊。"安月澄捏着星星的小肉垫，漫不经心地回答，"我一直觉得你长得还不错，不然也不会那么招蜂引蝶。"

齐灿感受到了一股似有若无的杀意。他轻咳了两声，正琢磨着是不是自己之前演得有些太过了的时候，身侧人又慢悠悠地说话了。

"招蜂引蝶的男人，不顾家，我爸妈一准不喜欢。"

齐灿的心悬起来。

"不过你没关系，"他心还没完全落地，安月澄的后半句话已经送达，"毕竟你形如我爸妈的亲儿子，虽然人品差一点儿，但也不能把你扔了。"

没错，安月澄反攻了。究其原因，可能是想尝试一下能不能掰正这棵要歪的"歪脖子树"？

齐灿陷入沉默。但在安月澄以为自己大获全胜的时候，他突然出声，嗓音干净清润地说："咱爸咱妈把我当亲儿子也正常，咱们是一家人嘛，日后咱俩还要给爸妈养老呢。"

"'咱爸咱妈''给爸妈养老'？乍一听好像没什么问题，细细琢磨，就觉得有点儿不对劲。表面上是说着姐弟情，实际上是在暗指夫妻？齐灿是怎么变得这么厚脸皮的啊！"安月澄第无数次感叹。

"你知道它叫星星的另外一个原因是什么吗？"她果断把话题引回星星身上。

齐灿心情不错，桃花眼弯弯。"是什么？"

"取自星月灿的星字。"安月澄揉抚了两下星星的毛发，嘀咕着，"不过不知道星月灿会不会觉得有点儿冒犯？"

齐灿额角抽搐了两下，冒犯倒是不觉得冒犯，就是有些吃醋。怎么给猫咪起名字都能想到星月灿身上？半个眼神不给他这个眼前人，反倒心心念念星月灿，这显得他有点儿过于失败了。

"你是真爱星月灿啊。"齐灿酸溜溜地开口。

果不其然，安月澄爽快点头。"对啊，因为她值得。"

车驶入停车位。二人下车，安月澄抱着星星，指尖还去够后备厢里的猫砂，俨然是打算再帮把手。倏地，结实的小臂拦在她面前，她微微抬头，看见齐灿紧绷的下颌线。

她问："怎么了？"

"东西不多，我来就可以。"齐灿轻拍她头顶，语气认真，"星星顽皮，要是没抱好跑掉了，事情就麻烦了。"

闻言，安月澄不动声色地搂紧星星，脸色有些紧张，说："我会抱好我的妹妹的。"

齐灿买的宠物用品太多，一趟搬不完，她就把门窗关好，把星星放在屋里，和齐灿一起去车里拿。要出单元门的时候，天上飘起了小雨，地上很快形成几个小水洼，雨丝细细地连成线，砸在地上，泛起圈圈涟漪。

"姐姐先回去收拾吧，想想把星星的窝搭在哪里。"齐灿怕她受凉，感冒还没好全，回头又要更难受。

安月澄瞧了他两眼："行。"说完，她便径直转身上楼，头也没回，不带半点儿留恋。

齐灿吐出一口浊气，感慨说："道阻且长啊。"

"喵。"星星趴在沙发靠背上，玻璃珠子似的眼睛盯着安月澄的脊背看。

"记得雨伞是放在柜子里来着……"然而杂物摆了一地，她也没在柜子里翻出雨伞。她实在是不常在家属区这边住，东西具体摆放的位置早就忘得差不多了。

安月澄盘腿坐在地上，轻托住侧脸看向星星。"齐灿命中逃不过被雨淋的结局了，我尽力了。"小猫咪有些疑惑地歪了歪脑袋，显然是听不懂她的话语。

"算了，还是起来收拾吧。"她拍拍手，径直走向次卧。

猫窝还是安置在次卧更合适些，一来家属区这边一般不会有外人来住，二来放置在客厅的话，小猫咪容易把东西弄乱，也有可能一开门就跑出去了。

不多久，齐灿便也回到家里，开始帮着安月澄腾地方，时不时还要用盒尺量一量，以确认大小长短放不放得下。

齐灿身姿挺拔，踩着椅子摸到柜子顶上的纸箱，里面是一摞厚厚的课本。齐灿随手打开最上面的那本《高中语文必修2》，翻到封皮内第一页，娟秀好看的字迹出现在眼前。

"星河璀璨，不如齐灿。"

于现在看来，似乎是有些土的，但放在高中满怀心事的少女身上，并不突兀，还有些可爱。

"箱子里的是什么？"安月澄清丽好听的声音从底下传来。

齐灿手指顿住，指腹细细摩挲过每一个字，细而长的睫毛轻颤。"是高中课本。"

"高中课本？"她踮着脚尖，想了想，"之前从附中毕业，图省事把一些书本搬到这边了。上面没有什么不能看的吧？"

齐灿把书放了回去，又合上箱子，转手递给安月澄。"姐姐的书上除了笔记还能有什么？中学那会儿，你不是心里只有学习吗？"

安月澄接过，放在旁边的地上，语气淡淡地说道："中、高考很重要，不学习做什么？"

"这就是姐姐考上华城大学文学院的秘诀吗？"他半扶着柜子，转过身来看安月澄。

华城大学文学院的戏剧与影视学专业水平在国内排名顶尖，录取分数也是出了名的高。

"是的。"安月澄点点头。

两人折腾了半晌，总算将宠物用品在次卧布置好了，疲惫感也顿时涌起。安月澄横向瘫倒床上，目光直视天花板。齐灿跟着平躺在她身侧，手臂微微伸展，不经意间触碰到她的手指。

"累了吗？"他侧身面对着安月澄，单手枕在头下，翘起的发梢扫过额头。安月澄依旧仰面躺着，听着窗外的雨声逐渐变大，像在演奏一曲安眠曲。

雨天，就适合睡觉，还有吃火锅。

"该吃午饭了。"

"嗖。"她话音才落下几秒，一道银灰色的身影便蹿了过来，一脑袋撞在齐灿的胳膊上。

齐灿瞥了星星一眼，不轻不重地推开它的小脑袋。"它倒是馋，一听说要吃饭就过来了。"

星星窝在他们二人中间，水汪汪的眸子巴巴地望着安月澄。兴许它也知道，求齐灿没用，安月澄才对它最心软。

"要吃猫条吗？"安月澄侧过身子，伸手去揉抚星星下巴的皮毛，满眼的宠溺、纵容。

"姐姐，小猫咪吃猫粮最有营养、最有利于健康。而猫条很容易上瘾的，还不健康。"齐灿不动声色地开口，摧残了星星还没开始的美食生活。星星盯着齐灿看了几秒，"喵呜"一声，跳下床去找它的猫粮盆了。

没了隔在中间的星星，安月澄目光不可避免地落在齐灿脸上：面部线条流畅精致，浅红色的薄唇似清晨被露水打湿的玫瑰，娇艳蛊人。

"应当很可口，许是清甜味道的。"念头冒出来的时候，安月澄心里咯噔一声，"完蛋，自己这是要栽进'美人'陷阱里。"

"吊桥效应"，不知为何，她忽地想起这个心理学中的专业词汇。即当一个人提心吊胆过吊桥时，会无法自控地心跳加快。而这个时候，如果恰巧遇见另一个人，那么，他会把特定情境下引起的心跳加快，错认为是对方使自己心动，从而产生心动的生理反应，故而滋生爱情。那么那天，齐灿将自己从朱源手下救出来的时候，是否是吊桥心理影响了自己呢？

错综的丝线缠缠绕绕，在脑海中盘根错节，安月澄有点儿迷糊了。

"姐姐一直盯着我看，是喜欢我吗？"清朗温柔的嗓音送至耳畔，还裹挟着浅而淡的笑意。

闻言，安月澄十分友好地对齐灿露出微笑，然后翻了个身，背对着他。

喜不喜欢，她自己也不确定。但必不可能告诉齐灿，否则他一准要洋洋得意。更何况，她还不知道，白薇思与齐灿的关系。要是齐灿真是品行不端，她是肯定不会往火坑里跳的。杜绝"恋爱脑"，从自身做起。

"不喜欢。"她淡淡出声，"谁教给你说，盯着一个人看，就是喜欢他了？歪理邪说。"

背后忽地传来一声轻笑，她听见齐灿语速很慢地回答："我自己教给自己的，因为我就喜欢一直注视着你。"这应当是继招新时他半开玩笑的言辞之外，他又一次明晃晃地表达他的喜欢。不过，以前齐灿不是这样的。

在年少的时候，他像一只黏人的拉布拉多，无时无刻不跟在自己身后，每一字，每一词，都毫无保留地昭示着自己的喜欢。

"我当然喜欢姐姐了。""这个世界上，我最喜欢的人就是姐姐了。""自然，也没有人会比我更喜欢姐姐了。""我们会一直在一起的。"……尚未变声的少年，嗓音细而软，特别像一碗酒酿圆子，软弹清甜，又蕴藏着沁人心脾的酒香，末了感觉还有几分醉意涌上来了。而变声期时，他的声音则多了些许沙哑，像春日草地猎猎刮过的风，与他身上浅淡的青草香相配，很轻易地让人联想到无边旷野上，蓝天与青草地相接。令人心仪神往。

"嗡嗡——"

忽然振动的手机打断了安月澄的思绪。

"喂，你好。"她滑动接通键。

"好的，没问题，我们这就过去。"

寥寥两句结束通话，安月澄翻过身看着齐灿，说："别躺了，来活儿了。"

"嗯？"齐灿喉间低低的挤出单音节。

"海城区公安局。"她起身，抬手将松散的头发拢起，在脑后扎了个温柔娴静的低马尾。连清冷的面容都似染上了几分温度，气质恬淡清雅，多了几分书卷气。

齐灿徐徐站起来，跟在她身后。"那就出发，等办完事情再吃饭？路上用不用买些面包甜点给你，先垫一下？"

自打朱源事件发生后，齐灿越发像她妈妈了，事无巨细，从日常用度，到吃喝玩乐，无一不管。

"不用了，还不饿。"安月澄径直去猫爬架边上，摸摸星星的脑袋，"星星，姐姐要出门一趟，你乖乖的哦。"星星歪歪脑袋，像是做出了回应，她这才放心地往外走。同时，余光瞄了眼亦步亦趋跟在身侧的齐灿，她犹豫了下，顿住脚步，回过身看向他。

"姐姐有事情要说吗？"齐灿歪了歪头，清澈干净的眼眸透着些许疑惑。他的可爱程度丝毫不亚于星星，产生了想上手揉搓的冲动。

安月澄心里是这样想，现实中也这样做了，毫不留情地上手揉了两把齐灿的头发。过完手瘾，她才开口："齐灿，我没有你想象中那么脆弱。你可以不用事事那样地照顾着我，而且，怎么说我也长你几岁，应当是我护着你才对。"

这话倒不是否定齐灿之前的言行。安月澄很清晰地认识到，事后她能那么快恢复过来，是因为他在。只是，最近有时候，她觉得自己像是个巨婴，或是磕不得、碰不得的陶瓷娃娃。齐灿好像有点儿过度保护她了。

"姐姐是这样觉得的吗？"他的嗓音淡下来，像寡淡无味的凉白开。碎发耷拉在眉心，半遮住了他的眼睛，以至于安月澄一时看不清他眼底的情绪。

"我只是觉得，应该适度。"她斟酌着用词，挑选出最为合适、客气的陈述方式。然而，齐灿的脸色却更冷了，他逼近半步，低垂着头，一双漆黑的眸子深不见底，像是黑洞旋涡般，几乎将她吞噬。

"姐姐是在推开我？"他轻声问着，却又不等安月澄回答，便自答说：

"是啊，对待不喜欢的人，是该推开的。"

安月澄唇瓣轻动了两下，没吭声。他唇角忽然翘起，这一笑似讽似嘲："姐姐，走吧，去海城区公安局，总归不好耽搁太久的。"说完，他从桌上拿起车钥匙，穿上外套径直出了门，没回头。

她似乎说得过分了？安月澄唇角绷紧，眉头皱在一起，陷入了极度的困惑与茫然之中。她素来独立，很少习惯于依赖他人。因而，她现在觉得很别扭，她不希望被当作一个毫无自理能力的巨婴。尽管齐灿是出于好意。

安月澄长出一口气，压住心里的不安，拿上钥匙和外套，也下了楼。

还未出单元门，她便看见了齐灿的背影。他手里打着那把黑色大伞，等在单元门口，背对着她，头摆得很正，目光像是望向了远处。如果用一个词语来形容此刻的齐灿，那一定是"寂寥"二字。

安月澄神色复杂，继续往前走时，齐灿闻声回过头来，手臂一抬，一偏，将她笼罩在伞下。

伞下无话。坐进车里时，齐灿偏头看到安月澄未系的安全带，手抬至一半，又硬生生落了回去。

"系安全带。"他言简意赅。

安月澄轻嗯了一声，系好安全带，目视前方，盯着来回摆动的雨刷器看，不一会儿就看花了眼。

齐灿的声音也适时响起："方才给你打伞……算不算过度？"

她一愣，半晌说不出话。算过度吗？安月澄也答不上来。身侧的他极轻地笑了下，语调很平："应当不算吧，弟弟给姐姐打伞，很正常的。"虽然以前齐灿也唤她姐姐，但从没有哪回像现在这样，真的叫出来了姐弟情深的感觉，更不会自称弟弟。仿佛现在，他真的只把安月澄当作姐姐了一样。

安月澄心里有些发堵，可细细一想，齐灿又有什么错呢。之前也是自己无数次强调两人情如姐弟的，他只不过是把这句话落实了罢了。

"对，不算的，以前小时候下雨，我还去接过你放学呢。"她故作轻松地说。

"姐姐说的是。"齐灿随口附和。

安月澄想了几秒，措辞失败，寻找话题也失败。她余光瞄了眼专注开车的齐灿，果断选择了保持安静，免得说多错多。

不聊天，时间也不能浪费，安月澄翻出之前准备的面试复习资料，又认认真真看起来，一路沉默至海城区公安局。

至公安局，进去说明来意后，警方人员便将他们分别带到询问室，正式录口供。之前在医院那次只是为了初步了解案件情况，再加上并不是单人在场，流程上也不够严谨。

进了询问室，便是照常的询问。安月澄脸色平淡地将事情复述后，对面的警察眉头却越皱越紧。

"我基本相信你的证词，但缺乏指证嫌犯的关键性证据。"警察叹了口气。

这倒是出乎安月澄的意外，她虽懂法，但毕竟不是法学专业，对这些也只是一知半解。

"齐灿他不能作为证人吗？"安月澄想了想，第一时间提出疑问。

"可以是可以的，但据我们调查了解，你们关系非同寻常。而在案件调查审理中，证人若与当事人存在利害关系，那么证词是不能孤立作为定案依据的。还需要其他证据的补充。"

安月澄手指忍不住敲了两下桌子，恍然记起完全被她忘在脑后的录音，说："我有关键性证据！"

她快速从兜里拿出手机，打开录音界面，最新一条的录音时长足足有八个小时。这是手机自带的设置，最长录音八小时，达到极限时便会自动停止录音。

安月澄将手机界面展示给警察看，又不好意思地解释说："当时把录音这茬儿给忘了，实在抱歉，影响案件侦办速度了。"

这倒也不怪安月澄，当时的惊吓总归是严重影响了思绪的，事后情绪好转后，齐灿他们又避讳着此事，疯狂带着她转移注意力。一时没记起，实属正常。

"好的，我这就联系物证科取证。"警察伸手接过她的手机，又保证说，"你放心，我们绝对会保证你的个人隐私，只取证录音部分。"

安月澄点点头，说："我对你们是完全放心的，这件事情辛苦你们了。"

"估计回头还得和你确认一下录音内容，你先去休息室坐会儿吧。"警察笑得温柔了许多，没了方才的严肃。

"没问题，谢谢你。"她们一起出了询问室的门，警察往右手边的物证科去，而安月澄则左转绕出去，走到休息室里。

休息室的布置十分简约，蓝白色系为主，给人以平静、安定的感觉。这个时间临近中午，几乎没有前来报案或需要调解的人，因而休息室里空荡荡的，一个人也没有。

安月澄取了个纸杯，在饮水机里接了热水捧在手里，半靠着沙发发呆。

这个时代的人大多是手机不离身的，她自然也不例外。猛地没有手机坐在这里，确实有点儿无聊。

另一边。

"你是说和你一同过来的那位受害人？她的询问暂时结束了，人应当在休息室里，听说她提供了指证嫌犯的关键性证据。"被拦住的警察解释说。

"方便问一下是什么关键性证据吗？"齐灿客客气气地问道。

警察沉默两秒，说："是一份案发当时的录音。"

齐灿呼吸一滞，心口胀痛起来，他艰难开口问道："录音，我能听听吗？"他想将这份痛苦铭记于心，时时警戒，若是他没有出门，一切都不会发生。他应该护好姐姐才对的。

"抱歉，我们需要保护受害人的隐私，即便你们关系亲密。"警察摇摇头，转手给他指了休息室的方向，"休息室在那边，你可以去陪陪她。"

齐灿轻应了声，缓步走向休息室。

休息室房门上是有一长条透明玻璃的，透过玻璃，可以清晰地看到房间内的景象。

安月澄微微弓着背，单手托住脸颊，手肘抵在膝盖上，另外一只手拿着纸杯，拇指有一下没一下地摩挲着杯面，透着些许百无聊赖。马尾扎得有些松，两侧碎发落下来挡住圆润干净的耳垂，眼眸放空似的看向前方，不知道那里有什么东西吸引了她的注意。

齐灿盯着看了好几秒，才抬手推门。他进门时余光不经意扫过那里，只有一个普通的柜子而已。

"你口供也录完了？"安月澄早就看见了他，高大挺拔的身影站在门外，很难让人忽视掉。不过，她以为齐灿不会想进来和她独处的。毕竟，生气的小孩子不怎么好哄，都不喜欢理人的。

"嗯，录完了。"齐灿在她半米外坐下，反应也很平淡，目光也落在那个柜子上，与方才的安月澄如出一辙。

安月澄偏头看他，抿了抿唇角。"你手机还在吗？"

他没应声，脑袋以很小的幅度点了下。每一个动作，每一个细节，每一个神情，都明晃晃地昭示着他的情绪——不高兴，需要哄。安月澄是了解他的。以前，每次在怒怼完给她送表白信、送小礼物的男生后，他都要板着脸，一声不吭地向她表达自己的不爽。

对外重拳出击，对内疯狂卖惨。

"那借我玩会儿？"她歪了下头，伸出手去。她的肤色极白，似冷玉雕琢而成，掌心的疤痕更加显而易见。

齐灿将手机放在她掌心，指尖不经意划过伤疤时，有一瞬间的轻颤。结了痂的疤痕，还留着那天的刀刃光。

安月澄上滑屏幕，四位数锁屏密码出现在眼前，她习惯性地输入自己的生日数字"1023"。

输入结束，她才后知后觉地意识到，这不是她的手机。然而此时，手机已经进入了桌面。

解锁成功。

"密码？密码当然是你的生日了，这样无论如何，我都不会忘的。"稚嫩青涩的声音犹在耳畔。

齐灿家里富裕，很小年纪就给他配了手机，方便与齐家父母联系。安月澄是没有的，安雍临和阮校龄都希望她专注学习，怕这些电子产品有什么不好的导向。

那时候，齐灿总献宝似的把手机塞到她手里，问她玩不玩贪吃蛇游戏，还向她炫耀他的手机密码。

贪吃蛇是安月澄唯一能拿得出手的游戏，也还算喜欢。于是那时，他们有种无形的默契。齐灿一递来手机，安月澄就驾轻就熟地输入密码，进入贪吃蛇游戏。然后她玩，他看。

安月澄晃了一下神，定睛看向手机桌面时，又是分外熟悉的情景。

照片里的少男、少女面容稚嫩，都穿着大红色的毛绒卫衣，是同一款式的。他们紧挨着坐在一起，脸上是真挚而灿烂的笑容。熟悉是很熟悉，但安月澄从不记得他们什么时候拍过这样一张合影。

齐灿将她纠结又疑惑的神情看在眼里，等了半分钟，也没见她有想起来的意思。他这才慢悠悠地开口解释说："那年春节，我爸妈忙于工作，在国外没回来，我是和你们一起过的年。"

是有这么回事。当时安雍临和阮校龄心疼齐灿，带着他们去商场，又额外给他们买了一件新年新衣——这件同款的卫衣。

安月澄又细细盯着壁纸瞅了几眼，终于在边缘处发现了一丝不易察觉的裁剪痕迹。"照片里的我爸妈呢？"

"咳"齐灿五指成拳，抵唇轻咳了声。"截掉了，双人照更漂亮些，壁纸图的不就是一个漂亮吗？"

安月澄淡淡扫他一眼，声音里含了几分笑："那你把自己的照片单独放上去更漂亮，至少比两个小孩子凑在一起好看。"她顿了半秒，没给齐灿反驳的机会，又说，"手机里没什么不能看的吧？"

"没有，你随意。"齐灿向后靠在沙发上，目光正好越过她肩头，落在手机屏幕上。

对于齐灿的小动作，安月澄只是不置可否地笑笑，手指滑动，点进微博。眼见着就要进入微博时，安月澄手里倏地一空。

"不是没有什么不能看的吗？"她凤眼微弯，有些揶揄地看向齐灿，"微博里藏了什么见不得人的？"

齐灿捏了捏手机，火速关掉屏幕，自然是藏了见不得人的。

他还没有这么早曝光身份的打算。

"也没有什么，就是一些年少无知的发言。谁没有年轻的时候，对吧？"他说得有理有据。

那倒是。安月澄若有所思地点点头，毕竟她年轻的时候，也没少在书上、本子上，写一些什么关于喜欢的文字。等等……齐灿今天是不是翻到一本高中课本来着？她应该不会这么倒霉，偏偏那本上写了东西，被齐灿看见了吧？

安月澄心中警钟响起，脸上却是波澜不惊。"那也能理解，我不看了，还是保护一下你的隐私。"

"玩'贪吃蛇'吗？"少年冷白的指尖快速点开文件夹里的应用小程序，将手机递给她，"老版很早就下架了，这版还不错。"

她很快从进游戏的图标和音效，判断出这是那一家的"贪吃蛇吃吃吃"游戏。不算有名，但在"贪吃蛇"爱好者的圈子里，还较受欢迎。

"玩过，是挺好玩的。"安月澄熟练点进闯关模式，然后被顶部的那行字震慑住了。

"小贪还在努力制作新关卡中……"

齐灿，通关了？时隔多年，安月澄又被齐灿的游戏水平打击到了。

"你玩'贪吃蛇'还真是，一如既往的厉害。"她深吸了口气，努力挤出个微笑夸赞齐灿。

齐灿像是被取悦到了，眉眼间的愁绪一下子化开，取而代之的是略显张扬的笑意。"不才，只比姐姐厉害一点儿。"

安月澄感觉自己被嘲讽了，没忍住冷呵一声，说："一点儿，还是'亿'点？"

"一点儿。"齐灿煞有介事，嘲讽意味更拉满了。

安月澄板起脸，手指划着屏幕，挑了一关不难也不简单的，直接开玩。至于齐灿？爱谁谁。

"贪吃蛇"玩起来，时间过得挺快。等她停下来的时候，之前那位警察拿着她的手机回来了。"小姑娘，手机还给你，我们已经将录音备份保存了。"

警察想了想，又说："录音内容和你之前的口供没有出入，所以不需要细节询问了，你们可以离开了。"

"好的，谢谢你。"安月澄接过手机装进兜里，温温柔柔地对着警察笑。她眉眼温软，似乎褪去了平时清冷淡漠的形象，加之五官漂亮，而又不过分锋利，令人下意识地想要亲近。

"对了，你手机里的录音，可以删掉了。"考虑到哪个女孩子都不会希望自己险些被害的录音保存，甚至时时刻刻出现在眼前，警察又提醒说。

谁承想，对面年轻的姑娘笑了一下，轻声说："留着也好，就当作是警醒自己。"警察一时愣住，等回过神时，姑娘已经和她道了再见，同那青年并肩往外走去了。

警察连忙又紧跟上去，说："还有一件事，在录音中，你激怒嫌犯的举动，很容易给自己招至更大的伤害。以后要是再遇见这种情况，还是要谨言慎行，至少应当将自己的人身安全放在首位。"

安月澄顿住脚步。"当时他的情绪已经十分激动，即便我假意顺从，也无法阻拦他意图施暴。"

"总之，在这种事情上，千万以自己的安全为第一，能拖延时间就拖延时间。"警察叹了口气，苦口婆心地劝解道。

"我明白了，谢谢你了。"安月澄语气软了几分，她自然听得出这位警察是诚心诚意为她好。

警察摆摆手，说："行了，你们快些回去吧，雨又要下大了。"

安月澄再次道过谢，拿出手机，刚一解锁，微信消息便向她轰炸而来。

"卫依：我的天哪！橙子，朱社怎么会是这样的人啊，他明明那么温和有礼，想不到竟成了犯罪嫌疑人！"

安月澄心中一紧，事情这么快就传出去了吗？"十一"过后回学校时，她大概又要面对那些异样的目光和杂七杂八的言论。想来多少是有些麻烦的。

"你怎么知道的？"她敲字问。

"全贴吧、论坛、微博都传遍了，现在所有人都在谴责朱源呢。动漫社群聊也是了，都在说什么时候撤掉他的职位，新选社长呢。"

说着，卫依还干脆利索地甩给她几个热门链接。安月澄点开。

"堂堂动漫社社长，文学院优秀研究生朱源，私下里竟是图谋不轨的人，还偷拍女生！"

"但是朱源好像也就明确对她表达好感吧？这细里的事，咱们也不太好说。"

"爆料！爆料！当初抹黑安月澄，造谣安、朱暧昧恋情的尤广亮，突然承认说是朱源借用他的帐号发的照片、言论！还有聊天截图为证！"

安月澄一连翻了很多页，都是对朱源的唾骂，程度要比当初骂她更狠一些。不过出乎意料的是，似乎没人知道险些受害的人是她，就像是有人刻意保护了她的隐私一样。她下意识地抬头看向身侧的齐灿。

"齐灿。"她犹豫了一下，开口轻唤齐灿的名字。

他骤然抬起眼皮，清透的双眸看向她，用波澜不惊的嗓音说："怎么了？"

"朱源的恶行，已经在社交媒体上传开了。"她顿了顿，试探着问，"但是这件事我们从未外传，警方和学校那边也没有发布声明，你觉得会是谁？"

其实答案有些过于明显了。警方不会泄密，校方也不会，安雍临和阮校龄两口子更不会，尚初臣应该也不会，那剩下的……可不就只有齐灿一个人了？

"嘘。"齐灿似是知道瞒不住她，食指按在她唇瓣上，"姐姐，在这里话可不要乱说。"

唇上触感很软，微凉，让齐灿忍不住联想到青苹果味的果冻，清爽又泛着一丝甜。

"知道了。"说话时，因为字的发音，导致舌尖会有向外抵上腭的动作，于是，安月澄的舌尖不小心从齐灿指尖一扫而过。

齐灿有些惊异地看向她，脑袋轰地一下炸开。安月澄火速撤身，耳尖滚烫，说话都有些不自然："你，你去洗洗手吗？"

第5章 柠檬味的吻

安月澄和齐灿坐上车，准备回家。她一边系上安全带，一边继续说回之前的话题。"所以，是你吧，齐灿？"

"托人帮帮忙，朱源这种人，不该轻饶。"齐灿发动汽车，轻描淡写地回复。

安月澄指尖划拉着安全带，脑袋微微靠在椅背上，这样的手段，好像似曾相识。"……之前华城大学论坛匿名失效的事情，是不是也和你有关？"

齐灿侧目看向她，黑白分明的眸子倒映着一个小小的她。

"当时姐姐不是说，一叶障目的人很难改变么？我只是想向姐姐证明，会有手段，让他们不再敢胡言乱语。只是天遂人愿，我还没出手，就发生系统问题掉'马甲'，真是老天有眼！"

安月澄无声地攥紧手指，在她不知道的地方，齐灿一直在为她操心。那么她是否真的有资格对齐灿提出质疑，让他不要过分爱护自己呢？

"叮咚"，放在座位中间的手机忽地传出声响，是齐灿的手机。

"姐姐帮我看一下？"他专注于开车，没有时间看手机。

"这回不怕我去看微博了？"安月澄嘴上半开玩笑，调侃他，手却已经拿起手机，解锁进入。

齐灿笑笑，嗓音清润平和，没有一丝凌厉："姐姐不是那样的人。"

该删的记录和登录账号都已经删除，他自然不会给安月澄发现的机会。至少现在不会。

安月澄点进微信，毫不意外地看见自己的聊天被置顶在最上方，备注是

"姐姐"。

视线下移，落在浮着小红点的对话框上。

"尚初臣：还有件事得和你说一下，记得之前华城大学论坛有个抹黑你恶意寻衅滋事的帖子不？是朱源发的。八成是嫉妒你和安月澄的关系才发帖的，真下作。"

那个帖子，安月澄自然记得，当时她还匿名发帖替齐灿进行澄清来着。她抬眸看向身侧的齐灿，目光划过他精致好看的五官，这对于他来说，应当是无妄之灾吧。她心底一下泛起愧疚，抿了抿唇角，正要开口时，齐灿先她一步出声，问："是谁的消息？"

"尚初臣。"安月澄捏捏指尖，简洁明了地告诉他，"他说华城大学论坛黑你的是朱源。"

"不算太意外。"他眉眼平淡、波澜不惊的样子，仿佛曾置身旋涡当中的人不是他一样。

可他越是不在意，安月澄心里越不踏实，内疚都要将她淹没了。她指甲抠着安全带，头低垂着，声音细不可闻："是我连累的你。"

虽然安月澄并不自恋，但朱源有多变态，已经是显而易见的事情了。因为自己迁怒齐灿，是朱源做得出来的事情。

等了许久，旁边都没传来一丝一毫的声音。是不是真的生气了？毕竟在那之前，他在华城大学的形象光鲜亮丽，没有半点儿污点，是无数人的心尖上的"小太阳"。

行驶中的汽车忽地向右靠在路边，停了下来。已经气到开不下去车了吗？她是不是应该安慰一下齐灿？事后再给他准备个补偿礼物之类的。

"姐姐，你再抠下去，安全带就要花了。"

头顶溢出一声似有若无的轻笑，安月澄条件反射地抬头，撞进那双干净纯粹的眼睛里。一双美目的深处，好像有说话的声音，就像无人区的高山之间缓缓流出清溪，潺潺有声。

"区区一个安全带，我还是赔得起的。"她下意识反驳。

齐灿点点头，语调轻慢地附和她："是啊，姐姐有钱，那你能不能养得起我啊？"

养得起肯定是养得起的，齐灿不像别的富家子弟，好养活得很。他穿衣服从不追求奢侈品牌，只要舒适即可；吃饭几乎不挑食，几十块的路边摊儿也能吃得津津有味；也不需要住别墅，寻常隔音好的商品房就能接受。等等……自己为什么要考虑养不养得起齐灿这件事啊！

安月澄愤愤回答说："养不起，不养。"

齐灿的眸色眼见着黯淡下来，失了平日的光彩。

"姐姐当真是无心无情，方才还说连累了我，眼下却连这点儿补偿都不愿意给我，"他幽幽叹了口气，又开口说，"雇尚初臣几乎花光了我的所有资产，要是姐姐不管我，我可就要流落街头了。"

安月澄盯着他看了半晌，心底只有一个疑问：齐灿是不是忘记他齐和集团继承人的身份了？

见安月澄还不说话，齐灿只好退而求其次，说："那姐姐亲我一下，我就不要别的补偿了。"他眼眸亮晶晶的，甚至还有些跃跃欲试的样子。

"不亲。"她立即拒绝，"这不合适。"

齐灿摆出一副很好说话的样子，低头凑近了些，说："那我亲姐姐一下，弟弟亲姐姐，很合理吧？"

如玫瑰般勾人的薄唇近在眼前，要说安月澄没有半点儿柔情蜜意的心思，那是不可能的。但她和齐灿之间的关系，至今还是非常拧巴着的。想尝试，但不行。

"不合——"她的声音戛然而止。

唇上的触感柔软微凉，还沁着一丝若有若无的柠檬味，是之前喝的柠檬汽水的味道。

一触即分。没有半丝情欲的味道，纯真而又干净。让人下意识地联想到夏日里，躲在树荫下的年轻男女，那点到为止的亲吻，交换着彼此最真挚的爱恋。

如果当初他们之间没有突然疏远，这一吻，会来得要再早一些。

安月澄微微有些失神，嘴上依旧没饶他。"你家姐弟间的亲吻是亲这儿的？"

"嗯……"齐灿歪歪脑袋，沉思片刻，"确实不是，应该是这里。"他又一低头，快速亲了下安月澄的脸颊。

热度从耳根漫上来，安月澄咬咬后槽牙，今天的自己是不是看起来太好欺负了？以至于齐灿竟然开始得寸进尺了。

"齐灿，你这么坏，齐叔叔和白阿姨知道吗？"她攥紧拳头，心里在暴打齐灿和不暴打齐灿之间反复思索。

齐灿似也知道自己可以恃宠而骄了，转手换了挡位，一踩油门，行驶上路。

"姐姐，我在开车，不要动手，很危险。"他一本正经地说。

很好，安月澄心底的愧疚消失了个干干净净，连带着上午说错话的不安都消退了些。

开了十几分钟，车左拐右拐，绕进了某大型购物中心的地面停车场。齐灿解开安全带，便要径直下车，安月澄终于没忍住说出了沉默良久后的第一句话："你干吗去？"

"午饭时间了，姐姐不是想吃火锅吗？去超市里买些食材回家煮，免得你担心星星。"

安月澄紧跟着下车，走在他身侧，嘟嘟囔囔说："我没说我想吃火锅。"虽然她确实想吃。

齐灿是她的肚里蛔虫吗？什么事都猜得这么准。不过拿蛔虫比喻齐灿，好像有损他的形象。

"下雨天和火锅是绝配，不是吗？"他偏头看她，眼光莹润清透，直击心间。

"这'该死'的默契。"安月澄心底叹了口气。这个世界上，很难再找到比齐灿更了解她的人了。

"但现在雨停了。"她说。

"那如果等会儿又下起来怎么办？我们就要再出门一趟买食材。"齐灿单手插兜，姿态懒散，"为了避免这种可能，现在买好也不亏，不是吗？"

安月澄想了想，决定不为难自己的食欲。"你说得对。"

走进超市，齐灿顺手推了辆购物车。这个时间点，超市人不多，不用担心挡路，安月澄就并肩走在他身侧。

"姐姐不帮我推车？"他指尖点点购物车的手推杆，好整以暇地看向安月澄。

安月澄觑他一眼，单手搭在杆上，凉凉嘲讽道："你已经虚到购物车都推不动了？"

出乎意料的是——

"嗯，需要姐姐保护、照顾。"他坦然自若地回答。

离入口最近的是水果、蔬菜区，货架摆得满满当当，有应季的、大棚种植的，还有进口的，品种丰富，新鲜可人。

齐灿抄起一个蜜柚，说："买个柚子？"

"可以。"安月澄点点头。

过了会儿，齐灿又装了几个苹果在袋子里，问："苹果吃吗？"

安月澄说："可以。"

齐灿还拿了小包装的百香果和柠檬放进购物车，说："回家给你调百香果柠檬红茶。"

"行。"安月澄再度表示同意。

直到齐灿的手伸向货架上的哈密瓜，她终于提出了反对意见："太甜，不吃，你买你吃。"

"都听姐姐的。"齐灿收回手，对她言听计从。

安月澄有种什么感觉呢？跟在自己边上的齐灿宛若小跟班或小秘书，不断提出建议，而她负责审核。

走到蔬菜区，齐灿这回没再多问，动作麻利地装了白萝卜、蒿子秆、娃娃菜和金针菇。他们只有两个人，吃不了太多，所以每种拿得都不多。

称重后，他们绕去不远处的调料区。

"还在生病，锅底吃菌汤的吧。"齐灿取下海牌的菌汤锅底料，在安月澄眼前晃了晃。

"你不吃辣？"安月澄问他。

像齐灿了解安月澄那样，安月澄也同样了解齐灿。他几乎是无辣不欢的，和安月澄一样。

"我吃辣的话，姐姐肯定要馋，到时候你非要吃怎么办？"他将底料放进购物车，眉眼藏笑，"调味料要海牌的还是虾牌的？"

"海牌吧，我更喜欢海牌调味料的味道。"安月澄自动忽略他前半句话。揭自己短是必不可能的。

他们又去买整包装的撒尿牛丸、鱼豆腐和蛋饺。另外，宽粉、油豆皮、魔芋结作为火锅的灵魂也是必不可少的，然后他们顺手还附加了几包火锅面和细粉丝。

安月澄盯着满满当当的购物车看了几秒，发出质问："我们是不是吃不完？"

"那就晚上继续吃。"齐灿轻描淡写。

"如果晚上也吃不完呢？"她又问。

齐灿很有耐心地回答说："那就住这里一晚，明天再吃。"

很好，将中华传统美德——节约，发挥到了极致。

"姐姐，你喜欢柠檬口味的棒棒糖，还是草莓口味的？"正排队等待结账，齐灿却忽地探头看向前台货架上的棒棒糖。货架上的口味很多，除了齐灿说的两种，还有青苹果味、橘子味、葡萄味、蓝莓味、蜜桃味和荔枝味。

安月澄有几年没吃过棒棒糖了。

"青苹果、蜜桃、荔枝和柠檬都可以。"她更偏爱清甜的味道，而不喜欢那种浓郁到有些过分腻的甜味。

齐灿按照她的需求一样拿了两支，然后掏出手机准备结账。纤细冷白的手指却忽地按住他，他看过去，对上安月澄促狭的眸子。

"不是说要我养你吗？那钱肯定是我来付了。"说着，她向收银员展示付款码。收银员眼神复杂地看了眼齐灿，属实是没想到，小男生眉清目秀的，竟然是个"软饭男"，果然啊，人不可貌相。

拎着大包东西出门，齐灿有些幽怨地开口："姐姐，你毁了我的名声，今后得对我负责。"

"负什么责？"安月澄隐去眼底的笑意，脚下步子加快，齐灿亦步亦趋地跟着。

"别人都认为我是'软饭男'了，以后肯定没人要了。"

"没关系，你可以靠脸吃饭。"安月澄有意逗齐灿，说话难得不着调起来。

齐灿煞有介事地点点头，说："所以我决定坐实这个说法。"

她狐疑地看向齐灿，眼神中透着些许疑惑。

"姐姐养我。"齐灿毫不避讳地开口，一点儿也不觉得他说的是件见不得人的事情。前往停车场的路上不乏行人往来，他此言一出，旁边路过的大姐即刻投来了匪夷所思的目光。

安月澄自诩还算是不太在意他人的人，可也不免被看得有些心肝颤。

"不养，没钱。"她径直走到车门前，一拉车门，没打开。

齐灿凑近她，说："养一下呗？"

这本该是个暧昧至极的氛围，但是……他手里的两大包东西实在过分突兀。

他倾着身子靠向安月澄，那两包东西就也歪向安月澄，几乎和他形成了三面包围圈。

"等你什么时候不虚了再说吧。"安月澄很快找到他无法反驳的理由。

齐灿默了默，刚想说自己不虚，就想起之前推购物车时才卖过惨。"那我努力，争取日后让姐姐满意。"他耸了下肩，转身去后备厢放东西。

二人一路通畅地回到家属区。下车时，天又阴了下来，飘起小雨丝。他们拎着东西很快跑上楼，不多久，雨势便变大了。正在刷锅的齐灿一挑眉，透出几分得意来，说："姐姐，我说还会下起来的吧？"

"咔嚓"，安月澄一把剪掉金针菇的尾部，转手丢进垃圾桶。

"齐大少爷料事如神。"她懒懒散散地附和。

小孩子斗气似的，还要搬出来求夸奖，齐灿真是越活越年轻了。

"那你愿意养我了吗？为了我料事如神的能力。"齐灿乌黑浓密的长睫忽闪忽闪的，眼底的笑意时藏时现。

安月澄摇摇头，说："还不够吸引人。"

"加上这张脸？"他半俯下身子，一张脸几乎贴到安月澄眼前，面颊上细细的绒毛清晰可见。

"他很会利用自己的美色。"安月澄心底默默评价。

"也差点儿意思。"她还是否认。

齐灿陷入沉思，半晌没说话。末了，他突然出声，说："那要是加上齐和集团呢？"

安月澄洗金针菇的手一顿，掀起眼皮盯他几秒，笑了下，说："齐灿，加上齐和集团，你还用得着我养？"

理性而论，不需要。但从感性来说，非常需要。

"齐和集团养不起我。"他信誓旦旦地胡说八道。

"那我也养不起。"安月澄将洗好的金针菇放进托盘，又去掰娃娃菜。

"哐当！"一声巨响。

"星星拆家了？"她回过头，从厨房这个角度看不到次卧那边的情况，她索性放下手里的东西走过去，看到了原本放置在桌上的收纳架被星星踹到了地上，铁质的，倒没坏，就是星星吓得缩进了猫窝里。

安月澄忍不住笑它。"小星星你自己胡作非为，吓到自己了吧？"

她将收纳架重新摆正，转身打算出门时，目光无意落在门后的纸箱上。是之前从柜子上面搬下来的，那个装着她高中课本的箱子。她探着头往厨房的方向望了望，齐灿背对着她，仍在忙活着，没有关注到这边。安月澄果断蹲下来，打开箱子。

《高中语文必修2》，这好像是高一下学期学的吧？那会儿她和齐灿的关系还很好。该不会真的被齐灿看见了什么……

提心吊胆、胡乱猜测也没用，她索性翻开了封面页。

"星河璀璨，不如齐灿。"

安月澄陷入了长久的沉默之中。

"嗯，有没有一种可能，齐灿只看了封面，没有翻开这本书？当时他的反应那么平淡，没看到的概率应该还是挺大的。他要是看到了，肯定得说：'没想到姐姐当时这么在意我啊？'综上所述，齐灿一定没看到这行文字。"

在一通的举证和心理安慰后，安月澄把这本书插进了其他书中间。

"姐姐，你在做什么？"好听的声音乍然在身后响起。

他刚才不还在认真准备火锅食材呢吗？怎么这么会儿就一个闪现过来了？在安月澄绞尽脑汁思考该如何应付齐灿的时候，他已经蹲下来，盯着纸箱看了。

"在，在看有什么书，我之前有本书找不到了，怕是夹在课本里了，就来找找看。"她尾音有一丝不易察觉的颤抖。

齐灿目光扫过最上方的那本书，不是那本语文课本了，而是《高中物理必修1》。他唇角忽地一翘，很是好心地问："是什么书？会不会当时放在我那边了，姐姐你说，我也帮你想一想。"

压根儿都没有书，又怎么可能是放在他那边了？演得还挺真。

安月澄扫他一眼，索性接着他的话茬儿继续扯。"好像是一本名著，国内的还是国外的我给忘了。"

"那箱子里有吗？用不用我帮你一起找？"说着，他把手伸向纸箱。

"啪！"安月澄一巴掌拍在他手背上，另一只手按住纸箱盖，语速很快："里面没有，我找过了。"很有些此地无银三百两的味道。

"姐姐，不用下手这么狠吧。"齐灿抬起手背，明晃晃一片通红，可见方才安月澄那一下有多用力。

安月澄很心虚，她是激动了点儿，没收住手劲。

"虽然说打是情，骂是爱，"齐灿目光盈盈地望向她，"但姐姐能否手下留情一些呢？"

她大脑卡壳几秒，才回味过来他指的是什么，热度骤然升上脸颊。她咬咬后槽牙，一字一顿喊他的名字，齐灿"哎"了一声，爽快地应答："我在。"

丝毫没有羞耻心的吗？他再也不是从前那个干净、纯洁的少年了！

安月澄把箱子推回去后，板着小脸站起身，径直走向厨房。"去做饭，我饿了。"

"姐姐，我记得我家里是有本多余的《红楼梦》，改天你去看看是不是你的？"齐灿三步两步追上她。

"不去，不想找那本书了。"安月澄头也不回。

处理食材的时候，安月澄几乎全程冷着脸，对齐灿爱答不理的。

齐灿一句接一句地跟在她身边唠叨，从火锅说到百香果柠檬红茶，从星星说到星月灿，话题千千万，但只有星星和星月灿能让她的表情稍有缓和，并且多回复他两句。

齐灿心里苦，但他不说。

一直到火锅开煮，安月澄的心情才肉眼可见地变好。美食是不能辜负的，带着坏情绪吃东西，对身体也是不好的。养生安月澄如是认为。

星星趴在地上，小口小口吃着煮好的鸡胸肉。而安月澄则望着托盘里剩了一半多的食材发愁，她摸了摸肚子说："这么多东西，吃不完啊。"她幽幽地看向齐灿，"你得负全责。"

其实她原本没想买这么多食材的，都是齐灿在边上老说"这个吃不吃""这个你爱吃""这个有营养"。

"所以晚上继续吃，不浪费，顺便在这里住一晚，就不回去了。"齐灿拿来一把棒棒糖摊在桌面上，"姐姐挑个口味？"

安月澄的注意力顿时集中在棒棒糖身上，蜜桃、荔枝、柠檬是她最喜欢的三种口味。非要做个选择是有点儿困难的。她的目光鬼使神差地落在柠檬味的棒棒糖上。柠檬味，不知道和齐灿喝的那个柠檬汽水的味道有没有差别？

安月澄的眼神，齐灿尽收眼底，他捏起柠檬味棒棒糖，手指轻轻松松扯开包装。"姐姐想要柠檬味啊……"他的尾音拖得绵长，无端有了几分旖旎的滋味。

"嗯。"她的头往下一点，便见着齐灿手腕轻转，将棒棒糖塞进了他自己嘴里。安月澄看到这一幕，不由得满脸惊疑。

"原来姐姐喜欢柠檬味。"白净的牙齿轻咬着浅黄色的糖果，殷红的唇瓣泛着水光，勾得人心尖直颤。

他前倾着身子，眼里波光流转。"那柠檬味的汽水，姐姐应该喜欢吧？"

距离太近了，近到安月澄险些沦陷在他的"温柔乡"之中。

"一般，不怎么喜欢。"她哪里能不知道齐灿口中所指的是车上那个"柠檬味的吻"。

齐灿若有所思地点点头，说："明白了。"下秒，俊脸倏地在眼前放大，她的唇贴上另一层温软的唇，但转瞬消失，仿佛之前的触感只是安月澄的错觉。

不过，唇间留下的柠檬香证明，不是臆想。刚刚，比柠檬汽水多了一分甜，还多了两分清凉。今天齐灿似乎格外得胆大妄为，眼底洋溢着恣意的笑，是青春的气息。

"齐灿，这不合适。"她平静冷淡，语气无波无澜，听不出什么特别的情绪。她抿了下唇角，面无表情地拆开另外一根柠檬味棒棒糖，含着吃起来。但红通通的耳垂，将她的心思暴露无遗。

"只是希望姐姐印象里的我，都是你喜欢的味道。"他歪歪脑袋，懵懂无辜的模样，"所有人都希望给心上人留一个好的印象吧？"

"心上人。"胸腔内传来剧烈的跳动声，安月澄还是很轻易地被他拨动心弦。"你喜欢我？"这句话在她唇齿间打了个转儿，到底是没问出来。

她"咯嘣"一下咬碎嘴里的柠檬糖，清香顿时溢满口腔。"我感冒了，会传染的。"

"那不感冒的时候——"

"也不行。"安月澄凉凉打断他，边端着托盘回厨房边说，"收拾碗筷。"

安月澄最终是没回苏禾镇，给安雍临发了个消息，说今天在华城大学家属区这边住下了。安雍临沉默了半个小时，简短回复了一句"注意安全"。

两人晚饭又吃了顿火锅，食材吃掉七七八八，剩下的都是整包装的，比如火锅面，存放时间长，倒也不用担心浪费。

时针指到十。

安月澄正单手用毛巾擦着头发，趿拉着鞋走进客厅，被热气熏得嗓音有些哑："你不去洗澡？"

齐灿坐在沙发上，细细剥下柚子皮，又轻轻把籽拨下去。认真安静的侧脸被灯光镀上暖黄色，透着些许朦胧感。

"就去，姐姐要睡了吗？"他捏着蜜柚递到她唇边，"尝一口？挺甜的。"

冷白如玉的指尖与橙红色的蜜柚形成鲜明的对比，强烈的色差晃了下安月澄的眼。她接过来，放进嘴里，汁水满溢，酸甜微苦。"还行，过会儿就睡。"

"那我先去洗澡。"齐灿迈出去的脚步又倏地顿住，"姐姐能借我件衣服吗？"

她从衣柜里翻出了件宽松版的T恤丢给齐灿，还附赠一条短裤。虽然这一身在这个季节显得有些单薄，但她本就不在这边常住，衣物也不多，只能凑合了。

安月澄翻箱倒柜，把压箱底的毛毯翻出来，打算给齐灿加上，不然穿得少很容易着凉。

"也不知道他现在还踹不踹被子。"她心里嘀咕着，一转身，一股湿漉漉的气息扑面而来。

她那件大码的白T恤被齐灿穿出紧身衣的感觉，勾勒出流畅的肌肉线条。精瘦白皙的长腿明晃晃的，看上去就精壮有力。

"姐姐。"发梢晃了两晃，挂在发丝上的水珠啪叽砸在他胸前。

安月澄后退半步，目光聚焦在齐灿脸上，把毛毯塞进他怀里。"毛毯给你，天气冷，别着凉。"

"还是姐姐心疼我。但是，"齐灿嗓音发软地说，"我好像没地方睡了。"

"难道是星星尿在床上了？"她一边说，一边走去次卧，"应当还有备用床单，我给你找找。"

齐灿摇摇头，说："不是，姐姐你看了就知道了。"

走进次卧，单人床上的一团银色闯入眼帘：星星趴在床中间位置，不左不右，刚刚好让人躺不下。

"星星，你去猫窝睡好不好？"安月澄蹲下身子，对着星星的眼睛，认认真真地哄它。可小猫咪就定定地看着她，没动静。

"星星？"安月澄伸手想要抱起它，却落了个空。星星敏捷地向后一躲，像是知道安月澄要夺走它的床一样，喉咙间发出"哈"的声音，发声示威。

"要不，星星你和哥哥一起睡？"安月澄和它打着商量。

星星死盯着他们，似乎非常有领地意识。在它的心里，恐怕是已经把整间次卧都划成它的地盘了，半步不肯退让。那，退让的就只能是安月澄他们了。

"看来我只能睡沙发了。"齐灿轻叹了口气，率先走出去。等安月澄到客厅的时候，他已经铺好被子，躺在沙发上了。

家属区这边的沙发一直没换，还是当年老式的春秋椅，木制的，很硬，睡一晚第二天醒来骨头跟散架了似的。而且现在已然入秋，不像之前九月初的时候了，毋庸置疑，睡春秋椅很容易着凉。

"你真睡这儿了？春秋椅又硬又凉。"安月澄站在三米外，有些纠结地盯着他看。

齐灿摊摊手，无辜又可怜。"那不然怎么办？打地铺的话应该还不如春秋椅吧，反正只是一晚上而已，将就一下没关系的。"非常得委曲求全，让人的心像被有力的大手攥住似的，透不过来气。

"现在是十点多，赶回苏禾镇的话，应该也就十一点。"她很快又提出建议。

齐灿撑着脑袋，半斜着身子看向安月澄，很有古代美人躺在贵妃椅时的姿态与气质。

"姐姐，今天忙一天，我已经很困了，开车的话有疲劳驾驶的风险。"他嗓音懒懒的，语速很慢，摆明了今天宁愿睡春秋椅，也不打算回去。

安月澄还没放弃，说："我可以开。"

"我睡了，姐姐。"齐灿重新躺下，棉被盖到胸口，半蜷缩着身子，合上了眼。

安月澄陷入沉默。齐灿似乎是真的不想再动弹了，今天他干了不少体力活，晚上也没闲着给自己剥柚子。安月澄往前走几步，俯身低头看他。"真睡了？"

齐灿细长的睫毛煽动了两下，压轻声音说："睡了。"

"回主卧睡吧。"她到底是心软，而且算起来，他们倒也不是没有同床共枕过。

齐灿眉梢不自主轻挑了下，徐徐睁开眼，说："主卧只有一张床吧？"

哪壶不开提哪壶。

"但胜在很大。"安月澄转身，没忍住捏捏发烫的耳垂，"中间放些东西隔着也能睡得下。"

"姐姐诚心诚意邀请，我没有理由拒绝。"齐灿唇畔绽放璀璨的笑，三下五除二地就抱上棉被直奔主卧，生怕安月澄后悔似的。

安月澄随手关好卧室房门，转身时，听见齐灿喊她："姐姐，来吧。"

"你能不能别说出一种轻浮的感觉。"她指尖轻抚眉心，感觉自己已经在底线丢失的边缘反复试探了。

出乎意料地，齐灿沉默了。

安月澄从柜子里抱出夏天的毛巾被，将成一条摆在她和齐灿中间，然后才关掉大灯，摸黑上床，溜边躺着，她和齐灿之间保持了绝对安全的距离。她背对着齐灿躺着，杜绝美色诱惑，她很满意。

"姐姐，我们聊聊天吧。"

她合眼，决定不理齐灿。否则给点儿阳光，这人就更灿烂了。

屋子里一片黑暗，只有隐隐约约的月光透过窗纱洒进来。齐灿已经适应了黑暗，视线落在安月澄纤细的脖颈上，白得惹眼。"姐姐，之前你说'同床异梦'，现在的我们算吗？"

"我不做梦。"她的声音很淡。

"那你还记得吗？小时候，我们也睡在一张床上。"齐灿的声音也淡下来，华丽清亮的声音骤然透了几分怀旧的滋味，像老唱片缓缓转动播放，带人回到旧时光。

安月澄紧绷着的脊背松了松，语气和缓下来："记得，当时你说怕打雷，连着几年夏天都非要让我保护你。我爸妈怎么劝都劝不动，让你跟他们睡，你也不乐意。"

"姐姐你对我有误解，我那会儿是不愿意做电灯泡。"齐灿手指戳戳她的肩膀，"转过来说话，好不好？"

安月澄想拒绝，他的声音紧接着响起："小时候我们就是这样，头挨着头。"

"晚上不睡觉，还要说什么？"她无动于衷。究其原因，她自认为是对齐灿那张脸没什么抵抗力。

"你会怀念过去吗？"齐灿默了默，很轻声地问。

会吗？当然会的。哪个人会不怀念青春热血的少年时代呢？更何况，她的过去里，还有那样一抹璀璨无比的色彩，尽管最后消失得异常突然。

"不会。"但她最后给出了否定的答案，"以前有什么可怀念的呢？人，要活在当下，目光也要向未来看。"

齐灿悄然无声。许久后，安月澄听见他细不可闻的声音："当下与未来，我想成为你唯一的选择。"

当夜，极少做梦的安月澄做了一个梦。她梦见自己回到曾经的中学校园，手里捧着毕业证书，正与华城大学附中的牌匾合影。手持照相机的齐灿目光温柔，对她说："等两年后我毕业的时候，姐姐也会来为我拍照吧？"她十分笃定地回答："一定啊，保准给你拍出国际巨星的风采。"

然而齐灿毕业那年，安月澄正为科研项目忙碌，没能去到现场，为他拍下承诺的国际巨星级照片。

画面一转。

闪烁的灯光不停，震耳欲聋的音乐与嘈杂的人声响彻酒吧的边边角角，夜晚的酒吧充斥着荷尔蒙的气息。角落里的年轻人一杯接一杯地喝，动作连贯不断，冷白的肤色也一点儿一点儿染上绯红，那双灵动的双眼失去了生气，宛若无波的古井。后来他似是醉了，半仰着靠在卡座上，额发被汗珠浸湿，黏在皮肤上，没了平日的风光。若忽略掉这张面容姣好的脸，他与街边醉汉也没什么区别。安月澄只见泛着水光的红唇嚅动，听见："姐姐，你当真无情。"

"十一"假期很快在无数学子的盼望中到来。

因为星星还小，需要人陪伴，安月澄和齐灿每天往返于华城大学家属区和苏禾镇之间。"同床共枕"倒是再没有过，他们都是上午过来，傍晚的时候再回到苏禾镇去。不过，她的论文进度没有落下，笔记本电脑随身携带，再不济也可以在手机上看论文、做记录。

其间，安月澄接到了文学院辅导员的电话，通知她教务处将对她的成绩和保研状况进行调查，并且保证会在提交保研申请前完成调查，如果调查不存在问题，她依旧可以保研文学院。身正不怕影子斜，安月澄自然不担忧。

转眼，便是十月三日——安、齐两家约好的聚餐时间。

临近傍晚，他们一家子开始收拾东西换衣服，准备出门。安月澄动作快，已经坐在沙发上等候了。色调柔和的米色长款连帽卫衣，搭一条紧身牛仔裤，脚踩平底小白鞋，清雅脱俗，干净漂亮。两家关系好，所以即便是见面聚餐，也不用穿得多么正式奢华。

"灿灿啊，你应该有挺久没见你爸妈了吧？"

安月澄闻声回过头，齐灿和阮校龄一前一后下楼，他着装随意，黑色打底衫配黑色哈伦裤，上紧下松。若是站在黑夜里，大概只有他那张冷白的脸是明晃晃的。猛一下看到，八成能给人吓到。

"多半年，也不久。"齐灿单手插兜，目光轻飘飘地看来。比起小时候的不闻不问来说，确实不久。

阮校龄面露犹豫之色，一直纠结到下了楼才开口："你爸妈说很想你，你要不要先回去看看他们？"

两家聚会，齐灿不跟着齐家父母一同出席，反倒跟在他们这边，情理上来说，其实是不合适的。尤其今天齐家还特地来了电话问齐灿的情况，阮校龄和安雍临更是一时拿不定主意。

"阮阿姨，他们以前想过我吗？"齐灿脚步一顿，脸上依旧是温和无害的笑容和对长辈的尊敬，可语气却似寒山雪水，凉得出奇。

阮校龄知道他和齐家父母的关系，顿时哑然。安月澄凝眸，静静回视齐灿，齐灿的过去，唯有她能感同身受。

六点四十，他们提前二十分钟抵达金玉阁。

古色古香的楼阁建筑，木质栏杆是雕花的，大门两侧的柱子上也雕龙画凤。金玉阁名字虽然俗气，但在当地是数一数二的饭店，有传承百年的手艺，最擅长做的就是本地菜。

走进门，身着汉服挽着发髻的服务员迎上前，引着他们来到早先预定好的包间。菜都是两家之前就定好的，安月澄无事做，便倒了杯绿茶，捧着轻呷。

忽地，门把手被转动，一行三人闯入眼帘。

走在最前方的是齐家父母，齐允仁和白澜禾。齐允仁长得高大，模样儒雅，只是身材略微有些发福，稍稍影响几分颜值；白澜禾曾是娱乐圈炙手可热的女明星，嫁给齐允仁后，便在娱乐圈销声匿迹，但留在圈内的传奇，依旧为众人流传。她一袭淡色清雅的旗袍，波浪鬈发落在肩头，美目微翘，烈焰红唇，下意识让人联想到二十世纪二三十年代的都市贵妇。齐灿能生得如此风华无二，自然是因为上一代基因优良。

"齐叔叔，白阿姨。"安月澄最先起身叫人。她这一站起来，也就看见了走在齐家父母身后的女孩儿：灿金色鬈发，幽绿色眼眸，高挺的鼻梁，组合在一起，是安月澄见过的人——白薇思。

一瞬间，她思绪万千，白薇思和齐灿是旧相识，眼下又陪同齐家父母一同出席他们两家的聚会……安月澄呼吸一滞，难道这么早齐家就已经找好了商业联姻的对象？

"澄澄，来，我给你介绍一下。"白澜禾拉住白薇思的手，笑意盈盈地给安月澄介绍，"我外甥女，白薇思。"

"外，外甥女？"安月澄眨眨眼，定睛看向白薇思，有些不敢置信。

"姨母，之前我到华城大学交流见过安月澄的。"白薇思笑了笑，伸出手来拍拍安月澄肩膀，"抱歉啊，当时没和你说明。"

早先安月澄还以为，齐灿和白薇思有什么暧昧关系。结果，表姐弟关系。

"这哪里需要说抱歉，"安月澄摇摇头，"咱们本来就是以交流学习为主，没时间谈私事的。"

白薇思客客气气地说："你能理解，我很感谢。"

"来，老齐，快坐下吧。"安雍临招呼说。

大家这才各自落座。齐允仁坐在安雍临右手边，再接着是白澜禾和白薇思，不过她们之间空了一个位置。

安月澄也坐下来，手掌轻托住下巴，慢悠悠地看向齐灿，唇角似笑非笑。

齐灿抚了抚唇，他倒是没想到白薇思会跟着一起过来，不过也好，可以为他正名了。就是他的姐姐得需要哄。

"齐灿。"凛冽的声音响起——来自齐允仁，他的声音与外表并不算相符。

齐灿眼底的暖色逐渐淡化，直至消失。他微微侧头看向齐允仁，不紧不慢张口问："有事？"

"过来坐。"齐允仁指指白澜禾旁边的空座位。

齐灿身形往后一仰，跷起二郎腿，摆出散漫不羁的模样。"我乐意挨着月澄姐姐坐。"

他每次与齐允仁夫妇见面，几乎都是针锋相对，从来不像父子、母子的关系。

"齐灿。"齐允仁的声音又高了一个八度。齐灿依旧是一脸无所谓，纹丝不动地坐在那里。

"老齐老齐，好不容易见一面，生什么气啊。"安雍临打起圆场，一个眼神递给安月澄，示意让她劝劝齐灿。

然而，安月澄置若罔闻，垂下眼眸盯着碗，不知道在想什么。就像没看到他的暗示一样。

安雍临颇为震惊，心想：澄澄素来善解人意，听话又省心，这会儿怎么不搭理自己的暗示了？

安月澄抿了口茶，她知道齐灿对齐允仁和白澜禾的怨念。或许这么多年，他已经不再怨也不再恨了，但隔阂始终在那儿，难以消失。所以，至少在现在这一刻，她是站在齐灿这边的。

齐允仁又看了一眼齐灿，恢复成了先前儒雅随和的模样。"罢了罢了，他打小就跟你们要亲一点儿的。"话听着像开玩笑，但安月澄不知怎的就觉得刺耳，更觉得像是话里有话。

安雍临和阮校龄尴尬地笑笑，只好说："老齐你忙，总是见不到面嘛。"

两家大人有一句没一句地寒暄着，没有能插得进去的话题，安月澄三个年轻人索性就埋头吃饭。毕竟不同于寻常聚会，他们都没有拿出手机来看，就已经表达了足够的尊重。直到——

"澄澄啊。"齐允仁亲切地喊她小名。

安月澄咽下嘴里的一口饭，抬头看向他。"怎么了？齐叔叔。"

"我听薇思说，最近华城大学的学生都说，你和齐灿在一起了？"话问得直白，齐允仁脸上却没有半点儿不好意思，仿佛只是同她唠家常。而一旁被无意间提及的白薇思瞪大了眼睛，她什么时候说过这话了？她怎么不知道？

"没有，爱八卦的人总是听风就是雨。"安月澄下意识地扫了齐灿一眼，继续解释说："只是齐灿大二搬回本部，恰巧和我同社团，多了一些交流而已。"

她说的是事实，他们确实没在一起。至于暧昧……有，但不多。

齐允仁点点头，似是松了口气。"我就说嘛，你们打小就是姐弟的关系，怎么可能在一起谈恋爱呢？"

他的话像根刺，转瞬在心里扎根。有没有一种可能，打小就在一块的姐弟，也是青梅竹马啊。安月澄垂放在膝上的手指攥起，顾忌于两家的关系，没有反驳，只是很轻地笑了下。

"怎么就不行了？"齐灿半掀起眼皮，不疾不徐地看向齐允仁，"又不是亲姐弟。"

齐允仁没搭理他，温声继续和安月澄说话。"澄澄你和齐灿生活这么多年，应当是比我们还要了解他的，不知道叔叔到时候能不能拜托你一件事？"

"齐叔叔你太客气了，有什么需要帮忙的尽管开口就行。"安月澄和齐允仁的交流并不多，说起来也就只比路人要亲近一点儿。况且齐家父母连齐灿都没工夫照看，哪里会有心思和她没事闲聊。

"是这样的，齐灿年纪不小了，确实是该谈个恋爱了。身边的适龄女孩儿有不少，但是我们不知道他喜欢什么样的。"

安月澄手指越攥越紧，原来，她从来不在考虑范围内的。她唇瓣动了动，刚想应下来，齐灿不满的声音便响在耳畔。

"这种事情，问月澄姐姐做什么？我最清楚我喜欢什么样的女孩儿，你问我啊。"口气肆意、放纵到了极致。齐灿只有在面对齐家夫妇的时候，才会这样。

齐允仁脸色一点儿一点儿黑下来，如倾倒的墨汁染黑宣纸一般，又像夏日暴雨来临前的天空，被乌云遮蔽，不见半点儿阳光。

"那你说，你喜欢什么样子的？"

齐灿的目光掠过安月澄白净的侧脸，语气散漫、玩味地说："性感成熟的姐姐，性格最好冷一些。学习成绩也要很优异，这个要求不高，大学或者研究生专业绩点排名前三，不然的话，去当花瓶算了。"

他声音微微一顿："至于颜值……我倒不挑，只要比我或月澄姐姐好看就行了。"

比他和安月澄还漂亮，这能叫作不挑？而且还要成绩优秀到专业排名前三？豪门圈子里倒不是没有爱学习的，但前三属实太为难人了。她们还需要学习经商或是各种特长技能，哪里有那么多时间埋头在学习上。

"齐灿，你纯粹是在挑事。"齐允仁气得火冒三丈。

别瞧他名字听起来仁和有礼，模样也儒雅随和。但实际上，齐允仁是个不折不扣的暴脾气，一点儿小事都能让他怒不可遏。

齐灿双手撑在桌边，身体微微前倾，讥笑说："不是你要问我喜欢什么样的姑娘吗？我这个要求不高吧，怎么也得和我旗鼓相当啊。"

齐允仁心想：商业联姻，身上的商业价值和家族价值才是最重要的，至于容貌、学习成绩之类的，那都是无关紧要的。

但这话齐允仁不能说出来，他换了种说法："哪有这样优秀的人会乐意和你在一起？你应该放低一些标准。"

齐灿歪歪头，说："月澄姐姐就这么优秀，她不也和我相处十几年了。"

齐允仁一时语塞，旁边桌上的人也都陷入诡异的沉默。

安雍临和阮校龄不好搭这话茬儿，一来这是齐家家事，二来又涉及了安月澄。

白澜禾不动声色地抿了口酒，脸上依旧淡淡的，事不关己一般。

勉强算是当事人的安月澄更不便发声，若站在齐灿这边，算是坐实他们之间可能存在暧昧关系，得罪齐允仁，破坏两家关系。可要她替齐允仁说话，那也是无论如何都做不到的。所以最合适的是保持沉默。她不是小孩子了，可以肆意妄为地发声。在发出自己的言论之前，首先要能确认自己可以负担得起如此言行所带来的后果。

"姨父，我觉得齐灿说得挺有道理的，感情这种事情，不能将就的。"最后出声的是白薇思。

被齐允仁扣锅，她自然是不乐意的。于是，借着这个由头便还回去了。

齐允仁依旧觉得自己有理。"那没相处怎么知道不喜欢？"

"相处不相处，肯定都是不喜欢，你家儿子一颗心早就拴在安月澄身上了。"白薇思腹诽一句，接着反驳道："那姨父你让安月澄帮忙参考也没用啊，问表弟他自己都没用。再说了，喜欢这种事情，也不一定是按照标准来的，不是吗？"

喜欢自然不局限于什么标准。但他们齐家要的不是喜欢，而是价值。豪门圈子里的商业联姻，这些弯弯绕绕，都是明摆着的。

"你们这些年轻人，就是不懂我们做父母的良苦用心。"齐允仁冷哼一声，闷了口酒，不吭声了。他到底是碍于面子，不肯直愣愣地说出商业联姻的目的。

白澜禾扫他一眼，藏起瞳孔深处几乎涌出的不屑。

这一顿饭吃得并不算愉快。类似的情况，以前出现不少，但波及安月澄，还是第一次。安雍临夫妇二人脸色不好看，虽然同齐允仁说话的语气都淡了些，却依旧维持着表面的客气。

饭至中途，安月澄借着去厕所的由头，起身出去透透气。那样的气氛与环境，很难不让人感觉到压抑。

哗啦啦的凉水拂过手背，她反手掬了一捧，拍在脸上，晶莹的水珠顺着下颌滑落。安月澄抬眸，盯着镜子里的自己愣了神。

齐灿生得没有半点儿富家子弟的模样，可不代表他的父母也是如此。齐和集团，为了日后商业版图能最大限度地扩张，想要给齐灿寻找一个门当户对且能对他有助力的未婚妻，并不奇怪。而安家，顶多算是个书香门第，在他们看来只不过是普通的职工家庭罢了。

　　"在这里消愁解闷？"媚而不妖的声音在身后响起，安月澄回头，看见白薇思抱着胳膊站在那儿。

　　安月澄直起身板，说："今天多谢你仗义执言了。"

　　白薇思会站出来同齐允仁辩驳，是意料之外的事情。

　　"那是件小事，主要是为了怼我姨父罢了。"白薇思向她解释，"你和齐灿的事情，不是我告诉姨父的。"

　　安月澄点点头，说："我知道。"

　　白薇思不会做出那种事情。她性子高傲，但绝不是有什么坏心思的人。

　　"加个微信？今天一役过后，我们也算是并肩作战的队友了。"白薇思随手将散落的鬓发挽至耳后，打开手机亮出了微信二维码。

　　安月澄扫码，发出好友申请："希望未来不是对手。"

　　白薇思愣了下，旋即一笑，说："那自然不会。我对你们的爱情不持反对意见，但会不会投上一票赞成票，我还不知道。"

　　"我先回去，他们快吃完了，你也尽快回去吧。"她转过身，手在空中晃了晃，与安月澄说再见。安月澄等了半分钟，才往外走。绕过卫生间的转角时，她骤然顿住脚步。

　　齐灿松松垮垮地倚着墙，打底衫的高领向下一挽，露出纤细白皙的脖颈，看起来十分脆弱。

　　"齐灿，你怎么也出来了？"他们接二连三地往外跑，好像有点儿太明显了。

　　闻声，齐灿抬起头颅，在看到她的时候眼睛一亮，说："姐姐，我等你很久了。"

　　他极轻地笑了下，伸出手臂，问："姐姐，要抱抱吗？"

　　安月澄指尖点点他的手背，态度难得和缓。"不抱，白薇思说快吃完饭了，我们得早些回去。"

在包间里还说没在一起，出来就搂搂抱抱，那不是要被揭穿？等等，她为什么要用"揭穿"这个词？

"之前没有告诉姐姐，"齐灿手腕轻翻，手指插入她指缝间，十指紧扣，声音低低的，"是我的错，不该故意和表姐装出暧昧的模样，让你不开心了。"

"没有不开心。"安月澄条件反射地否认，末了又在齐灿灼灼目光之下，叹气改口说，"一点点行了吧。"

她眼神无奈，但深处分明藏着几分宠溺与纵容。而齐灿，最擅长的就是"恃宠而骄"。

齐灿向前倾了倾身子，霎时拥住她，掌心很轻地落在她背上和腰间，视如珍宝般。

"我不会去商业联姻。"他的承诺，语气直白，"我很挑，只喜欢姐姐这样的。"他一改往日说话风格，开始直接出击。

安月澄心尖像被烫了一下，推了推他，问："和我一样的都喜欢？"

头顶落下一声轻笑，说："不，我只喜欢姐姐。"

短短一句话，炽烈又滚烫。

"齐叔叔还挺坚定的，你以后要继承齐和集团的话……"安月澄仓促转移话题。

"那就不继承了，"齐灿嗓音淡薄，声调不上不下，没有波动，"我本来对齐和集团也没什么兴趣。"

下一秒，他微微偏头，温热的气息打在安月澄耳郭。"而且，姐姐不是养我吗？饿不死的。"

热度随着吐息一点儿一点儿染上肌肤，烫得厉害，像在三伏天的大太阳下暴晒。"自己现在的耳朵一定很红。"安月澄想。

"还没答应养你，你别得意太早。"

齐灿将下颌抵在安月澄头顶，带着笑意，说："我会继续努力，直到你坚定不移选择我的那一天。"

她的面颊几乎贴在齐灿的胸口，隔着打底衫，她听见胸腔里剧烈的心跳声，感受到最热切的温度。深情的告白落在她心里，惊起层层涟漪。

安月澄有一瞬间想回应他：我的选择，从来都是你。但，之前齐灿的疏离，做何解释呢？

"柒柒，你在看什么呢？"燕清柒的肩头忽地被人从身后拍了下，她骤然把身子收了回去。

她忍不住嗔怪说："你干吗？吓死我了。"

男人摸摸唇角，笑得轻佻。"你出去这么久，叔叔阿姨担心你，就让我出来找你。"

燕清柒又探头看了看洗手间的方向，相拥的男女已经不在原地了。如果她没看错的话，那个人应该是齐灿，他抱着一个身材高挑、身份未知的女孩儿暧昧低语，这种事情应该能让人大吃一惊吧？

"柒柒？"男人见她久久不出声，又轻唤一句。

燕清柒回过神来，扯住他胳膊，说："走，我们回去吧。"

齐灿、安月澄二人一前一后回了包间。安月澄顶着齐允仁审视的目光，坦然落座，且略带歉意地笑着说："许是着凉了，肚子不太舒服。"

齐允仁收回目光，没说话，心底大约还是怀疑的。

旁边白澜禾关切地开口说："澄澄你打小肠胃不好，须得多注意着些才行。"

"谢谢白阿姨，我知道的。"安月澄乖巧应答。

两家又推杯换盏几番，聚餐才算告一段落，并肩往包间外面走。

大人们走在前面，而年轻人在后面。

"齐灿，你回家住吗？"白薇思顺顺发梢，递给齐灿一个眼神，示意他：姨父、姨母想让你回去住。

齐灿毫不遮掩地伸手，勾住身旁安月澄的手指，看着她想要抽回手的局促的神情，反而更紧地握住她。

"不回，今天吵了一架，他应该也不想看见我。"齐灿视线扫过齐允仁后背，唇角掀起一抹笑，"相看两相厌，没必要吧？"

话音落下，他很清晰地察觉到，右手被很轻地回握，安月澄的指尖点点他指背，似是安慰。

说话的工夫，安、齐两家人已经走至金玉阁门口。

在齐允仁的目光看过来前，齐灿先一步松了手，他不想把麻烦惹到安月澄头上。至于席间的那些话，他只是为了试探齐允仁的态度。

"灿灿，你和我们一起回家吗？"白澜禾按住齐允仁的胳膊，眼神多情，温柔似水地看着齐允仁，向齐灿说。齐允仁一时心软，任由白澜禾承担起和齐灿交涉的工作。

"不回了吧。"齐灿单手插兜，弯着脊背，一副吊儿郎当模样，"不然怕齐总气死啊。"

不像父子，像仇深似海的死对头。

"你——"齐允仁张口想骂，被白澜禾不轻不重地拍了一下。

"那就不回，我和你爸先回去了，有什么事情打电话就成。"说完，白澜禾拽着齐允仁，又和安雍临夫妇寒暄了几句，才领头离开。

回去的时候，由于安雍临夫妇都喝了酒，不能开车，齐灿自告奋勇承担起驾驶的重任。

安家夫妇坐在后排，安月澄自然只能坐副驾。

她微微歪着脑袋，侧靠着车窗玻璃，目光落在斜对角的车前挡风玻璃上，余光正好能看见齐灿握住方向盘的双手：手指细长、骨节分明，指甲剪得规整，是漂亮的半圆形。肤色白得像上好的冷玉，车外昏黄的路灯灯光洒下来时，像镀上一层金色的滤镜。

往他身上其他地方扫去，只见黑色紧身打底衫勾勒出手臂结实的肌肉轮廓，线条流畅，透着十足的力量感。再往上是突出的喉结、潋滟水润的薄唇，还有，一双看过来的勾人眼眸。

忽然，齐灿唇畔微微掀起一丝弧度，将偷看他的姑娘现场抓包。安月澄骤然发现，她的视线一偏再偏，到最后简直是在赤裸裸地打量着齐灿。属实是有些过于明目张胆了。

此时，一个声音忽地打断他们的眼神交流。

"齐灿啊，"安雍临酝酿许久，"别怪叔叔多事，老齐他到底是你血缘上的父亲，这么多年过去了，他其实也后悔当时扔下你一个人，你们父子的关系，或许该缓和缓和了。"

后视镜里，安雍临眉头紧锁，既纠结又无奈，飘向安月澄的余光又像透着一分……难以察觉的心疼。

齐灿握住方向盘的手指不自主地攥紧，齐允仁的话语又在耳边荡起，齐灿认定齐允仁分明就是高高在上、目中无人的模样，偏偏他自己还浑然不觉。

"安叔叔，我会尽力的。"他低声回应。在安家父母面前，他做回之前的乖巧模样。

一路回到安家，已经晚上十点，各自洗漱回屋休息。

安月澄打开"蔻蔻阅读"，很快看完星月灿今天更新的一千字，在评论区"怒"留言。

"一千字完全不够看啊，好馋，更新！"

最近星月灿似乎很忙，更新量骤减，评论区已经是一片哀号，都在求更新。

改编剧《岚月传》现在面临完结，今天刚刚开启超前点播大结局。

安月澄意犹未尽地看完结局时，才注意到在微信通知栏有一条消息。

"今天是我连累了姐姐你，齐允仁的话不中听，在我心里你永远是最棒的（玫瑰/玫瑰）。"

很官方，也很……奇怪，字里行间有点儿不像齐灿会说出的话。她盯着看了好半晌，没想明白，索性回复了个"我不在意"后，便躺下睡觉了。

安月澄觉得不对劲也很正常，没人知道齐灿是怎么把骂齐允仁的话写了删，删了写，最后才打出一句不过分又能谴责齐允仁的话的。

另一边，在近郊绿野别墅区，方才还矜贵优雅的女人一进门便变了脸色，冷声质问："齐允仁，你是不是觉得你天下第一，无比高贵？"

"白澜禾，你发什么疯？"齐允仁扯开衬衫领口，眉眼沉沉。本来今天齐灿的事情就已经够让他心烦的了，结果回到家来白澜禾还要跟他闹。

"你今天在包间里说的是人话？"白澜禾轻嗤一声，嘴上丝毫不留情面，"齐灿未来的婚姻，你不应该插手。"

齐允仁自认为有理有据，说："商业联姻最有利于齐和集团未来的发展，他是我儿子，以后要继承家业，为此付出一点儿怎么了？"

"有没有一种可能，他也是我儿子！"白澜禾抬起下巴，温柔似水的眼神消散不见，此时满是冰冷不屑，"而且，你以为齐灿像你一样，需要靠联姻扩大齐和集团？"

他攥紧拳头，细长的眉眼迸发出戾气，反问道："你还知道是联姻？就我们的关系而言，轮得到你对我指手画脚吗？"

"齐允仁，你真觉得你能一手遮天？"白澜禾勾着唇角笑了下，讽刺意味十足，"我们不妨拭目以待。"

接下来的几天假期，安雍临心疼安月澄和齐灿他们来回跑，索性便让他们住在家属区那边，而且也临近开学了。所以，他们最近免于在苏禾镇和华城大学家属区两地间奔波。

家属院次卧的床依旧完完全全被星星霸占，不过安月澄和齐灿倒没再同床过，因为齐灿最近是回颐悦家园住的。

开学当天的早上八点，华城大学官方终于在各大社交媒体发布声明。

"关于近期所传'华城大学文学院研究生朱某犯罪未遂'一事的回应与声明。

朱某，男，25岁，我校文学院研三学生，于九月下旬对女性实施犯罪未遂，被当场抓获。

经警方搜证调查，朱某此前曾多次通过短信方式对女性进行言语骚扰，并且手机里存有大量偷拍照片。现已被警方拘留，案件在进一步审理中。

针对朱某的恶劣行为，我校对此进行强烈谴责，并经校委会商议决定，开除朱某学籍……"

在声明发布不久，当地警方也转发且评论："本案件正在侦办处理中，感谢华城大学校方的配合。"

闹得沸沸扬扬的朱源事件终于得到了官方的盖棺定论，看热闹的人纷纷留言评论：

"虽然之前已经证据确凿了，但我还是迫不及待地想等官方声明！现在，真的大快人心！"

"真是心疼被这个坏蛋伤害的小姐姐，也不知道会不会留下心理阴影……还好警方及时赶到了。"

"祝愿小姐姐之后的生活能开开心心，顺顺利利！一定幸福！"

安月澄浅浅翻看了微博热评和该词条下的热门微博，几乎清一色都是对朱源的斥责，以及为她抱不平的。其中，有不少诚恳真挚的祝福，更是让她心中一暖。

翻看之后，安月澄简单收拾了下东西，准备回趟宿舍拿材料，之后要是没什么事情的话，她就打算住在家属区了，毕竟星星需要照顾和陪伴。

"安月澄，你回来了？"她一推开门，坐在床上的章杉茹便抬头望过来，见是安月澄，出声招呼道。

安月澄脚步一顿，有些狐疑地扫了眼她，很稀罕，也很怪。章杉茹一直和她不对付，除了找碴儿，几乎是不会和她说话的，更别说这么心平气和地打招呼了。

"对，回来收拾些东西。"她口吻平淡。

章杉茹下床，指尖捻着衣角，牙齿咬了咬下唇，扭捏说："安月澄，对不起，之前朱源的事情，是我误会了。"

安月澄想了一会儿，才记起，她说的是自己和朱源传绯闻，她骂自己勾搭人的那次。不重要的事情，安月澄通常不会刻意放在心上。

"没什么，你可能只是当时有点儿冲动。"她转身，指尖在书脊上划过，很快找到自己需要的那本并抽出来，又取下了文件夹。

闻言，章杉茹瞪圆眼睛，但仔细回想之前的言行……好像是，有点儿？她有些扭捏，盯着安月澄脊背瞅了好几秒，忍不住试探说："安月澄，声明里的女生，是你吗？"

安月澄捏住文件夹的手指加了三分力，能问出这话来，章杉茹还真是一如既往的……没情商，不知道脑袋里在想什么。

她深吸口气，倚着桌子看向章杉茹，说："你希望我回答'是'，还是'不是'？"

章杉茹一时语塞，随后慌张答道："我不会乱说的，我只是好奇问问。"

"所以，是肯定的答案还是否定的答案，会让你觉得高兴呢？"安月澄收敛了眉眼间的温和，语气冷淡下来。

"我——"她说不出话。

安月澄收拾好东西，抱在怀里，淡淡地看着她。"这个话题到此为止吧，我们本来就不算熟，也没必要多亲切，相安无事就够了。"

随即，安月澄目光在宿舍里兜了个圈，没寻到卫依的身影，她向章杉茹点头示意后，径直离开。直到宿舍的门在章杉茹面前关上，她也没能说出半个字。章杉茹知道，安月澄说的都是事实。

清晨的校园静谧和谐，这个时间早课已经开始，来往行人不多，高大挺拔的杨树遮蔽头顶，泛黄的树叶随着扬起的轻风，飘飘摇摇落地。

安月澄的心渐渐静下来，打开手机，正巧看到齐灿的消息。

"学生会最近在筹备优秀学生代表采访，名单已经拟定，有你，姐姐你应该不会拒绝吧？"

学生会的采访，都是要放到校园公众号上供所有学生浏览。一般来说，内容都是邀请各院系的优秀学生作为代表，分享交流学习心得。但在确定人选的方式上，华城大学与其他学校不同，要更自由些。具体而言，就是学生会负责提名，教务处负责审核。

"这种活动，应该不由学生会主席负责吧？"她敲字调侃。

"学生会主席也要主动分担责任的，难道在姐姐眼里，我是那种偷懒的人吗？（委屈/委屈）"

"你最近很喜欢黄豆表情？还有，采访时间定了吗？"安月澄懒得同他贫嘴，直接切入正题。

"姐姐不觉得黄豆表情有一种返璞归真的另类可爱？咱们俩审美不是都还挺一致的吗？至于采访时间，当然看你什么时候有空。目前的计划是，已经确认邀请的就尽早安排。"

安月澄考虑过两天有祈囍娱乐的面试，采访最好还是推到面试之后更合适，于是回复："这个月十号以后都可以，采访提纲记得提前发我。"

为了防着采访记者过度发散思维，出现什么她不一定招架得住的问题，提纲是很重要的。她想了一会儿，很快又编辑条消息发出去："另外，这个时间，我记得你有课，现在也不是课间，你在开小差？"

消息石沉大海，齐灿一准是看见了装没看见，以弥补"他上课开小差"的问题。

安月澄没忍住笑了下。这个人啊，有时候还是透着一股可爱的孩子气。

转眼，日子就到了。

虽说业内编剧的着装通常相对随意，但面试还是应当重视的，于是安月澄选了穿身正装前去。

海城区的创意产业园区，是整个城市发展规划中重要的一部分，贡献了极高的经济文化价值。园区内，高楼林立，各有特色，进驻的都是国内数一数二的品牌。

终于，在导航的指引下，安月澄寻到了"祈囍娱乐"四个醒目的大字，字体像是行楷，笔锋做了花体的处理，很漂亮，也很吸引人。

同前台接待确认预约后，安月澄顺利抵达八楼817会议室的门外。

"咦，安月澄？她怎么来祈囍娱乐了？"隔壁会议室里，白薇思翻阅文件的手一顿，目光黏在安月澄身上，直至她消失在自己的视野里。

"白导，你认识那个女生？"身侧的助理出声询问。

白薇思摇摇头，出声发问："她是我们公司的员工吗？还是来面试的？"

助理挠挠脑袋说："我瞅着不像，不过我只熟悉导演部门这边的，要是其他部门的，也说不准。"

"抽时间打听一下，别太显眼。"白薇思想了想，嘱咐他。

安月澄这边，在她走进会议室的时候，里面已经坐着一位三十出头的女士，齐耳短发干净利落，鼻梁架着略显厚重的黑框眼镜，严肃认真。

"你好，我是参加面试的华城大学学生，安月澄。"她先自报家门。

女士微微露出一丝笑意，拔开笔帽，在手上的表格中书写了什么，而后伸伸手示意她坐下。"我是这次的面试官，先前和你通过电话，我姓王。"

"来，这份笔试题你简单看着写写，内容不多，十五分钟时间。"说着，她推了张纸过来。

"好的，没问题。"安月澄迅速浏览一遍题目，做到心中有数后，才拿笔从头开始书写。

题目内容主要是询问她对目前文化市场的看法、对祈囍娱乐热门剧目的思考与建议、自身的发展方向等等。中规中矩，和安月澄之前在网上搜索到的内容大差不差，有相似之处。

她下笔飞快，娟秀好看的字体很快浮跃纸上。王女士的目光浅浅扫过，唇角不由得露出一丝满意的笑。

不久，答好的卷子递回王女士手里，她细细看下来，越看越觉得满意。

不拘泥于常规，具有良好的创新意识，同时又紧跟新时代新的发展理念，大处着笔，又能处处落在细节上。是一份不可多得的优秀答卷。

"你的想法很不错，接下来我有几个问题，想和你探讨一下……"

她接下来又针对安月澄的答题内容、发散思维，提出几个相关问题，安月澄都答得很漂亮。

末了，王女士提出："那么最后一个问题，你为什么会想进入祈囍娱乐实习？"

闻言，安月澄一笑，毫不避讳地直言："因为祈囍娱乐在业内的地位高，专业能力突出。没有谁会不希望在实习中学到些什么，更何况，写在简历上也好看。"

"哈哈哈哈，你这个小姑娘倒是胆子大，有意思，我喜欢。被那些杂七杂八的规矩约束多头疼啊。"王女士爽朗地说，"那么，关于面试的结果，我们还需要商议一下，届时会和你联系。"

安月澄依旧谦卑恭谨，和王女士互道再见后离开。对方的态度虽然出乎意料的好，她也没飘飘然觉得自己稳了，一来面试官大多身经百战，场面应对经验丰富；二来即便是真喜欢她，录用实习生也不是她一个人能拍板决定的。不过压力过后，还是值得吃顿好吃的开心一下的。

"卫依，今天有时间吗？出来吃顿饭？"

自打感冒回家后，她和卫依有段时间没见了。卫依整天忙着考研的事情，沉迷学习无法自拔。

"安校花相邀，哪敢不从。什么时间？什么地点？我火速赶来！"

"那要看你想吃什么了。火锅？烤肉？日料？西餐？还是什么？"安月澄一边走，一边回复她。

卫依很快回复："如果我说我想吃隔壁贺一品生煎粥铺的生煎……"

"火速安排，中午十二点店内见！"

和卫依敲定见面的时间、地点后，安月澄才看见齐灿前不久发来的消息："中午一起吃吗？上午最后一节课老师请假，放得早。"

"约了卫依吃生煎，你要来吗？"近来他们俩关系肉眼可见的和缓，倒透出几分平和与岁月静好来。不过齐家父母的事情，到底像悬在头顶的刀，一时不落，便一时抓着她的心脏。齐灿对他们可以肆无忌惮，甚至随意冒犯，可安月澄不行。

"我还是不去当电灯泡了，什么时候姐姐也能第一时间想起我啊？（委屈/委屈）"

言辞上扑面而来的怨念，浓郁得她以为见了独守空房的怨夫。而她，则又显得有些过于冷漠无情。这设定，怎么感觉好像有些许熟悉？和星月灿的那本古言甜文《竹马今天"茶"了吗》格外相似——占有欲爆棚的"小作精竹马"，配清冷寡淡的"钢铁直女"。

安月澄忍俊不禁，有意逗他，说："找男人哪有搞事业香？单身才能杀出一片血路，等我研究生毕业混成一线编剧后，再考虑考虑你吧。"

实际上，逗齐灿是一方面，但她心中所想与此差别也并不大。她一直想成为像星月灿那样优秀的人，网文倒不是没尝试过，但她抓不住读者喜好，行文节奏总是偏慢，亮点不够。自然，编剧的路也不见得好走，但安月澄在这方面还算有天赋。

"到时候我都变成老男人了，姐姐混出名堂，找到比我更年轻更漂亮的男生，我哭都没地方哭去。"

安月澄按按额角，感叹最近齐灿是越发得寸进尺了，活像是天天要求哄的、抱的黏人小孩儿。不知道是不是她看起来太温和的缘故。

"你都老了，我不是更老？实在担心就努力保养、健身吧，没办法，我确实看脸。"她顺着话茬儿，成心气齐灿。

发完消息，安月澄神清气爽地把手机揣进兜里，脚步轻快地去乘车了。

等她到贺一品生煎粥铺的时候，卫依已经等在门口了，上穿焦糖色小外套，下搭卡其色半身长裙，娇小可爱得很。不过……她身边还站着个高她半头的男青年。

"橙子！"卫依一眼瞧见安月澄，三步两步蹿到她身边，勾住她胳膊，"你可算来了，我想死你了。"动作亲昵，丝毫不掩饰她对安月澄的依赖。

旁边的青年抿起唇角，眼神隐约透出几分不悦和敌意，安月澄看得明明白白。"卫依，这个人是？"

"忘了给你介绍，我男朋友，孙兆宇。"卫依依旧小鸟依人地靠在安月澄身上，即便是介绍孙兆宇时，也没去拉起他的手。

孙兆宇脸色肉眼可见的变得更差了，偏偏卫依神经大条，丝毫察觉不出。

安月澄浅浅淡淡扫他一眼，说："久仰大名。"

卫依和孙兆宇在一起尚不足三个月，加上他之前又是外校的学生，迄今为止，是安月澄第一次见到他。讨厌倒不讨厌，但也让人喜欢不起来。怎么说呢，就是感觉透着股小家子气。

"依依天天提起你，说你是华城大学最漂亮最优秀的人呢。"孙兆宇勉强笑笑，一句夸赞顺着齿缝挤出来。

真心实意不见得，阴阳怪气倒是有几分。

卫依微微抬起头，声音娇俏："那当然，橙子是我心里最厉害的人。"她丝毫没有察觉孙兆宇言辞之间的敌意，反而还顺着话茬儿说，一副为安月澄骄傲的模样。

安月澄扫了眼对面的男青年，果不其然，脸上表情一言难尽。

以前能迅速识人的卫依，在爱情面前，多少有点儿昏头昏脑。

安月澄是她心底最厉害的人……"最厉害"，没有"之一"，自然没他孙兆宇。

孙兆宇攥紧拳头，一时竟不知他在卫依心里，究竟有没有地位，地位又是什么程度。

"听说孙先生已经毕业工作了？"安月澄半带着卫依往餐厅里走，同时不着痕迹地转移话题。她不想成为影响他们感情的那个因素。

提起工作，孙兆宇的精气神又回来了，轻抬下巴，颇为自矜。"没什么本事，在一家小公司当职员而已。"

"小公司？那是得继续努力努力，等干几年有了工作经验，再跳槽大公司也不错。"安月澄轻挑眉梢。瞧他这副模样不像是在小公司工作，恨不得把"我很牛"三个字写在脸上，就等着她继续追问了，可她偏不乐意让孙兆宇如愿。

闻言，孙兆宇唇角的笑卡在一半，扬也扬不起来，拉也拉不下去。

"哎呀，橙子，不要那么高要求嘛。而且兆宇他已经很厉害了，是在奇合科技当程序员呢。"卫依晃晃她胳膊，撒娇似的替孙兆宇辩驳解释，护起短来。

果不其然，听到卫依充满仰慕的维护，他脸上又流露出几分骄傲，却还装出淡泊名利的样子。"我只是一个小员工而已，就码码代码。"

装得很刻意，也很低级，不知道卫依怎么会看上他。算了，未知全貌，不予置评。不过奇合科技，好像是齐和集团下属公司来着。此时，安月澄有一点儿后悔没把齐灿带来，就"亿"点点。

落座后，卫依自然而然地挨着她坐，孙兆宇坐在对面。

"传统生煎，一份四个，咱们来五份？差不多吧，再点个锅贴，还有小菜和粥……"卫依是提出主张的人，点菜当然主要由她负责。

安月澄不挑食，时不时附和几句，目光一直落在卫依身上，半个眼神都没留给孙兆宇。

"橙子，你尝这个笋，酸酸辣辣，超级脆，太好吃了。"卫依用公筷夹给安月澄一块笋，"人间美味，太绝了。"

安月澄轻嚼几口，咽下去，说："嗯，确实很好吃。"

"橙子，这个馅儿好香，我们下次再一起过来吃吧？"

"行，我也很喜欢这个味道。"安月澄眉眼弯弯。

孙兆宇嘴里的生煎越吃越不是滋味，怎么感觉她们俩像一对，自己反而是电灯泡了？就跟顺手附赠的赠品似的，有与无没什么区别。

"卫依！"他憋不住话，直愣愣地喊她。

卫依闻声抬头望来，关切问他："怎么了，兆宇？是不喜欢这个口味？那要不要再给你点一些别的吃？"她丝毫没觉得自己冷落了他，甚至还很无辜的模样。

孙兆宇猛灌一口柠檬水，说："我有话想和你说。"

"那你说呀。"卫依坦然自若，说话之余还不忘咬了口生煎，汁水顿时滋到碟子里，有的还顺着她唇角往下流。

安月澄及时递过一张纸巾，卫依擦了擦嘴角，乐了下，说："还是橙子你好，不过生煎是真的很容易吃到身上，下回应该给店家提议，备上围裙才好。对了，兆宇你要说什么啊？"她歪着脑袋看向孙兆宇。

孙兆宇气不打一处来，简直觉得自己要气死了！

"没什么，就是想起来我还有个代码没写完，中午得早些回去补，依依，你们吃得开心。"他勉强笑笑，起身告辞，甚至没给卫依挽留的机会。

"什么？"她嘟嘟囔囔吐槽说，"明明是他说想我了，特地请了一个小时假过来吃饭的。"

安月澄又吃了根笋，有意无意地提醒道："许是吃醋了吧？"

"吃醋，吃谁的醋？我又没和别的异性一起——"卫依声音戛然而止，不可置信地看向她，"不是吧？"

"难说。"安月澄摊摊手，"虽然我也不理解。"

卫依扶额，有些语塞。"你的醋他也吃？太没些气量了吧。我和他刚认识几个月，和你都认识多久了啊。"

安月澄"嘎嘣"一声又咬了口笋，说："回头你问问，别因为我闹出矛盾来，那就不好了。"

"不至于，我又没做什么出格的事情。"卫依摆摆手，干脆不去想，埋头吃饭。

安月澄叹了口气，有意想让她开心起来。"我不想回头被扒，传出绯闻说我喜欢女孩子，那以后可怎么找男朋友？"

"扑哧"，卫依没忍住乐出声来，喝着粥，含混不清地说，"别说了，我可不想被齐灿暴揍。"

安月澄也打趣说道："少贫嘴，什么齐灿，不管他。"

她们毕竟有阵子没见，一顿饭吃得很愉快。卫依又难得黏人，吃完还拉着她去附近商场转了圈，发泄完购买欲后，两人才告别。

安月澄回到华城大学家属区的时候，已经近六点。家里空荡荡的，没有一个人。平常这个时间，齐灿都会先来家里和她坐会儿，才回去颐悦家园的，但今天齐灿没来。

安月澄看看手机，也没有一条来自齐灿的消息，怪得很。难不成是自己中午那句话伤到他了？她琢磨半晌，没整明白，索性一个电话拨过去，不管三七二十一，先问问他在哪里，还过不过来。

"嘟——嘟——嘟——"电话自动断掉，无人接听。

齐灿很少玩失踪，即便是心情不好也不会。安月澄心里一阵一阵不踏实起来，但又安慰自己：或许，他是真的临时有事情，忙不过来接电话呢。

与此同时，在齐和集团分部，顶层总裁办公室里，齐灿鸠占鹊巢，大大咧咧地坐在老板椅上，双腿搭在办公桌上，恣意而为，丝毫不顾忌形象，吊儿郎当，没个正形。

齐允仁回来时看到的就是这样一幅景象，觉得自己在气出脑溢血的边缘了。他怎么就生出这么个儿子！一点儿没有他年轻时的风度与气质，也没有白澜禾的聪明和演技，简直比纨绔子弟还纨绔！

"齐总，实在对不住，我们没有拦住小齐总。"秘书见他脸色大变，垂着脑袋认错。

实际上，谁敢拦齐灿呢？外人不知道齐灿齐和集团继承人的身份，但身为齐允仁的贴身秘书，她是知道的啊。

"你下去吧。"齐允仁摆摆手，头疼得厉害。

"是，齐总您千万别气坏身体。"秘书又嘱咐一句，才悄悄离开，贴心地带上门。

齐允仁两步迈到桌前，双手撑在桌面上，俯身看向齐灿，冷声质问：

"齐灿，你在闹什么？"

"来慰问一下忙碌的齐总。"齐灿晃了下腿，唇角绽放出璀璨的笑容，那双漂亮的桃花眼里，满是明晃晃的挑衅。

"说人话，你干吗来的？你以为我信你的鬼话？"一股子气堵在嗓子眼，齐允仁感觉自己都气出了耳鸣，他忍住想骂齐灿的冲动，但说出口的话依旧不好听。

齐灿倏地抬脚收回，险些踹在齐允仁的下巴上，幸亏他躲得快。

允仁猛吸一口气，尽可能保持镇定，说："齐灿，你到这儿就为了撒泼？"

"怎么会呢？"齐灿站起身来，他比齐允仁稍高一点儿，低下头来凝视着他，"我是来为父亲你分担忧愁的。"

齐允仁久居高位，自认为是从不怯场的，而现在，他心底竟隐隐有些许不安。不知怎的，齐允仁被齐灿俯视时，竟有一种无形的压迫力。

"分担什么忧愁？"他谨慎小心，生怕齐灿给他挖坑，等着他跳。

"公司事务繁多，我可以帮衬帮衬你。"齐灿语速轻缓，语调柔和，倒像真有几分心疼他劳苦的意味在里头似的。

齐允仁盯他几秒，敏感开口，说："你想架空我？"

"齐家人都是一体的，有什么架空不架空的？"齐灿摊摊手，散漫随意的样子，"再说了，你觉得我一个不学无术的纨绔子弟，会有能力架空你堂堂齐大总裁？"

齐允仁从不关心齐灿的情况，无论是学习，还是生活。因此他自然也不知道，齐灿在华城大学商学院是多么耀眼的存在。

良久，齐允仁松了口气道："你想要哪个领域的公司来练手？"

"奇合科技怎么样？"齐灿单手插兜，漫不经心地笑笑，浑然不觉自己是狮子大开口。

奇合科技，是齐和集团下属最核心的产业之一，在互联网界，唯有鹅厂能盖它一头。

全身上下的血液都涌上脑门，齐允仁身体晃了晃，说："齐灿，你在做什么大梦？奇合科技交到你手里，你能把它玩破产了！"

"啧"少年挑挑眉梢，很遗憾的样子。"那好吧，我勉强退让半步，祈囍娱乐，你总不能拒绝了吧？"

祈囍娱乐虽也在业内做到了一流水平，但比起奇合科技，还是远远不够。而且娱乐圈的那些事情，齐允仁厌倦得很。他对娱乐圈的明星全无好感，自然，也包括他现任妻子，曾经的娱乐圈影后——白澜禾。

"行，你悠着点儿玩，别折腾过了。"

齐灿反手从书桌上抄过一份合同，笑着说："那把这份股权转让合同签了吧。"

齐允仁登时沉默，后知后觉说道："你算计我？"

齐灿笑得很灿烂，又掏出另一份奇合科技的股权转让合同，说："怎么会？我两个都准备了。"

晚上八点，安月澄才收到齐灿的回复。

"让姐姐你担心了，我没事，只是去办了一些事情。"

悬着的心总算落地，她撸一把星星的毛，轻声说："瞧，我就说你哥哥一定不会出事的吧？"

"喵。"星星软乎乎地喵叫。

"今天时间有点儿晚了，不用过来了，在家好好休息，明天上课不许偷懒。"她眉眼低顺、温柔，手速极快地输入消息。

"收到，姐姐你也早点儿休息，等会儿我把采访提纲发你，你确认无误，我就和那边约时间了。"

安月澄歪歪脑袋，调侃说："你觉不觉得你像个经纪人？"

"才不当你的经纪人，办公室恋情要不得。"

"行行行……"指尖按到一半，屏幕上骤然弹出的通话界面，取代了微信聊天框。

"来电显示：卫依"

卫依很少给她打电话，尤其晚上，除非有什么急事。

安月澄果断滑动接通键，一接通，便听见了听筒里哭腔严重的声音："橙子，我没想到老孙真的……"话说到一半，她打了个哭嗝，"真的吃你的醋。"

卫依的声音几乎被背景音乐掩盖过去，嘈杂的声音充斥在耳朵里，安月澄不由得皱皱眉。"卫依，你现在在哪儿？"

"我……我在酒吧。"许是心虚，卫依说话声都低了下来。

安月澄噌地坐起身，打开免提径直去换衣服，焦急地说："你一个人？哪个酒吧？我去找你。"

"橙子，你不是从来不去酒吧的吗？"她弱弱开口。

"难道放你一个人在那儿？"安月澄速度很快，随手套上卫衣和裤子，拎起外套就往外走，"酒吧有时候多乱，你不是不知道，万一出事，以后上哪儿后悔去？"

对面的卫依"扑哧"一声笑出来，忍不住吸吸鼻子，说："橙子，还是你对我最好，去他的男人！"

"哪家酒吧？电话别挂，等我到。"安月澄插上耳机，准备从打车软件上叫车。

"泓瑟酒吧，我乖乖在这里等你，哪里都不去。"

泓瑟酒吧在距离华城大学八九千米的仲海商业街，从早到晚，都热闹得很。绕过商场的大楼，一座稍矮的建筑跃然眼前，高级灰色涂料粉刷的外墙，上面还充斥着各式各样的涂鸦。

暖黄的光持久不断，照在门框上，映得"泓瑟酒吧"那四个字都滚烫、温暖起来。它给人的第一印象不像一个酒吧，反倒像街角寻常的咖啡店，温馨静谧，寒风凛冽的冬日，点上一杯暖意融融的热咖啡，足以慰藉冰冷生麻的四肢与内心。

安月澄收回目光，婉拒了服务员的接待与引领，依照卫依在电话中的指示，在酒吧里左转右转，才在吧台的偏僻角落看见她。

"橙子！"卫依一眼瞧见她，先高举起手臂挥了挥，似又觉得不够，噌地跳下高脚凳，冲过来抱住她。

安月澄拍拍她的后背，说："好了，我来了，有什么事情慢慢说，先坐下，好不好？"她嗓音放得很软，也很轻，没了平时的清冷孤高，像烫过的甜酒，滚入心间时，很快让人安定下来。

听到她这样哄着自己，卫依鼻尖一酸，眼泪又险些夺眶而出。孙兆宇若有安月澄三分的善解人意与温柔，他们今天都不会闹翻成这样。

卫依乖乖跟着安月澄坐下，对上她清澈干净的眼眸，她一副耐心温柔、认真聆听的模样。

"我不明白，你是我最好的闺蜜，他怎么会吃你的醋啊……"卫依端起酒抿了一口，眼眶红红的，"他和我闹，说我不在意他，不喜欢他，他在我心里还不如你。还质问我为什么和你坐在一起，给你夹菜，反而冷淡他。说我字字句句不离你，说我总夸你，却都没有如此对他。可是这有什么问题吗？你就是很厉害啊，而且我做不出来在你面前秀恩爱这种事情。以前我觉得另一半吃醋、占有欲强是一件好事情，因为至少说明他心里都是我。但现在我突然发现，这样的他，让我感到压抑，喘不过来气。我的人际交往、我的人生，怎么能被他干预控制呢？"

一连说到这里，她才停顿，迷茫不解地攥住安月澄的手，问："橙子，这是为什么？难道我真的错了？"

安月澄轻叹一口气，翻腕用力回握。"不是你的错，只能说，你们不合适。"

就目前的接触来看，孙兆宇不是有什么坏心眼的人，也不是泛泛之辈，毕竟能入职奇合科技，不算普通了。只是，过分恃才傲物了些，习惯用俯视的姿态看向他人，习惯周围人对他的吹嘘与追捧。因而，当出现一个他并不认可的人，让这种习惯骤然改变时，他自然也就不可避免地无法接受。

他迫切地想要证明自己的强大，期待卫依仰慕缱绻的目光，结果反倒得不偿失。所以，在这件事上，他们双方都没有错，只是性格可能不合适罢了。最终结果好坏，只能看是否愿意磨合了。

"不合适吗？"卫依喃喃自语，一时失了神。

安月澄抿了下唇，说："所以，是否要继续下去还是看你心意。最简单来说，如果你和他在一起感到开心，这种开心是大于他所带给你的纠结难过的，那么你还可以继续选择他。反之，自然就是可以考虑分开。"

卫依猛灌两口酒，晃晃脑袋，低声说："我想不明白，但难过……肯定是有的吧。"

"那就不想。"安月澄转头向吧台服务员说，"麻烦给我先开……三瓶百牌啤酒。"如果想酣畅淋漓地买醉，自然还是啤酒更舒坦些。

卫依心情不好，她理应相陪，虽然她的酒量，确实很一般。不过她会尽量少喝，保持清醒。同时，自然得留后手，以备不时之需。

安月澄快速浏览一遍手机通讯录，陷入了沉默，唯一值得信任、不会泄露秘密的熟人，就齐灿一个了，亏她之前还让齐灿在家好好休息。点开齐灿聊天框的时候，她才看到自己那条未编辑完的消息，和齐灿一连串的认错。

"姐姐？秒睡了？还是生气了？"

"要是生气了，我就收回上一句，我可以当你经纪人，也可以和你发展办公室恋情。"

"如果是秒睡了，那你自动忽略掉我的上一句话就成。"

"姐姐？"

安月澄哑然失笑。

"刚才临时有事，室友需要帮忙，你现在忙不忙？不忙的话，过些时间能来接我吗？我在泓瑟酒吧，具体的回家再讲给你。"

发完消息，安月澄拿起一瓶百牌啤酒，和卫依干杯。"别想太多，一切都会好的，即便不会好，也还有我在呢。"

"谁能不爱这样的橙子姐姐呢？"卫依擦擦眼角的泪，声音里依旧透着浓浓的哭腔，但细听，又多了一分安然。

"干杯！"卫依高举啤酒瓶，咕咚咕咚喝起来。

以前爱美的姑娘，在宣泄心中郁结之时，不再顾及形象，只图一个"爽"字。

与此同时，在泓瑟酒吧楼上内部包间里，精致的大理石桌上排列着不同品牌的酒品，大多没开封，似是这包间里的人对酒不感兴趣。

"怎么的，如今的齐少，戒酒了？"说话的青年跷着二郎腿，放荡不羁的模样。

此人的纨绔与齐灿大不相同，前者是由骨子里透出来的，后者则是半真半假演出来的。若说非要赋予个定义，前者是个顽劣不良的花花公子；而后者，则是透着些偏的"白切黑"属性。

"谈不上戒，原本也没什么兴趣。"少年懒懒散散靠在角落的沙发上，长腿松散地敞开、伸直，没点儿豪门子弟的气质。

闻言，青年来了精神。"说得好像当年彻夜买醉的不是你一样。"

齐灿眼皮颤了颤，脸上依旧波澜不惊。"买醉，又不需要对酒有兴趣。"

青年不轻不重"哼哼"两声，说："行呗，但你好不容易过来一趟和哥儿几个聚会，滴酒不沾，太不够意思了吧。"

"段寄鱼，"齐灿咬字轻慢，含着几分笑意，"我不像你，没人管着。我要是喝醉了，姐姐会心疼我的。"

段寄鱼拉下脸，毫不留情地回怼："去你的，我也有柒柒呢。"

"但人家不是不喜欢你吗？"尚初臣依旧穿着自己最热爱的帽衫，这次是薄荷绿的，清新雅致，与他周身散发的八卦气息完全不符。

"你闭嘴，尚初臣，你不说话没人当你哑。"段寄鱼怼人素来直来直去，生在段家，他有傲气的资本。

宋修垣托了下眼镜，目光凝聚在手里的卷宗上，凉凉开口："吵什么？不如干脆打一架，然后报警裁决。"

他一说话，段寄鱼来了兴致，往他那边靠了靠。"那你是当我的辩护律师，还是当尚初臣的？"

"谁开的价高，我替谁辩护。"宋修垣头都不抬。

"好没职业道德啊。"尚初臣感叹。

"是啊。"段寄鱼也附和。

此时，角落里的齐灿倏地站起身，径直往包间门口的方向走去。

"哎，齐灿，你做什么去？"段寄鱼最先注意到他，连忙喊他："你又要'鸽'（约定某件事但到了时间却反悔）兄弟们，你觉得合适吗！"

"咣当。"包间门被齐灿随手甩上。

"老尚，快跟上，齐少爷那么急，一准有什么正经事。"段寄鱼撺掇尚初臣。

尚初臣的八卦之心已经蠢蠢欲动，他随即拉开点儿门缝并小声说："我正有此意。"

闻言，宋修垣轻而慢地抬眼，盯着挨在一起的两个脑袋看了几秒，说："回头齐灿找你们算账，不要把锅扣到我脑袋上。"

"他怎么站在二楼栏杆处不动了？"

"瞅瞅他在看什么？"

"看不清楚，只能看出好像是两个女孩子……"

两人你一言我一语，八卦程度不相上下，压根儿就没听见宋修垣的提醒。

宋修垣托了托金丝边眼镜，面无表情地低头继续看卷宗了。

"要不还是出去看看吧，反正他就在门外不远处，到时候我们就装作是追他出来的。"段寄鱼提议道。

尚初臣猛地点点头，表示同意，说："可以，这就出发，宋哥，你去不？"

"算了，宋哥沉迷工作，我们走。"刚才还在互怼，争论宋修垣当谁辩护律师的二人即刻和好，勾肩搭背地往外走。

在八卦面前，一切矛盾都不是问题。

"齐大少爷，你在这儿呢啊，我找你好半天。"尚初臣故作偶遇般和齐灿搭话，"看啥呢？"

段寄鱼顺着齐灿的目光看过去，啥都没看清，就看到了乌泱乌泱一群人。

"从包间出来到这里统共十几米的距离，你要是找了半天，那也不用玩什么程序了。"齐灿修长的指尖有一下没一下地敲着栏杆，声音很脆，在喧闹的酒吧里竟也莫名吸引人。

段寄鱼拍拍齐灿肩膀，说："咱们不是怕你有什么事情藏着掖着不肯告诉我们嘛，好兄弟，就要勇于共同分担。"

"分担？"齐灿清丽的嗓音多了几分低沉，隐隐约约透出些许危险的气息。

段寄鱼对此却浑然不觉。"对啊，有福同享，有难同当嘛。"

齐灿极轻地笑了下，目光没有一丝一毫的偏离，说："这可不能分。"

而此时，尚初臣悟了，能让齐灿这么盯着看的人，还有谁？百分百是心尖尖上的小月亮啊！他伸手拽拽段寄鱼的衣角，一个眼神递过去，警示他不要乱说话。

"你眼睛抽筋了？"段寄鱼完全读不懂他的暗示，又自顾自说起，"兄弟几个这么熟，有什么不能分的？"

在此之前，尚初臣一直认为，那种看不懂别人眼色、还要说别人是眼睛抽筋的情况，是只存在于文学作品当中的。现在，他又彻悟：永远不要寄希望于一个脑回路清奇的人。因此，他看向段寄鱼的眼神透出几分怜悯。

"尚初臣，我说得不对吗？"段寄鱼在挨打的道路上越走越远。

尚初臣有心想拦，但无能为力，只能说："我不知道，你问齐灿。"

段寄鱼看向齐灿，齐灿舌尖轻舔了下牙齿，露出和蔼可亲的笑，轻声说："你想和我抢姐姐？"

段寄鱼震惊，不解地说："不是，什么？"

齐灿扫他一眼，齿缝间挤出一声"呵"。

视线挪回去，心里的姑娘托着脑袋，半趴在吧台桌上，斜斜地看着另一个已经倒头大睡的女生。过了一会儿，她摸出手机来。

"嗡嗡……"

"喂，是齐灿吗？"娇软清甜的嗓音顺着听筒传出来，段寄鱼瞪圆了眼睛，惊诧地盯着齐灿看。

齐灿喉咙溢出笑，语气明晃晃的宠溺纵容："姐姐，是我。"

"你怎么没来接我呀？我不是让你过些时间来接我吗？"她似是醉了，说话都没了平日的样子，尾音娇娇的，勾得人心尖直颤，像个又乖又软的小团子。

"可姐姐没说过些时间是多久，我便一直在等。"齐灿顿了顿，看着那道身影换了个舒坦的姿势，"现在要去接你吗？"

安月澄迷迷糊糊地回答："要的吧，卫依都喝醉了，我一个人扛不动她的。而且，我好像也有一点点头晕。"

"一点点头晕的话，还能坚持到我过去吗？"他一边哄着安月澄，一边顺着楼梯往下走，目光越过人海，始终稳稳地落在安月澄身上。

"嗯……"对面沉吟了很久，久到齐灿已经站在人群之外，可以清晰地看到她脸上的小表情：眉头微皱，泛着水光的红唇轻轻嘟起。

半晌后，她坚定回答："一定可以，我现在还没有醉。"

事实上，安月澄的脸颊早已飞上朵朵红云，以往清澈平静的丹凤眼，现在透着迷离。这种状态，怕是被人卖了还要给人家数钱。

"你等着我，我马上就到。"齐灿脚刚迈出去，便顿在空中。

一道高大的身影挡住了齐灿的目光，他微翘的唇角瞬间压下，阔步上前，恰好听见这位男士暖心关切的话语。

"这位美丽的姑娘，请问你是醉了吗？你是否需要我的帮助呢？"

安月澄眨眨眼睛，目光细细打量着男人的面部轮廓，在他希冀的目光之下，缓慢摇摇头。

"不需要，你不是我在等的人。"

男人笑容僵住，还想再努力说些什么，面前已然走来一个人，身形挺拔，五官精致，气质轻佻散漫，是很吸引小姑娘的存在。

"你也想勾搭漂亮小姐姐？"男人搭讪失败的怨气撒在他身上，"人家已经名花有主了。"

齐灿唇畔笑容浅淡，戾气在漆黑的眼底时隐时现，但转向安月澄时，又是一片清明温柔。"姐姐，你还好吗？"

安月澄眨巴眨巴眼睛，仔细看着他。

搭讪的男人没离开，抱着胳膊看热闹，要他说，年轻人就是自不量力，明明自己都提醒他了，还硬要往南墙上撞，真是不见棺材不掉泪。

他倒想看看，这个年轻人被拒绝后的样子。然而——

"齐灿，你怎么来得这么慢啊？"安月澄软绵绵地喊他，向他摊开掌心，齐灿将手放上，任由她牵着。

男人目瞪口呆，"你，你怎么——"

她歪歪脑袋，眼神朦朦胧胧的，说："他是我在等的人。"

"打，打扰了。"男人悻悻离开。

齐灿浅扫男人背影一眼，徐徐抬眼，望向二楼。

"尚初臣，他的那个眼神，是不是在暗示我们什么？"段寄鱼全神贯注地盯着楼下，自然捕捉到了齐灿的目光。

"这么用心？新欢啊？"段寄鱼漫不经心随口问道。

尚初臣想想，说："应该算是吧，不过还没成功。"

"还能有齐灿那张脸拿不下来的人吗？"段寄鱼笑笑，"说得我也想试试了，说不定人家姑娘更喜欢我这种类型的。"

"你想'死'，我不拦着你，但千万别找我帮你收尸。"尚初臣果断选择明哲保身。段寄鱼不知道齐灿多护着安月澄，他还能不知道？

段寄鱼摸摸下巴，若有所思的模样。"没想到这个新欢在他心里还挺重要的，那以前的'白月光'呢？就这么忘了？"

没人知道齐灿以前的"白月光"究竟是谁，他从未真正提起过。

"也许是想开了吧。你要知道，'白月光'永远只是'白月光'，不论如何，人总要面对真正的现实嘛。"尚初臣摊摊手。

尚初臣对男女间的事素来不感兴趣，自然也不怎么能理解他们所谓的深情不忘。不过，他依旧保持尊重。

吧台上放着几个空酒瓶，两个在安月澄这边，三个在卫依那边。

"姐姐，你喝了两瓶啤酒？"

安月澄捏着他的手指，指尖在齐灿骨节上一点一点地爬动，柔声说："对啊，不多，我可是千杯不醉。"微翘着的眼尾晕着一圈淡淡的红，缱绻迷蒙的双眸轻抬看他，仅是流露出的丝毫温情，都令齐灿为之所动。

"但你已经醉了。"齐灿坦言说道。

她唇角压下来，手上的动作也停住了，像个岁数不大的小姑娘，软着声控诉："你瞧不起我。"

其实，安月澄本来也才二十二岁而已，只是平日里素来成熟冷静、处变不惊，让人有种她年岁稍长的错觉。

齐灿顺势在她身侧坐下，拢住她的手，温声说："我一直都是抬头仰望着你的。"

"但你说我醉了，不就是看不起我的酒量吗？"她煞有介事，眉眼间的认真明晃晃的。事实证明，和醉鬼讲道理，是很难讲通的。

"要不要回家？现在很晚了。"齐灿索性转移话题。

安月澄陷入沉思，半分钟后，指指身旁趴在吧台上睡得正香的卫依，问："那卫依怎么办？"

卫依其实酒量比她好一些，奈何在她来之前就已经喝了不少，所以眼下睡得不省人事。不过这样应该也有利于她忘记烦恼吧。

"我找人送她去酒店休息。"齐灿摸出手机。

"但是如果那个人心怀不轨怎么办？"安月澄很是苦恼，"我得保护卫依。"

齐灿默了默，退让说："那我们一起送她去酒店？"

"可她一个人住在酒店……要是出什么事情怎么办？"在她的逻辑链里，这是个非常值得关注的问题。

齐灿无言以对。见他不说话，安月澄委委屈屈地抬手戳在他胸口，认真地说："你如果想把她丢在这里，那我也不回去了。"

"那我们回苏禾镇的家里，让她住客房，有什么事情也能随时照应，可以吗？"在安月澄面前，他素来没有底线。

"可以！"安月澄眼眸弯了弯，很满意这个两全其美的方案，"谢谢你，齐灿。"

"不用——"齐灿的声音戛然而止，右侧脸颊上柔软温热的触感，淡淡的原麦醇香萦绕周围，下一秒，又骤然消失。来也匆匆，去也匆匆的一个脸颊吻。

"齐灿乖乖，这是给你的奖励。"她像在哄小孩子似的，一本正经的模样，怪可爱的。

被当作小孩子的齐灿失笑，忙说："以后我每天乖乖的，是不是都可以拿到奖励？"

即便是喝迷糊了，在这种事情上，安月澄也格外敏感慎重，大声说："那可不一定，全看我心情。"

"嗯，看你心情，我会努力讨姐姐欢心的。我打电话喊人来帮忙扶一下她，咱们回家。"

齐灿拨了电话喊尚初臣过来，之前尚初臣和安月澄有过一面之缘，她相对是信任的。段寄鱼虽然也想前来凑热闹，奈何没有这个信任值，只能作罢。

卫侬喝得烂醉如泥，尚初臣便只能背着她，而齐灿则是半拢着安月澄的腰，确保她不会表演平地摔。他自然也想来个公主抱或是背着她，但架不住安月澄坚决拒绝："我没喝醉，没有这么虚弱！"

他们一路安然回到苏禾镇，时针已经指到十。尚初臣依照齐灿的安排，把卫侬安置在客房床上，便告辞了。

这个时间，安雍临和阮校龄已经睡下了。安月澄自己迷迷糊糊，还非要给卫侬擦了擦脸，才乖乖回到自己房间里洗漱。

"要不要给你熬醒酒汤？"齐灿见她从浴室走出来，随口问她。

刚沐浴完，她周身都透着些许潮气，湿漉漉的，本就泛红的脸颊被热气熏后，变得越发红润。

"不要，我没醉。"她在椅子上坐下，抬手胡乱擦着头发，水珠顺着发梢滴滴答答的，很快洇湿前襟。

齐灿伸手，接过毛巾，一下一下细细按压她乌黑浓密的长发。从发间拢过的手指温热，时不时地轻触到她的耳朵和颈后，惊起细密的战栗感。

"齐灿。"安月澄轻声唤他的名字。

他手上的动作顿住，从她肩部上方俯下身子，偏头看着安月澄，问："怎么了？"

齐灿那双桃花眼泛着清浅的涟漪，直直望来的时候，像一眼能看进她的心里，一下让安月澄晃了一下神，忘记自己方才要说什么了。"没有事。"

极轻的笑声落在耳畔，齐灿站直身子，猜测似的说："姐姐是不是要跟我说说去酒吧的事情？"

"啊，对。"她确实忘记这件事情了，"卫侬男朋友吃我的醋，然后他们俩吵了一架，卫侬跑去酒吧，我不大放心就跟过去了。"安月澄三言两语概括事情发展，明明还醉着，但逻辑却还是清晰完整的，至少比在酒吧的时候要更正常一些。

"那姐姐怎么看待这件事？"齐灿有意又像无意地问她，目光停在她泛红圆润的耳垂上。

安月澄顺手捏起一缕头发缠在指尖，有一下没一下地摆弄着，说："和她男朋友不熟，没什么看法，保持尊重。"

"如果我也会吃姐姐女性朋友的醋，那怎么办啊？"他尾音拖得绵长，无辜又无助的模样。

怎么办？不怎么办。她的女性朋友不多，真正相熟且可以谈心的，就卫依一个而已。更何况，他这话问得好像以前吃醋吃得少了一样。

"你吃你的，我玩我的。"安月澄面不改色，语气很淡，"想哄你就哄哄你。"

头发表面的水已经基本被吸干，齐灿伸手探探发根，还湿着，短时间内是不能睡觉的。他随手将毛巾搭在旁边，挨着安月澄坐下，问："姐姐酒醒了？"

"醒了。"安月澄如实回答，下一秒，对上齐灿似笑非笑的眼眸，即刻改口，"我本来也没醉。"

两瓶啤酒，说多不多，说少不少。对于安月澄来说，在醉与半醉的边缘。所以，洗过澡后，她脑子其实已经清醒了大半，但实在没脸面对自己之前如撒酒疯般的言行，干脆装作半醉不醉的模样。谁承想，暴露得这么快。

"姐姐在我面前还需要演？"齐灿轻抚眉间，低低地笑，"我和你相处这么多年，你一个眼神、一个动作、一句话，我就知道你处在什么状态。"

安月澄向后一靠，不演了，干脆耍赖。"是醒了，你想怎么样？事先说好，我没有玷污你的清白，你不能乘人之危，让我负责。"

"这次没有，不代表下次不会。"齐灿眼底划过一抹促狭，有意调侃她，"姐姐可不要被我抓到把柄。"

"开玩笑，酒后乱性这种事情，能发生在安月澄的身上？那必不可能。"她十分笃定。

齐灿眉梢轻扬，应声得十分淡定，说："好。"

很怪，让安月澄不由得怀疑他之后会不会安排个坑，等着自己往里面跳。她大脑飞速运转的时候，齐灿继续开口："头发没干，还不能睡觉，要不要先过一遍采访提纲？"

"可以。"这是个转移注意力的绝佳方式，也是逃避上一个话题的绝佳话题。

安月澄打开齐灿前不久发给自己的采访提纲。

"1.作为19级戏剧与影视学专业绩点排名第一名的优秀学生，你有什么学习经验要和我们分享吗？2.你是如何一直保持对学习的激情和热爱的呢？3.你之前曾参加动漫社，并且担任剧本文案部的部长，请问你认为社团活动意味着什么？又该如何平衡社团与学习呢？……"

安月澄一一看下来，问题基本都是围绕着学习、社团和科研立项而提出的，没有什么出格过分的八卦，也并不涉及她个人的私生活。总体来说，她很满意。

她拿出纸、笔，一边看着问题，一边将回答的核心关键词简要记录下来。用关键词串联大段的长句子，在她看来是有利于记忆的好方法。

安月澄沉浸于准备采访，自然而然地，毫不意外地，齐灿被忽视了。等她抬起头时，最先对上的，就是一双饱含幽怨的眼睛。

"姐姐完全不关心我。"他用陈述语气幽幽地说。

"我不是，我没有，你别瞎说。"安月澄有理有据地反驳，"我是为了采访进程顺利，现在已经准备得差不多了，回头你可以和学生会约时间了。"

齐灿勾住她小指，俯身贴近，似蛊似惑地开口："姐姐不补偿我吗？我方才孤独、寂寞，还很冷。"

"没有补偿，要什么补偿。"她板着脸，一口回绝。

一旦底线后退下坠，某人就能进一步突破她的底线。

"可姐姐先前还说，我乖乖的，会给我奖励呢。"齐灿眼角带笑，修长白皙的指尖轻点在脸颊上，"我刚刚很乖地在等姐姐。"

言语之间不离"乖"字，可实际上的行为，简直把"恶劣"明晃晃地写在脸上。

热度腾地漫上来，安月澄回想起自己的举动，懊恼得险些咬了舌头。

酒精真是害人不浅！她以后绝对滴酒不沾。

"但我也说，不一定有的，要看我心情。"安月澄力挽狂澜，庆幸自己还没完全喝断片儿，"我现在的心情，不想给奖励。"

齐灿轻叹一口气，颇为遗憾地说："可惜啊，那我等姐姐心情好的时候再讨要奖励吧，不过——"齐灿俯身，唇瓣轻轻在安月澄额间印下一吻，"我可以给姐姐一个晚安吻吧？"分明是试探的语气，身体却快了一拍，不等安月澄回应，便已付诸行动。

"晚安，我的心尖小月亮。"他声音又低又轻，扫过安月澄耳郭时，像落下一个无声的吻。

"好好休息，我去和学生会交涉，安排采访时间。"齐灿抽身离去，出门前，还扒着门框对她摆了摆手。

安月澄没来得及反应，门已经在她的注视下完全关闭。周身属于齐灿的热度和气息似乎还没散去，炽烈滚烫，又清冷温柔。明明是两种毫不相干的气质，甚至有些相冲，但杂糅在齐灿身上，却意外的和谐，分外的勾人。

她摸了摸胸口，心脏猛烈而快速地跳动着，因为齐灿。

第二天醒来，关掉闹钟的时候，安月澄最先看到的是齐灿发来的消息。

"姐姐，你室友的事情，我已经向安叔叔和阮阿姨说明了，他们表示理解。"

"另外，采访时间与学生会负责人核对过了，定在明天下午两点。"

"最后，记得想我。"

目光落在最新那条消息上，安月澄哑然失笑，吐槽他一如既往的正经不过三秒。

她简单洗漱，下楼煮了袋最经典的红烧牛肉面——软弹筋道，汤底浓郁醇香。当然，最佳的泡面"伴侣"——荷包蛋和火腿肠是必不可少的。

卫依是被香味勾醒的，一路循着泡面的味道，迷迷糊糊地下了楼，丝毫没察觉周围环境的陌生。

听见脚步声，安月澄回过头招呼她："卫依，睡醒感觉怎么样？想吃点儿什么吗？"

"头疼。"她按按脑袋，耷拉着脸，没精打采的模样，"我也想吃你同款的泡面，还有吗？"

安月澄放下筷子，说："有，我去给你煮。"

"哎，别急！"卫依按住她肩膀，让她重新坐回椅子上，自己也挨着她坐下，"你先吃，不然泡时间长了就不好吃了。"

拗不过卫依，安月澄只能依言坐下，吃面的速度比先前提快了不少。"心情好些了没？"

"好多了，回头我就和他谈谈。最坏的结果，也不过是分手嘛，下一个更乖。"卫依语气洒脱，眼底藏着的些许落寞却遮掩不住。

毕竟也是真情实感爱过的，哪能前一秒说放下，下一秒就真的想开了呢？虽然，眼下只是一种可能而已。

"等等，橙子，我在你家？"卫依震惊的声音忽地响起，眼睛瞪得浑圆，"我刚才下楼梯，还以为是在下床！"

宿舍床的梯子和这么长的楼梯，还是有本质区别的吧。安月澄盯着她瞅了几秒，发现她真的不是在开玩笑后，默了默，说："卫依，看来你昨天喝得比想象中还要更醉一些。"

"我昨天喝多了，没撒酒疯吧？"卫依的心忽地悬起来。

"没有。"安月澄摇摇头。

卫依松了口气，随后又突然想起问道："橙子昨天你喝的好像也不少，况且你酒量不是很好，现在没事吧？"

没事是没事，只是她这个酒品实在是一言难尽。

"没事。"安月澄对昨天的事情闭口不提，她可没有揭自己短的癖好。

"哎，橙子，班群发通知了。"摆弄着手机的卫依忽然喊她，将聊天界面递到她面前。

"班长：@全体同学，毕业短剧的筹备近期可以开始了，具体内容、分工的要求在下面这个文件里哈，咱们尽快结组，十一月要报剧目主题和小组成员。"

安月澄伸出手指，点开班长发的文件，仔细看了一遍，又念道："至多一名主编剧，两名副编剧——"

"我肯定跟你！"卫依当机立断，"主编剧大人，你给我派什么活儿，我就干什么活儿，绝无怨言！"

"也不问问我的意向选题？"安月澄轻挑了下眉，"你就不怕是你的短板？"

"所以是什么？"卫依有些心虚，她的专业水平远远不及安月澄，要真是知识盲区，她就只能抱大腿了。

"校园题材。"

第6章　他们生来，就属于彼此

华城国际机场，齐灿站在负责的教师身旁，听着她与A国传媒大学的教师告别。

"齐灿。"身后传来很小声的呼唤。

齐灿没回头，依旧单手插兜，懒懒散散地站着，直到白薇思一胳膊肘撞向他，似笑非笑道："人家小姑娘喊你呢。"

闻言，丁瞳顿时羞红了脸颊。

齐灿慢悠悠瞥了白薇思一眼，轻声说："这种正式场合，不适合闲聊吧？"

丁瞳脸色转红为白，唇瓣嚅动了几下，一个音节也没发出。"倘若，倘若现在和齐灿说话的是安月澄，他一定会很温柔、耐心地回应她吧？"她垂下眼眸，指甲掐进掌心里，暗自想。她与安月澄明明相差无几，不论是相貌还是学习，要论在学生组织里的地位，她甚至还要更高一层。

"也对，还是应该严肃点儿。"白薇思浅浅扫了丁瞳一眼，将她眼底的不甘与愤恨尽收眼中。藏不住心事的小女孩儿而已，站在齐灿身边，不如安月澄合适，也没有安月澄讨人喜欢。

丁瞳的脸色更白了，盯着白薇思的眼神似淬了毒的冷箭。她哪里会看不出白薇思的不屑呢。

两校教师的谈话不知道什么时候结束了，距离登机还有一段时间，可以自由活动。

"薇思。"卡尔不知什么时候站在白薇思面前。

白薇思唇角勾起一抹笑，问："怎么了？"

"你不跟我们一起回A国，那要什么时候才会回去呢？"卡尔攥住衣角，低着脑袋，一副温顺乖巧的模样。

白薇思抬手将碎发撩至耳后，翘着的眼尾勾动人心。"不好说，或许找到灵感了就会回去也说不定。"

可灵感这东西，太虚无缥缈了。若是机缘到了，兴许很快就能捕捉到；若是实在倒霉，一年半载，抑或更久也大有可能。

"薇思，A传大会想你。"他结结巴巴地说。

"A传大是个词语，怎么想我？这种浪漫我不吃的，你知道，我是现实主义的。"

"我也会想你，薇思。"卡尔打断了她。

白薇思眼中划过一丝愕然，转瞬又化作浅而淡的笑意，说："当然，卡尔，我也会想你的，我的朋友。"

卡尔喉咙一哽，艰难开口说："薇思，你知道我的，我不想——"

"你也知道我的，同样的话，我不想再说第二遍，卡尔。"白薇思像之前卡尔打断她一样，打断了他。只是不同于卡尔的温柔暖心，她的声音薄凉无情。

"由华城国际机场飞往A国N市的旅客朋友请注意，您所乘坐的CA3694次航班马上就要起飞了……"

闻声，白薇思后退半步，微笑看他，语气平淡无波澜："卡尔，返程顺利。"

转天下午，安月澄独自来到学生会活动室，抵达的时候，里面已经坐着一个小姑娘了。

女生闻声即刻站起身来，对着安月澄一个鞠躬，然后伸出手来自我介绍："安学姐你好！我是校学生会组织部的干事，卫云姣，你可以叫我姣姣！"

卫云姣面容清秀可爱，一双杏眼娇憨灵动，干干净净像一张白纸，打眼看过去，便能知道她是个没什么心眼的姑娘。

"你好，姣姣。"安月澄握住她的手，依她所言唤她姣姣。

她脸色腾地一下变红，连眼神都有些放光，可她依旧极力克制着自己的情绪，保持客客气气，说："安学姐，你请坐，如果你准备好了的话，那我们就开始采访吧。"

"我没有任何问题，随时可以开始。"安月澄在指定座位落座，双手交叠放在膝上，坐姿优雅。

卫云姣深吸一口气，平复一下激动的心情，翻开早先准备好的提纲，打开录音笔，开始进行采访。采访中的问题，都在之前给她看过的提纲范围内，安月澄早有准备，回答得从容不迫，眉眼间始终温和平淡。

卫云姣则不同，虽努力克制，眼睛依旧亮晶晶的，夸张来说，甚至有些许狂热。

采访临近尾声，之前采访提纲中的问题，已经悉数问遍。安月澄精神稍稍松泛，也时刻备着卫云姣可能存在的自由发挥的提问。

"安学姐，我还有最后一个有点儿小八卦的问题。"卫云姣捏着文件的手指加了几分力，全神贯注地盯着安月澄的脸颊，生怕错过半点儿细微的表情。

安月澄抿了下唇角，迅速将可能的八卦问题都在脑子里过了一遍，做到差不多心中有数后，缓缓点头，说："请讲。"

"问题有些许冒昧，希望安学姐不会在意。"她似乎很是纠结，指尖来来回回捻着衣角，"请问安学姐是如何看待'大学必须谈一场恋爱'这个说法的？你在大学有谈过恋爱吗？"

安月澄微微一怔，很快温和笑笑。"不认同，也不反对，我保留意见。"

卫云姣眨眨眼睛，又问："安学姐方便细说吗？"

"人们常说，大学是社会的缩影，步入大学也就意味着我们成年了。"她语速不疾不徐，泰然自若，"如果想要体验恋爱，遇到合适的谈一场也很好。"

"当然，前提是你们彼此真的有感觉，而不要为了谈恋爱而谈恋爱。虽然，我个人其实更坚持学习为主、专注学习的观念。不过，我尊重、理解这种说法。"

是很洒脱也很务实的恋爱观。同时，也不得不说，学霸之所以是学霸，就是因为他们真的心无旁骛地在学习，学习的时候只学习，绝不做其他事情。卫云姣感慨非常，想到这大概就是她做不了学霸的原因，学习的时候她总免不了想"摸鱼"。

"那么，学姐和齐灿，也是彼此有感觉吗？"她瞥了眼提纲末尾的那行字，大胆提问。

"我和齐灿没有关系，谈不上有没有感觉吧？"闻言，安月澄笑笑，波澜不惊地回答。她说话时语气笃定，丝毫看不出掩饰作假的痕迹。

卫云姣随手在纸上做好笔记，心里直纳闷，难道他们看好的一对，不是真的情侣？

"那安学姐，你对咱们华城大学论坛的'华城大学学生最看好的情侣'这个榜单，有了解吗？"

安月澄沉默三秒，她自认也算走在"吃瓜"前排，结果竟然压根儿都没听说过，自己是落后了。"不太了解。"她如实回答。

卫云姣接着问道："那你对于'脐橙'空降榜单首位，有没有什么想法？"

"脐橙"……"吃瓜"同学还挺会起名，怪好听的。

"没有什么想法，起名的品位很不错。不过，我还是单身状态。"安月澄依旧否认她和齐灿之间的关系。

不过本来也都是实话。虽然他们青梅竹马、两小无猜，两家父母还十分相熟，但他们现在确实没在一起。只是，暧昧而已。

"噢。"卫云姣叹了口气，似是惋惜，很快便又整理好心情，"好的，安学姐，我没有别的问题了，今天非常感谢你的配合。"

安月澄起身，对她领首示意，说："姣姣你太客气了。"

卫云姣站起来送她出门，在她准备离开时，忽地出声说："学姐，我，我可以加你一个微信吗？"小姑娘脸颊红扑扑的，看向她的杏眼分外明亮，又像充溢着某种难以言喻的热忱。

安月澄细细看她两眼，一边将微信二维码展示出来，一边随口问她：

"姣姣是哪个专业的？"

"新闻与传播学，我比学姐小一级，今年大三。"她颤着小手扫码添加好友，余光始终落在安月澄身上。脱离工作状态的卫云姣，看起来比之前多了几分羞怯，声音也变得有些细小。

安月澄没想到合适的下句，硬憋出来一句："那，你加油，好好学习。"

"谢谢安学姐鼓励，我会努力的！"卫云姣攥紧拳头，在空中挥动，以明斗志。但，看着像有热情，又不是真的有热情那种。总之，安月澄一时有些招架不来。

"那姣姣你先忙吧，采访稿应该还要整理，我先回去了。"她把逃跑说得十分委婉。

"那学姐你路上注意安全，拜拜。"卫云姣丝毫没察觉，直至安月澄转身离开，她的视线都还黏在安月澄后背上，殷切得很。

出楼后，安月澄吐出一口浊气，手心都冒出了汗珠。

傍晚，齐灿像往常一样，到家属区来看安月澄，白天的事情被她悉数讲给齐灿。

"所以，她是你的狂热仰慕者吗？"齐灿指尖轻抚着星星的脊背，侧眸看向她，眼神里的光莹润微亮。

安月澄原本盘腿靠在沙发上，闻言坐直身子反驳道："怎么可能？我又没有那么自恋，只是你不觉得这种热情看起来怪怪的吗？"

具体是哪里怪，她也说不上来。观察卫云姣的言行举止，她显然不是完全外向型的性格，细微之处的扭捏与羞涩十分明显。因而这种无缘无故生出来的热情，让安月澄产生了类似于"无福消受"的感觉。

齐灿转了下身子，背对安月澄，话题快速跑偏。"但我有这种怀疑，所以我吃醋了，姐姐要不要哄哄我？"

是"要不要"，而不是"可不可以"。两者看似含义相同，实际上用不同语气说出来，是截然不同的感觉。比如现在，齐灿看似在和她打商量，后背上却明晃晃写着"来哄我"三个字。

"不哄，你在醋缸里泡着吧。"安月澄偏偏不乐意让他如愿。

下一秒，齐灿身躯向后一仰，枕在她的大腿上，那双清湛明亮的眼眸直直地、没有丝毫阻挡地看向她，好像她所有隐藏在深处的小心思，都被他窥见了。

没有多想，安月澄的掌心覆在了他的双眸之上。突然，感官似是被放大，纤长柔软的长睫扫在掌心所带起的微痒，甚至有顺着肢体向上的趋势，感觉半边身子都酥了。

"姐姐真的不哄哄我？"他说话时刻意翘着嘴唇，往上方吹凉气，尾音透着几分委屈，软在人心里。

安月澄深吸口气，摒弃杂念，坚决有力地回绝道："不哄。"

"那我哄哄姐姐吧。"几乎是她话音才落下，齐灿便出声说。

她怔愣几秒，他就又轻轻地说："可能在姐姐看来，卫云姣的热情是无缘无故的，所以会觉得招架不来。但实际上，姐姐不知道的是，她是'脐橙'的头号粉丝，在无数帖子下活跃，以一己之力，推动'脐橙'坐稳榜单首位。"他娓娓说来，语气分明淡得很，安月澄却无端听出几分轻佻戏谑。

"没听出你在哄我。"在大脑停止思考两秒后，她果断挑刺。

"确实没在哄。"齐灿点点头，对她的说法表示了认可。

她唇角垮下来，另一只手在齐灿看不见的地方跃跃欲试，想捏他的脸发泄情绪。倏地，他温凉的手指扣在她腕间，轻而易举地拉下她的手。四目相对，同时，一个很轻的吻落在她掌心。浅浅的吻结束后，留下些许濡湿。

"姐姐，这样的讨好，你还满意吗？"

在猫与人的相处中，舔舐是一种表达爱与亲近的方式。眼下，齐灿就如一只小奶猫般，水光盈润的眸子璀璨如星，透着不加掩饰的讨好与喜爱。

"不太满意。"安月澄捏捏发烫的耳尖，违心的话信手拈来。

"那怎么样才能让姐姐满意呢？"齐灿轻歪了下头，薄红的唇角微翘，漾出几分笑意。

"你喜欢什么口味的棒棒糖？"安月澄避而不答，伸手把茶几上的棒棒糖拿了过来。一旁的星星虎视眈眈，像被抢了最喜欢的玩具的孩子。齐灿扫了星星一眼，目光落回那几支棒棒糖上。柠檬味上次已经吃完了，剩下的就只有青苹果味、蜜桃味和荔枝味。

停顿五六秒后，他忽而一笑，问："姐姐想让我记住哪个味道？"他好像在明晃晃又招摇地告诉安月澄：我知道你想做什么。

试图撩人而被识破的安月澄气急败坏，随手把棒棒糖扔回茶几上，径直俯身，精准无误地捕捉到齐灿柔软的双唇。

"姐姐。"很轻的气音从他唇齿间吹出。下秒，细长而有力的手扣在她的后脑，安月澄的身躯不由自主地顺着他的力道前倾。二人吻得更深，难舍难分，像是要把以前分别那段时日所欠缺的全部补回来；又像是一场不分胜负的比拼，彼此都在宣泄着内心积攒已久的情绪，恨不得融入对方的骨血，拥有对方的一切。

他们生来，就属于彼此。

安月澄的校园专访在几天后整理、审核完毕，在华城大学学生会的社交媒体上最先发布。专访一经发布，便受到了广大华城大学学生的关注。能够保研、绩点稳居第一，且以第一作者的身份发表多篇核心期刊论文的学霸校花，谁会不关注呢？不说能不能学到人家学习方法的精髓，好歹能欣赏一下人家的美貌和学习态度也是好的啊！

"所以说，学霸之所以是学霸，那是有理由的。"

"虽然我也很想把重点放在学习和科研立项上，但我的熊熊八卦之心实在不允许，安校花的恋爱观真的好赞！"

"就是，齐灿之前说话那么暧昧，竟然也没有在一起……是还在追安月澄，只是还没成功吗？"

评论区的风向从专注学习到好奇八卦，只需要短短几分钟。甚至有看热闹不嫌事大的，干脆直接提醒了当事人。

"所以，有没有回应啊？二位？@山间明月@一颗橙子"

"山间明月"是齐灿的微博昵称，和微信一样的名字，这是完全不符合他气质的名字，头像更是难以和真人匹配起来。头像图片上是板写制作而成的字体，放纵流动，萧然俊秀，白底黑字的搭配，简单朴素。人们常说，字如其人。可这潇洒不羁的四个字，偏偏看不出齐灿的半点儿影子。换作旁人，大约会猜测，是代写的字，但安月澄知道，这是齐灿亲手所书，依稀能够看出以前的影子。齐灿自小爱好繁多，跟着安家长辈练习书法，是其中之一。

安月澄倚着窗台，目光透过玻璃望向外面，秋季多大风，繁茂翠绿的枝头一下变得光秃秃的，枯黄的树叶铺了满地。在她与齐灿分别、疏远的三年里，他是否也变了，不再如以前那般了呢？

视线重新落回手机上，安月澄手指轻动，点进齐灿的微博里。看到最上方的关注数，只有孤零零的一个"1"。点进去看，自然是"一颗橙子"。

他们的微博都是很久之前创建的，也很早就互相关注过。当时安月澄还说他应该起个名字叫"星辰璀璨"，然后被齐灿以太俗、太土的理由严词拒绝了。最后他提出"山间明月"的昵称，她追着问了许久取该昵称的理由，都没得到答案。

回忆过去，总是残忍的。

安月澄点击返回键，目光无意识向下一扫，齐灿最新一条的微博发布于刚刚。

"山间明月：@一颗橙子，姐姐，'十一'假期你还和我爸妈一起吃饭呢，你说，这叫没关系吗？"

安月澄脸上困惑与愤恨交织，虽然说这条微博说的是事实，但明显扭曲了重点啊！而且正儿八经、清清白白的两家聚餐，愣是被齐灿说出了一种男女朋友间见家长的感觉。

她点开评论区就打算留言回复："你别乱讲话，你爸妈和我爸妈吃饭聚餐怎么了？"

安月澄细细看了两眼，好像……更怪了。

"两家是旧识，每年聚餐见面，没毛病吧？"

也不太行，根据她遍览万千言情小说的经验，这个时候大家往往就会认定他们是青梅竹马、两小无猜。最后，她选择抵死不认："没关系，就是没关系。"

"反正齐灿没有证据说自己真的和他爸妈一起吃饭了。"安月澄心里想。

然而，事态依旧火速向安月澄所期待的相反方向发展。

齐灿发微博说的事情就已经多给了大家一条证据，更别说安月澄还秒回复否定此事。这简直就是"发糖"！"脐橙"粉丝过年了！

"安月澄明明可以不回复，但她还是回了齐灿，否定此事！"

"齐灿微博只关注了安月澄一个人，这如果不是真爱，什么是？"

极少数重点在学习上的评论，很快就沉得底儿都看不见了。对于微博上这种评论完全失控的情况，华城大学学生会果断在微信公众号进行了控评，使精选留言里，十条只有三条是有关恋爱的。然后……这三条留言的点赞数一路飙升，稳居前三。

华城大学学生会宣传部负责人："累了，就这样吧。"

"澄清完全没用啊……"安月澄揉揉额角，索性退出微博，不再关注后续发展。只要她不去看，就可以当作不存在。

直到一分钟后，她收到卫依的消息。

"橙子，问你件事，如果我支持你和齐灿，你会生气吗？"

"我看了'脐橙'超话的剪辑，真的齁甜，超级好看！要不要我转发给你呀？"

"喵。"星星从沙发靠背上跃下来，扑进安月澄怀里，黏黏糊糊地舔着她的指尖。

"你可真是个小黏人精，跟你哥哥似的。"安月澄点点它浅粉色的鼻头，纷乱的思绪逐渐平静。她现在确实理解了，为什么人们都喜欢养一只毛茸茸的宠物了。因为它们的陪伴确实会治愈人们，让人忘记坏情绪，变得开心起来。

安月澄低头瞧着星星，湖蓝色的眼眸，很容易让人联想到春日泛波的湖水，拥有着春暖花开时的明媚，以及轻风吹拂般的温柔。

小猫咪总是恃宠而骄，见安月澄没有阻止它，牙齿便闹着玩似的咬着她的手指，力道很轻，几乎没有留下牙印。

安静下来的时候，很多记忆就会争先恐后地往外跑。不知怎的，她想起前些天齐灿落在掌心的吻。安月澄清晰地察觉到，她在一点儿一点儿地陷入名为齐灿的深潭之中。

那天晚上一吻之后，他们之间的暧昧关系像是更进了一步，但依旧处于反复极限地拉扯、试探之中。

"咔嗒"，门锁被拧开，安月澄闻声看过去，齐灿挺拔修长的身影闯入眼帘。

十月下旬，已经有了几分入冬的滋味，秋风一阵阵地怒号。齐灿的耳朵和鼻头都被冻得红红的，他故意没戴手套，边进门边搓着手掌，随手将大衣挂好，然后坐在离安月澄很远的沙发上。

"坐得离我那么远做什么？"安月澄指尖轻挠着星星下巴，黑冷冷的凤眸转向他。

他搓热手掌，捂着耳朵，在寒冷面前，再矜贵优雅的人也失了几分风度。"外面很冷，你穿得少。"言外之意是，身上的寒气传给她，她会感冒。

安月澄拍拍星星的脊背，示意它下去，而后径直起身倒了杯热水过来，递给齐灿，说："那暖和暖和。"

齐灿伸手去接，安月澄自然而然碰到他冰凉的指尖。

"怎么不戴手套？"她轻叹了口气，反手握住齐灿的手，干脆在他身旁坐下来。热度从相触的肌肤扩散蔓延，几乎传遍四肢百骸，格外的温暖。

"戴手套不就得不到这种待遇了吗？"齐灿一双眼笑成弯弧，眼底的温情像点点斑斑落下的星星，点亮一片黑暗。

安月澄掀起眼皮看他一眼，说："其实是忘了吧。"

"嗯，是忘了。"他回答得很快，让安月澄一时不知道，他是干脆想顺着自己的话说，还是真的忘记了。

房间里陷入短暂的寂静之中，掌心相触碰到的肌肤渐渐回暖。忽地，放在沙发上的手机振动起来，安月澄便松了手，去接电话。

"来电显示：159××××1234"

这串数字十分熟悉，安月澄还记得，是祈囍娱乐的人力资源经理。

"喂，王女士你好。"她接通电话，往阳台方向走了走，有意避开齐灿。祈囍娱乐毕竟是齐家的产业，不论是自己被拒绝还是成功入职，让齐灿知道，都有可能引出"走后门"的问题，这样不好。

"安月澄同学，恭喜你，我们商议讨论后，诚心邀请你加入祈囍娱乐，请问你现在是否有入职的意愿？"

听到期待之中的答案，安月澄顿时松了一口气，开心地说："当然，我非常愿意加入。"

"好的，那么下周一上午九点，你就可以来人力资源部办理入职手续了，正式工作从周二开始，你有没有什么问题？"

安月澄尽力稳定情绪，说："我没有问题，会准时过去。"

"那我谨代表祈囍娱乐全体成员，欢迎你的加入。"王女士的声音温和有力。

挂断电话，安月澄忍不住攥紧拳头，胳膊往下用力一振，眉眼之间难掩欣喜激动的情绪。

"有福同享，姐姐的快乐不分享给我吗？"

齐灿已然从"冷冻"的状态脱离出来，眼中似有波光流转，眼角眉梢又都含着散漫轻佻。和安月澄说话时，他会刻意把尾音拖得很长，又绵又软的，像羽毛刮在心尖上，微微有些痒。

"实习工作有着落了。"她语气轻快。

齐灿胳膊肘半搭着沙发靠背，侧过身子看她，问："哪家公司？以姐姐的专业水平，应该是业内知名的大公司吧？"

"你猜。"安月澄才不告诉他。

要从圈内无数的娱乐文化公司中猜出安月澄未来的实习公司，难度属实有点儿高。更何况安月澄这个专业的实习就业范围其实相对较为广泛，可以考虑偏传统的文化传媒公司，也可以考虑新兴的剧本杀、短视频之类新媒体公司。齐灿猜不到，于是便随口胡说了一句："难不成是祈囍娱乐？"

安月澄内心一惊，脸上波澜不惊，很快说："我没那么厉害。"

齐灿没发觉她的异常，一如既往地含笑夸她："在我心里，姐姐是最厉害的。"

其实以前她也有过不自信的时候，即便在他人眼中，她一直都是那个目标明确、坚定不移的乖孩子。

齐灿曾一遍又一遍地对她说："姐姐是最棒的，我一直相信你。"分明语气浅淡悠然，但却能给安月澄带来无比的安宁感。

"你也很厉害的。"她一时不知道说什么，就也夸齐灿。

齐灿哑然失笑，说："我从齐允仁那里接管了祈囍娱乐，姐姐之后实习或是毕业短剧有需要帮忙的话，可以随时找我。"

齐灿，接管了祈囍娱乐？那不是意味着，昔日竹马，摇身一变成了她的顶头上司？安月澄心情顿时有些许复杂，只好劝学说："那你别耽搁了学习，两者要兼顾平衡好。"

"那是自然，我得再努力一点儿，成为能够配得上姐姐的人。"他细细凝视着安月澄，眼见着她白皙的脸颊泛起绯红，眼底透出几分难以名状的情绪，像是……茫然，抑或是倦怠。

安月澄下意识地想到那些私信里认为她配不上他的话。是啊，若论家世，她确实是配不上的。

"姐姐在想什么？有什么让你烦扰的事情吗？"温凉指腹轻触在她的眉心，轻而慢地抚平她不知何时皱起的眉头，显得格外怜惜。

安月澄眨眨眼眸，轻叹道："没有。"她不想将那些杂乱的负面情绪传递给齐灿。更何况，也算不上什么大事。

"有难同当，姐姐。"他的指尖顺着眉梢滑下来，轻轻托住安月澄的脸颊，力道微微向上，强迫她对上自己的眼眸。她望向他眼眸深处，那里像海拔四千米以上的冰雪融水所汇成的一汪湖泊，清澈纯净，一双桃花眼似在诉说：无论如何，我都会一直在这里。

安月澄手指略了颤，嗓音软下来："齐灿，不是什么大事，网络上有的人总是喜欢没有理智地发泄，你是知道的。"她依旧没有明说。齐灿这个人，她是了解的。如果齐灿知道攻击自己的人是因为他才对自己谩骂不止，一准要把责任揽在自己身上。

"姐姐。"齐灿微微低下头，抵住她的额头。他与安月澄了解他一样，他也同样了解她，知道她避而不答，自然是有原因的。

少年嗓音缱绻，似蛊似惑，致使安月澄恍了下神，旋即手里一空，手机被齐灿轻而易举地夺走。"齐灿！"她急急忙忙地伸手去够。

"我只看微博，别的都不看。"齐灿一边滑动解锁键，驾轻就熟地输入安月澄的常用密码——1023，一边向她保证，"姐姐可以监督我。"

话说得格外漂亮，实际上却把手机举得很高，安月澄只能费力地往下拽着他的胳膊。男女力量悬殊，齐灿又是常年健身，安月澄使尽浑身解数，他的胳膊也没有下降半分。安月澄眼见着他点开微博，看到了那一连串的私信。

和风雨欲来前风云诡变的速度一样，齐灿微翘的唇角迅速垮了下去，深不见底的漆黑眼眸里透出一缕冷漠而又锋利的寒光。整张脸瞧着比夏日雷阵雨来临前的天空，还要再黑上三分。

"说了叫你不要看。"安月澄伸手戳戳他的唇角，轻轻往上推，试图让他重新端起笑容。推了几下，还是垮着，很不高兴的模样。她索性松手，嘟嘟囔囔地吐槽齐灿，"就知道你看了要生气。"

倏地，他手臂一揽，将她拥进怀里。耳侧清晰可闻的，是齐灿剧烈且快速的心跳声，"扑通、扑通"，但似乎她的胸腔也在猛烈振动着。一时之间，安月澄竟也分不清心跳属于谁了。

"没有人可以伤害姐姐。"齐灿的头颅埋在她颈间，湿润的唇瓣一下一下，很轻地吻她。

安月澄那些被齐灿双唇触碰过的肌肤有些发烫，同一侧的身子都像打了麻醉针似的。

"欺负你的人，都会付出代价。"唇瓣停在安月澄的耳后，喃喃低语般，呼吸的热度尽数染上耳郭，显出浅浅的绯红。

无端地，安月澄心里一阵发紧。

齐灿的声音很轻，也很淡，无色无味。可当你觉得这是一杯寻常寡淡的凉白开，将其一饮而下时，却发觉入口夹杂着酒精的辛辣，透着一股难以言喻的狠劲儿。

"齐灿，遵纪守法。"她抬起手掌，胡噜了一把齐灿脑后的头发，发丝很软很柔顺，手感舒服。

"嗯。"闷闷的单音节字从齐灿喉间发出，他箍着安月澄的手臂又紧了紧，"我会是你喜欢的样子。"

不是"你喜欢一下我吧",而是"我会是你喜欢的样子"。从始至终,他都希望变成安月澄喜欢的模样。不论改变之后的那个人,还是不是真正的自己。于齐灿而言,即便是倾尽所有只能换得她一丝一毫的喜欢,他都甘愿。因为有安月澄在的地方,才是他齐灿应该在的地方。

可能换作任何一个不是安月澄的人,都会为这份喜欢而背上负担,甚至感到压抑喘不过来气。

"或许——"你正是我喜欢的样子。安月澄的后半句话突然被振动的手机打断。

"来电显示:6259××××"

齐灿乖乖将手机递回给她,她滑动接听。

"你好,请问是文学院19级戏剧与影视学专业的安月澄,安同学吗?"听简里的声音平和温柔。

"我是,请问有什么事情吗?"

安月澄下意识迈步想要往阳台走,谁知齐灿黏黏糊糊地靠上来,从背后环住她的腰,声音压得很低,用只有他们彼此能听见的声音说:"除了骂你的那些人,姐姐还有什么事情是不能被我知道的吗?"可怜兮兮的,像只黏人的流浪猫。

安月澄抬手捂住他的嘴,认真听着电话里的女声继续往下说。

"这里是华城大学教务处,目前我们已经对你保研的相关资料进行了重新审核,不存在作弊或违规的嫌疑。之前对你的误会,在此我们深表歉意。"

"好的,我知道了。"她声音稍稍一顿,"歉意只是表达一下吗?"

那头的教务处老师愣了好几秒,才迟疑地问:"安同学是想要什么补偿吗?"

"倒也没有。"安月澄否认。

教务处老师松了口气,又问:"那安同学的意思是?"

"声明总应该要发一个的吧?之前闹得沸沸扬扬的,如果不澄清,后续还会有人对我进行恶意诽谤。"安月澄有理有据,"而且,不发声明的话,难免有同学会对华城大学保研的公正性和公平性产生怀疑,对华城大学的良好形象会造成严重的不良影响。"

教务处老师沉默良久，回应说："安同学你的建议，教务处会认真商议研讨，尽快给你答复的。"

挂断电话，安月澄推推齐灿，小声说："松手，我喘不过来气。"

"那我给姐姐渡气？"齐灿笑着，成心逗她。

安月澄一胳膊肘顶在他腹部，旋身转过来看他，明眸善睐。"你最近进修了什么油腻情话学吗？还是看了什么小说？"她不等齐灿回答，又自顾自地说，"如果你想看甜甜的恋爱，我推荐星月灿，真的很好。"

作为星月灿的忠实读者，安月澄从不会错过给别人推荐星月灿的机会。更何况面前人是齐灿。

"姐姐，我吃醋了。"他又开始卖惨。

"那你'醋'着吧。"安月澄摊摊手，颇为无奈的样子，"我就是控制不住对星月灿的喜欢。"

很少有哪个作者写出来的每一篇小说，都完美戳中她的喜好。每一对情侣，都是她最喜欢的"人设"搭配。

齐灿闷声发笑，眼里的温柔如水波被划开般，盯着安月澄，柔声说："那我也控制不住对姐姐的喜欢。"

直白又招摇，惯会哄人。

"看看时间，你再不回颐悦家园，就要赶上晚高峰堵车了。"安月澄指尖点点他的眉心，冲防盗门的方向轻抬着下巴。

齐灿颇为遗憾，耷拉着眼皮，唇角也垮着，说："姐姐居然赶我走，真伤心。"

"齐灿越来越不走寻常路了。"安月澄在心底暗暗评价。

"要么回家，要么回宿舍，你挑一个。"安月澄收回手，在沙发上落座，把放在边上的笔记本电脑抱到膝上。

最近她要先将一下毕业短剧的初步大纲，因为下周就开始正式实习，毕业论文、毕业短剧，还有实习工作，加在一起时间多少是有点儿紧张的，实在不算轻松。

齐灿垂眸看了眼腕表上的时间，倒也没再赖着。"那我走了，姐姐记得想我。"

周一寒潮来临，又迎来了新一波的降温，日最低气温跌破零摄氏度，日最高气温才不过十七八摄氏度。而且，这里的秋冬，大风是不可或缺的元素。

安月澄裹上驼色羊绒大衣，又添了条灰色围巾，把保暖功夫做到最好。

和前台接待员说明来意后，她沿着接待员所说的方向，很快抵达三楼的人力资源部，与王女士见面。

"给，这是你的工作证和门禁卡。"王苇将实习工作证件交给安月澄。证件上面白底黑字，写着她隶属的部门和职位，右上角印着红色的"祈囍"二字。

"谢谢王姐。"正式入职成为实习编剧，安月澄对她的称呼也稍近了一步。

"编剧部在七层，我带你去认识一下你未来的同事。"

王苇引着她坐上电梯，又仔细跟她说："编剧部的负责人是杜莺，也是你未来的顶头上司，她性子比较直，有时候说话不会顾忌太多，你记着别往心里去。"

这就是在提点安月澄了。为了她之后的工作着想，有意无意地嘱咐她注意和领导的关系。

这话王苇完全可以不说，毕竟要是传出去，杜莺一准会觉得她在背后议论自己的。所以能愿意跟安月澄讲这件事，已然说明，安月澄在她心里，是相对不一样、比较看好的晚辈。

"我明白了，谢谢王姐。"安月澄不卑不亢。

王苇看向安月澄的目光十分欣慰，想她专业能力突出，性情也是极好的，假以时日，必定能在圈子里闯出一番名堂。

说话的工夫，她们已经走进了编剧部门的办公区。同事们闻声，从各自工位都齐齐望过来，目光汇聚在安月澄的身上。

驼色羊绒大衣内搭的是件黑色打底衫，领子微微下翻，露出纤细修长的脖颈，白得透亮。鸦黑色的长发扎成低马尾，八字刘海修饰脸型，柔化了她冷艳的眉眼，整个人的气质温柔娴静，多了几分书卷气。放在人群中，她是能够被一眼捕捉到的存在。

"王姐，这是咱们公司新签的妹妹吗？"

"是不是需要为她量身定制一个剧本啊？"

"小妹妹也太漂亮了，我敢说，出道直接艳压那些小花旦！"

编剧部的编剧似乎和王苇的关系都不错，随意打趣起来。

"别乱说，她是——"王苇嗔怪似的瞪他们一眼，正要介绍安月澄时，右侧的办公室大门倏地被拉开。

略显尖锐的声音随之响起："都在吵闹些什么？剧本都写完了是不是？"

众人瞬间噤声。

"杜部长，剧本不急于一时。"王苇笑眯眯的，被杜莺下了面子，没见露出半点儿不满。

杜莺浅浅扫她一眼，目光停留在了安月澄身上，轻抬下巴，问："她就是新来的实习生？"

"对，之前和你说过的，安月澄，就读于华城大学戏剧与影视学专业，今年大四。"王苇给安月澄使了个眼色，示意她上前寒暄。

安月澄往前迈了半步，伸出手掌，说："杜部长你好，我是安月澄，日后请多多指教。"

"华城大学的戏剧与影视学可不好考。"杜莺敷衍地握了握她的手，语气略显刁钻，"不过既然是华城大学出来的，希望你能表现出与之相符的专业水平。"

"祈蘺娱乐，可从来不养闲人。"她轻嗤一声，"过来，我安排任务给你。"杜莺言语间的不屑是显而易见的。她看不起安月澄，没有任何理由。

"还真是和王姐之前所说的相差无几啊。"安月澄内心感叹了一句，很快跟上杜莺的步伐。

领导喜欢给新来的下属一个下马威，这是很多企业都存在的通病，所以安月澄倒也不甚在意。至少目前的这个程度，在她看来，还不算过分。

眼见着杜莺办公室的大门关上，王苇身旁工位上的几个人小声抬头和她说："王姐，新来的小妹妹不会被杜部长骂哭吧？"

"我看着都心疼，那么温温柔柔的一个小姑娘……"

"王姐，她实习期多久啊？"

"暂定实习期是到明年三月底，五个月。"王苇选择性回答他们的问题。

能够坐到人力资源部经理位置的人，又怎么会不是个人情练达的人？该说的话说，不该说的话就不说。王苇深谙祸从口出的道理。

"王姐，安月澄真的没关系吗？"

"杜部长有时候是比较严厉的，职场新人应该很难接受吧？"编剧部的职员大多是副热心肠。

"小心说话。"王苇在嘴巴前面做了个拉拉链的动作，"我还有别的工作要处理，先走了。"

王苇离开了，办公区的职员们也交头接耳起来。

"华城大学的戏剧与影视学专业欸，那可是国内的王牌专业，这个小妹妹有点儿东西的。"

"没点儿东西能进咱们祈囍娱乐？"

"我就觉得我没啥东西……得亏我毕业早，那时候人才市场竞争还没有这么严峻。"

"上一个实习生，就那个戏剧学院的，没待两天就被杜部长给骂哭了，你说这个安月澄，能坚持多久？"

"嘘嘘嘘，快别说了，杜大人动了。"有人先一步看见杜莺办公室里人影的走动，连忙提示。

众人齐齐坐正，摆出工作姿态，然后……走出来的是那道驼色的身影。

安月澄手里抱着一摞纸质材料，四处打量着，终于在东南角找到了一张空的工位。工位上堆放着五花八门的文件资料，还有，一株半死不活的龟背竹。

她先把杜莺给她的资料和自己的证件转手放在椅子上，才开始翻阅桌上的材料。杜莺说让安月澄把资料分门别类整理出来，回头送去她的办公室。

扔在废弃工位上的资料，倒不见得真是杜莺需要的，大概率是借着由头想要修理她一番罢了，反驳自然是反驳不得的。所幸这些资料的有些内容，像文学类、历史类的，她还算感兴趣，也有几分了解，整理起来没那么枯燥。

一晃便临近中午，办公室里小声地交流起午餐订什么外卖的问题。

"安月澄，你要一起定外卖吗？"有个热心的年轻姑娘蹑手蹑脚地过来招呼她。

安月澄手中的动作停住，又将袖口向上挽了挽，轻声说："谢谢，我中午应该会出去吃。"

她生性不大喜欢热闹，维持太多的人际关系，也会稍稍令她有些烦恼。

"办公室里开了暖风，是不是有点儿热？你要不歇一下吧？"年轻姑娘看她汗珠浸湿了她鬓角的碎发，脸颊微微泛着红，很好心地劝她。

她摇摇头，说："工作还是尽快处理完毕的好。"

那姑娘盯着她看了好一会儿，欲言又止，到底是有些不忍心，小声说："其实你可以不用那么认真的，资料杜大人也不一定会看。"

"我知道的。"安月澄笑笑。由内而外散发出的恬淡安静，很容易感染到了年轻姑娘，那姑娘对安月澄说："你心态真好，未来一定会很棒的，加油。"

"谢谢你。"安月澄依旧客客气气。

"啪啪啪！"清脆的巴掌声忽地在不远处响起。

安月澄和女生不约而同地抬头，正对上杜莺刻薄冷厉的眉眼。

"周珮珮，不去工作，在这里做什么？"

周珮珮身体僵在原地，有些恐惧地垂下脑袋，声音很小："杜部长，我，我来看看实习生同学有没有什么需要帮忙的。"

上班时间偷偷点外卖这种事情，其实倒不是严格被禁止的，毕竟总要提前点出来，午休时间才来得及吃完。不被抓个正着或是过分张扬的，领导通常会睁一只眼闭一只眼。

但是杜莺素来阴晴不定，眼下又怀了给新人实习生下马威的心思，周珮珮自然不敢把实情道出。

"帮忙？"杜莺目光落在桌面上，又稍稍上移，盯住安月澄的脸颊，

"华城大学的学生，要是连这点儿小事都做不好，也就不用在我们祈囍娱乐待着了。"她把矛头对准了安月澄。

安月澄笑了下，口吻不紧不慢："杜部长说得没错，华城大学就得有华城大学的水平，所以你现在要检查一下我完成的情况吗？"

杜莺一怔，有些意外地开口说："你在说什么？难不成这些资料你全部整理好了？"

"恰好内容比较熟悉，所以分类整理做得比较快，也就勉勉强强达到华城大学学生的及格线吧。"她唇角含着笑，张口闭口不离"华城大学"四字。杜莺想要用华城大学的水平要求她，那自己便如她所愿，反用华城大学来桎梏她。看最后"脸疼"的人，会是谁。

"我看看。"杜莺脸色冷下来，径直绕过来翻看起安月澄整理好的资料。

杜莺不信，这才短短几个小时的时间，那么多杂乱无章的资料，安月澄一个实习生，怎么可能完全整理好！她在校内表现得再优秀又有什么用？资料又不都是在他们专业所学习的范围内……

时间一点一滴地过去，办公室内的职员都竖起耳朵，听着他们这里的动静，生怕错过一场好戏。有胆子大的甚至探出头来想要围观，而最近距离观看的周珮珮，此时已经瞠目结舌。

她的目光正好能看到杜莺手里的资料，何止是整理完毕这么简单，简直是非常完美。安月澄甚至运用了该专业的分类方法，进行了适当的标注，有些是连内行人都不一定能完全掌握的。

变态，这妥妥是一个神级变态。

十几分钟过去，杜莺笑不出来了，一开始她还只是草草地略过，觉得错误应当随处可见。但没有。于是她认认真真地浏览，然后还是没有。

"确实……"她放下资料，一双上斜眼眯着，几分不满流露出来，"有华城大学学生的水平。"

安月澄轻轻地笑着，嗓音波澜不惊："勉勉强强罢了，能够被杜部长认可，也算是不枉华城大学的教导。"后半句话更是嘲讽意味拉满，虽然杜莺在圈子里是厉害的，但和华城大学高水平的教授相比，还是差远了。

简直是修习过"凡尔赛"（使用者通过委婉方式向外界不经意展示自己的优越感）学问的满级选手。这哪里是勉勉强强，分明是份满分答卷！

杜莺额角突突地跳，恨不得现在就把安月澄赶出他们编剧部！没见过谁家的实习生这么高傲，入职当天就让领导下不来台的！

"那希望你之后能一直保持这个水准。"她恨恨看了安月澄一眼，"等会儿把资料搬进办公室，下个工作任务我回头通过企业微信发你。"

丢下这句话，杜莺踩着高跟鞋，怒气冲冲地回了她的办公室。

安月澄静静盯着那扇被摔上的门，待回过神来时，看到有职员对着她的方向竖起了大拇指：牛！

"安月澄，你太厉害了吧。"周珮珮还是第一次见到杜莺吃瘪，而且如安月澄这样专业水平优秀的人，她是第一回见到。

"没有的，只是恰巧对这些内容比较感兴趣，有点儿了解。"安月澄收敛了锋芒，又变回平日里不争不抢、不卑不亢的模样。

周珮珮内心对安月澄的敬佩程度又拔高了一个层次。安月澄一点儿也不恃才傲物，还不会看不起人，太绝了。

"不过，杜大人她有些记仇，之后你可能需要小心一点儿。"周珮珮不大放心地嘱咐她。

"我知道的，谢谢你。"安月澄眉眼平和，微微笑着。

不知怎的，一下让周珮珮联想起那些不畏强权、敢于反抗的勇士。安月澄像是一点儿也不在意，更不担心实习进程受阻似的。不像自己，总是胆怯懦弱。

"刚才我不应该对杜大人说是想来帮忙的……"周珮珮向她道歉，"我实在是太害怕她了。"

"没关系。"安月澄能够理解，并不怪罪她。不论有没有周珮珮，该来的刁难，都是会来的。周珮珮的话顶多算是省了杜莺绕一圈的工夫，给她正合适的机会。

周珮珮三番五次道了歉，才回到自己工位上继续忙工作。

安月澄依杜莺所言，将成摞的资料搬进她的办公室里。整个过程，杜莺都始终冷眼看着，不发一言。坐回位置上的时候，疲惫感从内心深处涌了上来，安月澄按按额头，喝了些温水，稍事休息。

杜莺的消息很快通过企业微信发来——

"杜莺：你似乎对历史和文学类的内容十分了解，最近有个剧本，需要古代服饰和礼仪等专业知识支撑。这是大致所需的资料方向，你查好整理完发给我。"

安月澄双击点开文件。嗯，基本没什么逻辑条理，甚至可以说是非常杂乱无章。看得出来，这是临时编造的。

"收到，杜部长什么时候要？"她指尖噼里啪啦一通敲击键盘。

"越快越好，我希望看到华城大学学生的效率。"

安月澄眉梢轻挑，没忍住一声轻哂，轻轻敲下"知道了"三个字后，便关掉和杜莺的对话框。丝毫不加掩饰地故意刁难。不过编剧部的其他职员似乎已经司空见惯了，也不知道遭受她职场霸凌的人到底有多少。

她纤细修长的手指微弯，有一下没一下地敲着桌子。要不要收集一下证据试试告发呢？好纠结啊，越级"告状"在职场是大忌。不过最坏的结果也就是被开除，重新再找个实习工作而已。

正思索着，放在旁边的手机忽地振动，一条微信消息弹出来。

"齐叔叔：澄澄啊，你最近有没有时间？叔叔想和你吃顿饭，聊聊天。"

安、齐两家认识这么多年，安月澄从未和齐家父母中的哪一个单独吃过饭。与他们的接触仅仅局限于两家聚会，还有逢年过节的相互拜访、看望。齐允仁主动给她发消息，还约她出来吃饭聊天，这是破天荒的第一次！不过，她很容易就猜到了齐允仁的用意，所以对此不算太意外。

安月澄盯着屏幕上的那条消息看了很久，久到手机都自动息屏了，她才重新解锁，点进微信聊天框。

她喉头有些发堵，指尖悬在手机上空，迟迟不知道该如何回复才最为合适。就在这犹豫的工夫，齐允仁新的一条消息已经送达。

"没什么大事，就是想问问你学习还有实习的情况。你不是日后想从事编剧这个行业吗？你齐叔叔我这儿勉强还算有点儿资源。"依旧是没有直接点明目的，而是摆出利益来诱惑安月澄。生意人，最擅长的便是玩些弯弯绕绕的手段，尤其利诱。

"最近不忙，晚饭时间更方便些。"安月澄终于敲下发送键。

"那今天晚上怎么样？"齐允仁竟然秒回，像是一直停留在她的聊天框里，等着她回复似的，不免显露出几分急切。

"可以的。"她回答。

"那就晚上七点吧。我记得华城大学边上有一家很不错的川菜馆，离你们学校也近，方便些。"

一副为她着想的样子，但又哪里是真情实感的呢？

安月澄肩膀轻轻耸动了下，齿间溢出一声冷呵。回复："好的，我会准时抵达的。"

切回微信界面的时候，正巧看到跳到上方的最新消息。

"姐姐，第一天实习感觉怎么样？下午下班我去接你好不好？"

其实按照原本王苇的安排，安月澄今天只需来报到领材料，然后和领导同事熟悉一下，就可以回家，等待明天正式开始工作。但是，她遇见了一个有点儿小心眼，喜欢给新人下马威的领导。立刻把今天变成了入职并开始正式工作的一天。

"没有什么特别的感觉，不用接，我自己可以，你乖乖上课。"

安月澄下意识地向他隐瞒了杜莺的言行，不想让他知道。毕竟，现在他刚刚接手祈囍娱乐，地位还不稳固，如果告诉他实情的话，依齐灿的性子，不说把编剧部掀个底朝天，也得把杜莺给辞了。这样的话，他日后管理公司就难服众了。

"那晚上一起吃饭吧？"齐灿也没勉强，转而又问。

安月澄沉默好几秒后，依旧撒了谎："今天晚上约了卫依一起吃饭。"

"二连拒，姐姐未免太狠心了点儿。（委屈/委屈）"

委屈的黄豆表情看起来委屈不多，倒是可爱要更多一些。紧锁的眉眼骤然温软下来，甚至染上了浅淡的笑意，她手指轻动："还可以有三连拒、四连拒和五连拒，你要不要？"

祈囍娱乐是朝九晚五的工作时间，下午五点，办公室里的职员陆陆续续收拾东西下班。安月澄依旧坐在工位上纹丝不动，从海城区创新产业园区到华城大学的距离不算远，只要不赶上堵车，半个多小时就能到。只不过下班时间撞上晚高峰稍稍费劲些，有些人通常选择走个一千米去坐地铁，4号线直达。步行距离虽然有些远，但比起堵车的时间成本，还是更容易让人接受。

她也打算坐地铁过去。反正今天无事，距离和齐父约定的时间也还有很久，她索性就在公司再整理整理文件。

在杜莺看来，整理资料是件没有技术含量，也没有丝毫提升可能性的事情。可安月澄不这么认为。她觉得所有的知识都是十分宝贵的东西，她也很有兴趣并很乐意去整理、学习。

差十分钟七点的时候，安月澄抵达了川川爱菜川菜馆。经由服务员指引，走至最靠里的卡位，瞧见了齐允仁。

他依旧是高级定制的黑西装、白衬衫，手上戴着价格不菲的R国顶级腕表，细边黑框眼镜架着，儒雅随和。仅仅是端坐在那里，他便格外的抓人眼球，令附近几桌的客人忍不住频频侧目。

齐和集团虽然名声在外，但齐允仁出席公开活动的频率并不高，因而也没有人认出来他，倒是省去了许多麻烦。

"齐叔叔。"安月澄随手将包放下，坐在齐允仁对面。

齐允仁端起一如既往的商业式笑容，热情地说："澄澄，你来了啊，快坐，想吃什么自己点。"亲切之中透着几分疏离、客套，情绪总归是比之前聚会时要平和得多，也半点儿不见高高在上的姿态。就是，这副假面不知能维持多久。

"齐叔叔随意，我不挑的。"安月澄浅淡微笑，答话官方。

齐允仁依言点了几个菜，目光重新落回她身上。"最近在学校的生活怎么样啊？"

"还不错，循规蹈矩，没有什么特别值得提的。"安月澄抿了口柠檬水，微苦的滋味漫在舌尖，不知怎么的，又想起齐灿来，他这会儿会在做什么呢？

不过，齐允仁的声音打断了她的思绪。"毕业论文准备得怎么样了？"

"框架已经定了，可能过阵子会开始着手写初稿吧。"安月澄一板一眼地回答，眉眼间透着几分倦意。

"实习呢？现在找到实习工作了没有？"

"找到了，是业内还不错的公司。"安月澄托住脸颊，掀着眼皮看向齐允仁。也不知道这样拐弯抹角的寒暄，还要持续多长时间，就跟穿越深宫和妃嫔宫斗似的，还要比拼心计。

"最近你和齐灿有联系吗？"他终于按捺不住心中的情绪，问到正题上面了。齐允仁就是这样，有什么话从不会直说，非要绕它个几百圈试探一番。

安月澄抬起眼眸，直直望向他，简洁明了地回答："有。"没有半句多余的解释，就像在钓鱼，明晃晃地把这个鱼饵放出来，就看你愿不愿意上钩。自然，齐允仁是只能选择主动咬钩的。

"前两年你们关系似乎不太好，今年你们能够和好，叔叔确实为你们高兴。"他微微笑着，"齐灿那小子是向你低头了？"

和齐允仁这样你来我往的试探，嗯……挺无趣的。但在长辈面前，安月澄没法儿让他有话直说，不要拐弯抹角。

"谈不上什么低头不低头的。"安月澄嗓音淡淡，"前两年不过是我们都很忙，才自然而然地疏远了，今年恰巧在社团碰见，重新联络起来而已。"

依旧是那天聚会上的说辞，齐允仁还试探说："澄澄啊，你觉得齐灿这孩子，怎么样？"

"是个挺乖的弟弟。"安月澄手指摩挲着玻璃杯，视线垂下来，语调无波无澜，"只是有些叛逆，骨子里还是个孩子。"

没人会用"乖""弟弟""孩子"这样的词语来形容恋人。

齐允仁稍稍松了口气，"齐灿他总是喜欢折腾，最近这阵子没给你添什么麻烦吧？"

闻言，她指尖稍稍停顿，在齐允仁眼里，齐灿素来是个不懂事的儿子。他不关注齐灿，习惯性地先入为主——认为齐灿不学无术，十分纨绔。

"不会，他从来都很让人省心。"安月澄反驳。

齐允仁沉默了好几秒，"省心"这个词压根儿就和齐灿不沾边吧？

他清清嗓子，说："我瞧见齐灿还发微博来着，否定说你们没关系的言论。"

安月澄很轻地笑了下，凤眸干净剔透。"齐叔叔，我们确实是打小一起长大的啊，两家世交，这能说是没关系吗？"她的声音停顿了一秒，"齐灿说得没错吧，齐叔叔？"语气明明平和温柔，可上扬的语调，却显现出几分咄咄逼人来。

齐允仁微愣，很快反应过来笑着说："没错没错，就是你们在网上发言啊，要注意着些。有的人就会八卦，捕风捉影，还说你们是在谈恋爱呢。"

"按照齐叔叔的意思……因为有人会乱说话，所以我们就不能做自己了吗？"女孩儿声音很轻，但落在齐允仁心底时，却发出了一声砰然巨响。

人，自然是要坚持自我的。这话齐允仁说不出来，因为不仅他没能做自己，他甚至还试图用自己的标准去要求和同化安月澄他们。

长久的沉默之后，安月澄给了他一个台阶下。"齐叔叔肯定不是这个意思，对吧？毕竟如果齐叔叔是个随波逐流的人，也不会把齐和集团发扬光大了。"

"对，澄澄你说得对。"齐允仁只能给出肯定的答案。

这一仗，安月澄几乎完胜。

可齐允仁依旧没放弃。"澄澄啊，你能不能帮叔叔劝劝他，感情这种事情，年轻的时候，随便怎么玩玩都可以。但到了一定岁数，还是要回归到婚姻上面来的。"

三观歪得离谱。那人家女孩子就活该被耍吗？

安月澄轻咬了下后槽牙，轻飘飘地询问："那年轻时候的感情，注定不能走进婚姻殿堂吗？"

"这……"齐允仁语塞，"不是不能走进，只是年少轻狂的爱情，往往不一定合适。婚姻中那些柴米油盐的琐事，不是只要两个人相爱就能解决的。"

道理是这个道理，但从齐允仁口中说出来，明显是扭曲了其中含义。

"齐叔叔，您也说不一定。那如果说他们恰好彼此很契合，是灵魂伴侣呢？"安月澄很少会有这么强的攻击性。

齐允仁脑袋嗡嗡的，他从没见过安月澄有过这么"杠"的一面。他以为她应当是好拿捏的，才特地约她出来。结果，气人的程度丝毫不亚于齐灿！一定是被齐灿带坏了！

"白阿姨难道不是齐叔叔的灵魂伴侣吗？"一句话，又是字字诛心。

齐允仁反复做着深呼吸，努力维持表面儒雅随和的假象。"澄澄，等你步入社会就会知道，很多事情，是不尽如人意的。"

安月澄安安静静看着他，没说话。

"澄澄，你知道祈囍娱乐吧？"齐允仁又转移话题，"在业内是顶尖的，你想不想换去祈囍娱乐实习啊？"

"想啊。"安月澄眉眼松散下来，眼尾翘起，含着说不清道不明的情绪。

齐允仁露出满意的笑容，施舍般高高在上地说："我可以安排你去祈囍娱乐实习的，不过——"

他的声音在看到安月澄从包里掏出的证件时，戛然而止。证件白底黑字，右上角是"祈囍"二字。

"姓名：安月澄

部门：编剧部

岗位：实习编剧

入职时间：2022.10.24"

脸上火辣辣的疼。齐允仁几乎要坐不住了，这叫什么事儿啊？他自以为掌控了全局，想要用实习的职位拿捏安月澄。结果话还没说完，人家一眼看破，还把祈囍娱乐的实习工作证摆出来了。

亏他还是个长辈！这老脸往哪儿放？

"齐叔叔费心了，我想做的事情，我都会尽我所能全部做到。"安月澄眸子低垂，情绪收敛起来，一副谦虚好说话的模样，仿佛方才那一波狠狠"打脸"只是无心之举似的。

正巧，此时服务员陆续端上了菜，他索性招呼安月澄，说："澄澄啊，先不聊了，等会儿菜凉了，快吃快吃。"

"嗯，齐叔叔您也吃。"安月澄唇角微翘，嗓音温柔平和。她懂得适可而止的道理，尤其是在一个熟悉的长辈面前。

后面，齐允仁顾忌着面子，没再提那些杂七杂八的事情，一顿饭相安无事地结束。在餐馆门口，安月澄和齐允仁告别，各回各家。

钥匙插入锁孔，安月澄推开门，伸出去开灯的手顿在了空中。

门侧，齐灿高大挺拔的身体半靠着墙壁，长腿半屈，整个摆出一副慵懒松散、百无聊赖的模样。月光从窗外斜斜地洒进来，拂上他的面颊，似有若无，如同加了层月白色的滤镜。

安月澄吐出一口浊气，啪地开了灯，手掌顺势拍在他肩膀上，说："你怎么站在这里？还不开灯。"

"为了避免三连拒的出现。"齐灿攥住她的手，牵着她往屋里走，"晚上吃了什么？"

"川菜。"安月澄如实回答，"你呢？"

齐灿面上笑容浅淡，说："在学校食堂随便吃了点儿，姐姐晚上和谁一起吃的？"

"卫依啊，之前发消息的时候不是告诉你了吗？"安月澄眉心微澜，有些疑惑地侧目看向他。

齐灿不发一言，静静地注视着安月澄。周围安静到只有彼此的呼吸声，相互纠缠交织在一起。

二人沉默很久，久到安月澄心尖都在微微颤抖。难道齐灿发现了？不应该吧，她和齐允仁坐的位置很靠里，不进入店门，很难看到他们的。

倏地，齐灿一笑，嗓音清润："本来还想诈姐姐一下，怕你是去约会别的小男生了，看来姐姐是真没有。"

"应付你还不够忙的呢，哪有时间约别的小男生？"安月澄忍俊不禁，手指点点他眉心，"少胡思乱想。"

她径直去了厨房，声音远远传来："我去烧些热水喝，这都八点多了，你不回颐悦家园了？"

齐灿停在原地，凝视着她瘦削单薄的背影，而后缓慢掏出手机。屏幕上赫然显示着一张照片，女孩儿凤眸剔透有神，殷红的嘴唇微微翘起，笑意浅淡难以捉摸，鸦黑长发松松垮垮地扎了个低马尾，柔化了几分气质。不是安月澄又是谁？

　　而与她相对而坐的中年男人西装革履，笑容和蔼。

　　"灿哥，我好像碰见嫂子和别人吃饭了，对面那人是谁你认识不？"

　　齐灿指尖点点键盘，说："是我爸。"

第7章　选齐灿不好吗？

　　转眼就已立冬。绯闻依旧满天飞，安月澄充耳不闻，一门心思投入实习工作之中。而且，她很少回学校，倒也无人能扰她清净。

　　电脑上发送文件的进度条很快抵达末尾，安月澄稍稍松了口气，向后一仰，疲惫松散地靠着椅背。

　　最近杜莺又给她安排了工作量极大的资料整理工作，可类型是她相对不那么擅长的理科，还涉及经济类等。眼下这个，还只是个不成形、甚至都不一定过审的剧本，杜莺不舍得去请专业顾问，便可劲儿地压榨她这个实习生。

　　实习开始到现在，已有两周时间，正经的剧本内容几乎从未涉及，每天就是泡在资料整理里。就连编剧部例行的会议，杜莺都会找出"资料需求很急"之类的借口，打发她在办公室整理资料。明晃晃的排外，打压新人。

　　但是，编剧部没人敢反驳半个字，即便他们确实觉得杜莺这样的行为非常过分和离谱。可没有哪个人愿意为了一个只待几个月的实习生，去赌上自己未来的前程。一旦惹恼了顶头上司——杜莺，大概率是和安月澄一样被打压，直到熬到杜莺离职或是调动的那一天。否则，再无出头之日。

　　"安月澄在吗？"一个略显青涩的声音在门口响起。

　　"在。"安月澄倏地挺直后背站起来，目光望向声音传来的方向，看见说话的是个和她年纪差不多的小年轻，肤色苍白，脸上浮着几个痘痘，瞧上去气虚胆小的模样。

　　青年脚步虚浮地走过来，声音没刻意压低，公事公办地说："艺人经纪部的陶经理找你有事。"

艺人经纪部，重点是负责签约艺人的规划与安排，和编剧部怎么说也都是沾不上边的，除非需要商议某个剧本的角色人选。但，那也是会找对应责任编剧的，怎么也找不到她一个实习编剧的头上。

办公室里的其他职员都探着头望过来，眼里充满着对八卦的向往。

安月澄盯着他看了几秒，没动弹，直截了当地问："陶经理找我有什么事情？"

"这……我只是一个小职员，实在是无从得知啊。"青年垂着脑袋，很是为难。

"那有什么事情是不能通过企业微信联络，而非要线下面谈的？"安月澄句句都在咄咄逼人。

企业微信上，加入企业后，是可以很方便联系到同公司不同部门的职员的，除了等级稍高的总裁、副总裁之外。

青年更窘迫了，轻声说："我真的不知道，求你跟我走一趟吧，不然任务没完成的话，陶经理是会责怪我的。"

"太可怜了，安月澄你就跟他去一趟呗，不会有什么事的。"

"对啊，说不定是觉得你漂亮，可以往娱乐圈发展，才想和你谈谈呢。"有人帮着他说话。

安月澄抿了下唇角，搬出合适、恰当的理由："擅自离岗，杜部长会责怪我的。"

"陶经理已经和杜部长知会过了，你看看杜部长有没有给你发消息？"

她俯身，几分钟前，杜莺正巧发来消息："陶经理有事找你，你去吧。"

理论上，艺人经纪部是和编剧部并行的机构部门，但在娱乐公司中，到底是公司艺人所带来的营收会更大些，自然而然也就有了高低之分。因而对于陶经理的要求，杜莺自然是不敢拒绝，更何况，杜莺这会儿还恨不得把安月澄打发出去。

"嗯，那就跟你走一趟。"安月澄顺手关掉电脑，免得被人私下翻动。

安月澄跟着青年，乘坐电梯抵达八层。

娱乐圈里与祈囍娱乐签约的明星数不胜数，既有顶级的影帝、影后，也有新生代小花和流量男星。不过他们是不常出现在公司里的，只有一些练习生和七、八线艺人还需要来公司培训锻炼。除此之外，八楼便是各大明星的经纪人和助理所在地。

安月澄打眼一看，整个艺人经纪部的颜值平均水平都很高，个个浓眉大眼，面容似玉。虽不及齐灿顶尖绝美的皮囊和骨相，却也称得上是颜值上层了。

"这就是我们陶经理的办公室了，你们谈事情，我不便打扰。"青年在办公室门口停住脚步，伸长手臂做出"请"的姿势。

安月澄掀起眼皮，细细看他一眼，说："不用去汇报一下任务完成了吗？要是陶经理责怪你呢？"

明明没有多强的攻击性，但却问得青年心中生起愧来。

"你进办公室，陶经理便知道我完成了任务。"他依旧没有让步。

"行。"安月澄弯起手指敲了敲门，只听门内传来刻意压得低沉的声音。

"进。"

她抬手扭动门把手，临进门前，余光不经意扫过青年面颊，锐利而又冷漠。青年下意识地后退半步，眼看着办公室的门在眼前关闭，他缓缓摊开自己的手掌，掌心一片濡湿。

安月澄走进办公室，绕过前面木制的雕花隔断，办公室的全貌在面前展现：多宝格摆放着花色、图案各不相同的青花瓷瓶，桌上还有燃香的香炉，一缕白烟缓缓飘起，闻着是檀香的味道。再细看，连喝水用的都是盖碗。

这个陶经理，似乎是个热爱传统文化的人；又或许，只是利用这些掩盖自己俗人的本性。

"月澄来了啊，快到我这边坐，来来来。"语气熟稔，十分亲切，唯独有些硌硬的是，他刻意调整了共鸣腔，把声音压得很低，让人听来十分做作、虚伪。

安月澄闻声寻去，也就看见了老板椅上的人。壮硕结实的体形，粗略一估，应当有一百八十斤，本应有美感的凌乱碎发发型，在他头上像糊了一层油，黏糊糊的。一双眯眯眼，一笑起来几乎隐没于脸上的肥肉中。眼睛下厚实的嘴唇倒是很大，一咧开，现出肥腻的舌头。

安月澄没忍住倒吸一口凉气。她倒不是歧视这种外貌和体形，很多胖胖的男生、女生笑起来也很可爱，十分干净、纯良。但眼前这位陶经理，实在是过分油腻了，丝毫不加掩饰的那种，一眼就能鉴别出来。

"陶经理，请问你找我有什么事情吗？"安月澄往前走了两步，停在陶经理的三米之外，保持着安全距离。

陶经理搓搓手掌，眼珠子就跟粘在她身上似的，目光分寸不离，说："不是什么大事，你坐下，别站着啊。"

"我是下属，站着是应该的，陶经理你请讲。"安月澄客客气气地婉拒，有理有据。

"是这样的啊，你在编剧部那边的事情，我都听说了。"他跷起二郎腿，双手交叉搭在膝上，听着很语重心长，"杜部长这个人天生比较高傲，有点儿看不起人，最是喜欢打压像你这样的、还是名校出来的新人实习生。而且做那些杂活、累活，对你没有任何价值和帮助，最后实习评价，她说不定还要给你个低分。这种结局，应该是你不愿意见到的吧？"

安月澄波澜不惊地看着他，说："所以陶经理是要给予我什么建议吗？"她黑湛湛的眸子清透无比，将对面男人的不良居心映照得清清楚楚。

陶经理咽了口唾沫，故作镇定地端起盖碗，抿了口茶，悠悠开口说："月澄你应该清楚自己的优势，你很有潜力，如果进入娱乐圈发展的话，绝对艳压很多年轻女明星！"他声调抑扬顿挫，把唬人的话说得跟真的一样。

"我没有兴趣。"安月澄嗓音平淡，没有丝毫犹豫地拒绝。

陶经理一怔，完全没有想到她会拒绝得这么干脆。或许是自己摆出来的好处还不够，她毕竟是在华城大学上学的学生。

陶经理缓了缓语气，说："你现在没有兴趣，是因为你还没有体会过站在高处俯视他人的感觉。在娱乐圈成为顶流，名望、金钱、世人的仰望，你都可以拥有。"

对面的女孩儿依旧没有什么反应，甚至看上去有些木木呆呆的，但同时，也衬得那张脸越发清冷，动人得紧。

"如果你担心自己没有那个实力，我可以帮你。"他说着异常蛊惑人心的话语。

"不需要，没兴趣。"她依旧重复同样的言辞。

陶经理心里有些急了，这种手段向来都是百试百灵的，怎么放在她身上就一点儿用不管了呢！像安月澄这样的，他还是第一次遇见。

"我可以让你火遍全国，那时你所拥有的，是你现在都无法想象的！你不用低三下四，更不用被杜莺那个女人打压，这样不好吗？"

安月澄眉心微蹙，紧紧凝视着他，语速不疾不缓："所以陶经理的条件呢？天上是不会掉馅饼的。"

"你很聪明。"陶经理笑起来，向她竖起大拇指，"很简单的，只要你陪陪我。"他从抽屉里捏出一张房卡，平放在桌面上，徐徐推向安月澄的方向，"你情我愿的事情，不用费什么力气，很划算不是吗？"

娱乐圈的市场，就是被这样的人搅浑的。

"你有看过我的简历吗？"安月澄微微一笑，突然出声，说起与此毫不相干的话题。

陶经理愣了愣，略感意外地问："没有，怎么了？"

"论学习，我是2019年市文科高考状元，高考总分709，以第一名的成绩被录入华城大学王牌专业——戏剧与影视学。大学前三年，专业绩点始终排名第一，跟随导师进行多个科研项目，发表数篇核心期刊论文，顺利保研本校。论颜值，华城大学校花的名号应该也还算厉害了吧，陶经理凭什么觉得我缺少他人的仰视？"

一连串的自夸说下来，安月澄耳尖都有些发烫，她没做过这样张扬的事情。但她还是目不转睛地看着陶经理，眼神清明，比湛蓝的天空还要澄净，比碧绿的湖水还要清澈。

陶经理听后，陷入长久的沉默之中。倒不是被她说得良心发现了，而只是单纯的震惊。表面冷淡、好拿捏的人还能如此激烈地反驳，说出大段的自夸，脸都不带红的。即便那是事实。

"你还年轻，你不懂，学校里的那些成绩都只是浮云，不长久的。"陶经理终于找回了自己的声音。

安月澄有一瞬间想要用齐灿来回怼他。她身边有个齐和集团的未来继承人，颜值拔尖，有钱有势，还温柔体贴，哪里不比这个陶经理强？但最终，还是理智占了上风。

"那我宁愿接受社会的考验，陶经理的厚爱我无福消受。"她后退两步，浅淡的双眸透着冷漠和不屑，"我还有工作没忙完，就不陪陶经理闲聊了。"丢下这句话，她毅然决然地转身，推门离开。

陶经理盯着被甩上的门，大半天没回过神。他被拒绝了？好像还被鄙视了？真是初生牛犊不怕虎！他气笑了，脸上的肥肉震颤着，透露着些许狰狞。既然她说宁愿接受社会的考验……那自己就让她瞧瞧，什么叫作人心险恶！

回到编剧部办公室，已经临近下班时间，工位上的大家正悄无声息地收拾着东西，随时准备离开。

他们瞧见安月澄回来，不约而同地向她投去好奇、探究的目光，但碍于关系不算亲近，便没人开口询问。

"月澄，你怎么样？陶经理没为难你吧？"直至安月澄坐在工位上，一个娇小的身影才弯着腰跑过来，关切地看着她，在她身旁蹲下，免得被杜莺再逮个正着。

整个编剧部，除了安月澄这个新入职的实习生外，就数周珮珮年纪最小，身上的棱角尚未被磨平，暂且还有青年人的风采与倔强。

"没有，你看我不是好好的吗？"安月澄淡淡笑着，温柔平和。

她的笑容仿佛拥有令人安定的魔力，周珮珮松了口气，小声念叨着："那就好，你长得这么漂亮，我怕陶经理存有不轨之心，总之，你还是要小心一点儿。"

"你就不怕我把你说的话说出去吗？"安月澄修长白皙的手指托住脸颊，微微垂下眼眸看她，略带调皮地和她说。

周珮珮眨眨眼睛，用了好几秒才理解她的意思，脱口而出："我相信你，你不像是那种人。"

其实像她这样冷艳的长相，往往会给人以难以接近的感觉，就像悬在高高夜空之上的明月，孤高清冷，无法触碰。或者，因她的美丽，会让人自惭形秽，以至于生出嫉妒之心。

但周珮珮感受不到她的攻击和张扬，反而觉得她有种藏在内心深处和骨子里的温柔细致。"如果我真的看错了你，那自当是吃一堑长一智了，理应承担后果。"她毫不掩饰地对安月澄释放出善意，这种善良很容易打动人心。

安月澄极少碰见这样真挚热烈的人，直白诚挚地告诉她：我相信你，我也愿意为自己的相信付出代价。

从记事以来，也就只有齐灿和卫依。其他人，更多的是偏见与不解，和无形之中的疏远。

"快下班了，不回去收拾东西吗？"她伸手拍拍周珮珮的肩膀。

"那我回去了，拜拜。"周珮珮也不觉得她的转移话题有什么不好，又弯着腰往自己的工位走去。

然后周珮珮听见远远地飘来一句很轻的话语："谢谢你。"

安月澄下班后，扫码进了地铁，手机正好弹出一个座机号码的来电。

"来电显示：6259××××"

安月澄记得，这是华城大学教务处的号码。她一边接通电话，一边顺着电梯往下走，等待车辆进站。

"安同学你好，经过教务处研究决定，将在明天发布澄清声明，还你一个清白，也给同学们一个解释。"依旧是那位女老师，她言简意赅地阐明来意。

"好的，谢谢老师。"

电话才刚刚挂断，一条新消息又飘上通知栏的最上方。

"卫依：橙子，齐灿出绯闻了，太气人了，我觉得'脐橙'要走不下去了，呜呜呜呜……"消息末尾，还附上了链接——发自华城大学贴吧的一个帖子。

自打华城大学学生论坛出现匿名失效的情况后，涉及八卦的讨论全都移至微博超话和贴吧。大家都生怕再出现一回匿名失效的情况，导致自己身份暴露。

安月澄视线下移，点进那条链接，帖子的标题闯入眼帘。

"震惊！齐灿与神秘女子亲密相拥，甜蜜耳语！"

她呼吸一滞，脑海中瞬间思考了许多，心中慌乱无比。最后，安月澄干脆点进帖子。

"想必看见这个标题的大家十分好奇，齐灿到底是和谁亲密相拥？这个问题楼主也很好奇，因为照片拍摄距离太远，加之姿势影响，基本是看不清女生脸的。

齐灿大家都是认识的，校学生会主席，金融系系草，众人眼中的天之骄子和小太阳。他最近还和冷艳校花——文学院的安月澄处于暧昧状态中，并且多次在微博和论坛公开示爱！尽显深情、专一。然而，今天的'脐橙'粉们，怕是要心碎失望了！齐灿本质上就是个渣男。"

安月澄看了几行文字，就再也看不下去了。

与喜欢在标题上故弄玄虚的某浏览器简直如出一辙，正儿八经的内容没几行。她干脆利落地滑到最后，才总算看见所谓的证据——一张略显模糊的照片。

照片中，齐灿身着黑色紧身打底衫，身形瘦削；女生脑袋埋在他胸前，看不见脸，一头乌黑的长发垂落肩后，与米色的卫衣形成鲜明对比，牛仔裤勾勒出纤细修长的双腿。可是，那不就是她自己吗？那是"十一"放假安、齐两家聚会时她的装束，背景是金玉阁。

原以为是什么了不得的内容，结果只是她和齐灿被拍到了而已。安月澄随手转发给齐灿，然后才回复卫依："你觉得有没有一种可能，神秘女子是我？"

"是真的吗？"卫依秒回，紧接着连发数条感慨。

"所以你们在一起了？什么时候的事情？橙子你竟然瞒着我！"

"但是你之前的校园专访不还说没关系呢吗？难道是地下恋情！？"

"橙子橙子，你快点儿回复我，我等不及了，急死我了！"

卫依什么时候变成了这么狂热的"脐橙"粉的？几条消息之间，前后留给安月澄回复的时间不超过二十秒，她就已经急得团团转了。要是自己再不回复，她应该都能直接把电话打过来了。

"来电显示：卫依"

安月澄沉默了两秒，接通了电话，于是卫依的问题狂轰滥炸、席卷而来。

"橙子，到底是怎么回事啊？你真和齐灿恋爱了？那照片是什么时候拍的啊？"

"卫依，我知道你很急，但是你先别急，让我缓缓，想想该从何处说起。"安月澄吐出一口浊气。

电话那头的卫依顿时安静下来，然而几秒后，憋不住又问："橙子你想好了吗？"

安月澄哭笑不得，抬眼时地铁车辆正好进站，挑了角落位置靠着，她才细细开口："你这么着急，我就算是没想好也得给你讲啊。"

闻言，卫依嘿嘿一乐，说："橙子你最好了嘛。"

"之前和你讲过，我和齐灿从小一起长大的。两家交好，每年'十一'放假都会选个时间聚餐，这张照片就是聚餐时候被意外拍到的。"她有意压低了声线，怕周围的路人听见。

"然后呢？"卫依藏不住声音里的笑意，整个人完全处于"上头了"的状态之中。

安月澄脊背微微弯曲，姿态有些懒散，说："没有然后了啊。"

"你没有正面回答我的问题。"卫依正了正嗓音，很是严肃认真，"我很伤心，没想到橙子你居然瞒着我，甚至到现在都不肯告诉我实话。"

她轻咳两声，以掩饰自己的尴尬，还是没能蒙混过关，只好说："没在一起，还在暧昧。"

"啊？"卫依这一嗓子透出浓浓的遗憾，"我们这种粉都不能自拔了，结果还只是在暧昧，这要是真在一起了，我怕是会兴奋得晕过去。"

安月澄弯起手指，有一下没一下地轻敲着金属扶手，说："作为资深言情读者，我可以非常肯定地告诉你，暧昧才是最甜的，在一起之后就没悬念和惦记了。"

"这就是你和齐灿极限拉扯的原因吗？"卫依幽幽发问。

"不是。"安月澄否认，目光上抬，又想了好一会儿，才开口，"或许是因为，我和他本质一样。"

说完，她又很是赞同地附和自己一句："嗯，极限拉扯的绝配。"

卫依沉默了，怎么会无端从安月澄轻飘飘的玩笑话中，听出了几分"故事"呢。她知道两人都各自有所顾忌，虽然不知道具体是什么。

"才不是呢。"卫依很小声地反驳，"不管你们曾经的误会是什么，但至少我相信，一切都会往好的方向发展。橙子，你会如愿的。"

安月澄眸子低敛，很轻地笑着说："那我就借你吉言。"

从贴吧的那个帖子说到实习近况，足足聊了半个小时，和卫依的电话一直打到安月澄走至小区才挂断。

"哒哒哒"，身后的脚步声如影随形，安月澄不动声色地捏紧了手机，然后停住脚步，装成在看手机的模样。

脚步声近了，更近了，近到身后了。

她转身扬起手，尚未砸下去便被来人轻轻松松钳制住。下一秒，熟悉、清朗的嗓音响起。

"姐姐，谋杀亲夫要不得啊。"

安月澄愕然，抬眸正正对上齐灿清透干净的眼睛，黑白分明，似还闪着莹润的微光。

她稍稍松了口气，说："原来是你，吓死我了，你怎么不出一声的？"

"谁让姐姐打着电话从我边上走过，却连半个眼神都没给我。"齐灿顺势与她十指紧扣，语气幽怨，活像是独守空房的怨夫。

"有这种事情吗？"她细细回想，自己出地铁这一路上光顾着打电话，确实是没怎么注意路边上的人。还真有可能忽略掉了齐灿。

齐灿重重叹了口气，失望地说："有，看来姐姐是心里没有我了。"

安月澄剜他一眼，大声说："胡说八道——"

"我就知道的。"他打断安月澄的话，看着安月澄的眼睛，眼中似有水波在荡漾，"我同姐姐一样。"

齐灿惯会说这种腻人的情话。如果换作是旁人说出同样的言语，安月澄大概只会觉得油腻恶心。嗯……不知道算不算双标。

安月澄偷偷偏过头去，凝视着齐灿好看的侧脸，稍稍晃了一下神。和齐灿并肩，沿着回家的路小步向前走，不知怎的，倒也有了回到过去的感觉。小学的他们也是这样的，背着小书包并肩从学校走回家里，再一同伏案写作业。

"转发你的帖子看了没？"她扯开话题。

"看了的。"齐灿指腹摩挲着她的指骨，有些暧昧，"所以姐姐有什么想法吗？对于帖子里所说的……我是个渣男。"

安月澄脚步沉下来，冷不丁地轻笑一声。"没有什么想法，流言就只是流言，不是吗？"她微微停顿，饶有兴致地打量着齐灿，"还是说，弟弟你心中有愧了？"

她很少叫齐灿弟弟，尽管在安、齐两家面上是这么说的，但私下里这样叫他的次数，屈指可数。更何况"弟弟"二字还被她刻意咬重了音，音调起伏，转了几个弯，十分戏谑，耐人寻味。

齐灿心尖微痒，声音清亮，好像有着无比坚定的决心，说："心中无愧，我从来不喜欢大海。"

说话的工夫，他们已经抵达家门口，安月澄掏出钥匙开门，先一步走进去，问："我用不用帮你澄清一下？"说完，她捏捏发烫的耳垂，暗骂自己不争气。

"姐姐是想承认我们的恋情？"齐灿紧跟上去，抓住她的手臂，整个人靠过去，几乎将她拢在怀里。周围充斥着冷淡好闻的青草香，他的声音不经意压低了些，勾得人心动不已。

"我们没有恋情，谈何承认？"安月澄推他胸膛一把，纹丝不动。

齐灿轻歪了下脑袋，眼底划过一丝促狭，笑笑说："姐姐是怪我没有正式追求你吗？我明白了。"

安月澄的脸颊一下染上浅浅的绯红色，语速很快地反驳说："你胡说八道什么！"

这个齐灿，是越来越得寸进尺了！

"不用澄清的，姐姐。"齐灿没再逗她，"我不在意那些的。而且，真要是澄清了，不反倒打草惊蛇了吗？"

"他一准是有自己的小算盘了。"安月澄仰头盯着他棱角分明、清晰可辨的下颌线，暗自揣度。见她看过来，他唇畔掀起浅笑，目光一寸不避地落在她面颊上。

"能在金玉阁偶遇我们并拍下照片的人，范围应该很容易缩小吧？"

金玉阁用餐的人均价格实在不算便宜，能够出现在那里的人，很有可能是同在圈子里的。只是眼下，他们的"脐橙"粉满天飞，倒是没那么好确定了。

安月澄眉心微蹙，齐灿指尖很轻地拂过，声音平淡，语速缓慢："愁什么？"

无端地，在听觉和视觉的双重安抚下，她处于慌乱边缘的心转瞬沉静下来。同时，思绪也渐渐厘清。

"你的那个朋友尚初臣很厉害吧？那么查出发帖人的地址应该不难吧？"

齐灿目不转睛地盯着她看，说："不难。"

"那你还不赶紧去联系他？"安月澄眨眨眼睛，伸手戳在他的腰间，催促他快点儿行动。

谣言虽然影响不到他们的内心，可她还是不愿意心中干净纯白的齐灿，被他人泼上浓重乌黑的墨汁。齐灿就该如他的名字一样——生来璀璨，光照四方。

"不要。"齐灿弯下脊背，下颌抵在她肩膀上，整个身躯卸了力气，几乎将身上的重量都压在安月澄身上。安月澄感受着他的温度透过薄薄的衣衫染上肌肤，加上屋子里又开了暖气，她更加热了。何况，年轻人的火力总是旺盛。

她伸手推推齐灿肩膀，依旧是纹丝不动，着急地说："为什么不要？别人会误会你的，尽快查出幕后黑手解决掉，然后澄清谣言不是更好吗？"

"别人误会就误会，姐姐没有误会我不就够了？"他侧了侧头，柔软微翘的发梢从安月澄颈间扫过，引起一阵令人紧张的痒感。

齐灿温软的嗓音稍稍停顿，再响起时多了几分笑意："而且，他们误会的话，姐姐的情敌不是又能少很多个了。应该开心才对。"

毫不低调的话，他说得如此理所当然。

"齐灿，你可不可以谦虚一点儿。"安月澄侧眸，只看见他毛茸茸的脑袋，瞧上去就有揉搓的冲动。她将齐灿稍稍推开一些，随手胡噜了好几把，直至齐灿的头发被弄得乱糟糟后，才停手。

"而且有没有情敌，对我来说没什么区别。"

"嗯，也是，以姐姐的美貌与性情，完胜她们的。"这有意无意地一赞扬一贬低，要是让外人听见，一准直接给他们俩盖上"两个坏蛋"的印章。

"所以不肯去查的原因到底是什么？"安月澄没有被他带得跑偏话题。她往后退了两步，齐灿就也跟着挪了下位置，直到安月澄松了力道，径直在沙发上坐下，两人才彻底分开。不过，他险些一个跟跄，艰难地稳住身躯，最后才挨着她坐下。

"没什么原因，不太好奇，这个理由可以吗？"齐灿语调散漫，完全没把这件事放在眼里的模样。说完，他便对上安月澄灼灼的目光，毫不避讳，直击内心般。

"那你出去吧，这里不欢迎你了。"安月澄向后一靠，凤眸轻阖，赌气似的，干脆不再给他半个眼神。

整个空间陷入长久沉默之中，久到安月澄都以为齐灿原地凭空消失了的时候。

"刺啦"一声塑料包装袋被撕开的声音，紧接着，是糖块与牙齿相撞的清脆声。

"姐姐。"耳畔齐灿的声音有些许含混不清，很容易让人联想到柔软粘牙的糯米团子，豆沙的内馅儿，从舌尖甜到心里头。

安月澄纤长浓密的长睫轻颤几下，说："你真不说的话，我以后也不问了。"

说到底，自己或许是没有任何立场去问的。世界上的暧昧很多，最后有头无尾，白白落空的更多。

"我大概知道是谁，想请姐姐看戏而已。"齐灿凑近了，说话时浅淡清新的柠檬香飘出来，直直钻进安月澄鼻腔里。是熟悉的味道。

她眉梢轻动，正欲睁开眼时，指腹温热的手，忽地扶住了她的后颈，使她稍稍抬起头颅。紧接着，柔软温热的唇瓣就贴上来了，唇齿间的柠檬香流转交换。

安月澄下意识地抬手揪住他的前襟，眼皮颤了颤，缓缓睁开，转瞬陷入熟悉的温柔之中。

齐灿骨骼细长的手指嵌入她的指缝，微微向下扣住，十指紧握。齐灿的身躯几乎笼罩在她上方，温柔细致的吻落下来，无法抵抗，就像是她拥有的一切，甚至是生命，都紧紧系在他身上，被完全掌控。

那一刻，安月澄在齐灿的身上，看到了从未见过的控制欲。这让她几近迷离。此时，又低又哑的声音从耳畔拂过，像一个无形的吻："姐姐，请给我一个机会。"

仿若信徒跪拜脚下，在做着最低声也最虔诚、真挚的祝祷与乞求。

"安月澄，安月澄……"有人在低低唤着她的名字。

下一秒，变成咬牙切齿、一字一顿地怒号："安——月——澄！"

她猛然抬起头，对上了杜莺那双满是愤怒的双目，滔天怒火扑面而来。

"杜部长，抱歉，我刚刚在想资料的事情，你有什么嘱咐吗？"安月澄晃神两秒，意识到自己上班走神的现实。

实在是昨天齐灿给她留下的印象……太深刻了。

杜莺磨着后槽牙，阴森森的笑从齿缝间挤出来，大声地说："嘱咐？公司内网交流论坛上关于你的帖子都满天飞了，你还好意思大大方方地坐在我们编剧部走神？！"

"帖子？"安月澄有些困惑地重复一遍。

"我们祈囍娱乐不欢迎任何心怀不轨的人，竟然意图爬上上司的床！"杜莺抱着胳膊，很是蔑视，居高临下地说，"没想到堂堂华城大学出来的高才生，竟然也是想要走潜规则路子的人，你还是尽快收拾东西准备走人吧。"丢下这句话，她冷哼一声，踩着高跟鞋大阔步地进了她的办公室。

办公室的实木大门被甩上，发出重重的一声"咣当"。工位上其他人的目光都齐刷刷地看过来，汇聚在安月澄身上，有鄙夷，有匪夷所思，有震惊，也有困惑。

安月澄皱起眉心，很快握住鼠标，通过企业微信登录内网交流论坛。

"新来的实习编剧公然勾引艺人经纪部经理，亏她还是华城大学高才生！#爆#"

她双击点进。

祈囍娱乐内网交流论坛是实名制的。发帖人的姓名是陶兴文，一个没见过的名字。

"与我的个人利益无关，只是看不过她这种下作的手段，把正经努力的艺人放在哪里？昨天陶经理有意发展这位实习编剧成为艺人，没想到她竟然明目张胆地勾引陶经理，想要一炮而红，成为顶流！"

发布人陈述得义愤填膺，对安月澄肆意唾骂，颠倒是非黑白的能力真是出众。

安月澄指尖滚动滚轮，将评论看在眼里。接着，看到了陶经理也回复了帖子，一副宽容大度的模样，半点儿不见那天的油腻和恶心。

"唉，人家姑娘年纪小，初入社会，还不懂事，大家不用对她太过责怪，只是件小事，我相信未来总有一天她会悔悟过来的。"

安月澄冷呵一声。真是个会伪装的人，披着伪善的皮囊，故作宽厚包容，几乎将世人的双眼蒙蔽。难怪他至今还安安稳稳地坐在艺人经纪部的经理位置上。可能受过他迫害的女孩儿也曾开口求救，也曾试图向外界披露他的丑行……但有人高呼：陶经理温柔、善良，怎么会做这样的事情呢？

于是声音隐没。

"哎，我打听了，最近编剧部就新来了一个实习生！"

"企业微信就能直接看到，大家别宣扬出来，搞得像我们是在网暴一样。"

"网暴什么？她自己做错了事情，怎么会好意思说我们在网暴她的啊？"

最近安月澄遭遇的舆论事件实在不少。但准确来说，一直都不少，只是规模、程度不一罢了。她徐徐吐出一口浊气，指尖在手机上戳戳点点，凝视着那段几分钟的录音。最终，她还是没有做出任何动作。

等一等，等舆论发酵得更严重一些，希望那个毁了无数女孩儿的陶经理，从此万劫不复。

另一边，在导演部。"白导，你之前让我打听的那个实习生……好像不是什么善茬儿啊。"助理将文件转交给白薇思，忍不住说起内网论坛上的消息。

白薇思的视线从电脑屏幕上移开，很轻地落在他身上，凉凉开口："是谁教你这样恶意揣度别人的？"

助理"啊"了一声，有些惊讶地托了托眼镜，说："白导你没'吃瓜'啊？"

"又有'瓜'？"她稍稍皱紧了眉，安月澄运气是不是有点儿太衰了，怎么感觉隔三岔五就要闹出点儿事情？

"又？"助理困惑地看着她。

白薇思摆摆手，问："没有，到底是出了什么事情？"

"艺人经纪部那边的一个小职员在内网论坛发帖，说编剧部新来的实习生，想要勾引陶经理，意欲飞黄腾达。"助理煞有介事地学舌道。

白薇思不太敢相信他说出的话。安月澄，勾搭一个小小的部门经理？为了飞黄腾达？

先不说堂堂华城大学的优秀高才生，需不需要靠勾搭人来上位。就说选的这个人……除非安月澄是脑子被糨糊堵住了，不然能有个互相喜欢的青梅竹马——齐和集团未来继承人不要，去巴结一个部门经理？

"假的，不可能。"白薇思很快笃定地否认。

助理眨巴着眼睛，带着八卦的口吻说："白导你认识安月澄啊？"

"我不——"她说到一半，硬生生刹了车，"是，我确实认识她，所以我知道，她绝对不可能做这种事情。"

这话一出，实在让助理大跌眼镜。他虽然跟着白薇思时间不算长，但对她的性子也算是了解，她是绝对不会说假话的！

"啊？白导，那陶经理怎么好意思往安月澄身上泼脏水的啊？"

白薇思微微眯起眼眸，透出几分冷意，说："泼脏水？细说。"

"陶经理在帖子里回复了，装作一副不在意的模样，这不是妥妥引导

‘吃瓜’群众误会吗？”助理义愤填膺。

她冷呵出声，这事儿要是让齐灿知道，一准会闹翻天。不过……不知道安月澄会不会有意瞒下来。

“帖子出现多久了？”她又问。

助理说："今天早上出现的，也就几个小时，已经成了爆帖，公司里的职员基本都在‘吃瓜’。"

白薇思想了想，说："行，我知道了，这事儿你不用插手，也别表态。"

说完，她打开手机，在通讯录顶端找出安月澄的名字点进去。"公司里的传闻，还好吧？"

直到手里又一份新资料被整理完毕后，安月澄才看到白薇思的这条消息。

事情传得这么快？连白薇思都知道了，那齐灿，吓得安月澄赶忙按下返回键。好在，和齐灿的聊天还停在今早，并没有新消息发来，应该是还不知道。

“你听说了？问题不大，小事情。”她敲字回应。

那头的白薇思像是正在等待她的消息，很快回复："我入职了祈囍娱乐，听说了这事，需不需要帮忙？还有，需要瞒着齐灿吗？"

其实她和白薇思在某些地方有些相似，比如独立，不想依靠他人，即便那个人是最牵挂、最信任的人。

“暂且瞒一瞒吧，等瞒不过的时候再说。不用帮忙，谢谢你的好意，再过几天我会解决掉这件事的。"

安月澄对她没有一点儿隐瞒，但也并不担心白薇思会泄露秘密。

“懂了。”

安月澄稍稍松了口气，这件事要是让齐灿知道，后续会麻烦些。不过……现在他已经接手了祈囍娱乐，搞不好风声还是会传到他耳朵里，自己也得提前想想该如何给齐灿打预防针才好。

在齐和集团分部的顶层总裁办公室，齐允仁看着秘书最新整理上来的文件，脸色愈来愈黑，如风雨欲来般。

"啪！"他重重一掌拍在桌子上，"岂有此理！"

他真是没想到，安月澄表面上应和他的话，结果实际上阳奉阴违！在聚会饭桌上，安月澄还连连否认说和齐灿没关系，转头就在包间外面和齐灿搂搂抱抱……

齐允仁脑袋钻心地疼，感觉心脏病都要犯了。他忙含了几粒速效救心丸，缓过气来，才摸出手机，麻利地找出熟悉的名字，拨出了电话。

"嘟——嘟——嘟——"三声响铃后，熟悉的声音从听筒中传出来。

"老齐，你怎么这个时候给我打电话啊？我刚下课，你要再早打一会儿，我还接不着呢。"

齐允仁听到安雍临乐呵呵的声音，早就酝酿好的质问突然堵在了嗓子眼里，他手指扣紧桌边，说："这不是想你了吗，就想着给你打个电话问问你最近的情况。"

那头的安雍临愣了一下，旋即笑道："成啊，回头等你有工夫，咱哥俩去吃顿饭。"

"嗯……行……"他语速很慢，心神不宁似的，始终找不到一个合适的契机引出憋在心里的话。

而安雍临到底是从业多年的教师，在察言观色这方面，不说是绝顶高手，也是数一数二了。"老齐你今天找我，是有事情要说吧？咱俩这关系，还有什么不能直说的？藏着掖着可就没意思了。"

安雍临越是坦然，齐允仁心里就越不是滋味。

"倒不是什么大事……"他突然有点儿后悔自己这样冲动打了电话。真是被齐灿和安月澄的事情气昏了头，这种事情，怎么好摆在台面上说的嘛。这会显得自己气量太小，竟还要和小辈计较。

安雍临沉默了好一会儿，再开口时，声音里的笑意已然淡去："是两个孩子的事情吧？"

安雍临身为华城大学的教授，即便是不刻意去关注，有些消息也会自己传到他耳朵里的，比如齐灿和安月澄的绯闻。只是他一直觉得，那是孩子们自己的事情，身为长辈，他不该过多追问和干预，直到两家聚会时齐允仁说出那番话。

"老安，你知道的，我所处的环境和你不一样，很多事情都是身不由己。"齐允仁的话干巴巴的。

"我知道。"安雍临没有什么特别大的反应，但也不像方才那般欢欣愉悦了。

安雍临一瞬间觉得不了解与他通电话的这个人了。又或许，从未了解过。

齐允仁松了口气，说："那你知道，他们俩现在是什么关系吗？澄澄和齐灿都常在你那儿住，你应当了解的吧？"

"他们打小就是这样的关系，我没觉得现在有什么不同。"安雍临自然而然想起那天病房里，他意外看到的相拥场面。

解释成姐弟相依，很显然不是。可细究起来，与过去的那么多年，似乎也没什么分别。

"老安，你可能不知道，网上都传出照片了，就咱们吃饭那天，他们还搂搂抱抱来着。"齐允仁斟字酌句，语气却不掩急切，说话并不好听，全然没有半点儿风度。

"是吗？"安雍临声音冷下来，"我倒是不知道老齐你还有八卦的爱好。"

他的话像一盆冷水浇下来，齐允仁的脑子瞬间冷静了许多，也发觉自己言语的不妥。他轻咳两声，试图掩饰自己的尴尬，说："我是说啊，澄澄要真是喜欢齐灿，也是件好事。只是不管怎么说，她总不该骗我们的，对不对？我不是那种不善解人意，喜欢硬拆散有情人的家长嘛。"

安雍临半晌没答话。此时此刻，他才觉得自己认清了这位老朋友的真面目。话说得冠冕堂皇，实际上的行为却丝毫不顾忌形象与面子，哪里像是一个长辈呢。

"老安，撒谎是真的不好，我说啊……"齐允仁又自顾自地说起来，却很快被安雍临打断。

"我明白你的意思，这件事我心里有数了，回头我会去了解一下情况的。就先说到这儿吧，我等会儿还有一节课。"他语速很快，咬字清晰干脆，说完后，立即挂断了电话。

齐允仁嘴张到一半，一个字都没来得及说出来，电话就已经断了，他神情复杂地盯着手机屏幕看了许久。被安雍临毫不留情地挂断电话，这还是第一次，他说不上心里是什么感受。

安雍临脾气好，以前他们总是和和气气的，或许今天的事情，真的惹恼他了。

临近下班时间，安月澄摆弄起手机，对话框里的内容删了写，写了删，最后汇聚成一句"今天晚上想吃火锅，我请你，来不来"。

感觉没什么问题，应当不奇怪。她又反复默读几遍，通顺正常，没毛病。按下发送键，电脑上的时间正正好好变到了"17：00"。

"下班快乐！"有人轻呼一声。

职员们都起身收拾起东西，余光却时不时飘向安月澄，大约是觉得这"瓜"还没吃够。也有一小部分人漠不关心，径直下班离开办公室。在飘向安月澄的众多目光中，就属周珮珮的最为炙热，不容忽视。

安月澄缓缓抬头，对上周珮珮的眼睛，吓得她惊慌失措地别开，垂着脑袋像只鹌鹑似的。

倒不奇怪，能理解。逃避纷争与喧闹，逃离有可能引发争斗与争吵的地方，防止被卷入是非之中——这是很多人的本能。她无权要求他人对自己保持一如既往的信任。

缓慢收回目光，安月澄将需要携带回家的纸质材料整理好，装进包里，仔细检查无误后，才拎上包走出办公室。

几乎是她迈出去的下一秒，办公室里剩下的人便窃窃私语起来。

"她怎么还能那么淡定的，就好像什么都没发生一样！"

"嘿，能做出来这事儿，脸皮就薄不了，自然也就不在意喽。"

议论一句接一句地闯入耳中，周珮珮手指不由得攥紧，又望了望走廊，寻找消失半晌的身影。

她咬了咬牙，拎上包小跑着出了门。

"安月澄！"安月澄才迈出公司大楼门口两步，呼唤声在背后响起。

她顿住脚步，回过头看向周珮珮，女孩儿弯着腰，气喘吁吁地扶着膝盖，是一阵疾跑过来的。

"怎么跑得这么急？有什么急事吗？"安月澄上前半步，轻拍了拍她的后背，"你可以打电话给我的。"

周珮珮盯着她，安月澄说得没错，可自己也不知道为什么会这么焦急……她心里好像有个声音一直在说：去问问她，去找到真相。她不相信安月澄会做出那种事情来，那样骄傲、优秀的人，怎么会呢？可似乎所有人都相信了那个帖子里的内容。

她在成为异类。这种感觉并不好。

"安月澄，我，我想问你……"周珮珮好不容易鼓起勇气，喉咙却在抬起头颅时像堵了团棉花，说不出半个字。

面前眉目温和，像缠绵、柔软的卷云，那双清澈澄亮的眼眸就直直地看向她，好像有冲破万千阴霾的力量。并且她即将说出的话，似乎都已经被安月澄预料到了。

"你问。"安月澄轻声开口。对待曾对她怀有善意与信任的人，她素来很有耐心。

周珮珮心一横，眼一闭，说："我想知道内网论坛上的帖子，到底是不是真的？"

对面的姑娘似乎陷入了沉思之中，很久没说话，周珮珮的心陡然不安起来，在猜：她是不是生气了？会不会已经走了？然后就不再想理自己了？

"你希望是假的吗？"安月澄嗓音轻缓，波澜不惊的眸子始终看着她。

"我当然希望是假的！"周珮珮脱口而出，没忍住还是睁眼望向她，"所以，是假的吗？"

安月澄抿了下嘴唇，她没有想好是说实话，还是说假话。不论真假，似乎都是有利有弊。

"抱歉，我还不能告诉你。"她歉疚地笑笑，最终选择隐瞒。

如果知道真相，周珮珮忍不住去与人辩驳，可能会招来麻烦。如果欺骗她，又太辜负她的一份善意了。

周珮珮有些垂头丧气，问："那什么时候才能知道真相呢？"

"该知道真相的那一天。"安月澄想了想，抬手拍拍她的肩膀，承诺说，"我觉得，会是你希望中的答案。"

周珮珮一下瞪大双眼，有些没懂安月澄的话，透着满满的疑惑。她希望中的答案？她自然希望是假的！难道说，安月澄是在暗示她吗？

"好了，下班回家休息吧。"安月澄笑了一下，晃了下手里的手机，"我晚上有约，先走了。"

"好，好的。"周珮珮结结巴巴地应声，目送她走向地铁。

"姐姐请客，我自然来，哪家店？"

齐灿在几分钟前已经回复了她的消息。

"仲海商业街的那家海家火锅，你要是先到就去占位吧，免得等会儿排队。"

走进火锅店，安月澄婉拒了热心服务员的陪同引领，一边用目光搜寻，一边往里走。熟悉的身影很快闯入眼帘。他胳膊肘挂在桌面上，纤长的手指托着侧脸，指腹时不时在脸颊上轻点，很是百无聊赖。

那双眼睛像粘在了手机屏幕上，不知道在看些什么。走近了，安月澄看见，什么都没有，只是默认的桌面而已。但那桌面壁纸，就是他们几年前的那张合照。

"等很久了吗？"安月澄放下包，在他对面坐下，盈盈目光看向他。

"不久，下课收到消息就过来了。"齐灿将菜单推向她，嗓音清润，心情很好的感觉。

看到他这样自然，安月澄反而心虚起来。公司的事情，他应该不知道吧？

"你点吧，既然是我请客，就得有我请客的样子。"她重新把菜单推回去，客客气气的。

齐灿眉梢轻挑，指尖按住菜单，视线上抬，落在她姣好的面容上，说："姐姐怎么像是做了负心汉一样？"

安月澄心头一跳，像被大手忽然用力握住，心中的弦一下紧紧绷住。自己有这么明显？明明刻意隐藏了，却几乎还是瞬间就被他看穿，暴露了个干干净净。

"我不是，我没有，别瞎说。"她接连否定，紧接着转移话题，"我对别人没兴趣。"

齐灿笑意更甚，眼角眉梢都得意地上扬，开心地说："那可以理解为，是只对我感兴趣？"

很好，跳过了上一个坑，又亲手给自己挖了一个新的坑。

"是啊，我只喜欢你。"避不过，她索性顺水推舟，伸出手指，轻轻挑起齐灿的下巴，"怎样？"

安月澄的冷艳，平日敛着，便只让人觉得清冷孤高，无比淡漠。此时，不加以收敛，肆意释放出来，极具攻击性。

齐灿唇角忽而翘起，若清晨浸润露水的玫瑰初绽，说："不怎样，我也喜欢你。"

"那你之后，还要质疑我吗？"安月澄稍稍向前倾了倾身子，以俯视的姿势逼近他，透出些许的压迫感。

"不会，从前不会，现在不会，以后也不会。"齐灿微微抬起头，仰视着她，双眸之中闪烁着无比炙热的渴望与虔诚。

不知道为什么，她很容易想到陶经理的打压式话语——你再也不用低三下四，你可以站在高处俯视他人。此时此刻，齐灿不就给予了她这种感觉？

安月澄忽地笑了，浑身轻松下来，坐回位置上，轻唤他的名字："齐灿。"

"我在。"齐灿的视线重新放平，端正又直接地凝视她。

"我突然觉得，能有你这个竹马，感觉不错。"她气质恬淡温柔，不经意便能烫人心扉。

齐灿勾着薄红的唇，散漫挑逗似地开口："姐姐竟然现在才觉得，我真是感到好失败啊。"他尾音拖得绵长，多了几分意味深长。

"少来，快点餐。"安月澄伸出手指点了点他的眉心，不轻不重。

"马上。"齐灿垂下头，细而密的长睫遮下来，将他的情绪掩得严严实实。

安月澄弯起食指，有一下没一下地敲着桌面，眸光微亮。坦白来说，她从未有过这样的体验。

她几乎很少将内心可以被称为"野性"的一面展露出来，因为习惯了做一个家长眼里省心的孩子，习惯了做一个外人眼中的"高冷之花"。久而久之，她甚至以为那是真正的自己了。直到今天，她第一次发起攻势，向齐灿发起正面的、强烈的攻势。

"感觉还可以？"安月澄想。

等待服务员上菜的时间里，安月澄腾空闲来，登录微博，点进华城大学官方微博，最新的一条微博是关于她的那个声明，早上十点发布的。

"针对近期同学们所质疑的'文学院大四学生安月澄可能存在徇私舞弊行为'的调查声明。

经校方教务处调查，安月澄所有课程成绩均属实，保研流程正当合规，不存在任何徇私舞弊行为。

特此公开声明，以证安同学清白，并希望同学们不要对学校产生怀疑，华城大学始终秉承着公平、公正、公开的理念，潜心治学。"

经过半天的发酵，该条微博下的评论区一片热闹。

"当初我就说嘛，安月澄一准是清白的。她的科研水平和学习水平大家都有目共睹，真要都是包装出来的，太难了。"

"该说什么，这就是教授的孩子吗？简直把我们甩开了几百条街，同为华城大学学生，我简直太惭愧了。"

舆论几乎清一色地倒向了安月澄这边，偶有反驳的声音也被"吃瓜"同学压了下去。

总算，又了结掉一件事情了。安月澄指腹摩挲着玻璃杯面，眸色微沉，接下来最需要解决的，就是陶经理了。

"嗡嗡"，放置在桌面上的手机忽地振动，她指尖轻滑。

"澄澄啊，最近有时间的话，回一趟家里吧，爸爸有点儿事情想问你。"

安月澄自打实习开始，回家的频率下降许多，主要是时间长了，小猫咪星星没人照顾是要出问题的。而且她爸妈素来对她放心，也很少会要求她回家。所以她现在就周末回去看看，住个一晚上。

"姐姐最近蹙眉的频率越发高了。"朗润温和的嗓音响在耳畔，齐灿又一次抚上她的眉心。

火锅上方热气蒸腾，丝丝白雾升起，齐灿的轮廓似都带上了几分朦胧感。

安月澄扣住他的手腕，推他回去。"蒸汽也不嫌烫？"

打底衫的袖子被挽至手肘处，露出的冷白肌肤被热气熏得有些发红。

"烫点儿也好过看姐姐皱眉。"齐灿不在意地笑笑，身上的疼痛对于他来说，从来不那么重要。哪怕是千刀万剐、遍体鳞伤，只要安月澄开心地留在他身边，就都是值得的。

安月澄抿了下唇，最近琐事确实不少，她的心情难免不受到些影响。"明天我要回一趟苏禾镇，你别过来了，省得跑空。"她稍稍停顿了下，"如果你想来看星星，也行。"

"我送你啊，不比公共交通快？"

齐灿惹人心动的神情，让安月澄拒绝的话在唇齿间打了个转儿，没说出来，一肚子的拒绝说辞，浓缩成了"也行"。

与此同时，华城大学校门口。

段寄鱼倚车而立，叼着根烟，不过很有社会公德地没有点燃。他扫了眼腕表上的时间，已经六点半了，和他约好六点见面的燕清柒到现在还没有踪影。

"啧"他伸手捏住烟，手指稍稍用力，一折两半。"真是没有时间观念的小姑娘啊，可谁让自己偏偏喜欢她呢？"段寄鱼极轻地笑了下。

他们这个圈子里的人，见惯了娇艳张扬，也见惯了心机算计，便格外向往单纯的人和事。而燕清柒，在段寄鱼眼里，就是那株洁白娇柔的白玉兰花。

视线里忽地闯入一抹亮色，一个女孩儿从马路对面过来，径直越过他，往华城大学校园里走。

她今天穿的是件复古红的毛呢大衣，不说话的时候，瞧上去高贵优雅，靓丽可爱。

段寄鱼心里一阵发痒，上前半步，喊道："思思。"

女孩儿全然没听见似的，步子未停。

"白薇思！"他又高呼一声，引得旁人纷纷注目。

白薇思深吸了口气，终于转过身来，一眨不眨地盯着他，说："你有什么事情吗？"

段寄鱼目光落在她颈间，一条银白色的锁骨链，衬得她锁骨更加精致好看，线条流畅。他舔舔牙尖，凑近了些，嗓音压得低而暧昧："这周有空吗？"

"你这么闲？"白薇思毫不留情地后退，拉开同他之间的距离，"齐灿的事情，你处理完了？"

提起齐灿交代给他的事情，段寄鱼的笑容顿时垮下来，说："还没。"

"小心哪天他心情不好，揍你一顿。"她勾了勾唇角，笑容隐约透着几分揶揄，看得人浑身都不由得燥热。

"那思思你岂不是要心疼死了？"段寄鱼的模样，轻佻至极。

白薇思修长的手指插进兜里，静静看着他，声音淡下来："我是不是说过，在外面别叫我思思。"

她和段寄鱼的事情，没必要、也不应该让外人知道。

"噢。"段寄鱼闷闷应了声，"所以这周——"

"段哥哥。"清脆娇软的嗓音忽地在不远处响起。

段寄鱼看过去的时候，燕清柒正小跑着过来，目光盈盈，说："这不是薇思姐姐吗？你也在啊。"

圈子里的人燕清柒大多是认识的，除了某些极少露面的人，比如齐灿，所以她自然认识白薇思。

"柒柒，我等了你好久，冻坏我了。"他夸大其词道。

燕清柒搓搓手掌，鼻尖发红，低声说："那人家也要化个妆才行嘛，毕竟是去见叔叔、阿姨。"

"天天见，哪还需要顾忌那么多，"段寄鱼拢住她肩膀，"你先进车里暖和暖和。"

燕清柒不着痕迹地扫了白薇思一眼，然后好脾气地笑笑说："好，段哥哥你快点儿，外面很冷的。"说完，她拉开副驾的车门，坐了进去。

冷气吸入肺中，泛起疼来，白薇思视线从段寄鱼的身上缓慢抽离。"原来是在等燕小姐。"

段寄鱼难得露出几分真心的笑，说："对啊，我爸妈今天说想柒柒了，我就来接她。"

"嗯，那拜拜。"白薇思神色淡下来，"我还有事情，要去学校一趟，先走了。"撂下这句话，白薇思没有丝毫留恋地转身，走进华城大学。

浪子也有真情，如段寄鱼待燕清柒。而她白薇思，还是更适合做个专注于事业的女强人。

坐进车里，段寄鱼调高空调温度，发动汽车，驶入主路。

"段哥哥。"燕清柒很乖很软地喊他。

"嗯？"段寄鱼语调上扬，侧目看她，心情很好的样子。

燕清柒弯着唇角笑得很温柔，说："段哥哥和薇思姐姐关系看起来很不错呢，我之前倒是没听你说起过。"

她的人，怎么能和其他异性亲近还闲聊呢？纵然她不愿意答应段寄鱼的追求，段寄鱼也绝不能去找别人。

"也不算熟悉，就是凑巧看见她，问问白家阿姨近况，客套一下而已。"段寄鱼嘴角微微上翘，情绪不显山不露水的，"柒柒是，吃醋了？"

女孩儿的面颊瞬间红透，望向他的目光似娇似嗔，轻声说："才没有呢。不过薇思姐姐长得是真的漂亮，段哥哥觉得呢？"

"她是混血嘛，天生就要好看些的。"段寄鱼漫不经心地答话，眼底浮现几分笑意。

段寄鱼生性风流，惯会说好听的话来哄她，可此时竟然没有。燕清柒唇角微僵，没想到他竟然这样坦率地承认了白薇思的美貌。

她缓缓垂下眼帘，指尖轻轻拂过手机屏幕，嗓音娇柔清甜："段哥哥，你能不能帮我一件小事情呀？"

段寄鱼没当回事，说："小事情？当然了，你说说看。"

"我们学校里之前有个人让我下不来台，我在很多人面前丢光了脸面。"燕清柒眼眶微红，垂着脑袋，一副被人欺负的可怜模样。

"谁敢欺负我们家柒柒啊？你说，段哥哥一定给你报仇。"

"我之前正巧看见他背着女朋友找了别人，便拍了照片传到网上。"她搅着手指，看起来内疚又难过，"段哥哥，我很害怕……他会不会找到我，报复我？"

　　瞧见燕清柒这么委屈，段寄鱼心底一阵发软，"你把他的名字告诉我，我帮你解决。"

　　燕清柒又盯着他看了好久，齿缝间才低低的挤出两个字："齐灿。"

　　车内陷入了诡异的寂静之中，燕清柒眨眨眼睛，疑惑开口："段哥哥？"

　　"柒柒你说，他叫什么？"段寄鱼依旧不太敢相信自己听到的。

　　"齐灿，齐天大圣的齐，灿烂的灿。"她又重复一遍，还贴心地指明是哪个字。

　　段寄鱼上翘的嘴角缓慢压下来，脸上的宠溺神色渐渐淡掉。他倒是没想到燕清柒会惹到齐灿头上。

　　齐灿在圈子里的存在是相对神秘的，整个圈子都在传他相貌惊人、性情恶劣，很少有人知道他的真实姓名和长相，齐允仁将有关齐灿的消息藏得严严实实的，一切都是道听途说。

　　"柒柒，你能不能具体说说，这个齐灿是怎么让你下不来台的？"

　　燕清柒垂下脑袋，半晌后摇摇头，说："段哥哥，我不想让你知道我难堪的那一面，你别问了，好不好？"

　　换作之前，他可能早被燕清柒可怜的模样打动，一切顺着她了。但别人不了解齐灿，他还会不了解吗？

　　齐灿在圈子里的名声虽然"烂"到极致，令人避之不及，但实际上，他算不上"狠"人，更没必要无端对燕清柒发难。

　　段寄鱼的嘴抿成了一条线。燕清柒在撒谎，在利用自己解决她所看不惯、不喜欢的人。她，好像并不是自己想象中的那张白纸，甚至可能是他最讨厌的样子。

　　"好，那我就不问了。"他失了兴致。至于燕清柒，也还是交给齐灿自己来处理会比较好吧。

次日，安月澄抵达办公室的时候，依旧不免遭到了流言蜚语的攻击。

"你怎么还好意思来公司上班呀？"

"就是就是，杜大人不是都让你回家待着去了吗？"

安月澄目光浅浅淡淡地扫过他们，径直在工位坐下，一旦人坠入谷底，有的人便会想来踩上一脚。她不意外。

"哐哐哐"，皮靴踩在地上发出沉重的声音，众人闻声看过去，也就看见了那道纤细高挑的身影。

她，灿金色波浪鬈发，白皮肤，碧眸清冷，鼻梁高挺，唇上涂的是正红色的口红，复古高级，整个人看起来成熟优雅。和安月澄这种清冷美人完全不同，白薇思，她就是典型的浓颜美人。

安月澄认出了她，却没有动作。白薇思入职了祈囍娱乐，过来编剧部应该是为了公事吧？

"谁是梁泉俊？"白薇思念出文件上的署名。

"我！是我！白导有什么吩咐？"梁泉俊举起手来，是刚才对安月澄进行恶意评价、攻击的其中一人。

白薇思勾起唇角，走上前来细细打量着他。

梁泉俊一个年轻小伙子，被她这样看得十分羞涩，结结巴巴地开口："白，白导——"

"啪！"他的话还没说完，文件便被白薇思狠狠甩在他的脸上。

文件落地，梁泉俊脸颊立即泛起一片红，可见白薇思这一下是用足了劲儿，丝毫没留情的。

"白导，你有事就说嘛，怎么一言不合就打人呢？"他十分委屈地说道。

白薇思是空降到导演部门的，一准有后台，不能招惹，这个消息在公司里都传遍了。因此，他不敢说得太过分。

白薇思笑得很轻蔑，大声说："打的就是你。你瞧瞧你剧本写得是个什么东西？也有脸自荐送到导演部来给我看？"

她缓了口气，继续说，"这种垃圾水平，不把心思用在提升自己上面，还有闲工夫嚼舌根子？"

"白，白，白导，你怎么，怎么能……"梁泉俊说不出话来。

剧本自荐不算是被严格禁止的，但要摆到明面上来，最后的下场都不会很好。其中，百分之九十逃不开离职的结局。

自荐这种事情都是心照不宣的秘密，她怎么能当着这么多人说出来！自荐剧本相当于什么？相当于你直接越过了你的顶头上司，去和别的部门谈合作！这是直接蔑视领导。

梁泉俊越细想下去，越难以控制自己内心的恐慌，他死死地盯着白薇思，似乎这样就能让她把话收回去一样。

白薇思歪了歪脑袋，语气轻慢："怎么了，有什么不能的？你敢做出这样的事情，难道还怕别人说吗？"

"可，可是……"他结结巴巴地想要辩解，脑子却像缠成一团的毛线，思绪混乱不清，连一句语句通顺、逻辑无误的话都说不出来。脸颊如熟透的西红柿般爆红，拳头也攥得紧紧的，不敢动作。

"哟，这不是白导吗？"杜莺姗姗来迟，脸上挂着殷切热情的笑容，和白薇思套近乎，"今天白导大驾光临，可真是令我们编剧部蓬荜生辉，不知道白导前来，所为何事啊？"

白薇思偏头看她，没什么表情，说："杜部长，我来把剧本送过来，顺便教训一下不懂事、不上进的人。"

"剧本？"杜莺有些疑惑。

梁泉俊拼了命地给白薇思使眼色，希望她能够手下留情，放自己一马。他的职业生涯还很长，他不希望就此被点上一个污点，甚至是，被断送在这里。他还有自己想追求的梦想。

"是啊，剧本。"白薇思勾着唇角笑得招摇，咬字清晰地娓娓叙述，"这位梁编剧，前阵子塞给我助理一个剧本，说希望我多加指点。"

她摇摇头，说："可惜啊，剧本写得太烂，实在是恶心到我了，以至于我不得不亲自过来，教育教育他。谁知道一过来就听见他在嚼人舌根子，难怪写不出好剧本。"

梁泉俊脸色青一阵白一阵的，不知道如何反驳。

能爬到部长的位子，杜莺也算是人精，她仔细打量着白薇思和梁泉俊，眉头微蹙着，半晌没说话。

"杜部长，应当不会徇私吧？"白薇思看向她。

"自然，我明白这个理儿的。"杜莺点点头，严厉的目光射向梁泉俊，"你之后就去办离职手续吧。"

白薇思的目光又在办公室里兜了个圈，不经意地从安月澄身上掠过，含了几分笑意。"那我就不打扰了。"说完，她径直离去。

杜莺冷冷地盯着梁泉俊，说："你来办公室，我有话和你说。"

有了这事儿横插进来，她也就把安月澄忘在了脑后。

坐在角落里的安月澄神色复杂，指尖不经意地捻着，缓慢吐出一口浊气，她哪里听不出来白薇思是在刻意刁难那个人呢，可之前两人又无冤无仇。那么，唯一合理的解释就只能是她听见梁泉俊对自己的诋毁了。

人情可算是欠上了，说不上心底是什么感觉。意外，或是有被打动。不过，未来她们可能不会是敌人了，甚至有可能是朋友。

安月澄摸出手机，敲字发送："谢谢你，白薇思。"

一日相安无事，直至临近下班时间，杜莺才想起来有个还没处理的事情。她径直推门出来，看到安月澄还安坐着，正专心致志地处理文件。

"安月澄，你过来。"她嗓音冷冽。

安月澄摆弄了下手机，才起身，紧跟上杜莺的步子，走进办公室。

杜莺在沙发上坐下，身子向后靠，傲慢不已。"叫你来的原因，你心里应该清楚，意图勾搭其他部门经理上位，这一条足够你被开除。"

安月澄不动如山，站在她的两米之外，双目清湛，说："但我没有做。"

"舆论可不会管你做没做，你已经在岗实习半个月了吧，如果这个时候被开除，之后不一定赶得上实习验证吧？"杜莺笑笑，丝毫不掩饰对她的嘲笑。

"那不是杜部长需要担心的事情。"她抬手将碎发撩至耳后，神色平淡，坦然自若的模样。如果肆意中伤能够打倒她，她也不会还完好无损地站在这里了。安月澄从不担心，也从不害怕这些。

杜莺放缓语气，为她着想似的说："如果你愿意请陶经理吃饭赔罪，这件事就这么过去了，没有人会开除你。"

"吃饭？"安月澄一字一顿，咬字很重。

"对，自然是吃饭，到时我会陪同你一起去，你不必怕，陶经理很好说话的。"杜莺展现出前所未有的宽容心，颇具几分好领导的意思在里头。

但她实在太过愚蠢，挖的坑就明晃晃摆在安月澄面前，还在做伪装，一厢情愿地认为安月澄无法识别出来。

安月澄眉眼间显出些许倦怠，语调懒懒的："抱歉，杜部长，恕我无法做到。"

"那你可以去人力资源部办理离职了。"杜莺合上眼，不再说话。

"离职是不可能办的，眼下有一份录音勉强做辅证，只要再等等便可以了。"她抿紧嘴唇，暗自思忖，没再和杜莺说什么。转身出办公室门时，正打算下班的"吃瓜"同事又齐刷刷对她行以注目礼。

第8章　我们恋爱了

到了下班时间，安月澄很快收拾好东西，坐地铁回到华城大学。齐灿和她约好在华城大学门口见面，一同回苏禾镇去。

在路旁找到熟悉的车牌，安月澄拉开副驾车门，安稳落座，招呼齐灿："下午好，我们出发吧。"

齐灿身躯前倾，手臂搭在方向盘上，细长的手指微曲，在方向盘最上方，有一下没一下地轻点着。

安月澄心情不算好，他看得明明白白。因为听她说话的语调很平，没什么波澜，甚至有往下坠的趋势，像心里藏着事，还是那种很压抑的事情。

"姐姐这话像是把我当成御用司机了啊。"他尾音拖着，意味深长地侧眸看着安月澄。

安月澄晃了一下神，很快收敛起眉眼间的倦怠，说："没有，只是今天实习工作稍微有点儿多，就有些困。"

她不会被打败，但会感到疲惫。特别是情绪积攒久了，对身体和心理都有不小的负担。

"姐姐难得有招架不来的时候，不如随便说说，就当是倒倒垃圾。"齐灿缓缓踩下油门，并入主路。

闻言，她精神了些，坚定反驳说："那不行，你又不是我的垃圾桶。"

负面情绪是一种很糟糕的东西，不应该传染给别人。自己倾诉得到了缓解，可他人却在承受着可能更大的压力。安月澄不愿倒垃圾给齐灿，更不愿齐灿做自己的垃圾桶。

"但你的坏情绪，我希望与你一同承担。"齐灿双眸闪着微亮的光，像皎洁的月光倒映湖面，清风拂过时没有留下一丝一毫的痕迹，却偏偏撩人得很。

安月澄绷紧脊背，良久，未发一言。

齐灿不疾不徐地开口，话语如羽毛般扫过她的耳郭："就像之前聚会时，你始终与我感同身受，站在同一条战线上那样。"

心底绷直的琴弦，乍然被冷白修长的手指肆意拨弄，弹出的音节不成曲调，也格外动听。

安月澄胸口处酸酸胀胀的，眼眶也无端有些干涩，像需要泪水浸润缓解似的。这个姑娘眼角微微泛起一圈红，盈盈动人的一双美目覆上了层薄薄的水雾，软化下来，更惹人怜惜。

"是的，我们始终并肩作战，从未改变。"安月澄吸了口气，郑重其事地说。

对，是这样，不论他们之间结果如何。

齐灿眉梢染上笑意，嗓音愉悦好听："我们永远是最靠近彼此的人，从始至终。"

垂落在膝上的手指无声攥紧，她抬起眼眸，目光一动不动地锁在齐灿身上，深沉，而又蕴着些不知名的情愫。安月澄自己辨不清，但她似乎听见心底的声音，那种名为动情的声音。

"所以，齐灿。"她抿紧双唇，牙齿无声地咬紧。

齐灿喉间溢出单字音节，语调是上扬的，透出几分慵懒散漫："嗯？"

"你愿意，和我在一起吗？"短短九个字，十分艰难地从安月澄齿间挤出来，尾音还若有若无地轻颤着。

齐灿右脚险些猛踩一脚刹车，他稍稍侧目，看见安月澄羞红的耳垂，和她有些发抖的指尖。正式表白的人，不是他，而是安月澄，这实在是出乎齐灿意料。

他从不做没把握的事情，因而处处计划，希望在每一个细节都能博得安月澄欢心。

提升好感度的计划一直在推进，却还远不到他所以为的能够正式表白的地步。没想到……

　　长久的沉默之中，安月澄的内心竟忐忑起来，难道说，自己要被拒绝了？难道说，之前齐灿的讨好与陪伴，都只是为了今天拒绝自己而做下的铺垫？难道，难道，齐灿真的是在耍弄自己？眼下即将成功，却打算结束了？

　　这种时候，即便是心理强大如安月澄，也不免胡思乱想起来。

　　"姐姐，这种请求，还是应该男士来提出吧？"齐灿倏地笑出声，缓了两秒，又说，"不过我愿意。"

　　安月澄眨眨眼睛，没有节目效果，没有意外，齐灿接受了表白。

　　"我怕姐姐反悔，就先答应下来。我欠姐姐的仪式，过阵子就补给你。"他煞有介事地说着，"姐姐，恋爱快乐。"宠溺纵容的笑始终悬在他唇畔，没有消失。

　　一瞬间，安月澄隐约想起了过去。但此时此刻，过去对于她似乎没那么重要了，因为心中惦念的人，正真真切切地在她身边。并与她庆祝——恋爱快乐。

　　眼眶里有什么东西要夺眶而出，安月澄仓促地把头扭向靠窗一侧，手指快速在眼角抹了下。

　　"嗯，恋爱，快乐。"她目光透过玻璃，远远看向窗外，看着一盏盏亮起的灯，倒映在眸中时，如点滴星火。

　　回到苏禾镇，安月澄先一步下了车，在门口等着齐灿停好车。他很快迈步走过来，向她伸出了手，示意她把手交给自己。

　　刚刚表白成功，就在爸妈面前牵手，嗯……真的好吗？安月澄还在犹豫着，他温热干燥的手指就已包裹上来，松松地拢住，不容拒绝。

　　她抬起眼眸，盯着齐灿干净好看的侧脸几秒，忽地出声："我不会迷路的。"

　　"但我怕迷路啊，姐姐。"亲昵的称呼虽是被冷风裹挟着送到耳畔，却平白升了几分温度。

　　"你方向感一直很好，才不会迷路呢。"她低声嘟囔着。

　　齐灿侧眸，视线细细勾勒着她姣好的轮廓线条，他学着安月澄的语气说："谁说方向感好，就不会迷路呢？"

在过去的三年里，他几乎迷失自己。直到再次见到她，漂泊无所依的自己和自己的目光，终于有了驻足停留的地方。

齐灿说话时语气轻佻散漫，可安月澄听出了几分怅然，或者说是类似于失落的情绪。在她所不曾陪伴的几年里，她心尖上的人，会遭受了她所不知道的痛苦与折磨吗？

"那我给你引路。"她认真开口，"我年长你几岁，走在你前面的时候，可以为你点亮一盏灯，到时候你跟着灯走就好了。"

齐灿握住她的手掌微微用力，说："不必点灯，你就是月亮。"

他永远仰望追逐的小月亮，如今终于回眸眷顾，清冷却温柔的光终于落上了他的心尖。

推开家门的时候，安雍临最先听到声音，转过头来招呼："澄澄你回来了，饭已经快做好了……"视线锁在相握的手掌上，他的声音越来越小，说到最后一个字时，安月澄已经几乎听不见了。

"爸，你今天找我……"

"先吃饭！"她试图直接切入话题失败，被安雍临制止。

齐灿会跟着安月澄一块回来，既在情理之中，也在他的预料之外。不过他得寻个机会和她单独聊才行，老齐的事情，怎么也不能被齐灿知道，不然岂不是令他们本就不好的父子关系雪上加霜？

安雍临生气齐允仁的做派，却做不出破坏人家父子关系的事。

"澄澄和灿灿回来啦？来盛饭，最后一个菜马上出锅。"阮校龄闻声喊他们。

"哎！"他们不约而同齐声应答。

安月澄负责盛饭，齐灿负责把饭端出去。他们刚落座，阮校龄也摘了围裙，端着最后一道菜过来了。

"澄澄，最近实习怎么样啊？"阮校龄给安月澄夹了一筷子红烧肉，关切地问她。

安月澄的筷子在空中有一瞬间的停滞，很快她便故作轻松地吃起红烧肉，"一切都挺好的，同事们都很和善，领导也很好。"

她习惯了伪装成令父母省心的模样。所有的不愉快都只需要她一个人就可以消化。

"那就行，职场不比学校，人际关系要复杂得多，你要当心点儿。"阮校龄想了想，劝说安月澄。

安月澄的手指无意地扣紧筷子，点点头，说："放心吧，妈，你自己的闺女什么样子，你还不清楚吗？"

"你这孩子！"阮校龄果真被她逗笑，眼角浮现出几条鱼尾纹。

"齐灿学业还顺利吗？"安雍临则关心起齐灿，"可得打好基础，不然未来继承家里公司怕是会吃不消。管理层的钩心斗角，太多了。"

齐灿侧目看向安月澄，嘴角掀起一丝笑意，说："有月澄姐姐这个榜样在，我也算得上是'向阳而生'了。"他在长辈面前依旧是乖乖巧巧。

安月澄瞧着他，忽然觉得，他们都有假面，而私下里相见，他们却不约而同地摘下面具，将自己最真实的一面，毫无保留地展现出来。他们真是最适合彼此的人，一手伪装做得十分漂亮。

"你们都是让人放心的孩子。"安雍临欣慰地笑笑。

这顿饭吃得十分愉快，就像一家人整整齐齐地团聚，人人脸上的笑容都无比真挚。饭后，阮校龄收拾起碗筷，齐灿自告奋勇地跟着她帮忙。安月澄刚要开口，却接收到了来自安雍临的眼神暗示。看来，父亲要跟她讲的事情，确实是需要避开齐灿的。

她唇角笑意淡下来，等着阮校龄和齐灿进了厨房，她提出去书房聊。另外，安雍临已事先和阮校龄说好，让她帮忙拖延时间，齐灿一时半会儿是不会从厨房出来的。

父女俩走进一层的书房，安月澄贴心地随手关好门，没有锁，怕做"贼"心虚的意味过于明显了。

"来，澄澄，坐。"安雍临招呼她在靠窗的沙发上坐下，却迟迟没有开口。

那些话该从何说起呢？他愁眉不展，手指一下一下敲在膝盖上。

安月澄很少见父亲会如此发愁，即便是当年填志愿完全不听他建议的时候，也没有。

"爸，虽然我知道你可能不知道怎么说，"她指了指门口，"但是你如果再不说的话，可能在齐灿洗完碗出来前，就说不完了。"

安雍临清了清嗓子，火速开口切入正题。"你和齐灿什么关系？"

她爸不愧是她爸，顾忌说抛就抛。

见安月澄沉默，安雍临摸了摸鼻尖，有些尴尬似地说："是你催我的。"

是，没错。

安月澄深吸一口气，说："我们恋爱了。"

"噢，恋爱了。"安雍临重复了一遍她的话，"等等，恋爱？你确定是恋爱？"

"嗯。"她认认真真地点头。

他们什么时候在一起的？问题从心底冒出来的时候，安雍临觉得头昏脑涨。从小到大，他们不一直都是姐友弟恭的吗？除了最近几个月，哪有半点儿谈恋爱的苗头？

安月澄又细细解释说："以前我们就有好感。"

"好吧。"安雍临酝酿好的措辞被她打乱，索性顺着话茬儿问，"那你是真的喜欢他吗？"

肉眼可见地，她看向安雍临的眼神变得古怪起来。她爸不会是被什么八卦风传染了吧？放在以前，她爸是半句不会多问的。

"是。"她顿了顿，"有什么问题吗，爸？"

安雍临知道自己高大的父亲形象很可能一去不复返，但齐允仁给他打电话的事怎么都不好说出来的。只能暂且自己背下了。

"那齐灿真心喜欢你吗？"他又问。

安月澄盯着他看了几秒，说："好问题，但是爸，你应该问齐灿，而不是问我。"

安雍临手没忍住在膝上拍了几下，说："这不是不能问吗！我要是能问，我……"他的声音戛然而止。以他对他闺女的了解，这句话一出来，澄澄应当就能猜得八九不离十了。

"齐叔叔找你了？"安月澄嗓音平和，无波无澜地问。说是问句，但却听不出一丝一毫的疑问，更像是百分百笃定的陈述句。

"是，他给我打过一个电话。"安雍临败下阵来，悻悻地说。

安月澄脸色冷下来，唇角显现着若有若无的讽刺，她原以为，她与齐允仁见面的事情，她知道就够了，不应影响到安、齐两家的关系，可齐允仁还真是不顾情面。"他还真是拉得下脸。"

"澄澄，你怎么能这样说你齐叔叔呢？"安雍临从不是纵容孩子的人，他们安家的孩子，都应该尊重长辈。

"爸，他为老不尊。"安月澄不再隐瞒，三言两语将齐允仁约见自己的事情讲述清楚。自然，适当做了一定美化，免得把安雍临气着，不过……

"他也太过分了！"安雍临气得站起身，在书房里直转圈，"他怎么能这样？他给我打电话也就算了，竟然还好意思去找你！他这是完全没把我们安家放在眼里！我和他认识这么多年，没想到他竟然是这种伪君子！"他破口大骂，全然没了平日的温和儒雅。

安月澄也是第一次见好脾气的父亲发飙。她起身，拉了拉安雍临的袖子，说："爸，你再大点儿声，全世界都听见了。"

安雍临顿时噤声。他侧耳，竖起食指，小心翼翼地听着门外的动静，没有声音，看来齐灿确实被阮校龄拖住了。

"气死我了，我这辈子就没有这么生气过。"安雍临忍不住吐槽。

过了几秒，他犹犹豫豫地打量着安月澄，小声说："澄澄，你没受到影响吧？"

"没有。"安月澄摊摊手，事不关己的样子，"爸你还不了解我？无用的言论我都会忽视掉。"

她只字未提她的难过与失望。

安雍临的眼睛紧紧看着安月澄，试图从她的脸上发现难过的蛛丝马迹。但是没有，一丝都没有。记忆中的澄澄，似乎一直都是这样的。

不知道为什么，他突然有些怅然，说："澄澄，你这样强大，时常让我觉得身为一个父亲，我没有一点儿价值。"

安月澄一怔，她以为，所有的家长都会喜欢乖巧省心的孩子。所以，她一直在努力做外人口中的"别人家的孩子"。

"爸，我……"她张了张嘴，却觉得词语匮乏，不知道能说些什么来安慰他。

安雍临长叹一声，抖擞抖擞精神，大声说："别担心，你爸我和你一样强大！"

安月澄被他逗得扑哧笑出声来，眼底盈满笑意，语气也一下明快起来："是是是，老爸你天下无敌手，武林第一绝！"

"你和齐灿的事情……"安雍临神情恢复认真严肃，"不论你做出怎样的选择，爸爸和妈妈都站在你这一边。"

"想要和他在一起，那我们会祝福你们，如果有一天你们结婚受到齐家的阻挠，我们也会努力为你们解决。"他抬起手掌，轻轻按住安月澄的肩膀，"澄澄你可以不用那么强大，你背后还有家。"

习惯了她爸的不着调，这会儿突然变得煽情起来，安月澄忽然觉得有些不太适应。泪珠顺着眼角滑落，啪嗒砸在前襟，浸出一小片水渍。她吸了吸鼻子，很快抽了张纸巾擦着眼泪，带着哭腔的声音都变得娇软起来："爸，我会尽量自己走好这条路的，也会记得，有你们在。"

"好了好了，别哭了，爸爸不该惹你哭……"安雍临有些手忙脚乱。

门外，齐灿缓慢收回落在门把手上的手，身躯靠在墙面，黑白分明的眸子阴沉沉的，周身的戾气若隐若现。

阮校龄不善于骗人，齐灿很轻易地看出她刻意拖延时间的意图，然后寻了个由头从厨房出来。他来得不算早，也不算晚。正好听见安月澄讲述齐允仁的所作所为。

掏出手机，齐灿第一次点进名为"她迹"的手机软件。下一秒，本市的地图飞速放大，锁定在"苏禾镇"。

朱源案件事发后，应齐灿强烈要求，安月澄在手机里植入了定位程序，只为提前防范。他无法放任她存在有受到伤害的可能性。

修长白皙的指尖在屏幕上轻点几下，今天的定位路线就已呈现在眼前："华城大学家属区—……祈囍娱乐—华城大学—苏禾镇。"

齐灿长睫微垂，算是预料之中的结果。

她的实习单位——祈囍娱乐，能让她那么费力遮掩，不愿告诉自己的，只能是祈囍娱乐了。

齐灿捻着指尖，胸腔起伏，狠狠吐出一口浊气。随后，发了一条消息给秘书："暗中关注编剧部实习生安月澄的消息，有什么事情随时告诉我。"他重新将手机揣进兜里，若无其事地在沙发上坐下，随手打开电视，为自己打掩护。

过了几分钟，安月澄和安雍临一前一后地出来了，女孩儿眼圈隐隐有着一圈淡红，大约是擦眼泪时太过用力了。

"月澄姐姐，过来坐？"齐灿侧过身子，笑意在眼眸中流转，漂亮极了。

安月澄心里蓦地一软，依言落座，下一秒，齐灿长臂一揽，将她拥进怀里。他的脑袋微微歪了歪，下颌轻抵着她的肩膀，靠在她颈间，毛茸茸的头发搔得她很痒。

"痒。"她抬手捏住齐灿的脸颊，"你换个姿势。"

齐灿的脑袋依言正回来，刚刚好不会碰到她。安月澄满意地拍了拍他，哄孩子似的说了句"乖"。

"要奖励的。"齐灿语调懒散地撒娇，让人很难不心动。

"我爸妈还在呢，没有奖励。"她可不想在爸妈面前和齐灿太过亲热，她还要面子的。

头顶溢出一声极淡的轻笑。"姐姐，我也没说要什么啊。姐姐想要亲我吗？"他呼出的气息从耳畔掠过，热度染上耳垂，漫至脸颊。

"不是很想。"她干脆一条路走到黑。

齐灿头颅轻侧，柔软的唇瓣吻在她颈侧上。

安月澄呼吸一滞，她想到吸血鬼文学。吸血鬼就是如此这般，牙齿轻轻咬噬动脉附近的肌肤，仿佛生命都掌控在他手里。

"齐灿。"她的尾音微微颤着。

"嗯？"唇齿间溢出的声音带了几分沙哑、低沉，原本清丽的嗓音有了些性感，听得人耳根酥麻。

安月澄想了想，说："我爸知道我们在一起了。"

齐灿抬起头，煞有介事地答道："嗯，那安叔叔会不会在小本本上面，记下'夺女之仇'？"

"我爸脾气好，不会。"，但后面剩了一句"还没到'夺女之仇'的分上"没说出口，不然齐灿一准要说"那我们可以马上领证"。

　　于是，安月澄脑海中由此幻想了如下对话场面：

　　"你还没到法定结婚年龄。"

　　"那我要提前准备准备了。"齐灿握住她的手，指腹暧昧地摩挲着她的骨节，"趁安叔叔还没反悔，安排下订婚宴。"

　　安月澄垂眸，停止想象，盯着齐灿手上的动作看，一下感觉他怎么像是在量手围……停停停！她的思路都让齐灿带跑偏了！什么量手围！什么订婚宴！

　　安月澄冷不丁喊出："做什么大梦，你看看你的出生年月，掰着手指头算算你今年多大，再去搜下我国的法定结婚年龄，清醒一点儿。"

　　"嗯？"齐灿沉思片刻，"两年半，提前两年订婚差不多刚刚好。"

　　安月澄沉默，还是不要试图和一个"胡搅蛮缠"的人讲理好了。

　　"嗡嗡"，手机振动的声音忽然响起。

　　安月澄问："你的，我的？"

　　"应该是我的吧。"他往后仰着，掏出手机，胳膊稍稍举高，解锁。

　　"有人找你吗？"安月澄侧了侧身子，探着头凑过去询问。

　　下一秒，屏幕骤然变黑，她眼见着齐灿将手机又装回兜里。"运营商发来的消息，提示最近降温，应主动添衣。"他语调很平，声音毫无波澜，说得就像真是那么回事一样。

　　安月澄没有怀疑，只是小声抱怨着："那运营商也太不厚道了，怎么只给你发，却不给我发？"

　　齐灿的手指轻轻落在安月澄发顶，很轻地向后拂，眸色渐深，说："那许是运营商忘了。"

　　"算了，也不是很重要。"她探着身子，拿过遥控器，转换着电视频道，"换个台，该看'整点新闻'了。"

　　"对了，晒照片的幕后黑手找到了吗？"安月澄突然想起来，到今天晚上，造谣齐灿的帖子已经两天了。

　　"快了。"他笑了笑，"姐姐急什么，放长线钓大鱼。"

这话说得倒是没错，而且还和安月澄想得几乎是一模一样。"你说得对。"她竖起大拇指，表达了对此的认可。

看完"整点新闻"，安月澄先一步上楼去洗澡。齐灿耳畔电视的声音嘈杂，他那双温情脉脉的眼睛一点儿一点儿冷下来，齿间溢出一声冷呵，他重新打开手机，屏幕上是他和秘书的微信聊天框，他收到来自秘书的一条最新消息："编剧部的实习生安月澄？小齐总你最近没看公司内网论坛吗？她特别火！据说是意图勾引艺人经纪部的经理！"

简直是无稽之谈。

齐灿双唇抿成了一条直线，指尖快速划了两下，点开最末页的企业微信。登录前阵子注册的新账号后，找到内网交流论坛，最热的帖子便已映入眼帘："新来的实习编剧公然勾引艺人经纪部经理，亏她还是华城大学高才生！#爆#"

冷白的手指缓缓滑动，将一条又一条恶意的评论收入眼底。霜雪一点儿一点儿附上他的面颊，那双黑漆漆的眸子，显得越发冷漠和锋利。

安月澄这几天的心不在焉也有了原因。在他所不知道的地方，安月澄受尽指责与谩骂，又自己将一切承担下来，不肯向外道出半个字。

齐灿的呼吸稍稍有些急促，连带着心跳都变快起来，心口又隐隐约约泛起一阵疼。

手机屏幕的光暗掉了。他合上眼眸，说不清心底的情绪是哪一种。

心疼她屡屡遭受攻击，可想到她却不肯诉说，更不肯向自己求助，又不免有几分寒心。即便安月澄已经知道，他接手了祈囍娱乐。她未曾接纳自己，也不愿与他共享情绪。曾经无话不谈的过去，似乎是再也没办法回去了。

"齐灿，还在看电视呢？我记得你明天还有早八的课，不早点儿洗澡休息吗？"阮校龄的声音远远传来。

齐灿收敛了面上的表情，回头望过去，礼貌又客气，说："阮阿姨，我这就准备去了，您还看电视吗？"

"不看了，我就下楼倒杯水。"阮校龄摆摆手，转身往厨房去了。

几乎是同时，齐灿脸色沉下来，随手关掉电视，径直回到卧室，立于窗前。他抬眼望着夜空中的那轮圆月，淡蓝色的月光倾泻而下，将黑暗照亮，清冷至极，却又偏偏温柔无限。

"月亮，真的落在自己心尖上了吗？"他自问。

没有答案。

"嗡嗡"，手机振动起来。

齐灿稍稍屏住呼吸，却在看清新消息的时候，又恢复了正常。

不是安月澄，是段寄鱼。

"今天早上和你说的事情，你有想法了没？还是打算任由着她胡闹吗？我真是不懂你，图什么啊？"

图……希望她看到自己被围攻、谩骂的时候，心中能多一分怜惜。

齐灿用尽了手段，只想安月澄的目光能够在他身上多停留片刻，就如《竹马他的小月亮》那本小说中所写的："姐姐，可不可以看看我，让你的目光永远为我停留。我想……让你的眼里只有我。"

他浓密乌黑的长睫轻颤，唇齿间溢出一声轻嗤，手段换不来真情，他们也不能像言情小说里那样心有灵犀，或许……是他一厢情愿了。

"周末约她到泓瑟酒吧。"他敲字回复。

"咚咚咚"，快速短暂的三声敲门，是他们习惯的暗号。

齐灿关掉手机扔在一旁桌上，长长吐出一口浊气，嗓音平静下来："请进。"

"吱呀"，木门被拉开。

房间内一片漆黑，没有开灯，月光勾勒出他修长挺拔的身影，为天地日月钟情般，散发出的光华不可亵渎。

安月澄晃了一下神，按下开关，房间骤然亮堂起来。"怎么不开灯，说话还这么客套，难不成是连小时候的暗号都忘了？"她略带调侃，尾音有意无意地上扬，像猫咪一样。

"没忘，我一直记着。"齐灿手指无声扣紧窗沿，无波澜地淡淡开口。

她似乎有些觉察齐灿不太对劲，换作平时，可能早要借着由头大肆胡侃了。"齐灿，你怎么了？"她两三步小跑着过来，湿漉漉的头发在空中甩出几滴水珠，落在地上。

齐灿端起笑容，恢复了往日的散漫轻佻，说："一秒不见，如隔三秋，我方才在数，我与姐姐隔了几个秋。"

　　他顺手取过晾干的毛巾，站在安月澄身后，轻轻地替她擦起头发。洗干净的毛巾干燥柔软，还带着淡淡青草香，那是齐灿之前专门淘来的一款洗衣液的味道。

　　"也没几个秋吧。"她小声嘟囔着，温软的眉眼透出几分可爱，"你要这么算，以后可就难熬了。"

　　身后传来很轻的笑声，然后陷入沉默，一种十分罕见的沉默。

　　安月澄盯着玻璃上的人影，眼睛一眨不眨。倏地。

　　"姐姐。"齐灿停下手上的动作，沉声唤她。

　　安月澄扭过头看他，眼神清亮干净，不见一丝一毫的阴霾。"怎么了？"

　　"过阵子我可能比较忙，公司有一些事情……"他斟酌着言辞，难得有些笨拙，慢吞吞的，"我不能陪姐姐，怕你会孤单……"

　　"你不要担心。"女孩儿笑得眼睛都眯起来，"我实习工作挺忙的，还有论文和毕业短剧，我只要不闲下来，就不会孤单了。"

　　明明都要面临被开除，她还是能很坦然说出"实习工作很忙"的话。就像，即便齐灿这个人不在，她依旧能过得很好一样。齐灿垂下眼眸，将心事遮掩得严严实实。"那好，姐姐不孤单，我就放心了。"

　　安月澄在齐灿房间闲聊了快半个小时才离开。周围的空间重新陷入寂静，他的世界似乎也重新陷入灰暗。

　　齐灿拉开书桌底层的抽屉，取出一支烟，咬在唇齿间，没有点燃。安月澄不喜欢抽烟的人。他打开通往阳台的门，一阵寒风迅猛地灌进来，吹透了他薄薄的打底衫。

　　冬天昼夜温差很大，夜里再加上阵阵的西北风，外面的寒意实在难以抵御。夜色沉沉，齐灿的身躯几乎冻僵。他向外迈了一步，看到安月澄房间的灯已经灭了。

　　齐灿活动了一下手指，拿来手机，拨通尚初臣的电话。

　　"齐大少爷，扰人清梦真的合适吗？"

"现在才十一点。"齐灿凉凉开口。

尚初臣素来夜猫子，典型的日夜颠倒，在外人眼里，就是一个网瘾青年。

"最近身体哪儿都不太舒坦，去看了老中医，说我肝肾阴虚，让我睡子午觉，必须十一点前入睡。"说起这件事，尚初臣很苦恼，"我真是想不明白，我单身这么多年，无欲无求，哪能肾虚呢！"

齐灿沉默。三秒后，尚初臣清了清嗓子："齐大少爷你有什么活儿就说吧，我明早一定给你办喽。"顿了一下，他又补充，"当然，如果等会儿我又失眠，可能等会儿就开干。"

叫夜猫子在十一点前睡觉，属实有点儿艰难。所以，即使他这几天都在很努力地践行早睡理念，但都是干躺着，睡不着，满脑子的代码。

"你明天和我一起去找安保部经理，调一下祈囍娱乐的内部监控，要艺人经纪部经理办公室的。找到经理和……安月澄见面的那段。"齐灿的声音有不自然的停顿。

乍听名字，那头的尚初臣蒙了几秒，说："安月澄？"

在齐灿发飙前，他反应过来，连忙说："噢，你姐姐啊，行，没问题，你不可能就要这一段视频吧？"

"先要这段，看完我再决定是否还要别的。"齐灿勾起唇角，凉薄无情。

"没问题，我一早就过去。"尚初臣答应下来。

第二天安月澄起来的时候，齐灿已经不在家里了。早八的课程，他要很早回学校。而安月澄，则在路边早餐店吃了小笼包和豆浆，便坐上了前往祈囍娱乐的地铁。

到达公司之后，她在办公室门口看见了堆放在外面的杂物，一摞资料被扔得乱七八糟，那株略有好转的龟背竹被扯烂了叶子。她的手指不由得攥紧背包带，走进编剧部的时候，发现原本属于她的位置上，已经坐了一个陌生的女人。

"请问你是？"安月澄礼貌发问。

女人撇她一眼，说："新入职的员工，你谁啊？"

旁边有围观的同事笑出了声，有人说："一个被开除的实习生，也不知道怎么还有脸来上班。"

"你被开除了，还来做什么？要想爬上司床，也不该来咱们编剧部啊。"那人的话引起一阵哄笑。

杜莺没有给她太多的时间，那就今天把事情解决掉吧。

"如果我说，那些都是对我的诽谤呢？"安月澄静静抬眸，环视四周，不咸不淡地发问。

"你上嘴皮子和下嘴皮子一碰，我们就信啊。"有人质疑。

或许是对优秀者的嫉妒心理作祟，又或许是对上位者的下意识拥护所影响。分明那个帖子没有丝毫证据，他们却都是相信的。

"那不如来听一个录音。"她点开手机里的录音，将音量调到最大。

"'陶经理，请问你找我有什么事情吗？''也不是什么大事，你坐下，别站着啊。'……'很简单的，只要你陪陪我。'"

播放至此处时，办公室里的职员都瞪圆了眼睛。然后他们听到了安月澄的反驳与质疑："那我宁愿接受社会的考验，陶经理的厚爱我承受不起。"

录音播放结束，办公室重新归于安静。但顷刻，就爆发出剧烈的讨论声。

"那帖子真的是诽谤，安月澄没骗我们！"

"那陶经理怎么好意思还故作大度的啊？这太刷新下限了吧！"

"举报！一定要向上层举报！"

他们都是极度厌恶职场潜规则的，但容易听风就是雨，所以之前也就很容易被牵着鼻子走了。不过，职场人，哪一个会不希望通过自己的努力，走上高层，提升自己的社会地位？

安月澄稍稍松了口气，身后忽地响起杜莺的声音。

"你们在吵闹些什么？安月澄？你一个被开除的人，怎么还来上班，我们祈囍娱乐不收废人！"杜莺十分厌恶地打量着她。

"吃瓜"的职员们顿时又安静下来，你望望我，我望望你，都没敢开口。

"我不是来上班的，"安月澄笑笑，手指点下另外一条录音，"我是来整顿职场的。"

熟悉的声音从手机里传来："如果你愿意请陶经理吃饭赔罪，这件事就这么过去了，没有人会开除你。……"

众人瞠目结舌。没想到还有后续？杜莺这是收了陶经理的好处？

"杜部长，这是什么情况？"

"就是啊，陶经理意图行职场潜规则之事，你为什么还要让安月澄向他赔礼道歉？"

"杜部长你难道是帮凶？"

声音杂乱，不过杜莺很快捕捉到其中的关键词。

她定了定心神，张大嘴，故作震惊，大声说："什么？陶经理竟然意图潜规则安月澄？他明明是说愿意再给安月澄一次机会，我不忍心安月澄这样的人才被埋没才答应下来的。"

虽然很离谱，但安月澄确实没有更直接的证据。

安月澄抿了下唇角，开始试探性地问："那杜部长会愿意和我一同揭发举报陶经理吗？"

"当然，我最恨的就是潜规则行为了！"杜莺没有露马脚，义愤填膺地说。

安月澄舒了一口气，凝眸盯着她看，试图寻找出蛛丝马迹。可能杜莺并不只做过一次共犯，因此安月澄不愿意饶过杜莺。

"杜莺，你最恨的就是潜规则？那这段视频，你怎么解释？"妖媚蛊惑的嗓音顺着风送至众人耳畔。

闻声，安月澄率先回过头，看到那道靓丽的身影，灿金色长发，正红色毛呢大衣，身形苗条，婀娜多姿，手里还托着台平板电脑。

随即，杜莺和"吃瓜"的职员们齐齐看向白薇思。

"白导白导，什么视频？"

"快给大家伙看看呀，白导。"众人即便惧于白薇思的威严，也忍不住起哄。

杜莺面色微变，声音冷下来："白导，饭可以乱吃，话不能乱说。我杜莺这辈子就没做过对不起人的事情！"

她固然顾忌着白薇思的后台，却也不能在下属面前失了威信。不然她的部长还怎么当？

"杜莺，你敢发誓？"安月澄黑冷冷的眼眸盯着她，通透深邃，容不下半点儿黑暗与罪恶似的。

"嗤"她很轻地笑出声，说："我怎么不敢？我杜莺这辈子最恨潜规则，绝不可能为潜规则助力，如有半点儿虚假，天打五雷轰。"

白薇思能有什么视频？杜莺根本不信。涉及这种事情，她和陶经理都是私下见面，在隐秘性极高的地方交流的。

安月澄回眸看向白薇思，白薇思勾起唇角，将手里的平板转过来，点击视频中心的播放按钮。虽是俯视的视角，却也能清晰看见座位上的二人，一瘦一胖，正是杜莺和陶经理。

几乎是看到的瞬间，杜莺脸色煞白，熟悉的背景，熟悉的着装，可不正是他们见面时的监控录像！白薇思怎么得到的？这不可能。

"不过没关系，监控录像只能录到我们见面的场景，没有录音佐证，根本不能证实什么！"杜莺硬着头皮暗暗安慰自己。

下一秒，平板里忽地传出声音：

"杜部长，咱们有阵子没见面了。""是，大约有几个月了？这次陶经理找我，莫非还是为了我们部门新来的那个实习生？"

"还是杜部长了解我。"陶经理笑起来，脸上肥肉颤巍巍的，"我约了她见面，没想到她竟然不识好歹地拒绝我！"

画面里的杜莺喝了口酒，说："那陶经理是想惩罚她喽？这回打算用什么法子？"

陶经理恨恨出声："还是那招，让全公司的人都知道，她是个试图勾引上司的人！"

"陶经理放心，我也会帮你说上两句的，软硬兼施，她哪里敢不从？"杜莺媚眼如丝，狡黠说道，"她若真是不从，就该从祈囍娱乐消失了。"

视频播放完毕，办公室里陷入长久的死寂中。

倏地，有人领头嚷起来："杜莺，你口口声声说你最恨潜规则，结果你就是这么当帮凶的？"

有人牵头，剩下的人便都毫无顾忌地谩骂起来。

"我呸！你还有脸发誓？老天爷现在就应该打一道雷劈你！"

"你真是个十恶不赦的大坏蛋！"

"你讨厌不讨厌哪！俩人交谈时驾轻就熟的，这种事怕不是一回两回了吧？"

谴责铺天盖地。杜莺面容没有一点儿血色，脚下趔趄着后退了两步。

她千算万算，也没有想到，竟然是有声的监控设备，泓瑟酒吧包间的监控设备居然是能录入声音的！曾经那么多次都没被发现，怎么这一次就被发现了？杜莺想不明白。她气愤地看向安月澄，刀子似的目光狠狠剜在她身上。

都怪安月澄！她要是像之前的人一样懦弱，不敢反抗，根本不会东窗事发！

"杜部长还有什么想说的吗？"安月澄嗓音冰冷无情，像裁决者正对杜莺发出死亡的审判。而提供证据的白薇思在她身侧静静伫立，宛若一个无形的守护者。

杜莺眼神淬了毒，狠狠地死盯着安月澄，说："你以为凭借一段视频和录音，就能扳倒我和陶经理了吗？你还真是太天真了！"

安月澄摊摊手，随意轻松。"不然呢？"

"你是不知道陶经理的背后是谁！他出了事情，他背后的人，会让你们陷入万劫不复的境地！"杜莺像得了失心疯，哈哈大笑起来。

安月澄严肃且认真地看向白薇思，感觉她不像是随口一说。万劫不复虽然可能夸张了些，但要真将无辜的人牵连进来……她于心不忍。

白薇思轻轻摇头，"不必担心。"

"其他的话，你还是留着和警察说吧。"安月澄扫了眼手机上的时间，"说起来，这会儿警察应该已经在陶经理的办公室里了，下一个……"

安月澄的嗓音含了几分笑，稍稍停顿，对着杜莺说："就是你。"

两方对峙时，安月澄提前用短信报了警。海城区公安局离园区不远，警察很快就能到。

"这件事情解决了，你应该可以重新回祈囍娱乐了。"白薇思偏头看向安月澄，"最近可能安排代理部长，之后上级会下达正式任命。"

天气有些冷，安月澄将手揣进兜里，呼出的气凝成白雾。"我应该不回祈囍娱乐实习了。"

"为什么？"白薇思不解，"祈囍娱乐是业内顶级的公司，对你日后的发展很有利。而且，你们的实习要求，应该是要连贯不断的吧？"

白薇思对华城大学的实习要求略有了解，如果从现在开始找实习工作，等找到之后再去入职，明年的时间就会很紧张，大概率会卡着实习认定的时间。

"嗯……"安月澄长出一口气，故作轻松地笑笑，"因为齐灿最近接手了祈囍娱乐，我在这里实习的话，怎么说都算不上公正吧？"

白薇思语塞。在今早齐灿给她打电话说起此事的时候，她还以为只是齐灿过于敏感了。没想到，安月澄是真的避嫌，也真的不愿意依赖齐灿。

"你不用担心的。"安月澄对着白薇思眨了下眼睛，"我最近恰巧收到了帝海文化的面试邀请，并且也通过了，下周就可以入职。"

原以为她毫无准备，结果人家连下家都找好了，小丑竟是自己。噢，还有齐灿。

"没想到，你后路都准备好了。"白薇思有些感慨，心底忍不住涌起对安月澄的钦佩。

安月澄确实是一个活得很精彩的姑娘，身上闪烁着的光华，是别人仰望与倾慕的。

"不打无准备之仗嘛。"安月澄薄红的唇角翘起，眼眉微弯，"不管怎么说，还是要谢谢你，如果没有你提供关键性证据，今天的事情要难办许多。"她是真心感谢白薇思。

白薇思盯着她看了几秒，"你该感谢的不是我"这话几乎脱口而出，可很快又被咽了回去。答应了齐灿要保密，就不能透露半个字。

这两个人之间的关系，还真是别扭死了。

"只是恰巧有些门路，就搭了把手。古话不是常说，多个朋友路好走嘛。"她解释说。

有白薇思怒怼怼长舌男在先，还有之后的仗义执言都让安月澄丝毫没有怀疑她的说辞。"那以后你有事可千万记得找我帮忙。"

"一定。"

炫目的灯光闪烁着，五颜六色，晃得齐灿微微眯起眼。"尚初臣，我眼睛要瞎了。"

"噢。"尚初臣应了声，起身关掉彩灯，换了盏暖色的日光灯，包间里乍然亮堂起来，"你之前不是说要好好学习，怎么今天还逃课？"

齐灿正在倒酒，闻言，没什么反应，将酒一饮而尽，掀起眼皮，语气平淡："我请了病假。"

"但你没有生病，本质上还是逃课。"尚初臣细细打量着他，"而且今天还做好人好事不留名，你不对劲。"

以尚初臣对他的了解，他恨不得用尽一切小手段，套牢安月澄。比如上次安排他发消息，让安月澄"无意"知道朱源曾恶意发帖诋毁他。

激起小姑娘的保护欲嘛，齐灿玩手段很有一套的。

齐灿垂下的眼睫毛细而密，将眼底的情绪完完全全遮掩住，不露分毫，说："随你怎么说。"

"你现在的状态……"尚初臣顿了顿，"很像三年前那个夏天。当时是被'白月光'伤害至深，那现在呢？"

齐灿拧起眉，向他伸出手，问："有烟吗？"

"你不是说她不喜欢烟味，你戒了。"尚初臣一句话一刀子，毫不留情地往他心口上扎。

嗯，是故意的。

齐灿眉眼阴戾，盯着他看了很久，看得尚初臣心里都发毛的时候，他收回了视线，动作麻利地斟满一杯酒，又是一饮而尽。

齐灿素来是这样，什么话都不肯讲。三年前，他们绞尽脑汁，也才从醉酒的他口中撬出一句"白月光"，后续故事全靠他们自己脑补。三年后的今天，齐灿已经练出好酒量，大概更不容易被套出话了。

"你在别扭些什么？"尚初臣想不明白，他不懂什么爱与喜欢，只觉得在一起开心就够了，不论是情侣还是朋友什么的。要是不开心和别扭，那不如一个人去耍。

"嗡嗡——"桌面上的手机忽地振动起来。

"来电显示：白薇思"

"事情办好了，有你提供的证据，一切都很顺利。"

"嗯，姐姐她……还好吗？"齐灿声音虽小，但隐于其中的关切却不难听出来。

电话那头的白薇思沉默了几秒，说："应该比你想象的好得多，她很强大，并不会被流言蜚语打倒。另外——"她骤然顿住，没再继续往下说。

齐灿攥着手机的手指收紧几分，眸色锋利，问："如何？是有谁为难她了？还是公司那边出了差错？"

"不是，我依照你的安排，告诉她可以重新回祈囍娱乐。但是，她拒绝了，并且说，她已经找好了下家，稍次一点儿的帝海文化。"白薇思说起这话时，难得语气很轻柔，像是在刻意照顾齐灿"脆弱"的心灵。

齐灿抬手倒了杯酒，指腹摩挲着玻璃杯面，急问："原因呢？"

白薇思叹了口气，说："和你想的差不多，她觉得在祈囍娱乐工作，你是总裁，有失公正。"

齐灿很轻地笑了下，仰起脖子又灌了一大杯酒下肚。这杯酒喝得过于猛，酒液洒出，顺着他的下巴一路滑落，滚过精致突出的喉结。

"你怎么看呢？"许是连灌数杯的缘故，他的眼神带了些许蒙眬。旁观的尚初臣觉得，要是他现在去找安月澄卖惨，应该能事半功倍。

"我不知道你们的感情究竟怎么样。"白薇思很客观，"但就我目前来看，你应该先了解清楚，你们彼此最想要的是什么。"

"嗯？"齐灿喉间溢出单字音节，身形稍稍端正，认真倾听起来。

白薇思沉默了几秒，说："有些喜欢不一定是非要在一起的，如果在一起注定不会有好结果的话。"

她与段寄鱼便是这样。年轻时候，她曾经炽烈疯狂地爱过段寄鱼。

"但如果，你不介意未来可能的悲剧与意难平，也愿意为之付出努力的话，那至少要试试看吧。"

白薇思曾崇尚过浪漫，但最后还是成了一个现实主义者，向最残酷也最真实的现实低头。

"嗯……"齐灿吐出一口浊气，眼神露出几分清明，"我知道你的想法了，谢谢你。"

一天之内得到两次感谢，白薇思有点儿"受宠若惊"。"得了，别谢，该干吗干吗去，希望你别辜负我给你打的掩护就成了，挂了。"

挂断电话，齐灿稍稍一偏头，便对上了尚初臣八卦的目光，满满的好奇，问："你想明白了？"

"做些准备，找找帝海文化的相关资料。"齐灿晦暗的双眸泛起一丝波澜，沉沉说道。

"又有活儿？这回是要干吗？"尚初臣一胡噜头发，他这算不算自己给自己找麻烦……

"收购帝海文化。"他嗓音笃定，一股势在必得的劲。

第9章 姓齐，私生子？

潜规则的事情，算是暂且告一段落，可安月澄谁也没打算告诉，不论是实习中断的事情，还是卷入潜规则风波，已经完结的事，没有必要再让他人为自己担心。

"�~"她倒吸了一口凉气，盯着三步助跑扑到她胸前的星星，得亏她还盖着被子，不然可能要当场表演个心梗。"星星，你这是谋杀亲姐！"

星星歪歪脑袋，舔舔爪子，顺势趴下了，可怜无辜至极。说实话，小猫咪能有什么坏心眼呢？

"算了，自己惯坏的自己认。"安月澄嘟囔了两句，抬手捋着星星脊背上的毛发，另一只手点开了"蔻蔻阅读"。

最近杂七杂八的事情忙得她头晕眼花，连追更《竹马他的小月亮》的时间都挤不出来了。

"8章未读·更新至第186章：月亮真的属于他吗？"

看到这个章节标题，安月澄心又是一惊，不会吧！星月灿不会又要对她喜欢的情侣下手了吧？

她小心翼翼地点进去阅读：

"他忧郁干净的眸子望向她：'姐姐，你是真的愿意和我重修于好吗？'

'当然，我们是最契合彼此的人，不是吗？'女人眨眨眼睛，没有丝毫犹豫，一副理所当然的模样。

只是因为契合吗？而不是喜欢，甚至是爱吗？他心间泛起苦涩，仰望追逐的小月亮，真的……属于他吗？"

"作者努力码字中"

不知不觉间，已经翻至末页，安月澄绷紧唇角，忍不住在评论区敲字："您还记得您写的是个甜文吗！最新章节看得我抑郁了。"

退回首页，安月澄瞄到下方的消息提醒，点进去，几条发自前两天的作家评论，异常显眼。

"星月灿回复了一颗橙子：'最近的更新内容，你不太满意吗？我应该没写到什么槽点吧？'"

安月澄还来不及为星月灿主动问她一事震惊，就已经被后面一连串的读者评论砸晕了脑袋。

"沉默寡言的星月灿，竟然主动问读者意见，我真的震惊到三百六十度转圈圈！"

"这个'一颗橙子'是什么来头啊？星月灿第一次出现在评论区，好像就是回复她的评论吧？"

"难道是什么隐藏人物？那种顶峰相见的惺惺相惜？"

安月澄除了沉默，还是沉默。"吃瓜"读者们的猜测是真的毫无边际，想象力丰富无边。她想了想，指尖在屏幕上一阵忙活编辑消息。

"一颗橙子回复星月灿：抱歉啊，我最近现实生活比较忙，就没来得及追更！现在已经看完了，很好看，没有槽点！"

安月澄满意地点点头，对于优秀的作者，就要秉承着"夸赞多于批评"的理念，多多激励，让他们更加有动力码字！

然而一分钟后，她收到了星月灿的回复：

"可是我刚看到你几分钟前的评论，说最新章节看得你抑郁了。嗯……这就是很好看，没有槽点吗？"

灵魂质问！这绝对是直击灵魂的质问！她现在删除评论还来得及吗？

"悲欢离合乃世间常有。细究起内容的话，男主或许是有些过分担忧，但也是人之常情。爱得深入骨髓，便让他患得患失。从而忽略掉了女主待他时的各种细节，不过不管怎么说，我相信时间会证明一切，误会都能解开。"

安月澄是有点儿浪漫主义的。至少她自己是这么觉得的。

不多久，星月灿再次回复："我明白你的意思了。"

"明白我的意思了？"她喃喃自语，"明白了什么啊？"

安月澄噌地坐起身，惊得星星一下子蹿了出去，咣当撞在柜子上。"吓到你了吗，星星？"

小猫咪灵动的瞳仁望望她，似乎在控诉：你还好意思问？

"胡噜胡噜毛，吓不着。"她凑过去摸摸星星的脑袋，"我要去忙一会儿，你先自己玩，嗯？"

"喵"星星叫了一声，似在表示赞同。

这周她计划正好闲下来处理下短剧的事情。主要是近期她简单做出了一个毕业短剧的剧本框架，再稍稍完善一下，也该招募导演、制片人等人员，要开始着手准备拍摄前期的工作了。

"嗡嗡"，手机忽地一振。

"橙子橙子，导演人选应该是有了，我回头给咱们组拉个群，群里唠！"

卫依认识的人多，之前自告奋勇说负责招募人员，这会儿就已经联系到了导演。不过能不能完全确定下来，还要看理念的交流与磨合。另外，安月澄这周还想再抽空把论文一稿写出来。但她论文题目是基于之前在做科研立项时发散出来的，有足够的数据支撑，相对来说省心省力许多。

另一边，在海城区公安局，经警察同意，陶经理拨出了一通电话。

"济恩！救救舅舅！"

那头青年的嗓音沙哑阴冷："舅舅出什么事了？"

"祈囍娱乐不是你们齐和集团手下的产业吗？你去求求你爸爸，救救舅舅！"陶经理三言两语解释了自己的处境。

"那个老东西……"齐济恩嗤笑一声，"死死攥住他的家业不放，难道还指望着他那个不着调的儿子有出息？"

"是啊是啊，只有济恩你才是最适合继承齐和集团的！那孩子算个屁！"陶经理拍着马屁，将他捧得极高。

"不过舅舅，这件事，我实在帮不了你。不过，我会给你请一个好的律师的。"齐济恩不是傻瓜，这样的事还是少沾为妙。他的舅舅，还是好自为之吧。

齐济恩啪的一下挂断了电话。

"济恩？济恩？"陶经理听着电话里传来的忙音，面如死灰。

南苑高档小区，齐济恩阴沉着脸挂断了电话。

身旁贵妇打扮的陶惠适时递上一杯温水，试图解释说："你爸爸他……"

"他什么他？"齐济恩一个不耐烦的眼神撇过去，表情阴鸷，"他嘴上说得漂亮，说什么齐和集团未来都是我们的，结果呢？还不是半点儿股份都不转给我？"

陶惠动了动唇瓣，想劝，却无从劝起。因为他说的这些何尝不是事实？

"你爸爸管理那么大的公司，事务繁多，忙一点儿也是正常的。他说过，他最爱的就是咱们娘俩了。至于他家里的那个女明星，只是商业联姻而已。他那个儿子，也只是商业联姻的产物，不会对你造成半点儿威胁的。"

她性子软，齐允仁说什么是什么，从来没有对他的话产生过怀疑。

齐济恩冷哼一声，说："也就是你才信他的鬼话。就扔给我一个破娱乐公司，还美其名曰是特地替我收购的！实在抠门，哪有半点儿集团总裁的样子。"

陶惠欲言又止，不论说什么，她这个儿子都是听不进去的。

齐济恩随了齐允仁的脾性，暴躁凶戾，还不知掩饰，把一切都明晃晃地摆在脸上。这样的心性，又要如何去与他明媒正娶的妻子和那个名正言顺的儿子争呢？

"妈，要是他再不肯松口……"齐济恩露出一抹狰笑，"我有门路让他低头。"

一晃，便是周末。

安月澄在家里连休几天，和小猫咪星星腻歪了个够。当然，毕业短剧的剧本创作也正在顺利地推进中。编导专业的那位同学十分专业，在他们的共同探讨下，安月澄进一步完善了剧本大纲，开始着手写脚本。同时，时间还要分一半给毕业论文。生活也算得上充实，只是感觉还是少了点儿什么。

她修长的指尖抚在手机屏幕上，停顿几秒，最后轻轻按下侧边键解锁。微信的置顶聊天映入眼帘，聊天记录里的他，没了往日的"聒噪"，也不再与她分享生活。自打那天他们回过苏禾镇家里后，就变成这般模样了。

到底出了什么问题呢？安月澄百思不得其解，将聊天记录拉回那晚之后。

"姐姐，我有早八，先回去上课了，你多睡会儿再坐地铁过去上班，或者打车也行，出租车更安全些。"

"这周有几个课程结课，要赶一下ddl（deadline的英文缩写，指"最后期限"，一般指某项任务截止的最后期限），可能晚上不过去了，姐姐记得想我。"

"周末要去处理一下谣言的事情，等结束请姐姐吃饭？"

内容依旧稀疏平常，可话里话外，都在避开与她见面。他是在躲她，可原因呢？总不能是鱼上了钩便想重新把鱼甩回池塘里吧。

正思索着，屏幕上却忽然弹出"来电显示"。

"来电显示：白阿姨"

齐允仁和白澜禾先后找她，难道是夫妻搭配，干活不累？看着"白阿姨"三个字半晌，安月澄叹了口气，还是滑动接通键，接通了电话。

"澄澄，在忙吗？"

和齐允仁略有相似的开场白，不同的是，白澜禾多了几分真情实感。至于是不是演出来的，她无法判断。

"白阿姨，没在忙什么，您打电话过来，是找我有什么事情吗？"她向后仰着身子靠在沙发上，盯着天花板。

白澜禾笑了笑，说："自然是有事的，你有空出来和我吃顿饭吗？阿姨有事想和你聊聊。"

又是吃饭，又是有事聊。安月澄眉眼间浮现几分倦怠，拒绝的话在唇边打了个转儿，又咽了回去。

只她沉默这两秒，白澜禾便从中猜到了她的心思，于是说："我知道齐允仁找过你了，不过阿姨的想法可和他不一样。"

"嗯？"她的语调忍不住微微上扬。

"你现在在华城大学家属区那边住吧？"白澜禾避而不答，转移了话题，"今晚我给你露一手，怎么样？"

安月澄从来不知道白澜禾还会做饭，而且把见面地址选在她的家里，确实是非常考虑到她的感受了。

"我和白阿姨一起，您需要什么食材，我等会儿出门去买。"她退了半步。

"这是个秘密，晚上见。"

尽管白澜禾拒绝了她买菜的请求，安月澄还是买了些常用的菜备着。即便白澜禾用不到，她之后做饭也会用，不会浪费。

下午五点半，门铃被按响。安月澄小步跑过去，打开门。

白澜禾今天穿着纯白的长款羽绒大衣，波浪卷简单扎了个马尾，妆容一改先前的浓艳风格，温柔清新，让人如沐春风。

"不请我进门吗？"白澜禾含笑问她。

安月澄回过神，忙让开，让白澜禾进来。

她这才看清，白澜禾身后还拉着个便携式买菜车，朴实无华，和白澜禾的气质全然不符。不过却也让白澜禾变得接地气起来。

安月澄紧跟着她走进厨房，帮着她将车里的蔬菜和肉拿出来。食材五花八门，什么都有，反正单看，安月澄是看不出她想做什么的。

"白阿姨，我帮您洗菜，需要哪些？"她率先发问。

白澜禾轻眨了下眼，温柔和蔼，风情无限。"都要，今天给你做一大桌好菜。"

"说起来，之前从未听说过白阿姨还会做饭。"安月澄将菜放进盆里，接了水，一边洗着一边随口说。

"以前嘛……"白澜禾切肉的动作稍稍一顿，语气有些惋惜，"也没有人会愿意吃我做的菜。"

安月澄噤声，自己是不是触及什么不该说的了？

下一秒。

"我和齐允仁是商业联姻，没有感情，我也不想给他做。后来有了齐灿……"白澜禾声音不自觉停顿，很快又继续说下去，"我年轻的时候，不喜欢他。"

安月澄心头一惊，齐允仁与白澜禾在外面始终表现出的是恩恩爱爱，相敬如宾的，没想到，竟然是商业联姻！

白澜禾短短几句话所包含的信息量过于庞大，安月澄像被石头砸中，晕头转向得不行。

"我承认，我没有做到一个母亲应尽的责任。"白澜禾哀婉无奈地看了她一眼，"但当时的我，仅仅是为了应付白家。联姻结婚，不过是给他们一个继承人而已。"

"听上去是不是有点儿匪夷所思？"白澜禾问她。

安月澄默了默，然后摇头，可能是她言情小说看多了，觉得这并不魔幻。又或者说，小说本就是现实的映照，只不过是人们无从得知豪门背后的秘密罢了。

"现在唯一觉得难过的，就是感觉没有感情滋养的孩子是可怜的，"白澜禾将刀放下，脸上的笑容逐渐消失，"也很容易长歪。"

安月澄沉默不语，因为她没资格站在齐灿的立场上指责白澜禾和齐允仁。

"不过这个世界许是眷顾他的。"白澜禾没有直说齐灿的名字，眉眼温柔下来，"他有幸被明月照亮，并自此心向明月。"

安月澄手上一个用力，将豆角折断，清脆的嘎巴声唤回她的心神。"白阿姨，明月……我其实不算明月。"

"齐灿比你们想象的要更加耀眼，是他照亮了我。"她手指无意识地将着豆角，"他生来便是最灿烂的。"

白澜禾突然想起了什么，没忍住笑了下，说："你们生来大约就是属于彼此的。"这句话像是完全表明了她的态度。

安月澄十分愕然，缓缓张口："白阿姨您——"

"我支持'脐橙'。"白澜禾轻挑眉梢，"我说过，我和齐允仁的想法是不一样的。"

支持……"脐橙"？谁支持安月澄都不觉得奇怪和难以接受。但面前的人是谁？是齐灿血缘上的母亲啊！她与齐允仁的想法竟然完全不一样。

安月澄如被雷击，长久地盯着白澜禾，定在原地，说不出来话。

"不必这么惊讶。"白澜禾用干净的手背拍了拍她肩膀，"我吃过商业联姻的苦，自然就更赞同自由恋爱。"

"我是站在你们这一边的，也可以劝说白家站在你们这边。齐允仁拦不住你们。"白澜禾眼神笃定，无端地令人信服。

安月澄深吸一口气，没提齐灿最近的冷淡，只道谢说："谢谢白阿姨。"

在泓瑟酒吧包间，"段寄鱼真是磨蹭死了，说好的六点，这都六点零一分了，他能不能有点儿时间观念！"尚初臣叽叽歪歪地嚷着，"还有老宋也真是，说什么忙案子，分明就是骗人的。"

正巧，包间的门被推开，女生娇俏的声音传来："段哥哥，你的朋友到底是哪家的呀？我之前怎么没听说过……"

"尚家的，还有齐家的。"尚初臣看过去，嘴快地回答。

燕清柒闻声望过去，瞳孔猛地一缩。正安然养神的那个人，可不就是她认识的齐灿？尚初臣来自尚家，她认识的。那齐家的……是齐灿？怎么可能！

她下意识地后退一步，猛地撞上段寄鱼胸口。燕清柒宛若抓住救命稻草一般，死死攥住他的衣角，说："段哥哥，你带我过来，一定会保护我的对不对？"

段寄鱼垂眸，细细看她一眼，蓦地轻笑出声。然后，温热的指腹落在燕清柒的手上，不容拒绝地将她的手指一根一根地掰开，在燕清柒渴求的眼神中，他顺手将包间的门关严，上锁。燕清柒的心跟着这一系列动作一点儿一点儿沉下去。

手骤然落空，她有些恐慌地看向齐灿，急问："齐灿，你想做什么？你们想做什么？"

"段哥哥，你不是最喜欢柒柒了吗？我们两家关系这么好，你不能不管我的。"

段寄鱼目光看着她惊慌失措的脸，半晌后发问："柒柒，你知道我以前最喜欢你什么吗？"

"什么？"燕清柒茫然地看着他。

"我最喜欢你的单纯无害、干净善良。"段寄鱼语速缓慢地陈述，"当我发现这些只是伪装后，你觉得会怎样呢？"

段寄鱼不是好人——风流成性，不会回头的浪子，燕清柒一直都知道。她自以为段寄鱼会愿意长久钟情于她，她也能够牢牢控住段寄鱼的。但是，万万没想到，毁在了齐灿手里。

想到这里，她下意识地望向沙发上的那人。

齐灿身形颀长，肤色冷白，修长笔直的双腿松泛恣意地敞开，浑身散发着散漫颓唐的气息。齐灿合着的眼皮懒懒撩起，漫不经心地扫她一眼，口吻不紧不慢，淡淡说道："对我有意见？"

明明语气没什么情绪，可燕清柒却无端听出了几分压迫感，压得她几乎喘不过来气。

"齐灿，现在是法治社会，你不能动我！"她指甲狠狠掐入掌心，"燕家也不会放过你的！"

"法治社会。"齐灿坐直身子，唇角弯出一抹讽刺的弧度，咬字轻而慢，"那你在恶意抹黑、诽谤我的时候，有没有想过现在是法治社会？"

一副生来便无法无天的模样，言语之间，又尽是威胁。

燕清柒脸色愈来愈白，她哪里会想得到齐灿是齐家的人？她要是知道，无论如何也不会因为齐灿让她下不来台，就借机出手抹黑他的！

"你到底想怎么样？"她情绪已经几近崩溃。

齐灿收回目光，重新靠回沙发背上，合目养神，似乎没有对此做出回应的打算。而一旁的尚初臣和段寄鱼也不说话。一时之间，整个包间陷入了寂静之中。

燕清柒的目光不停地在这三人之间打着转儿，试图从他们的脸上读出些什么。可什么都没有。她就像是行刑台上的犯人，等待着宣判，宣判却又迟迟不到来。每一分，每一秒，都是煎熬。

终于，在这种极度高压的环境下，燕清柒扛不住了。

　　"我知道错了，我可以删除那些帖子，并为你澄清！你放过我，可不可以？"她的膝盖都有些发软，如果不是依旧想要维持那零星的骄傲，怕是都已经跪在地上了。

　　燕清柒的眼泪顺着她脸颊啪嗒啪嗒地落下来，眼眶憋得通红。但，在场都不是轻易心软的人。最终，还是段寄鱼有了动作，就当是念在旧情面上的最后一丝垂怜。他轻轻抬头，对着尚初臣扬了扬下巴，示意他问问齐灿的打算。

　　尚初臣瞥了眼合眼的齐灿，心里有点儿犯嘀咕："该不会是已经睡着了吧？"

　　他伸出手指，轻轻碰了下齐灿的肩膀，压低嗓音："齐大少爷，怎么说？"

　　"走法律程序吧。"齐灿睁开眼，冷冷扫了眼燕清柒，"做个遵法守法的好公民。"

　　"事情爆出来的话，会不会影响家里？"尚初臣想了想，又提醒说。

　　豪门这个圈子，各家之间的表面关系都不错，经济上多有往来。把燕清柒这件事放在明面上，尚初臣有些担心会影响齐、燕两家的关系。

　　齐灿抬起手腕，瞟了眼腕表上的时间，时针已经临近八点。

　　"做错了事，就该由法律惩戒。"他将以前安月澄说过的话记在心底，"我还有事，这里你们处理一下，谢了。"他拿起丢在桌面上的车钥匙，径直越过了燕清柒，没有给她半个眼神。

　　天色完全黑下来，路灯亮着，照在人身上，看着暖意融融，但人终究敌不过冬夜刺骨的风，转瞬间骨头里都渗入了冷风。不一会儿，零零散散的雪花飘下来，落在齐灿乌黑的发顶，很快沾湿一片。

　　齐灿想起来，昨晚的天气预报，是说今天要下雪的，2022年冬季的第一场雪。他抬起头，遥望三楼那扇窗户。灯亮着，这个时间，安月澄应该在抱着星星写稿子。

　　"想见她，怎么不进去？"华丽冷艳的声线有些熟悉，但也有些陌生。

齐灿微微偏了偏头，看见了意料之外的人——他的母亲白澜禾。

"问你呢。"白澜禾随手将买菜车往边上一放，双手插兜，站在了齐灿身旁。

母子并肩站着，是从前都没有过的和谐。不，或许他们之间一直是和平的。战斗多发生在齐灿和齐允仁之间，而白澜禾，更像是个置身事外的旁人。

"你去找她做什么？"齐灿侧过身子，警惕地看向母亲，语气冷得出奇。

有齐允仁这个前车之鉴，他很难不怀疑白澜禾。

如出一辙的防备，和安月澄可真像，白澜禾细细打量着。"谈谈你们的事情。"白澜禾有意逗他。

果不其然，齐灿的脸色顿时沉下来，一字一顿："我和她的事情，你们不应该插手。"

"如果我持赞同意见，你还觉得我不应该插手？"白澜禾稍稍挑眉。

齐灿眸底闪过一丝惊诧，很快又收敛，说："你如果持赞同意见，就去管好他。"

"他"是谁，显而易见。

"齐允仁是目前齐和集团最大的控股人，但如果你能继承你爷爷、奶奶的股份，就有望成为新的控股股东。"说到这里，白澜禾似是想起了什么，没忍住笑了下，"我建议你最近请假回一趟老宅，尽快办好，免得夜长梦多。"

齐灿紧紧盯着她看，似乎这样就能看出白澜禾心底的算盘。

"我知道你很优秀。"白澜禾抬手，拍拍他的肩膀，"你可以更优秀。"

周一，安月澄顺利地办好了入职手续，成功入职帝海文化。

华城大学优秀学生的名头在帝海文化要好用得多，再加上帝海文化的同事都十分热情，安月澄很快融入其中。同时，部门经理还为她指派了师父，带着她学习、参与编写公司筹备的最新剧本。

安月澄乐在其中，每天忙得脚不沾地，上班时间专注剧本，休息时间推进毕业短剧和毕业论文的进度。以至于……她忘记了自己的农历生日。

一早睡醒打开手机，弹出来满屏的消息：

"橙子橙子，生日快乐！天天开心！"

"橙子姐姐生日快乐。"

"安学姐永远十八，祝你生日快乐！"

卫依是卡着点发来的，其他的同学或是学弟、学妹则稍晚一些。

安月澄很开心，只是，在目光触及微信置顶聊天的时候，笑意淡了下来。

齐灿，没有发来祝福。最近几天，他似乎更忙了。忙到什么程度呢，每天发来的消息只有寥寥几个字，还大多在夜深人静的时候发来。虽然知道他肯定是在忙什么正事，但还是会因他不愿意告知自己有些难过。

嗯……但她好像和齐灿半斤八两，谁也没资格说谁。安月澄放下手机，抬脚蹬掉被子，翻身坐起来。

算了，想什么想，起床上班。

前往公司的路上，安月澄一一回复了亲朋好友们的祝福。两脚刚进办公室，同事们嘈杂的交流声便传入耳中。

"一看就觉得是那种非常帅的类型！"

"说实话，感觉有点阴戾冷漠，但这是可以说的吗？"

"喂！说总裁坏话，回头小心被开除啊！"

安月澄脚步稍稍一顿，开口问道："大家伙在聊什么呢？"

"哎，月澄来了。"

"喏，听说这是最近新上任的公司总裁照片，可惜没露脸。"听到她的声音，八卦的同事们招呼着她过来。

娱乐、文化、传媒类的公司职员，通常需要极高的信息敏锐度，相应的也就会有点儿小八卦。

安月澄走过去，目光落在同事向她展示出的手机屏幕上。

照片稍稍有些糊，是从远处放大焦距拍摄的。但仍可以看出男人身形颀长，宽肩窄腰。一身定制的手工西装勾勒出挺拔的身材，冷白的肤色在暖色灯光的晕照下隐约发着光。下颌线流畅干净，鼻梁高挺。即使照片模糊，也能看出皮相生得极好。

别人认不出来齐灿，安月澄还能认不出吗？即便是照片糊成一团，她也能一眼看出齐灿。彼此相处这么多年，他眉眼间的每一个细节，脸颊、身躯的轮廓，都像印在脑子里，想忘记都难。

"有被惊艳到，这就是成熟男人的魅力吗？"

"别妄想不属于自己的人，欣赏一下就得了。"

"说的也是，听说新任总裁是强力收购的咱们公司……有这种手段的人，不是普通人能驾驭得了的。而且，估计家庭背景肯定也很厉害，说不定是要联姻的呢。"

安月澄瞧着那道身影，沉默良久。不知不觉间，过去眼中的少年，已经成长为可以被人称作"成熟男人"的地步了啊。

"月澄，发什么呆呢？"

"你盯着那照片看了好久了，不会月澄也喜欢这一种吧？"

安月澄恍然回神，故作轻松地笑笑，说："确实很好看，气质不错。"

同事们一番寒暄，正式上班的时间点差不多到了，各自回了工位上，开始办公。

换了家公司实习，还是没能逃过顶头上司是齐灿这件事，她属实是没料到的。不过细想起来，八成是白薇思将她跳槽的事情告诉齐灿了，那么也就算不上是戏剧效果。

顺其自然好了，她坦坦荡荡，光明正大。就是，更不能再辜负齐某人的良苦用心了。

在南苑陶惠家，桌上的瓷器被齐济恩重重摔在地上，噼里啪啦地碎了满地，吓得陶惠连连躲闪，好半晌才鼓起勇气出声劝慰："济恩，帝海文化的事情——"

"闭嘴！"齐济恩抬手又将一侧的水杯摔在地上，水珠四溅，沾到了他的脸颊上。

陶惠一声不敢吭。

齐济恩在屋子里反复踱步，脸色愈来愈阴沉，大声说："真是该死，齐允仁那儿还没动静吗？"

"我给他打过电话了。"陶惠小声解释着，"你爸爸说最近公司事情很忙，可能要过阵子再抽空过来……"

"借口，都是借口！"齐济恩面目狰狞，"他不过是担心我们抢他的股份罢了！我可是他的长子！他竟然还要防着我。"

陶惠又不敢说话了。她怕齐允仁，也怕齐济恩。

倏地，青年的脸上露出一丝诡异的笑容，诱哄似的放轻了语气："妈，你想不想过上更好的日子？你想不想儿子继承齐和集团，未来一切一帆风顺？"

"济恩，你想做什么？"陶惠有些不安。

齐济恩笑起来，竟也有几分齐允仁和蔼时的模样，说："再过十几天，应该就是你们相识的周年纪念日了吧？灌醉他，让他签下协议书，很简单，对不对？"

陶惠捏着衣角，怯生生地说："他常年应酬，酒量很好，你是知道的。"

"会有办法的，我亲爱的妈妈。"他说。

网上关于齐灿的谣言得到了进一步的澄清。

安月澄在午休时间浅浅吃了个"瓜"，齐灿处理事情向来妥当，倒不需要人过分担心。

"吃瓜"群众一排排守在齐灿的微博评论区，道歉的消息发了无数条。

中午，齐灿才总算发出一条微博回应，简洁明了。

"山间明月：清者自清，对别人没兴趣。"

安月澄看得耳尖发烫，这人真的是，一点儿不会害臊的。

但奇怪的是……齐灿有时间发微博，愣是没时间发来生日祝福。

安月澄找到和齐灿的对话框，输入又删除，斟字酌句，最后只发了一句话："清者自清，恭喜清白。"

"多谢姐姐的关心。"没多久，齐灿回复了消息，言语之间透着客气与陌生，压根儿没提生日的事，像是全然忘记了。

安月澄伏在桌面上，困惑不解，眼睛眨啊眨的，半晌后吐出一口浊气，她终于要承认，齐灿是真的忘了。

"啪嗒！"她反手将手机扣住，虽然知道他忙，忘了生日可以理解，但还是会有点儿不开心。

安月澄没有察觉，她的情绪已经一点儿一点儿地与齐灿相连。

最近跟修的剧本在审核时被驳回，编剧部门加班到晚上七点，确认了后续的修改方向和任务分配。

加班后，安月澄拎着路边餐馆打包的两个菜回了家。刚转动钥匙把门开了一条缝，浓郁的饭菜香气就飘了过来。

她脚下步子稍稍一顿，家属区房子的钥匙拢共只配了三把：原钥匙在她爸妈那里，她手里一把，齐灿手里一把，还有一把备用的收在苏禾镇那边家的抽屉里。

她爸妈向来没有什么"惊喜"的概念，要是过来，肯定会提前打招呼的。所以，就只能是……

安月澄呼吸节奏稍稍有些紊乱，她刻意放轻了脚步，探着脑袋看过去。

齐灿今天穿的是件纯黑色毛衣，高领下翻，露出颈后白皙细腻的肌肤，惹人注目。而且，毛衣又是紧身款的，将精瘦的腰身勾勒得线条感十足，宽松款的休闲裤下双腿修长，好一副"居家良夫"的模样。

安月澄抬手捏了捏耳垂，打住打住，自己在胡思乱想些什么啊！

"姐姐先去洗手，菜马上就好。"齐灿很认真地投入在做菜中，嘱咐她的时候，连头都没回一下。

而且，他像是早就知道自己会这个时间回来一样。是了，新收购了帝海文化，他要是想知道编剧部的事情，几乎是没什么难度的。

"知道了。"安月澄依言乖乖去洗手，没有多问什么。

目光浅浅掠过桌面，瞬间粘在醒目的白色上——一个简单朴素的生日蛋糕，周围一圈的抹边不太均匀，也不够漂亮。蛋糕上方插着白巧克力制作的小牌子，上面是一串歪歪扭扭的红色汉字："小月亮，生日快乐。"

手工制作的蛋糕，齐灿的诚意似乎很足啊。安月澄的眼角眉梢都染上了浅淡的笑意。

洗过手回到客厅的时候，齐灿已经把菜端上桌，不华丽，但都是安月澄喜欢吃的普通家常菜。

"姐姐，生日快乐。"他坐在安月澄对面，送来最真挚、虔诚的祝福。

"我还以为你忘了。"安月澄轻托着下巴，望向齐灿，满眼爱意。

没想到他是准备了惊喜，而且，确实惊喜到她了。

齐灿将蜡烛点亮，又起身去关了灯，才重新坐到她面前，说："姐姐，许愿吧。"暖黄的烛光在他的脸颊上跳跃，忽明忽暗，衬得他的面容俊朗柔和，没了平日的清冷与锋利。

"嗯。"她闭上双眼，十指交握，默默许愿。

她的愿望……是希望他们都平平安安，事业顺利，未来一切顺遂。安月澄睁眼，猛吸了一口气将蜡烛吹灭，房间霎时陷入一片黑暗。下秒，眼前忽地划过一点小小的光亮，借着朦胧的月光，她渐渐看清眼前的景象。

墨绿色的丝绒礼盒里躺着一枚精致小巧的钻戒，晶莹剔透，在月光里隐隐发光。简约大方，不奢华，很漂亮，做工完全符合安月澄的审美。

而对面的男人眉眼清冷、温柔，薄唇微微上扬，目光始终落在她的面颊上，不曾有半分的游离。胸腔的心脏那样剧烈地跳动着，像在进行一场未知的漂流，从高山瀑布滑向不知终点的低山溪涧。

他殷红的唇瓣嚅动，安月澄听见他朗润清亮的嗓音缓缓说："姐姐，生日快乐，还有……恋爱快乐。"

她骤然想起，那天齐灿曾说，欠她的仪式会补给她。所谓的仪式感，竟然如此动人。安月澄不禁眼眶湿润，笑了下，认真附和他，说："你我同乐。"

切了蛋糕，简单吃了顿便饭，他们二人并肩坐在沙发上。这是这段时间以来，难得的安逸时光。

安月澄攥住齐灿的手，有一下没一下地摩挲着他的骨节，随口问起："最近忙了些什么？"

"忙着继承家产。"他语气轻飘飘的，如无形的钩子，惹得人心痒痒。

豪门子弟，继承家产是要早一些，不过通常是先从公司管理层干起，逐渐熟悉公司事务。但齐灿这话说得，像是已经把齐和集团捏在手里了似的。

安月澄细细看着他，半开玩笑似的说："那未来是不是该称你一句齐总了？"

出乎意料地，他短暂沉默了下，说："或许说不定呢。"

"那我可养不起你了。"对于他隐藏的情绪，安月澄没有细问。

有些时候，隐藏是善意的，他们应该宽容彼此。

"我好养得很，不挑吃不挑穿。"男人反握住她的手指，眉眼放松下来，流露出几分愉悦。

"等我发工资，带你去吃好、玩好、乐好。"安月澄大手一挥，十分慷慨。

齐灿轻轻"嗯"了一声，承诺说："等过阵子要是闲下来，我一定好好陪陪姐姐。"

然而事情总会向人们所期待的反方向发展。

当安月澄的实习步入正轨，毕业短剧和毕业论文也顺利推进，一切风平浪静的时候，她接到了来自安雍临的电话。电话中，安父只心急火燎地说了句："你齐叔叔出了车祸，很严重，现在在华城大学三院抢救。"

安月澄火速向上司请了假，拎包赶到华城大学三院。抵达的时候，抢救室外，人已经来得整整齐齐了。

白澜禾坐在椅子上，神色平静，她母亲阮校龄挨在她身旁，小声劝慰着她。父亲安雍临则站在齐灿身侧，欲言又止的模样。最后，她的目光落在齐灿身上，男人那双桃花眸平静得如一潭死水，双唇微抿，看不出什么情绪来。

安月澄放轻脚步，无声地站在齐灿身边，倒像是一语成谶了。要是齐允仁真的没挺过来，可能还真要唤齐灿一句"齐总"了。只是这样的话，齐灿的压力应该会很大吧。

手术室的红灯一直亮着，手术室外一片寂静。因而，那突然响起的急促脚步声，变得格外突兀。

来人瞧上去约莫二十来岁，穿的都是大牌，耳钉格外显眼，脸上挂出的是副伤心欲绝的表情。

安月澄正要收回目光，却见他冲到手术室的门口，扒着门发出哭号："爸，你怎么就出意外了啊！"

齐允仁什么时候还有个比齐灿大的儿子了？该不会是找错了地方吧。

宽厚的大手有些暧昧地覆上安月澄的眉眼，她恍然对上齐灿干净透亮的眸子。

"姐姐，你看别人，我会吃醋。"他凑过来，压低嗓音说。

安月澄耳尖一烫，猛地后退半步，在撞上墙壁前被齐灿稍稍一挡，免了疼痛。

"这种场合，你就算不难过也要做做样子吧。"她踮起脚尖，与齐灿耳语。

"嗯，姐姐说得对。"男人附和了一句，随即将眼皮耷拉下去，唇角也垮着，没精打采的模样，比那门口正假惺惺地痛哭的人要更真些。

齐济恩号了半晌，却没见旁边的几个人有搭理他的意思，甚至连半个眼神都没给他，对他视若无睹。

"果然豪门出来的人，都盛气凌人！"他咬紧了后槽牙，愤恨地想，"看自己之后接管了齐和集团，他们还有什么依仗！"

齐济恩擦了擦眼角并不存在的泪水，撑着胳膊缓慢起身，走至齐灿面前，问："你就是齐允仁的儿子吧？"

"不是。"齐灿冷眼扫过，没什么反应地否认。

齐济恩一怔，不是说齐允仁只有一个儿子吗？难道齐允仁出事，这个儿子没来看他？他目光打了个转儿，又落在白澜禾身上，问："你是齐夫人吧？"

白澜禾盯他几秒，粲然一笑，说："你没事吧？乱认亲戚。"

齐济恩蒙了。什么情况？齐允仁出事，他老婆和孩子都没来医院看他？那自己手里这剧本还怎么演？

"那你们在这手术室外是——"他挤出笑脸，试图打听情况。

最终是阮校龄看不下去了，勉强搭了句话："有个朋友出了车祸，我们来看看他的情况。"

行，有朋友在场作证也行。

齐济恩清了清嗓子，昂着头颅，大声说："你的朋友是叫齐允仁，对吧？"

阮校龄愣了愣，细瞅了他几秒，说："你是哪位？"

齐济恩沉默，心想他们怎么全都不按常理出牌啊。

"我是齐允仁的儿子，齐和集团未来的继承人！"此言一出，在场人的目光都齐刷刷地集聚在他身上。

得到了预期中的目光追捧，齐济恩却还忍着他的得意扬扬，努力装成悲痛欲绝的样子。总之，整个人看起来十分滑稽。

安月澄收回目光，看向齐灿，不解地问："你爸什么时候有了一个新儿子？"齐灿摊摊手，没答话。

而一旁的安雍临和阮校龄也不约而同地看向白澜禾，以眼神询问："真的假的？"

"你的演技很拙劣。"白澜禾将碎发撩至耳后，徐徐起身，"而且，我倒是不知道私生子什么时候也能上得了台面了。"

齐允仁有私生子！这是什么重磅消息？在场的人除了齐灿和白澜禾，全都大惊失色。

齐济恩瞪大眼睛，这会儿总算认出白澜禾的身份，高声嚷嚷："私生子？分明是你勾搭了我爸，当了第三者。不然我才是齐家名正言顺的长子！"

"我今年二十二，比你儿子足足大三岁，你不是插足的第三者是什么？"他自觉占理，咄咄逼人起来。

白澜禾敷衍地点点头，说："所以你妈和他有结婚证？"

齐济恩被话怼得一噎，却不甘示弱地说："没有又怎样？齐允仁写了遗书，他的家产都是属于我的。"

多么愚蠢的一个人啊。安月澄心里暗自感叹，她看了那么多小说，面前这人甚至能盖过她看过的所有小说里的替死鬼。

很难想象会有私生子跳出来，到人家受法律保护的妻子面前如同跳梁小丑般胡作非为的。

"那齐允仁死了吗？"齐灿的嗓音温和轻慢，听着没棱没角，可偏偏又让人觉得似一柄冰冷尖锐的匕首。

"他当然……"后半句话被齐济恩咽了回去。

当然活不成了。刹车失灵，一路猛冲，车都散了架，更别说人。他要怨就该怨他自己！谁让他那么吝啬，舍不得将股份过给自己。

齐灿权当没听见他说到一半的话，不紧不慢地开口："那等等看结果，如何？"

齐济恩别过脑袋，不再说话，可双目却死死盯着"手术中"那三个红字。

不知过了多久，红灯终于灭掉。身着白大褂的医生一边走出来，一边摘掉口罩，他重重地叹了口气，说："我很遗憾……"

齐济恩眼睛迸发出光芒，却还不忘假装抹泪，快步上前抓住医生，问："我父亲是不是去世了？"

医生看他一眼，又瞧瞧齐灿，说："保住了一条命，但日后能不能醒来，全看造化了。家属放心，医院会尽力而为，能用最好的药一定用。"

"什，什么？"齐济恩失声喊出来。

"意思就是，齐先生现在陷入昏迷，处于植物人状态。"医生有些古怪地盯他几秒，又好心解释说。

齐济恩体内忽地生出一阵无力感，膝盖一软，整个人坐在地上，喃喃自语："怎么，怎么会……"

"你似乎对结果不满？"齐灿踱步至他面前，缓缓蹲下身子，用旁人听不见的声音低声问他："还是说，你的计划出了问题？"

齐济恩脸色一白，瞳孔紧锁，喊道："计划，你怎么会知道我的计划？"

"你！"他一口气堵在嗓子眼，半晌没上来，猛地晕了过去。

转头，齐济恩也被送进了抢救室。

齐灿直起身子，下一秒，一双温热的手握住他的手。"姐姐？"

"齐叔叔他……是被害的吗？"安月澄抬起头，不确定地说出自己的猜测。她这么问，只因齐济恩太过古怪了。那种笃定的姿态，像是早就胜券在握。

安雍临和阮校龄投来目光，等待齐灿的答案。

"或许吧，但要警察来调查才知道，不是吗？"他抬起安月澄的手，在她手背上很轻地落下一吻，"姐姐不必担心。"

齐允仁被送进了重症监护室，用着最好的药，但能否醒来，一切还是个未知数。

齐济恩被抢救醒来的当天，就受到了警察的询问。听说，有不知名人士提供了证据。齐济恩在证据面前，心里防线瞬间崩塌，承认了为继承财产，意图谋害齐允仁的犯罪事实。

至于齐灿，自然有事要忙了。

听说他祖父将手里的股权转让给了他，他自然而然地成了齐和集团最大的股东。但公司事务繁多，在混乱中，不乏其他股东怀了坏心思，意图限制齐灿的权力。只是眼下，一切都尚未明朗。

以上种种，都是安月澄从商业新闻上看到的。

齐灿一向报喜不报忧，每天都只告诉她进展顺利，今天得到了谁的支持，明天股价有所回升之类的。

自然，齐灿身为齐和集团继承人的消息，也在网上曝光。特别是在华城大学论坛和微博超话上，更是掀起了一阵风波。安月澄稍微八卦一下后，发现都是些没什么营养的言论。果断退了出去。

卫依发来了消息："齐灿的事情……你们最近还好吧？虽然我帮不上什么忙，但还是可以做一个很好的倾听者的，你要是有什么不舒坦或者不开心的事情，随时可以跟我讲。"

安月澄回复了一句："不用担心，一切都在往好的方向发展。"

对安月澄而言，确实如此。除了和齐灿见面的时间越来越少，生活同之前相比没什么变化，那些流言蜚语，对她生活造不成什么影响。

尾声

三年后。

"月澄，来大活了！"编剧部经理钱梅对着安月澄招了招手，示意她进办公室详谈。

安月澄研究生毕业后，选择入职了之前实习过的公司——帝海文化。帝海文化的氛围自由轻松，同事间的关系也和谐融洽。自打齐灿接手后，发展势头愈来愈猛，俨然直逼顶尖的祈囍娱乐。

跟着经理走进办公室，安月澄才温声开口："钱姐，什么好事，这么神神秘秘的？"

她研究生实习的地方也在帝海文化，和帝海文化编剧部的人，早就相熟得不行了。

"嘿嘿，你猜猜看？"钱梅从桌上拿了个文件夹过来，神秘兮兮地卖着关子。

安月澄不着痕迹地扫了眼那个文件夹，钱梅刻意挡着，没露出文件封面的名字。但在编剧部，文件还能是什么呢？

"有大制作的剧本？"她试探说。

"对！"钱梅笑笑，"月澄你在帝海时间不短了，以你的专业水平，是时候挑大梁了。"

安月澄入行后，虽参与了多个剧本的编写工作，但大多是第五、四编剧之类的。她最好也不过是第二编剧，从未做过主编剧，来对剧本进行主要编写和定位。

闻言，她的呼吸不由得急促了几分，手指攥紧，急问："钱姐，您说真的？"

"骗你做什么？"钱梅将手里的文件递给她，"是部IP改编剧，热度很高。而且有原著参考，你做改编时会容易一些，但是……也意味着，你要承担改编的后果。"

钱梅说的道理，安月澄再清楚不过。

"我明白的。"安月澄一边应声，一边翻开文件。

"原著：《竹马他的小月亮》

作者：星月灿

……"

安月澄呼吸一滞，她看到了什么？

她即将负责的改编剧，是星月灿的原著！这相当于天上掉馅饼，不偏不倚砸到了她的头，并且砸得她头晕眼花。

这几年来，她一直和星月灿保持着不远不近的关系。有时在小说评论区聊聊小说最近的内容，偶尔星月灿还会点赞她的微博，给她评论个几句。虽然素未谋面，但神交已久，好像熟识的朋友。

不过称之为朋友，可能过于夸张了。安月澄觉得，她顶多算是星月灿比较熟悉和喜爱的读者之一。

"难得能瞧见月澄你这么激动，莫非是星月灿的书迷？"钱梅忍不住笑她。

"算是。"安月澄没否认，在他们行业，没有太多需要避讳的。即便不是粉丝，在接到改编任务后，也要认真仔细地阅读原著，以确保足够了解原故事的核心内容。所以这样说来，是粉丝反倒多有助益。

"那么这本书的改编，就交给你了。"钱梅抬手拍拍她的肩膀，"明天我会正式召开会议，给你安排副编剧。"

安月澄压了压激动的心情，甜甜说道："谢谢钱姐。"

次日开过会后，钱梅给她指派了两名经验丰富的副编剧。不久，几个人便很快投入到改编工作的筹备之中。

为准确把握中心内容，安月澄又一次点开"蔻蔻阅读"，将阅读进度调回原点。她的情绪再度沉浸到书中，同男、女主人公共悲喜。

沉浸式阅读是工作的第一步。第二步则是要提炼重要情节，随手标注笔记。

然而，《竹马他的小月亮》改编消息传出后，有人扒出了安月澄的身份，一下引起了无数原著读者的攻击，大多数都认为她资历尚浅，难担重任。

"月澄，你没事吧？"路过的同事忍不住关切道。

安月澄恍然回过神，对着她笑了笑，说："没事，只是没想到大家的反应这么激烈。"

"编剧部紧急会议！三分钟内会议室就位！"钱梅心急火燎地站在办公室门口喊道。

工位上的同事麻利地带上材料，直奔会议室。安月澄也紧随其后。

"今天临时开会，主要就是一个问题。"钱梅站在最前方，目光掠过每一位员工，最后落在安月澄身上，"《竹马他的小月亮》改编的舆论问题。"

她轻按了下翻页激光笔，屏幕上很快展示出一些网友评论。

"相信大家应该也已经了解过情况了，关于这件事的处理方法……"钱梅的声音稍稍一顿，"在座各位有什么建议吗？"

"钱姐，我们肯定相信月澄的水平啊！"

"就是就是，月澄虽然入行晚，但说实话，专业能力一点儿也不输谁。"

"要真是被舆论牵着鼻子走，我们也太没面子了吧，而且月澄以后在业内还怎么混？"

帝海文化的同事几乎个个都是热心肠，你一言我一语地交流着，心中的天平毫无疑问地偏向安月澄。

钱梅严肃的表情稍稍软化几分，说："我也是这么认为的。所以依旧维持月澄的主编剧位置不变，之后公司会联合作者星月灿一起发布一则声明。"

安月澄抬眸看向钱梅，手指不自主地攥起，星月灿会不会觉得被公司施压，很难过呢？但从理性上来讲，这确实是解决舆论问题的最佳方式。

会议结束，安月澄打开微博，编辑了一条消息发给星月灿。

"您好，我是担任改编《竹马他的小月亮》的主编剧安月澄，关于最近网上的言论，我感到十分抱歉。不过我向你承诺，我会尽我所能还原小说内容，给读者们一个圆满的交待。"

星月灿没有回复她的私信，转天，发布了一条新微博。

"星月灿本灿：关于新剧的改编，我很看好现在的这位主编剧，并且也是我亲自和版权方一起选择的这位编剧。"

此条微博一出，"星月灿力挺安月澄"的词条飙升到热搜榜第十。

安月澄将热门微博的评论前几都一一看过，心情越来越沉重。她肩负的责任，似乎远比她想象的要大。当然，除了责任之外，这一仗也成了她未来编剧道路能走多远的关键性战役。

打得漂亮，从此实力被认可，有机会跻身一线编剧；若是败了，名声在大众的攻击下愈来愈坏，未来也不会再有人让她出任主编剧。

只许胜，不许败。

安月澄全身心地投入到了剧本的撰写之中，不论在家还是在单位，休息时间都被极度压缩。但是……

"姐姐？"齐灿拉了把椅子坐在她对面，温情脉脉地看着她。

安月澄手中敲击键盘的动作不断，对他视而不见。

齐灿拧了下眉，前倾着身子凑到她面前。"姐姐？"

"你先歇会儿，我很快写完这份稿子了。"安月澄匆匆瞄他一眼，伸手推了推他，示意他不要来打扰自己。

齐灿沉默，他叹了口气，抱起趴在桌上的星星，说："只能星星和灿灿相依为命了。"

剧本的改编是一个长线工程，数次审核修改后，总算最终定稿。

紧接着，便是剧目的拍摄，《竹马他的小月亮》采用了公开选角的方式，审核演员的主要负责人便是安月澄及本剧的导演、制片人等几个重要人员。另外，据传星月灿本人也通过直播的方式观看了选角过程，并给予了一定建议和指导。

一晃，便是杀青宴。

"安编剧，恭喜恭喜！"

"月澄你的实力我们有目共睹！"

"这部剧播出的时候一定会大火，这里面安编剧功不可没。"

这是安月澄作为主编剧参加的第一场杀青宴，举杯应酬自然是免不了的。等宴会结束时，齐灿接到的是一个烂醉如泥的安月澄。他将安月澄打横抱起，无视周围的目光，带着她径直前往地下车库。

安月澄迷迷糊糊地揪住他衬衫前襟，轻佻随意，低声说："这不是齐大总裁吗？好久不见啊。"

许是因为杀青整个人放松下来，又许是因为完成了一项值得称赞的任务，她与以往喝醉时的娇软不同，罕见的攻击性很强，极其容易让人情难自禁。

"嗯，确实挺久，你日日夜夜忙工作，眼里压根儿没我。"齐灿极轻地笑了下，语气酸溜溜的。

《竹马他的小月亮》拍摄完毕，这个项目就告一段落，他也总算是有机会宣泄心中的思念和……幽怨。连约会的次数都屈指可数，天知道这段时间齐灿是怎么过来的。

"怎么会啊？"她伸手捏住齐灿的脸颊，语无伦次也可爱得很，"你是我的小月亮，'青梅'她的小月亮。"

齐灿眸色一暗，嗓音稍稍有些哑："我们是彼此的月亮。"

安月澄想了一会儿，煞有介事地点点头，说："没错。"

"所以，我们是不是注定属于彼此？"他将安月澄安置在副驾，贴心仔细地系好安全带。

"对。"安月澄理所当然，一本正经地说着情话，"你是我的，我是你的。"

为了出席杀青宴，她特地做了头发造型——乌黑的长发盘起，露出纤细白皙的脖颈。现在的她啊，脆弱，惹人怜惜。

男人的喉结不自然地滚动了两下，仓促别开目光，意图起身。"我们先回家。"

下一秒，安月澄抬手勾住他的脖子，双眸明亮，含笑问："我算不算成功？"

齐灿知道，她问的是改编剧的事情。

"算。"他嗓音笃定。

"那我有没有奖励？"安月澄眨着眼睛，眼底漾起浅而淡的涟漪，似春日湖水被风吹皱。

齐灿下意识地摸了下西装兜，小动作被她一眼捕捉到，安月澄眼疾手快地掏出了他藏起的黑丝绒礼盒。

礼盒打开，里面躺着枚镶嵌着粉色钻石的钻戒，晶莹剔透，成色极佳。安月澄盯着瞅了几秒，麻利地取出戒指，攥住齐灿的无名指就往上套。一边套还一边念叨着："套牢了，你是我的人了。"

齐灿哭笑不得。

次日。

安月澄睁开眼，感觉……腰酸背痛，头疼脑胀，浑身无力。她不会是喝醉之后吹了风，感冒了吧？视线稍稍偏移，落在了身侧一张白皙的面庞上。安月澄抬手揉了揉眼睛，她没在做梦。她倒吸一口凉气，自己之前是不是还信誓旦旦地说不可能来着？

安月澄沉默，盯着齐灿的睡颜瞧了半响，思索着她现在还能不能把现场伪装成什么都没发生的样子。

目光在屋子里兜了个圈，掠过散落满地的衣服，以及……算了，她放弃了。

"嗡嗡"，夹在床缝里的手机忽地振动。

安月澄伸手拿过，将消息收入眼中。

"星月灿老师，感谢您这段时间以来的支持与配合，不知道您有没有意向参加之后的发布会？"

她拿的这是谁的手机？锁屏壁纸是前阵子她和齐灿两个人的合照。国产米牌的手机型号。安月澄一下紧张了起来，反复做了几次深呼吸，死死盯着齐灿的俊脸。良久，唇齿间溢出一声冷呵。

星月灿竟在她身边？

原以为星月灿是个温柔优雅的知性美女，结果实际上的星月灿和这几个形容词一点儿都不沾边。想起之前自己还在他面前大声示爱星月灿……简直是丢人丢到家了。齐灿他！好！过！分！

许是她的目光过分灼热，男人浓密纤长的睫毛颤了颤，而后徐徐睁开眼，睡眼惺忪，慵慵懒懒，声音暗哑性感："姐姐，你起得这么早？"

安月澄抿着嘴不说话，齐灿这才注意到她手里攥着的手机，他长臂一伸，将安月澄拥进怀里，顺走了手机，将屏幕上的消息看在眼里。他忽地一笑，温热的气息徐徐拂过耳郭，略带湿漉的吻落在耳垂上，说："姐姐，隐藏身份暴露了怎么办？有点儿突然，我还没做好准备。"

"呵呵"，安月澄回以冷笑，"我也没做好准备。"

男人手指插入她的指缝，紧紧扣住，说："姐姐，我只是害怕。"

"怕什么？"她板着脸。

齐灿的声音轻了些："怕姐姐你不愿回头看我，便提早备了后路。"

安月澄心里的弦再次紧绷，说："或许需要得到眷顾的，一直是我。"

"嗯？"他的尾音略略上扬，透着些许疑惑。

"上大学后，你……"安月澄不自然地停顿，"你不再像从前。"

这是她第一次在齐灿面前，提起过去的疏离。

齐灿微怔，随后委屈不解地说："你曾同人说，不喜欢年纪比自己小的弟弟。"

安月澄沉默了。这句话，自己完全没印象。自己有说过这种话吗？她绞尽脑汁思考了一会儿，才隐约想起尘封已久的往事。

"不知道你记不记得，我高中时的同桌有个弟弟，她弟弟在华城大学比我低一级。"

齐灿皱起眉，很快搜寻到这段记忆，说："记得，他还追过你，被你以要好好学习的理由拒绝了。"

"他经常跟我同桌来我家，我便和我同桌说，我不喜欢年纪比我小的弟弟。哪想到你会凑巧听见……"安月澄重重叹了口气。

这该怎么说呢，机缘巧合？简直是天大的误会。

"还好我最后没放弃。"齐灿稍稍抬起头，看着她清澈干净的凤眸，"姐姐，不管怎么说，峰回路转，柳暗花明，明天我们去领证吧？"

话题的转换猝不及防。

"领证？是不是有点儿早……"安月澄一怔。

却见男人抬起她的手，无名指上粉钻显眼。"可姐姐，你已经答应求婚了。"

"我什么时候……"她下意识要反驳，却又默默把话咽了回去。

酒精害人不浅！戒酒，从此自己滴酒不沾！

次日下午，齐灿抱安月澄的照片在网上曝光，顿时掀起一阵风波。

"'脐橙'情侣""齐和集团总裁与新晋编剧疑似蜜恋""你当年支持的情侣成真了吗"等数个词条，在"吃瓜"群众和营销号的推动下，霸榜许久。

很快，齐和集团率先做出回应，并附上一张结婚证的照片。

"齐和集团官方微博：这是我们的总裁和夫人。"

"吃瓜"群众震惊。

齐灿紧随其后，转发微博回应称："追妻不易，别造谣，是真爱。"

"虽然……但是，当时校园专访安校花不还说和齐灿没关系的吗？"

"@一颗橙子　对啊对啊，安校花可是没少否定他们俩之间的关系，所以有没有个说法啊？"

"一颗橙子：不好意思，我打脸了。"